D1917922

Quart*buch*

Ein mexikanischer Gesellschaftsroman mit exzentrischen Gestalten, in deren Mitte ein Mord geschieht.

Delfina Uribe schart in Mexiko-Stadt einen Kreis von Künstlern und Intellektuellen um sich. Ihre Wohnung gilt als Höhle revolutionärer Korruption: schwerer Schmuck, leichtes Geld, frivole Spiele.

Als der österreichische Exilant Erich Maria Pistauer eines Abends im Jahr 1942 bei ihr tot aufgefunden wird, gibt sie an, ihn nicht gekannt zu haben. Nur der zehnjährige Miguel behält den Mord mitten im Zweiten Weltkrieg in Erinnerung und kehrt Jahrzehnte später, nach Aufenthalten in Rom, Paris und London, nach Mexiko zurück, um die Wahrheit zu erforschen und sie – zur Geschichte geworden – weiterzuerzählen. Er betritt damit ein langes Labyrinth.

Denn auch in diesem Roman versteht es Sergio Pitol, wie schon in *Eheleben*, seine Figuren mit einer charmanten Gabe zur Lüge auszustatten, was dem Geschichtsprofessor Miguel del Solar die Recherche erschwert und den Lesern einen großen Genuß bereitet.

»Es läßt sich nicht vorhersagen, ob es hier der gierige Leser ist, der das Buch, oder aber das gierige Buch ist, das den Leser verschlingt.«

Florian Borchmeyer, FAZ

Sergio Pitol

Defilee der Liebe

Aus dem mexikanischen Spanisch
von Petra Strien

Verlag Klaus Wagenbach Berlin

Inhalt

Minerva	7
Das Lager der Verlierer	25
Perfekte Gastgeberin	44
Korridore und Überraschungen	65
Ida Werfel im Gespräch mit ihrer Tochter	82
Derselbe, der singt und tanzt	109
Im Garten von Juan Fernández	135
Das Portrait einer Diva	157
Defilee der Liebe	180
Der abscheuliche mexikanische Kastrat	203
Krebse im gleichen Trott	222
Das Ende	248

Minerva

An einem Januarnachmittag im Jahr 1973 bleibt ein Mann vor dem Portal eines roten Backsteingebäudes stehen, mitten im Herzen des Stadtteils Roma. Vier ungewöhnliche Türme, ebenfalls aus Backstein, ragen an den Ecken des Gebäudes empor. In diesem ruhigen Viertel mit Villen ganz anderen Stils galt dieser Bau jahrzehntelang als architektonische Extravaganz. Inzwischen allerdings, muß man sagen, fällt hier nichts mehr aus dem Rahmen, weil das gesamte Viertel seine Harmonie eingebüßt hat. Die Wucht der Neubauten erdrückt die grazilen Häuser, die nur zwei, höchstens drei Stockwerke aufweisen und in einem Stil erbaut sind, wie er um die Jahrhundertwende in Bordeaux, Biarritz, Auteuil modern war. Über dem Stadtteil lag etwas Tristes und Schmutziges, obwohl er sich bis vor kurzem noch einen Hauch von Eleganz bewahren konnte, Spuren einer einst mächtigen, heute fast untergegangenen, aber noch nicht ganz besiegten Gesellschaftsschicht. Die Eröffnung der Metrostation, der Schwall zerlumpter Gestalten, den sie regelmäßig ausspuckt, die unzähligen Straßenstände mit Frittiertem, Sandwiches, gefüllten Tortillas und gekochten Maiskolben; Zeitungen, Hunde, billiges Spielzeug, Wunderheilmittel – sie haben das Ende dieses Stadtteils besiegelt und schließlich eine neue, veränderte Epoche eingeläutet.

Allmählich bricht die Dämmerung herein. Der Mann stößt das Eisentor auf, begibt sich in die Mitte des Patios, schaut nach oben und betrachtet ringsherum das desolate Schauspiel, das der halb verfallene Bau von innen bietet. So wenig wie das Gebäude zu diesem Viertel – eigentlich auch zu der Stadt – paßt, so wenig entspricht die Innenansicht der falschen Gotik der Fassade, den Mansarden, den Ochsenaugen und den vier Türmen. Der Mann folgt mit dem Blick den Galerien, die an jeder Etage entlangführen, den hier und da immer wieder auftauchenden Oasen mit einer Reihe von Blumentöpfen und Blechbüchsen unterschiedlichster Formen und Größen, in denen Palmen, Lilien, Rosen und Bougainvilleen wachsen. Diese Ansammlungen von Blumen unterbrechen die Eintönigkeit des

Zements, bilden ein asymmetrisches, letztlich wieder harmonisches Arrangement und erinnern an die Innenhöfe der ärmeren Wohnsiedlungen in der Stadt.

»In den Blumenkästen wuchsen Palmen mit langen Wedeln«, sagt er sich. Er fragt sich, ob das Gedächtnis ihm nicht einen Streich spielt. Er erinnert sich an seine frühere Anwesenheit an diesem Ort, das Bild verschwimmt, steigt wieder auf in einer prachtvollen Umgebung. Und jetzt, als er aufmerksam das Gebäude von innen betrachtet, erscheinen ihm die Räume trotz ihrer Größe im Vergleich zu dem Bild in seiner Erinnerung doch um einiges geschrumpft. Ein Schwall von Worten bricht über ihn herein, ausgesprochen vor dreißig Jahren, Gesprächsfetzen von einer gewollt mondänen Eleganz, dem Art-déco-Stil der Innenausstattung gemäß, 1914 von einem der angesehensten Architekten der Zeit gestaltet – dem Jahr, von dem sein Buch handelt –, ein Stil, auf die unverputzten Backsteine aufgepfropft, innen wie außen. Was seine Augen jetzt erblicken, sind abbröckelnde Mauern, die jeden Moment einzustürzen drohen.

Der Mann muß ungefähr vierzig Jahre alt sein. Er trägt eine kaffeebraune Hose aus grobem Flanell, ein dazu passendes, leicht gesprenkeltes Tweedjackett, eine ockerfarbene Strickkrawatte. An dieser Ecke, unter diesem Portal wirken seine Erscheinung und die Art, wie er da steht und die Hand ans Kinn führt, natürlich und passend zwischen den hohen, verschmutzten Mauern aus rötlichem Backstein, die so sehr an manche Mauern und Portale in London erinnern. Unter dem Arm trägt er die frisch korrigierten Fahnen seines letzten Buches und eine Studie über die Sprache Machiavellis, die er soeben in einer nahe gelegenen italienischen Buchhandlung erworben hat.

Die letzen beiden Tage hat er mit der Korrektur der Fahnen des Textes zugebracht, an dem er jahrelang gearbeitet hat: eine Chronik der Ereignisse in Mexiko-Stadt seit dem Abzug von Victoriano Huerta bis zum Eintreffen von Carranza. Der Stil kommt ihm jetzt trocken und prätentiös vor; bisweilen langatmig und belehrend und dann wieder affektiert. Was für einen Sinn hat es gehabt, sich die ganze Zeit in Archiven und Bibliotheken zu vergraben, stickige Luft einzuatmen, sich Haare und Lungen vollstauben zu lassen, um dann doch nur zu solch dürftigen Erkenntnissen zu gelangen? Er hat den Eindruck, daß er jedes Mal, wenn er seine Ferien wieder in Mexiko verbracht hat, nichts weiter tat als Schriftstücke aufzustöbern, zu klassifizieren und zu entziffern. Während er lustlos noch einmal die nun von Druckfehlern bereinigten Blätter durchgeht, die nur noch auf sein letztes Placet warten, beschleicht ihn auf einmal das Gefühl, daß seine Arbeit von jedem x-beliebigen Schreiberling hätte erledigt werden können, der über minimale Kenntnisse im Sammeln und Auswerten von Briefen, öffentlichen und privaten Schriftstücken sowie in der Presse eines bestimmten Zeitraums verstreuten Informationen verfügt. Sein Buch heißt *Das Jahr 1914*, obwohl die Aktion auch einen Großteil des darauffolgenden Jahres mit einbezieht. Er hat sich im Titel auf das Jahr 1914 beschränkt, weil es das Jahr der für den Ansatz seiner Arbeit grundlegenden Konvention von Aguascalientes war. Die Geschichte einer Stadt ohne Regierung: In der Gewalt verschiedener Aufständischer, wird die Hauptstadt letztendlich von keiner Macht kontrolliert. Bei einer solchen Führungslosigkeit, im Herzen des Chaos, kann alles passieren: Vasconcelos errichtet in aller Eile ein Ministerium für öffentliche Bildung; vor seiner Tür geben die Soldaten von Zeit zu Zeit mit ihren Karabinern Schüsse in die Luft ab, ohne daß jemand weiß, auf wessen Befehl etc.

Am besten läßt man dieses ferne Mexiko jetzt in Frieden. Wenn ihn momentan etwas aufrecht hält, dann sein lebhaftes Interesse, eine Menge neuen Materials zu untersuchen, das geradezu danach drängt, ein weiteres Buch zu füllen. Vor einigen Monaten, als er sich noch in Bristol aufhielt, ist er auf den Briefwechsel zwischen dem Manager einer englischen Erdölfirma aus La Huasteca und deren Zentrale in London gestoßen, aus der Zeit der Erdölkrise, die zur Enteignung der Unternehmen und dann zum Abbruch der Beziehungen zwischen England und Mexiko führte. Das weckte seine Neugier auf die weitere Entwicklung dieser schwierigen Beziehungen, deren Wiederaufnahme schließlich der Krieg ermöglichte, und auf die ersten Besuche bedeutender englischer Intellektueller und Journalisten bei General Cedillo (Waugh, kein Geringerer!), die sich weigerten, in ihm den »guten Wilden« zu sehen, in dem die Saat der Christianisierung aufgegangen sei. Der ideale Mann, um das Chaos zu besiegen. Die Weltpresse nahm kein Blatt vor den Mund: Falls Cedillo nicht bereit wäre, sich an die Spitze der Rebellen zu stellen oder eine Niederlage erlitt, bliebe nur noch der bewaffnete Einmarsch. Dem Tumult mußte ein Ende gesetzt werden. Er hatte sich einige Notizen gemacht; in Mexiko hat er sie anschließend überprüft und vervollständigt. Erst vor etwa zwei oder drei Wochen, kurz vor Jahresende, hat er eine alte Mitschülerin wieder getroffen, Mercedes Ríos, ist mit ihr seine momentane Lektüre durchgegangen und hat über einige vage Arbeitsprojekte gesprochen. Mercedes hat ihm Fotokopien eines Dossiers über die mehr oder weniger geheimen Aktionen gewisser deutscher Geheimagenten zur Verfügung gestellt, die in jener Zeit in Mexiko aktiv waren. Sie haben einem ihrer Onkel gehört, einem hohen Staatsbeamten des Innenministeriums während des Krieges, und sie hat gemeint, sie könnten ihm vielleicht nützlich sein, da sie irgendwie mit seinem Thema zu tun hätten. Er für sein Teil hatte an engere Recherchen gedacht: das Vorgehen der Erdölgesellschaften gegen Mexiko, den Ausbruch des Zweiten Weltkriegs, das Bündnis des Landes mit den Alliierten, konkrete Lösungen der durch die Enteignung entstandenen Probleme etc., doch seine Lektüre brachte ihn auf unzählige Themen. Er nahm sich vor, die Thematik für seine Nachforschungen vorläufig weiter zu fassen und die Situation Mexikos im Vergleich zur Weltlage zu untersuchen und sich nicht nur auf die Länder zu beschränken, denen die enteigneten Gesellschaften gehörten. Eine unglaublich aufregende Zeit. Überall hatte er Material entdeckt, das sein Interesse an jener so wichtigen Epoche noch steigerte, die trotz ihrer zeitlichen Nähe so fern schien wie die, als José María Luis Mora die Ideen der Aufklärung in Mexiko heimisch zu machen und die mexikanische Gegenwart dem Jahrhundert der Aufklärung anzunähern versuchte. Mercedes hatte recht mit ihrer Vermutung, daß diese Dokumente sein Interesse wecken würden. Ein ganzes Wochenende vertiefte er sich in sie. Ein herber Duft des Geheimnisvollen entströmte diesen knappen biographischen Angaben. Irgendwie ließen sie die Atmosphäre von Romanverfilmungen erstehen, die in Istanbul, Lissabon, Athen oder Shanghai spielen, aber nie in Mexiko. Es waren gut fünfzig Seiten. Als er sie an einem Samstag abend las, war er so aufgeregt, daß er anschließend keinen Schlaf mehr fand. Am Sonntag sah er sie noch einmal durch und machte sich Notizen, um über die Informationen nachzudenken. Diese Lektüre ist der Grund, warum er sich jetzt hier im Hof dieses seltsamen Backsteingebäudes befindet und zerstreut in eine Ecke im ersten Stock blickt, wo, wie er vermutet, ohne sich jedoch ganz sicher zu sein, vor dreißig Jahren sein Schlafzimmer gelegen haben muß, als er einige Monate in diesem Haus bei seinem Onkel Dionisio und seiner Tante Eduviges zu Besuch war. Dionisio Zepeda und Eduviges Briones de Díaz Zepeda, wie sie gerne betonte.

Die Unterlagen, mit denen er sich befaßt hatte, enthielten fast ausschließlich eine trockene Auflistung biographischer Daten, fast ohne Kommentar. Diese synoptischen Lebensdaten schienen, zumindest auf den ersten Blick, völlig uninteressant zu sein. Aber wenn er im Laufe seiner Arbeit als Historiker etwas gelernt hat, dann, daß jedes noch so winzige Detail über kurz oder lang doch irgendwann von Belang sein kann. So ist zum Beispiel nicht auszuschließen, daß die Namen auf dieser Liste nebst der dazugehörigen, vorläufig noch nichtssagenden Daten, sobald sie mit anderen Namen, mit bestimmten Personen oder Institutionen in Verbindung gebracht werden, sich auf einmal entfalten und ausdehnen und weitere Bereiche erschließen, von denen der eine oder andere für den Forscher von Bedeutung sein kann.

Dieses Dossier ist eine Fundgrube voll unschätzbarer Informationen.

Johannes Holtz zum Beispiel. Im Februar 1938 ging er in Veracruz an Land; er arbeitete als Diplomchemiker in einer Fabrik für ätherische Öle und Parfüms. Bei seiner Ankunft war er siebenundzwanzig Jahre alt. Er zog in die Calle Anatole France 68a im Polanco-Viertel. In den ersten Monaten seines Aufenthalts im Land nahm er mit Rainer Schwartz und Bodo Wünger Kontakt auf, beide Eigentümer von Düngemittelfirmen. Holtz reiste häufig, mal allein, mal zusammen mit den oben erwähnten Deutschen, nach Cuernavaca, wo er an Veranstaltungen teilnahm, die verdächtigt wurden, politischer Schulung zu dienen, die aber vielleicht auch nur dem reinen Freizeitvergnügen galten. Er unterhielt auch eine Beziehung unbestritten privater Natur zu der Witwe Eliza Franger, Tochter eines Deutschen und einer Kolumbianerin, in deren Wohnung in der Calle Luis Moya 95 d er freitags regelmäßig zu übernachten pflegte. Am 10. April 1943 schiffte er sich in Tampico nach Brasilien ein. Soweit bekannt ist, betrat er danach nie mehr mexikanischen Boden, zumindest nicht unter dem Namen Johannes Holtz.

Ein Teil der aufgeführten Deutschen war in Guatemala geboren, in Deutschland aufgewachsen, perfekt zweisprachig und mit einer nicht allzu gefährlichen Aufgabe betraut: Kontakt zu den in Mexiko lebenden Deutschen aufzunehmen und Sympathisanten zu rekrutieren. In einem Büro in der Avenida Juárez, fast an der Ecke Calle Dolores, beschäftigten sich zwei oder drei unter ihnen, die für schwierige und riskante Aufgaben besonders ausgebildet waren, laut Bericht des Innenministeriums damit, auf raffinierte Weise einer Empfangszentrale in Deutschland Nachrichten zu übermitteln. Das alles beinhaltete die kleine Chronik, die Akivitäten einer Handvoll farbloser Individuen, und sie berührte lediglich am Rande das, was aus unserer Sicht später Geschichte wurde.

In der Tat handelte es sich nur um eine nüchterne, sehr rudimentäre Polizeiakte. Karteikarten, nichts als Karteikarten von Individuen mit teutonischen Namen und der monotonen Auflistung von Ankunftsdaten in Mexiko, von Adressen, Verbindungen und Reisen innerhalb des Landes. Es gab keine Angabe, die sie wirklich interessant machten, nichts über Kontakte mit den Zentren des Nationalsozialismus, mit den hirnlosen, sich ereifernden Aposteln der radikalen mexikanischen Rechten. Vielleicht wurde in anderen Dossiers darüber berichtet, in irgendeinem Geheimarchiv. Die gefürchtete fünfte Kolonne! Kurzum, dies waren nicht die wichtigen Akten; aber sie waren möglicherweise inzwischen auch zugänglich und durften eingesehen werden. Zumindest würde er sein Glück versuchen. Vielleicht sollte er sich in die Staatsarchive begeben. Dabei muß erwähnt werden, daß er inzwischen nicht untätig war, und sich, wenn er einmal nicht an der Fahnenkorrektur seines Buches saß, an das er lieber nicht dachte, ins Pressearchiv begab und die Zeitungen vom November 1942 durchsah. Er wollte noch einige Daten von 1914 überprüfen, bei denen er sich nicht ganz sicher war, obwohl er, wenn er ehrlich war, zugeben mußte, daß ihn eher persönliche Gründe ins Archiv geführt hatten.

Die Akten seiner Freundin hatten ihn aus zwei Gründen begeistert, der eine davon war weniger wichtig, aber dafür amüsant: zu erfahren, daß der Vater eines seiner Kommilitonen aus dem Jurastudium, der ihm zeitweilig regelrecht verhaßt war, in dieses Netz geheimer Machenschaften verwickelt war und mehrere deutsche Agenten mit seinem kleinen Privatflugzeug einmal nach Tampico und verschiedene Male nach San Luis Potosí gebracht hatte. Er hatte ihn sogar einmal kennengelernt. Ja, eine verschwommene Gestalt, die er zu Hause bei seinem unsympathischen Studienkollegen zwei-, dreimal mit abwesendem Blick und einem Gesicht, als stecke er in einem ausweglosen Labyrinth, hatte durch den Garten huschen sehen. Am Ende der Akte stand ein Vermerk, der ihn als gefährlichen Agenten einstufte; es wurde auf mehrere Indiskretionen von ihm hingewiesen (dank derer man einige verdächtige Bewegungen jener Leute hatte aufdecken können). Der Alkohol, war zu lesen, löste ihm automatisch die Zunge. Er fand es verwunderlich, daß die beschriebene Person mit dem in sich gekehrten, wortkargen älteren Mann identisch sein sollte, den er kennengelernt hatte; andererseits bestand kein Zweifel hinsichtlich seiner Identität. Dort waren der Name und die Adresse registriert, das Haus, das er in seiner Jugend so häufig aufgesucht hatte, obwohl er sich immer wieder schwor, nie wieder dorthin zurückzukehren. Er stellt sich den Vater seines Freundes in der damaligen Zeit vor: ein junger Aufschneider, erst seit kurzem im Land, der schon nach zwei Gläsern Schnaps ununterbrochen wie ein Papagei plappert und schwadroniert. Seine Neigung zur Prahlerei wurde von den Gesetzeshütern weidlich ausgenutzt. Seine spätere Schweigsamkeit war vielleicht eine Art Buße. Denn alle Unternehmungen, bei denen er irgendwie die Hand im Spiel hatte, waren durch seine Schuld gescheitert.

Die zweite Überraschung bargen die letzten beiden Zeilen des Berichts – die ihn schockierten und zugleich seltsam erregten. Dort war vermerkt, daß die Morde im Haus Minerva, eben diesem Gebäude, in dessen Innenhof er gerade steht, aller Wahrscheinlichkeit nach mit der gnadenlosen Abrechnung zwischen deutschen Geheimagenten und ihren örtlichen Anhängern zu tun hatten. Aber er hat in diesem Gebäude gewohnt, als diese Dinge sich ereigneten! Er muß so um die zehn gewesen sein. Ein Alter, in dem man sich schon an alles oder fast alles erinnern kann … Und natürlich erinnert er sich an vieles. Aber nur völlig verworren und chaotisch! Wahrscheinlich haben die Ereignisse, die er im Kopf hat, nichts mit dem zu tun, worauf der Bericht anspielt. Wo fand zum Beispiel die Schießerei statt? Auf dem Hof, auf dem er jetzt steht? Oder auf der Treppe? Wo genau wurden die Schüsse abgegeben? Manchmal hatte er, wenn er an seine Kindheit dachte, wie einen Flügelschlag das Echo verlorener Erinnerungen gespürt, etwas, das mit den Schüssen zu tun hatte und das Leben seiner Familie erschütterte. Es war immerhin so einschneidend gewesen, daß er das Schuljahr nicht beenden konnte und die Stadt Mexiko verlassen mußte.

Tausende von Malen, immer wenn er während seines Studiums an dem Gebäude vorbeikam und seine Kameraden sich halb bewundernd, halb spöttisch über dessen extravagante Bauweise ausließen, über das zunehmend gespenstische Flair, die an Dickens-Illustrationen gemahnenden Balkone, Mauern und Türmchen, war er stolz, wenn er ihnen eröffnen konnte, daß er einen Teil seiner Kindheit in eben diesem Haus verbracht hatte. Dann wiederholte er vor ihnen Aussprüche, die dem tradierten Familienerbe entstammten: Keiner, der auf der Straße an dieser Ruine vorbeikommt, mache sich eine Vorstellung von der prächtigen Eleganz der Innenausstattung: von dem edlen Holz der Böden und Türen, den geräumigen Salons, die hohen Decken. Nach dem Vorbild eines Gebäudes in Marseille sei dieses Haus zu dem Zweck errichtet worden, den Mitarbeitern von Botschaften und ausländischen Vertretungen Wohnungen von hoher Qualität zu bieten, nur weniger kostspielig und leichter instand zu halten als ein eigenes Haus. Die Wohnungen im Erdgeschoß konnten allerdings nicht als sonderlich komfortabel gelten; sie waren klein und schattig. Die im ersten Stock hingegen, wo er mit seinen Eltern gewohnt hatte, waren hochherrschaftlich. Dort befanden sich nur zwei Wohnungen, jede mit einem vornehmen Salon, einem geräumigen Eßzimmer, langen Fluren, die zu einer Reihe von Schlafzimmern, Arbeitszimmern, Nähzimmern usw. führten. In den oberen Etagen boten die Wohnungen weniger Raum, aber nicht weniger Komfort; sie waren einfach nur für kleinere Familien konzipiert. Das System von Galerien um einen weiten Innenhof, eine Seltenheit im ausgehenden 19. Jahrhundert, als in Mexiko bereits eine wüste Wohnungsspekulation herrschte, unterschied dieses Gebäude von allen anderen zeitgenössischen oder später entstandenen Häusern in der Stadt.

Von den Innenfenstern aus konnten die Bewohner sehen, welchen Besuch ihre Nachbarn empfingen. Dieser in der Stadt Mexiko noch in den vierziger Jahren übliche, aus der Provinz mitgebrachte Brauch muß damals außerordentlich beliebt gewesen sein. Er hatte beobachtet, wie die ausländischen Bewohner sich nach einem förmlichen Zeremoniell begrüßten und ein paar Worte in einer unverständlichen Sprache wechselten, sich später ehrerbietig voneinander verabschiedeten und ihrer Wege gingen. Er stellte sich vor, daß sie sich nur nach vorheriger Verabredung besuchten. Es mischte sich wohl nicht oft jemand in fremde Angelegenheiten, obwohl er sich nicht sicher war, denn seine Tante Eduviges hatte ununterbrochen ihre Nase in anderer Leute Angelegenheiten gesteckt. Ihr Bruder, Arnulfo Briones, ein alter Mann, der ihm mit seiner schrillen Stimme, den schmutziggelben Zähnen und ebensolchem Schnauzbart, den ausdruckslosen gläsernen Augen immer schrecklich zuwider gewesen war, hatte ihn mehrmals auf eine barsche, unfreundliche und sehr lieblose Weise regelrechten Verhören unterzogen über die Kinder, mit denen er im Hof spielte, und deren Familien. Nicht anders verfuhr der Onkel, wie er später sah, mit Tante Eduviges, Amparo und selbst dem Dienstpersonal. Ja, er mußte nur in seinen Erinnerungen kramen. Er war gut zehn Jahre alt, als der Deutsche erschossen wurde.

In dem Alter kann man sich bereits an alles erinnern, so hatte er gesagt; doch in seinem Fall traf das nicht ganz zu. Bei zwei oder drei Gelegenheiten hatte er sich auf der Galerie bei Delfina Uribe aufgehalten und ein paar Worte mit ihr gewechselt, und dennoch hatte er überhaupt nicht den Eindruck gewonnen, daß sie etwas mit dieser Tragödie zu tun gehabt haben könnte, bis er vor einigen Tagen im Archiv eine Reihe alter Zeitungen in die Hände bekommen hatte.

Besser kannte er Julio Escobedo, obwohl das auch nicht viel hieß. Eine Zeitlang traf er sich häufig mit ihm. Zu seiner

Hochzeit hatten ein paar Vettern seiner Frau Cecilia ihnen ein Ölgemälde von Escobedo geschenkt, das schnell zu seinem Lieblingsbild wurde: eine graue Katze, die mit einem Kreisel spielt. Im Hintergrund eine Vase mit blauen und violetten Blumen. Gewiß hätte er nie gedacht, daß diese Party, die ein so schlimmes Ende nehmen sollte, zu Ehren dieses Malers gegeben wurde. Tatsache ist, daß er manche Dinge wußte und doch nicht mitbekommen hat, was an diesem Ort geschehen ist. Es gab auch keinen Grund, warum ein Junge von zehn Jahren erfahren sollte, daß in der Nachbarwohnung ein Fest zu Ehren eines Malers gegeben wurde, der später einmal berühmt werden sollte. Er war nicht ins Zeitungsarchiv gegangen, um Einzelheiten über diesen Vorfall zu erfahren (in dem Dossier des Innenministeriums wurde von »Morden«, im Plural, gesprochen, was ihn einigermaßen verwirrte, als sei der Stiefsohn von Adolfo Briones nicht das einzige Opfer gewesen), sondern um ein paar Daten zu überprüfen, bei denen er sich beim Durchsehen der Fahnen seines Werkes *Das Jahr 14* auf einmal nicht mehr ganz sicher gewesen war. Aber jetzt ist er beruhigt. Er hat keinen Fehler entdeckt. Die Daten waren doch korrekt; aber da er sich nun schon einmal dort befand, kam er auf die Idee, bei der Gelegenheit gleich die Tageszeitungen aus dem Jahr 1942 durchzusehen. Das Datum herauszufinden, war nicht schwer. Er ging damals in die vierte Grundschulklasse, folglich mußte es das Jahr 1942 gewesen sein. Die Zeit der Stromsperren, begleitet von simulierten Luftangriffen auf die Hauptstadt. Unter dem Lärm der Flugzeuge, die sie überflogen, lag die Stadt völlig im Dunklen. Der Schußwechsel mußte sich, wie er glaubte, gegen Jahresende ereignet haben. Er brauchte nicht mehr als eine halbe Stunde, bis er die Zeitungen fand, nach denen er gesucht hatte. Die Feier hatte, wie er feststellte, am Abend des 14. November 1942 stattgefunden. Auf der Titelseite einer Tageszeitung stand in großen Lettern die Schlagzeile »Verbrechen im Haus einer Tochter von Luis Uribe«, und der Leser wurde auf zwei Berichte im Innenteil verwiesen, unter den Rubriken »Moderne Gesellschaft« und »Verschiedenes«. Als erstes las er den Gesellschaftsteil. Delfina Uribe hatte die in der Woche zuvor erfolgte Eröffnung ihrer Galerie mit Ausstellung von Escobedos Werken gefeiert. Nach dreißig Jahren war die Gästeliste ein aufschlußreiches Zeitdokument. Die gesamte Prominenz der Stadt schien anwesend: Maler, Schriftsteller, Politiker, Leute vom Film und vom Theater. Legendäre Gestalten, von denen die meisten längst nicht mehr lebten. Er war beeindruckt, wie konzentriert die Szene war. Es war damals noch eine kleine Stadt, in der gerade deshalb die großen Persönlichkeiten klarer in Erscheinung traten. Delfinas familiäre Beziehungen und ihr besonderes Talent ermöglichten es ihr, ohne größeren Aufwand halb Mexiko zu versammeln. Die Berichterstatterin schwärmte nahezu ekstatisch von der außergewöhnlichen Eleganz der »Wohnung, die mit ihrem modernen Ambiente der ganze Stolz von Großstädten wie Los Angeles oder New York wäre«, und bezeichnete sie am Ende gar als »Traum von Hollywood«. Im übrigen gab sie die Kommentare einiger Gäste über die Aluminiumsäulen, eine Serie prähispanischer Masken und das vor einigen Jahren von dem jungen Escobedo angefertigte Portrait der Gastgeberin wieder. Sie sprach von den zu Abend servierten französischen und mexikanischen Gerichten; besonders ausführlich ließ sie sich über die Garderobe einiger der prominentesten Gäste aus, etwa über den Kontrast zwischen dem reich bestickten Kleid aus Oaxaca, das Frida trug, und der im griechischen Stil drapierten Tunika, in der die Del Río erschienen war. Sie betonte das kosmopolitische Ambiente, das auf einmal in manchen Salons der Stadt aufblühte, wo »für einen gebildeten Geist ein Treffen wie das bei Delfina Uribe eine wahre Ephemeride bedeutete, den Zugang in eine privilegierte Welt, wo man alle Sprachen hören und sprechen kann«. Dieser Zeitungsbericht sang ein Loblied auf die Harmonie. Wäre sie eine politische Berichterstatterin gewesen, hätte die Autorin die Parole der nationalen Einheit erwähnt, die damals in aller Munde war. Politiker und Künstler verbrachten den Abend in Eintracht: Damen und Herren aus alteingesessenen Familien kamen hier Leuten näher, die erst kürzlich – sozusagen gestern – in die oberste Gesellschaftsschicht aufgestiegen waren, und plauderten ohne Vorbehalte mit ihnen. Nicht anders als die aufgetischten Speisen schienen einheimische und ausländische Gäste an jenem Abend problemlos miteinander auszukommen. Völlig verzückt hatte die Berichterstatterin das Fest verlassen, um gleich darauf angesichts des Schauspiels am Himmel wieder ins Schwärmen zu geraten. In der für diese Jahreszeit noch recht kalten Nacht war der Himmel außergewöhnlich klar. Jeder einzelne Stern des Orion stimmte ein Loblied auf Delfina Uribe und ihre neue Galerie an und verhieß den übrigen Gästen Glück. Hatte die Gesellschaftsreporterin das Fest vor den Schüssen verlassen? So mußte es offensichtlich gewesen sein, und dennoch vermutete er hinter ihrer übertriebenen Schwärmerei und der ausschweifenden Darstellung eine bestimmte Absicht, sozusagen ein Ablenkungsmanöver von einem tragischen Zwischenfall.

In der Rubrik für Verschiedenes – unter die auch Verbrechen fielen – der gleichen Tageszeitung war der Empfang in einem völlig anderen Tenor dargestellt. Die Feier wurde dort als düster und unheimlich geschildert. Ein hinterhältiges Komplott, von einem kriminellen Hirn ausgeheckt. Die Bilanz: ein Deutscher tot und zwei Mexikaner lebensgefährlich verletzt im Krankenhaus. Wie er sehr wohl wußte, war der Tote der Stiefsohn von Arnulfo Briones, dem Bruder seiner Tante Eduviges, ein junger Mann, der erst vor kurzem nach Mexiko gekommen war. Die Verletzten: Delfinas eigener Sohn und ein gewisser Pedro Balmorán, dessen Name ihm vage bekannt vorkam, ohne daß er ihn recht unterzubringen wußte.

Er hat alle an diesem und den darauffolgenden Tagen erschienenen Zeitungen durchgesehen. Leider fand er in dem Archiv keine Boulevardzeitungen aus jener Zeit, die sicherlich ausführlich darüber berichtet hatten. Jedenfalls waren die der Bluttat gewidmeten Artikel ausgesprochen nationalistisch gefärbt. Delfina hatte ausgesagt, der Tote mit dem Namen Erich Maria Pistauer sei ihr nicht bekannt und habe auch nicht auf ihrer Gästeliste gestanden. Noch zehn Tage lang berichteten die Zeitungen davon, und alle sprachen von einem Verbrechen aus Leidenschaft und aus politischen Motiven. Auf die eine oder andere Weise wurde in allen Berichten auch Delfina mit dem Mord in Verbindung gebracht. Eine Zeitung sah in ihr eine typische Vertreterin revolutionärer Korruption: leichtes Geld, schamloser Luxus, flüchtige Liebschaften, hemmungslose Ausschweifungen. Es hieß, der Streit sei in ihrer Wohnung entbrannt; die Brüder Uribe hätten die Unruhestifter dann hinausgeworfen, und auf der Straße sei es schließlich zu den Schüssen gekommen. Ein anderer Journalist sprach von Gerüchten, die zirkulierten: Der Versuch, von oben, quasi per Dekret, mit aller Macht künstlich eine nationale Front aufzubauen, sei auf der ganzen Linie gescheitert. Von Anfang an habe es unübersehbare Risse gegeben, die sich schließlich zu tiefen Gräben ausgeweitet hätten.

Dieses Verbrechen wurde der Öffentlichkeit als Folge einer neuen Spaltung präsentiert. Mit der Pistole in der Hand habe General Torner den Maler Julio Escobedo bedroht. Das Programm der Unitarier erweise sich als reine Fiktion. Ganz offensichtlich ließen die Militärs die Zivilen das Gewicht ihrer Waffen spüren. Hatten die Kaziken den Kampf um die Macht wieder begonnen? Was führte der machiavellistische Doktor Uribe wirklich im Schilde? Er sollte sich gefälligst äußern, sollte ehrlich die Karten auf den Tisch legen! Einer, der sich als Intellektueller aufspielte, gab in einer extrem rechten Zeitung zum besten, es sei gar nicht so verwunderlich, daß das Verbrechen sich an jenem Ort ereignet habe. Das Minerva-Gebäude sei ein gefährliches modernes, von Ausländern der schlimmsten Sorte bevölkertes Babel. Aus den schmutzigsten Kloaken Litauens und des Schwarzen Meeres aufgetauchte Semiten hätten es zur Bühne ihrer Aktionen erkoren. Doch die Polizei beobachte ihre Aktivitäten. Es wurde hervorgehoben, daß die Jüdin Ida Werfel die Feindseligkeiten ausgelöst habe, als sie eine chiffrierte Botschaft übermitteln wollte und dafür – ausgerechnet! – Sätze des unsterblichen spanischen Mönches und Autors religiöser Dramen, Tirso de Molina, als Code benutzt habe. Die Werfel und ihre Anhänger sollten sich bloß in acht nehmen! Die Ordnungshüter seien weder blind noch taub; in einigen Tagen erwarte man erstaunliche Enthüllungen. Nirgends erschien eine Todesanzeige. Der Name Arnulfo Briones wurde bei zwei, drei Gelegenheiten relativ diskret erwähnt. Vierzehn Tage später waren die Berichte verschwunden, mit Ausnahme weniger vager Anspielungen auf den Streit zwischen General Torner und dem Maler Escobedo, die sich in Zeitungen eingeschlichen hatten, die sich weitgehend der Kontrolle entzogen. Doch immer noch spürte man einen Tenor des Irrealen. Ganz offensichtlich hatten Delfinas Vater oder ihre Brüder eingegriffen, um den Skandal zu vertuschen. Vielleicht hatte auch die Prominenz einiger Festgäste zum Verstummen der Presse beigetragen.

Im Haus seiner Tante und seines Onkels herrschte damals Panik. Es wäre gelogen, wenn er behauptete, er habe die Schüsse in jener Nacht gehört. Sein Zimmer besaß kein Fenster zur Straße. Am nächsten Morgen hatte Amparo ihn schon früh geweckt und ihm gesagt, Erich, der Sohn der deutschen Frau seines Onkels Arnulfo, sei getötet worden. Er hatte sich hastig angekleidet und zur Familie gesellt, die bereits im Eßzimmer beim Frühstück saß. Seine Tante schien völlig den Verstand verloren zu haben. Sie und Dionisio hatten die ganze Nacht kein Auge zugetan. In einem Moment war sie plötzlich aufgesprungen und hatte von ihm und Amparo verlangt zu schwören, daß sie den ganzen Tag die Wohnung nicht verlassen würden. Dann hatte sie sich wieder auf ihren Stuhl fallen lassen und sie mit einem Ausdruck hilfloser Verzweiflung gebeten, Antonios Zimmer nicht zu betreten, um ihn mit diesen Neuigkeiten nicht zu ängstigen: Für ein leberkrankes Kind könnte die kleinste Aufregung fatale Folgen haben. Mit niemandem dürften sie darüber reden, was geschehen war. Weder mit den Nachbarn noch mit den Hausmädchen. »Nichts sagen! Den Mund halten! Kein einziges Wort zu Fremden!« ereiferte sie sich. Die Tante selbst hingegen hatte die Hausangestellten angehalten, sich überall umzuhören und alles, was sie erführen, unverzüglich telefonisch an wer weiß wie viele Pressestellen weiterzugeben. Bei seiner Heimkehr hatte sein Onkel sie völlig ermattet angetroffen, doch ihre Lebensgeister erwachten sogleich wieder, um sich über die neuesten Gerüchte informieren zu lassen, darüber, was die Hausmeisterin, die Nachbarn, Delfinas Dienerschaft oder die der kolumbianischen und der uruguayischen Diplomaten, die im Stockwerk über ihnen wohnten, vielleicht noch wußten.

Sie hatte sich eine Weile mit ihrem Gatten eingeschlossen und war anschließend völlig aufgelöst wieder herausgekommen. Er irre sich, hatte sie sich verteidigt, in ihrer Familie kenne man keine Bluttaten; der für den Zwischenfall Verantwortliche, hatte sie seit der vergangenen Nacht ununterbrochen beteuert und außerdem seit Jahren prophezeit, war einer der Verwundeten, den del Solar in den Zeitungen als Pedro Balmorán identifizierte. Die Tatsache, daß er schwer verletzt war, schien sie nicht von seiner Unschuld zu überzeugen. Den ganzen Tag lang versuchte sie, Delfina aufzutreiben, doch die war noch nicht aus dem Krankenhaus zurück, in dem man ihren Sohn operiert hatte. Man erfuhr, daß mehrere Polizisten sie in ihrer Wohnung aufgesucht hatten und die Uribes es übernommen hatten, sie zu empfangen und wieder hinauszubegleiten. Amparo und er hatten lange auf einer Kommode neben dem Fenster gestanden und den Fotografen bei der Arbeit mit ihren Kameras zugesehen. Später waren die Inspektoren auch zu ihnen in die Wohnung gekommen, und seine Tante Eduviges hatte gekreischt, sie wisse nichts, sie sei entsetzt, eine arme verzweifelte Mutter mit einem kranken Kind, das eine beginnende lebensbedrohliche Hepatitis habe, an der es jeden Moment sterben könne; so weit habe es nur kommen können, weil sie in diesem unheilvollen Gebäude wohne; sie könne nur sagen, daß Pedro Balmorán, der sich als Autor und Journalist ausgebe und im obersten Stock lebe, ein ausgemachter Schurke und sicher in den Mord an Pistauer verwickelt sei.

Im Laufe der Tage schien wieder Ruhe in den Wohnkomplex einzukehren, doch bei seinem Onkel und seiner Tante herrschte noch lange kein Frieden. Arnulfo stellte seine Besuche ein. Del Solar erfuhr nichts von Erichs Beerdigung. Die deutsche Mutter hatte er seiner Erinnerung nach nur einmal gesehen, als seine Tante ihn zu einem Besuch mitschleppte, von dem sie enttäuscht heimkehrte. Sie hatten sich nicht verständigen können, weil die Deutsche, eine hochgewachsene, blonde Frau, die nicht ein einziges Mal lächelte, weder Spanisch noch Französisch sprach und seine Tante kein Wort Deutsch verstand. Der Besuch, der angesichts des feindseligen Empfangs, den man ihnen bereitete, recht kurz ausfiel, bestand im wesentlichen aus einem Blick in die Küche, vor allem in den Kühlschrank, vielen verzweifelten Gebärden, die wohl besagten, daß die Butter lange nicht so gut sei wie die, die sie auf dem Markt von San Juan bekomme, daß man mit dem Fisch sehr vorsichtig sein müsse und man nur welchen kaufen solle, wenn man den Fischhändler sehr gut kenne, das beste Rindersteak finde man in einer Fleischerei im Juárez-Viertel, obwohl man auch in San Juan verstehe, es ordentlich zu schneiden. Wieder daheim, ließ sie sich zu bitteren Kommentaren hinreißen – exklusiv für ihn, denn Amparo war bei Antonio geblieben, um ihm Gesellschaft zu leisten: über die Extravaganzen ihres Bruders Arnulfo, speziell seine letzte, die darin bestanden hatte, daß er sich mit einer dermaßen unsympathischen Frau eingelassen hatte, mit der er sicherlich noch einigen Ärger bekommen würde. Was tatsächlich geschah: Die Polizei nahm zwei Hausmädchen zum Verhör mit, die bei Eduviges arbeiteten, und sein Onkel mußte sie im Kommissariat abholen, doch da wollten sie nicht mehr bei ihnen arbeiten; sie kamen halbtot vor Angst zurück, aber nur um ihre Sachen zu packen. Seine Tante sagte tagelang kein Wort mehr, oder fast keins, und lief ständig mit verweinten Augen herum. Amparo erfuhr, daß sie umziehen mußten, weil ihr Onkel Arnulfo mit seiner Frau verschwunden war und ihnen nicht mehr die Miete bezahlen würde; man hätte ihnen ein etwas bescheideneres Häuschen in der Gegend angeboten, einige Häuserblocks entfernt. Der Arzt war über den Verlauf von Antonios Krankheit äußerst besorgt; er sagte, die Unruhe im Haus dringe bis in sein Schlafzimmer und vergifte seinen Organismus; vielleicht würde man ihn für ein paar Tage in ein Krankenhaus einliefern, damit der Umzug ihn nicht weiter schwächte. Er selbst erlebte den Umzug nicht mehr mit, denn obwohl es noch einige Monate bis zum Schuljahresende dauerte, beschlossen seine Eltern, ihn wieder zu sich nach Córdoba zu holen, wo er die folgenden Jahre verbrachte und weiter zur Schule ging, bis er zum Studium in die Hauptstadt zurückkehrte.

Als er jetzt das Gebäude erneut betrachtet, wird ihm wieder bewußt, daß alles, was er hier erlebt hat, das Spielen im Patio, die Erfahrung der Verdunklung, die exaltierten Vertraulichkeiten der Tante, für ihn ein Stück Paradies bedeuteten, das ihm fast ungetrübt in Erinnerung geblieben ist. Mehr als die kindlichen Spiele vermißte er später die geheimnisvolle Art, mit der Tante Eduviges mit ihrem Mann, ihrem Bruder Arnulfo oder mit Fremden am Telefon redete. Die nicht zu bremsende Überschwenglichkeit seiner Tante, die er als Erwachsener unerträglich fand, war vielleicht das, was ihm damals am meisten fehlte. Erstaunlich, aber wahr! Damals merkte er nicht, welche Nervensäge Eduviges war. Daß sie mit Amparo und ihm wie mit Erwachsenen redete und ihnen, fast komplizenhaft, tausend und eines ihrer tagtäglichen Dramen erzählte, obwohl sie nur einen Bruchteil ihres Wortschwalls verstehen konnten, hatte Miguel del Solar als Kind ein solches Glücksgefühl beschert, wie er es später nie mehr im Umgang mit Menschen erleben sollte. Antonio, der nahezu unsichtbar in seinem Krankenzimmer lag, hatte er zu jener Zeit kaum wahrgenommen.

Die Tatsache, daß er aus einer Quelle schöpfte, die familiäre Probleme stets mit nationalen Katastrophen verwechselte, war vielleicht auch der Anstoß für sein späteres Berufsziel, für seine Beharrlichkeit, mit der er, gegen den Wunsch der Familie, die ein solches Fach für unseriös und zu wenig wissenschaftlich hielt, darauf bestand, Geschichte zu studieren. Ja, er gab das Jurastudium im ersten Jahr auf, um sich ganz auf das Fach Geschichte zu konzentrieren.

Dieses Haus mit den zerfallenen Wänden, das Minerva, ist nur noch ein Schatten dessen, was er einmal gekannt hat. Nicht nur die Farbe, sondern auch die Würde ist ihm längst abhanden gekommen; Exzentrik hat sich mit Elend gepaart, zwei Kategorien, die sich noch nie vertragen haben. Stellenweise fühlt del Solar sich eher an eine ländliche Unterkunft erinnert als an eine Residenz für vornehme Mieter, als die diese Wohnungen ursprünglich konzipiert waren. Doch selbst jetzt kann man dem Gebäude einen gewissen Charme nicht absprechen.

Die Wohnung seiner Tante und seines Onkels bestand aus zwei Flügeln, die einen rechten Winkel bildeten. Trotzdem vermag er nicht festzustellen, wo genau sein eigenes Zimmer lag.

Am Ende des Hofs stehen ein paar Leute um einen kleinen Brunnen herum und versuchen, anscheinend erfolglos, eine Wasserpumpe in Gang zu bringen. Eine junge, einfache Frau mit einem erfrischenden Lächeln kommt auf ihn zu und fragt ihn, ob er jemanden suche, und setzt dann hinzu:

»Ich bin die Hausmeisterin.«

Er fühlt sich unschuldig ertappt. Hastig sagt er, er sei zufällig vorbeigekommen und habe nur wissen wollen, ob hier eine Wohnung frei sei.

»Ich glaube nicht«, sagt die junge Frau. »Aber wer weiß, vielleicht wird ja bald etwas frei? Der Verwalter wüßte mehr darüber, nur leider ist er gerade nicht da. Wollen Sie nicht später noch einmal vorbeikommen?«

Er verabschiedet sich. Natürlich denkt er gar nicht daran, dort einzuziehen. Noch einmal schaut er sich das ganze Gebäude von innen an. Ein Hexenhaus. Eine Ruine mit viel Charakter, das ja, aber unbewohnbar. Wenn sein Forschungssemester nicht jetzt zu Ende ginge, würde er es sich vielleicht noch einmal überlegen. Einige Minuten später macht er sich auf den Weg zum Tabasco-Viertel, wo er die Fahnen seines Buches abliefern muß.

Er ist Historiker, ohne Zweifel. Er heißt Miguel del Solar. Vor kurzem ist seine Frau gestorben. Seit etwa sieben Jahren lebt er in England, wo er als Professor für lateinamerikanische Geschichte an der Universität von Bristol lehrt. Die Besichtigung hat ihn aufgewühlt. Er empfindet ein fast physisches Bedürfnis, die Hintergründe und die Einzelheiten dieses mit dem Haus Minerva verbundenen Verbrechens zu erforschen. Er findet, daß ihn das unmittelbar berührt.

Es war eine Geduldsprobe, seine Tante ausfindig zu machen. Als er sie anrief, fragte eine Frauenstimme, wer da sei. Er sagte seinen Namen. Man wollte wissen, was er der Señora zu sagen habe. Er beharrte, er sei ihr Neffe und wolle ihr nur Guten Tag sagen. Schweigen und dann wieder eine Frage: »Was für ein Neffe? Wie haben Sie gesagt, war ihr Name?« Er mußte einen Moment warten, sie wollten nachsehen, ob die Señora Briones de Díaz Zepeda sich zufällig noch im Haus aufhalte. Wenige Minuten später war am anderen Ende eine Männerstimme zu hören. In eher barschem Ton. Er wolle wissen, wer dort sei. Nahe daran, die Geduld zu verlieren, erklärte del Solar, wer er sei und daß er nur seiner Tante Guten Tag sagen wolle. Wieder: »Warten Sie bitte einen Moment.« Augenscheinlich war die Señora ausgegangen … Es vergingen zwei oder drei Minuten, bis eine andere Stimme sich meldete. Eine Fistelstimme, schwer zu erkennen, ob sie einem Mädchen oder einer Greisin gehörte. Eine unangenehme Stimme, extrem gekünstelt. Das Ganze wirkte wie ein Scherz. Wieder stellte man ihm die gleichen Fragen. Inzwischen war er mehr als ungeduldig, aber fest entschlossen, nicht aufzulegen.

»Del Solar! Miguel Del Solar!« schrie er in den Hörer.

»Um Gottes Willen! Warum hast du das nicht gleich gesagt?«, antwortete man ihm. »Wozu die Geheimnistuerei?« Die Stimme klang schrill und unsympathisch, aber irgendwie doch normaler. »Bist du in Mexiko? Amparo am Apparat. Mama kann nicht kommen. Sie kann sich momentan nicht rühren. Man hat ihr eine Beruhigungsspritze gegeben. Nach der Spritze muß sie mindestens eine Stunde im Bett bleiben. Gestern hat man sie den ganzen Abend lang mit Anrufen belästigt.«

Er stellte klar, daß es von seiner Seite keinerlei Geheimniskrämerei gebe; er habe von Anfang an gesagt, wer er sei und daß er sich nur melden wollte. Dann fragte er seine Kusine, wann er sie einmal besuchen dürfe.

»Laß mich erst mit Mama darüber reden. Möchtest du lieber zum Mittagessen oder abends kommen?«

Anschließend fragte sie ihn ohne Überleitung, ob er immer noch im Ausland lebe oder ob er beschlossen habe, jetzt in Mexiko zu bleiben. Ob er sich in England wohl fühle, wo das Klima doch so feucht sei. Del Solar hatte den Eindruck, seine Kusine wolle Zeit gewinnen, das Gespräch auf ein anderes Thema lenken, um ihre Verabredung so vage stehen zu lassen und sich zu verabschieden, bevor sie etwas Konkretes ausgemacht hätten. Deshalb insistierte er. Er wolle seiner Tante keine Umstände mit einem Essen machen, sagte er, er habe nur vorgehabt, kurz bei ihnen vorbeizuschauen und vielleicht einen Kaffee mit ihnen zu trinken; das sei alles.

»Ich habe solche Lust, euch zu sehen«, wiederholte er.

»Seltsam, daß du uns auf einmal sehen willst, wo du uns jahrelang nicht einmal angerufen hast, oder?«

Er beschloß, diese Unverschämtheit nicht zur Kenntnis zu nehmen, und sprach weiter, als herrschte zwischen ihnen noch das gleiche vertraute Verhältnis wie in ihrer Kindheit. Möglicherweise bleibe er noch für ein Jahr in Bristol; im nächsten Jahr würde er vielleicht zurückkehren und sich endgültig in Mexiko niederlassen. An keinem Ort, dessen sei er sich sicher, könne er besser arbeiten als in seinem Land; er sei es mehr als überdrüssig, Studenten zu unterrichten, die nie irgend etwas verstehen würden. Außerdem wäre es für seine Kinder wichtig zurückzukehren. Sie ohne ihre Mutter in England zu behalten, sei in der Tat unmöglich. Und ohne ihr Zeit für Ausflüchte oder eine Absage zu lassen, sagte er, er würde am nächsten Tag nachmittags vorbeikommen, um sie zu sehen – dabei benutzte er listigerweise die zweite Person singular. Ob sechs Uhr recht sei. Amparo willigte ein, verabschiedete sich anscheinend einigermaßen verwirrt und hängte ein.

Del Solar erzählte seiner Mutter, wie merkwürdig dieses Telefonat verlaufen sei. Die verschiedenen Stimmen, die er anfangs zu hören bekommen hatte, dann Amparos abweisender Ton. Er fragte seine Mutter, ob ihr Verhältnis zu Eduviges abgekühlt sei.

»Schlecht ist es, glaube ich, nicht«, sagte sie und fügte nach einer Pause hinzu, »aber auch nicht gut; eigentlich ist es gar keins; was wohl bedeutet, daß es doch eher zum Schlechten tendiert, stimmt's? Eigentlich habe ich nie darüber nachgedacht. Seit sie verwitwet ist, sehen wir uns kaum noch. Antonios Karriere ist ihr zu Kopf gestiegen. Ab und zu laufen wir uns bei irgend jemandem über den Weg. Einmal habe ich sie in Coyoacán besucht. Sie ist noch unerträglicher und launischer als früher geworden, soweit das möglich ist. Als Dionisio gestorben ist, bin ich als erste bei ihr erschienen. Damals waren sie noch nicht im entferntesten so wohlhabend wie heute, du wirst ja sehen. Als ich ihr Haus gesehen habe, fand ich es ausgesprochen vulgär. Hättest du das für möglich gehalten, in ihrem Alter? Ich meine, den guten Geschmack zu verlieren ...« Sie schwieg eine Weile, bevor sie fortfuhr: »Antonio wirkte an dem Tag sehr mitgenommen. Da ist mir erst bewußt geworden, wie sehr er an seinem Vater gehangen hat. Ich habe immer gedacht, er würde nie groß was zuwege bringen, aber da siehst du mal, er ist wirklich brillant. Manchmal denke ich, Eduviges sieht Dionisios Tod wie einen Sieg, mit dem sie den Sohn nun ganz für sich allein hat. Jeder andere hätte sich erdrückt gefühlt, so wie es Dionisio ergangen ist, nachdem er sie geheiratet hat. Aber mit Antonio war es nicht so. Im Gegenteil, der Junge hat einen unglaublichen Ehrgeiz entwickelt. Mit dieser Regierung, scheint mir, versteht er sich nicht ganz so gut, ich weiß nicht, ob du gesehen hast, wie die Presse mit ihm umspringt. Irgend etwas muß er falsch gemacht haben, denn die bereiten ihm viele Schwierigkeiten. Nach der Beerdigung habe ich ihn nicht mehr gesehen. Er hat mich nach dir gefragt, nach deiner Arbeit. Selbst Eduviges scheint stolz auf die Verwandtschaft gewesen zu sein, als dein Buch erschien; aber nur am Anfang, später hat sich das geändert, du weißt ja, sie war immer schon egoistisch. Sie will allen Erfolg nur für ihren Sohn.«

Am nächsten Tag betrat del Solar, wie vereinbart, um sechs Uhr ein Mitte des achtzehnten Jahrhunderts erbautes Haus in Coyoacán. Er durchquerte einen großen, von Arkaden gesäumten Garten. Er folgte der Bediensteten, die herausgekommen war, um ihm das Tor zu öffnen. Sie gingen durch einen spärlich beleuchteten Salon. Bevor sie die Treppe hinaufstiegen, fiel sein Blick auf zwei Gemälde, zwei sehr schöne französische Landschaftsbilder, vielleicht ebenfalls aus dem achtzehnten Jahrhundert. Die Hausangestellte hatte das Licht angeknipst. Die übrige Einrichtung war das reine Chaos, überladen und trivial. Eine

Unmenge willkürlich verteilter Kostbarkeiten: Bronzen, Porzellan, Kristall. Edles Silber, aber zu viel. Die Bedienstete blieb stehen, als fände das Treffen in diesem Salon statt. Del Solar hatte den Eindruck, es handle sich um eine obligatorische Pause, damit der Gast die Möbel und sonstigen Gegenstände gebührend bestaunen konnte. Anschließend stiegen sie eine Treppe mit großen roten Steinfliesen hoch, durchquerten noch einen Korridor, bis sie in einem kleinen Raum angelangt waren, wo seine Tante ihn erwartete. Im Gegensatz zu dem vollgestopften Erdgeschoß ein recht angenehmer Ort.

Es war nicht leicht, seine Tante gleich auf den ersten Blick als Ganzes in Augenschein zu nehmen. Er hatte sie vor gut einem Dutzend Jahren zuletzt gesehen. Schon damals hatte ihr Körper angefangen, in die Breite zu gehen, doch jetzt hatte er, allein schon wegen seiner Größe, ausgesprochen monumentale Dimensionen angenommen. Seine Mutter hatte ihn vorgewarnt, aber tatsächlich war die Erscheinung seiner Tante noch weitaus wuchtiger als erwartet. Ein in Wolle gehüllter Berg in ständiger Bewegung. Sie hatte ihren sehr persönlichen Kleidungsstil beibehalten. Eine Art Hauskleid, das ihr bis zum Knöchel reichte, aus dickem grauem Flanell, eher geeignet für einen Männermantel, mit abgewetztem schwarzem Samtbesatz auf der Brust und an den Manschetten und rechts und links mit Jett verziert. Der Kleiderstil, der in den Zeitungen und Zeitschriften von 1914 propagiert wurde, die er gerade durchgesehen hatte. Als hätte seine Tante sich in ihrer Kindheit in die Kleidung der Erwachsenen verliebt und seither beschlossen, dieser Mode treu zu bleiben. Wie vor dreißig Jahren hing ihre Brille an einem breiten schwarzen Samtband um ihren Hals. Er war überrascht, wie schlampig sie wirkte, wie wenig sie auf ihr Äußeres zu achten schien: das Make-up schlecht aufgetragen, die Nägel ungepflegt, das Haar schlaff herabhängend und dem Anschein nach so schmutzig wie das Marderfell, das sie um den Hals trug. Sie schien mehrere Nächte in diesem Gewand geschlafen und nie einen Frisiertisch oder ein Badezimmer in Anspruch genommen zu haben.

Als sie ihren Neffen Miguel sah, sprang sie mit unglaublicher Behendigkeit von ihrem Sofa auf. Sie lief auf ihn zu, umarmte ihn und schob ihn dann brüsk zu einem Sessel, als sei sie plötzlich seiner überdrüssig geworden oder habe sich darauf besonnen, lieber nicht herzlich zu ihm zu sein. Sie griff sich an den Kopf und zerzauste sich ihr Haar noch mehr. Dann streckte sie in einer dramatischen Geste die Hände aus, ließ sie flach auf einer Kommode ruhen. Ihre Fingernägel waren ganz kurz, schlecht gepflegt und etwas schmutzig. Schließlich ging sie zum Sofa, auf dem sie geruht hatte, als er hereinkam, und wollte sich darauf fallen lassen, überlegte es sich aber im letzten Moment anders. Fast schon im Fallen richtete sie ihren Körper in einer Art Pirouette, die ihn an die Sprünge der Delphine auf hoher See erinnerte, wieder auf. Sie kam zu ihm zurück, packte ihn mit beiden Händen, zog ihn hoch und führte ihn ans andere Ende des Zimmers, wo sie ihm schließlich gestattete, sich auf einem Diwan mit hoher Rückenlehne niederzulassen. Anschließend plumpste sie mit aller Wucht neben ihn und lehnte sich zurück. Noch hatte Miguel del Solar kein Wort gesagt, nicht einmal zur einfachen Begrüßung, da stand sie schon wieder. Erst stieß sie ihren Neffen gegen die Knie, dann stolperte sie über einen Korb voller Zeitungen und Illustrierter, lief gegen einen Tisch, auf den sie sich mit den Händen stützte, um das Gleichgewicht zu finden. Dort drückte sie auf eine elektrische Klingel.

»Ich werde sie bitten, uns etwas zu bringen. Ich weiß nicht, worauf du Lust hast, ich werde einen Pfefferminztee trinken, denn Kaffee putscht mich zu sehr auf. Ich bin bei Doktor Murillo in Behandlung. Der erlaubt mir höchstens zwei Tassen pro Tag, eine zum Frühstück und eine nach dem Essen. Vielleicht hättest du lieber einen Whisky.« Sie wartete an der Tür auf die Hausangestellte, und als die kam, bat sie entgegen allem, was sie gerade gesagt hatte, um eine Kanne Kaffee mit zwei Tassen. »Später biete ich dir etwas anderes an. Der Kaffee mag ja seine Nachteile haben; Murillo weiß das besser als jeder andere, aber Tatsache ist auch, daß es bei dieser Kälte kein besseres Getränk gibt.«

Um seine Tante zu beruhigen, griff del Solar zu dem Mittel, das früher gewöhnlich am besten gewirkt hatte. Er begann ihr zu sagen, er finde, sie sehe sehr gut aus, so als seien die Jahre spurlos an ihr vorübergegangen. Seit der Zeit, als sie im Haus Minerva wohnten, hätte er sie nicht so in Form gesehen.

»Meinst du?« fragte sie argwöhnisch. »Ich habe das Gefühl, daß ich ein bißchen zugenommen habe. Ich habe mich in den letzten Jahren ein wenig gehen lassen. Findest du mich nicht dicker?«

»Ich habe den Eindruck, daß es eher an dem Gewand liegt. Das, was du heute anhast, ist aus dickem Wollstoff.«

»Nein, nein, nein«, wiederholte sie entschieden. »In letzter Zeit habe ich einige Kilos zugenommen. Und gesundheitlich ist es mir gar nicht gutgegangen. So wie du mich hier siehst, bin ich nur noch ein abstoßendes Scheusal mit einer nicht funktionierenden Blase, viel zu hohem Blutdruck und zu viel Cholesterin. Aber vor allem die Nerven! Ich habe mich so schlimm gefühlt. Hast du gehört, daß sie versuchen, Antonio eine Menge Lügengeschichten anzuhängen? Solange die Situation nicht geklärt ist, kann ich mich unmöglich erholen. Es gibt Leute, die wollen ihn in Verruf bringen; sie versuchen ihm Fallen zu stellen. Rechtsanwalt Armendáriz hat ihm geraten, das Land zu verlassen. Eine Weile, sagen wir, ein Jahr, im Ausland zu bleiben. Zum Beispiel nach Spanien zu gehen. Falls er tatsächlich das Land verlassen muß, was Gott verhüten möge, bleibt mir wahrscheinlich nichts anderes übrig, als ihn zu begleiten, zumindest eine Zeitlang. Ihm gefällt Madrid; aber in dem Fall sollte er sich lieber an einen Ort zurückziehen, der weniger auffällig ist, zum Beispiel Málaga, oder warum nicht Torremolinos? Ich kann die Gehässigkeiten seiner Verleumder nicht ertragen, und noch weniger die seiner falschen Freunde. Du kannst dir ja nicht vorstellen, wie die mich mit Telefonanrufen quälen. Die Falschheit all der Leute, die mein Sohn mit Wohltaten überhäuft hat. Wenn sie mir jetzt begegnen, tun sie so, als sähen sie mich nicht oder verhöhnen mich sogar. Schließlich bin ich nicht mehr aus dem Haus gegangen. Du hast gut daran getan wegzugehen, dich diesen Barbaren zu entziehen. Die werden uns noch irgendwann kleinkriegen, du wirst sehen. Das haben die sich schon lange vorgenommen, und allmählich gelangen sie an ihr Ziel. Die wollen uns fertigmachen, glaub mir, Miguel.« Dieses Jammern und Klagen sprudelte in unglaublicher Geschwindigkeit aus ihr hervor, begleitet von den unterschiedlichsten Grimassen und Gesten. Dabei war ihr Gesicht weiß wie Wachs geworden. Sie verzog grotesk die Lippen und ließ an jedem Satzende die Mundwinkel hängen, daß sie aussah wie eine alte Bulldogge. Ihre gewaltigen Backen blähten sich unentwegt auf und fielen wieder in sich zusammen, ebenso wie ihre Nasenflügel. Mal verloren sich ihre Augen als kleine Schlitze in den Fleischmassen, mal drohten sie wie aufgeblasene Ballons aus den Höhlen zu springen. »Du bist ja nicht umsonst Historiker und wirst sehr wohl wissen, daß sich in unserer Familie noch nie jemand die Hände an fremdem Geld schmutzig gemacht hat. Niemand. Ich wäre glatt bereit, mich vor dem Staatspalast aufzupflanzen und es lauthals hinauszuschreien. Niemand! Das ist ja das Schlimme. Eine Lektion von Anstand und Würde, die man uns nie verzeiht. Die ganz unten stehen, sind diejenigen, die sich bereichern, und als erstes beschuldigen sie die, die oben sind. Wenn du diesen Gaunern dann sechs Jahre später wieder begegnest, geben sie sich als feine Herren. Wir waren immer schon eine vornehme Familie. Ihr, sei mir nicht böse, nicht ganz so wie die Briones, aber auch immer anständig und ehrbar, keine Frage. Mein Mann hatte das Haus im Valle-Viertel erst ein Jahr vor seinem Tod abbezahlt.«

Sie legte eine Pause ein, drückte wieder auf die Klingel, wartete, bis der Kaffee heraufgebracht wurde, und fuhr dann fort: »Mit Antonio werden sie nicht genauso umspringen wie mit meinem Bruder, das schwöre ich. Ich werde nicht zulassen, daß sie ihn anrühren. Ich habe viel zu sagen. Wenn ich mich erst mal entschließe zu reden!« Unverhofft wurde sie zum Engel der Gerechtigkeit, zur Rachegöttin, zur Königin mit dem Schwert, zur gnadenlosen Turandot. Doch dieser Effekt hielt nur ein paar Minuten an; urplötzlich sank sie in sich zusammen. Sie begann sich auf dem Diwan zu wälzen: eine hilflose und verängstigte wabbelige Fleischmasse. »Ich bin sehr besorgt«, japste sie mit schwacher Stimme. »Ich habe lange nicht mehr solche Angst gehabt.« Mit zwei Schlucken kippte sie ihren Kaffee hinunter und schenkte sich gleich eine zweite Tasse ein, schmierte sich Orangenmarmelade auf einen Toast, den sie so gierig verschlang, wie sie den Kaffee hinuntergekippt hatte.

Sie schien vergessen zu haben, daß noch jemand im Raum war, denn anschließend begann sie in ein paar Illustrierten zu blättern. Del Solar räusperte sich. Endlich erinnerte sie sich wieder an die Anwesenheit ihres Neffen. Sie starrte ihn entgeistert, mit halb offenem Mund, an und sagte: »Ich danke dir, daß du gekommen bist, um mir in diesen Stunden Gesellschaft zu leisten. Hast du etwas Neues erfahren? Bist du gekommen, um mir etwas zu sagen?«

»Nein, ich hatte nicht die leiseste Ahnung, daß die Situation so schlimm ist.« Er sagte, seine Mutter habe gedacht, Antonio hätte sich Feinde gemacht, die nun versuchten, ihn zu verdrängen; sie habe angenommen, es handle sich um die normale Rotation nach sechs Jahren und es ginge nur darum, einige Funktionäre politisch auszubooten und die frei gewordenen Stellen mit anderen Personen zu besetzen.

»Deine Mutter, entschuldige, wenn ich dir das so sage, hat nie gemerkt, wenn etwas im Busch war.« Sie begann wieder ihr Klagelied zu singen. Ihr Sohn habe einige bankrotte staatliche Unternehmen wieder hochgebracht, die florierten, als er sie verließ, egal was alle sagten. Er habe nur keine Kompromisse gemacht, das sei alles. Sein einziges Vergehen sei, daß er einer Familie angehöre, die man auf Biegen oder Brechen entehren und zerstören wolle ...

Hätte er sie weiter reden lassen, wäre sie den ganzen Nachmittag lang dabeigeblieben, immer die gleiche Litanei zu wiederholen, ohne ihm Gelegenheit zu geben, den Punkt anzusprechen, der ihn interessierte. Es war an der Zeit, in die Unterhaltung einzugreifen. Er fragte sie, ob sie den Eindruck habe, daß man momentan mehr gegen ihre Familie hetze als damals, als sie noch im Minerva wohnten.

»Was soll das heißen, mehr damals oder mehr heute?« rief sie mit entgeistertem Gesicht aus. »Habe ich dir nicht gerade gesagt immer? Kaum zu glauben, daß ausgerechnet du mich das fragst! Du, der Historiker! Seit Beginn dieses Jahrhunderts, vielleicht schon früher, hat man uns verfolgt, seit nämlich dieser Doktor Mora, den du so leidenschaftlich verteidigst, die Freimaurer-Loge in diesem Land organisiert hat. Ich habe selbst das Elend kennengelernt, vor und nach meiner Heirat. Und ich habe fast ständig unter Terror gelebt. Mein Mann war wie du, der hat nie etwas mitbekommen, das hat ihn auch gar nicht interessiert.«

»Mich interessiert es sehr wohl. Selbst als Kind, als ich bei euch im Roma-Viertel lebte, habe ich gemerkt, daß seltsame

Dinge um uns herum vorgingen. Erinnerst du dich noch an die Schießerei, die sich im Haus ereignet hat? Ein junger Deutscher kam dabei ums Leben, wenn ich mich nicht irre.«

Eduviges kniff die Augen zusammen; zwei Schlitze starrten ihn giftig an. Sie schien nicht reden zu wollen. Schließlich sagte sie herablassend und mißgelaunt:

»Er war ein Österreicher, kein Deutscher; er hieß Pistauer. Erich Maria Pistauer lautete sein vollständiger Name. Alle sprechen immer von der Österreicherin und dem Deutschen, dabei war es genau umgekehrt. Adele war Deutsche, und Erich und sein Vater waren Österreicher. Sie lebten in Berlin. Dort lernte mein Bruder unglücklicherweise diese abscheuliche Frau kennen.«

»Es ist fast so, als erlebte ich jene Tage wieder neu«, sagte del Solar, ohne besonders auf die Klarstellung der nationalen Zugehörigkeiten einzugehen, auf die sich seine Tante so versteifte. »Bist du noch mal im Minerva gewesen?«

»Niemals!« rief sie laut aus, mit einem derart angewiderten Blick, daß er eine solche Überreaktion auf eine so harmlose Frage für völlig unangemessen hielt. »Wie könnte ich je wieder dorthin gehen? Wozu auch, willst du mir das mal verraten? Damit sie mir auch noch eine Kugel verpassen? Daß man mich mit einem Wagen überfährt? Als Antonio noch mächtig war, habe ich ihn oft genug darum gebeten, er hätte eine ganze Reihe von Orten säubern müssen, insbesondere diesen. Diesen Unmenschen aus dem vierten Stock, der an allem Unheil, das uns widerfuhr, schuld war, aus dem Land schaffen, egal mit welchen Mitteln. Er war einer der Schuldigen, denn hinter ihm muß es mächtige Leute geben. Irgendeiner stiftet ihn an, das lasse ich mir nicht ausreden. Wenn ich ein Mann wäre, hätte ich schon lange kurzen Prozeß mit diesem Balmorán gemacht, da sei mal sicher. Ich hätte ihm keinen Knochen im Körper heil gelassen. Der war der Hauptschuldige an unserer ganzen Misere, das habe ich Arnulfo so oft gesagt, aber der hat ja nicht auf mich gehört, und am Ende hat man ihn umgebracht.«

»Der Deutsche? Der war doch sein Stiefsohn, stimmt's?« sagte del Solar, ohne sie ganz zu verstehen.

»Der Österreicher!« schrie sie. »Erich Maria Pistauer war Österreicher! Ja, den meine ich, aber auch Arnulfo, meinen

Bruder. Willst du mir etwa erzählen, daß du nichts von seinem Tod gewußt hast? Sie haben ihn umgebracht. Sie wollten nicht weiter nachforschen. Mein Mann hat eine ganze Zeit keine Arbeit gehabt. Wir haben uns mit seinen Übersetzungen über Wasser gehalten. Das waren harte Jahre. Ich weiß gar nicht mehr, wie ich Antonio in der Zeit durchgebracht habe. Und jetzt nach dreißig Jahren wiederholt sich die Geschichte wieder. Auch jetzt hat Balmorán die Hand im Spiel.«

»Balmorán? Einer, der im Minerva ebenfalls verletzt wurde?«

»Laß mich dir nur eines sagen. An einem Tag in der letzten Woche habe ich die Zeitung aufgeschlagen. Da stand ein abscheulicher Artikel, in dem sie deinen Cousin verunglimpft haben, ja, Antonio, und auf derselben Seite, direkt neben dieser Reihe von üblen Verleumdungen war ein Interview mit Balmorán über öffentliche Korruption abgedruckt. Darin erklärt er, daß er zum ersten Mal seit vielen Jahren der Presse wieder ein Interview gewährt. Glaubst du etwa an solche Zufälle? Wers glaubt, wird selig! Der vergißt, daß ich nicht erst gestern geboren bin. Ich weiß zu viel über ihn, ich weiß, wie der das macht. Der ist schon seit langem hinter mir her. Hinter mir und meiner Familie. Für wen tut er das? Das habe ich noch nicht herausgefunden. Den einen oder anderen Verdacht habe ich schon. Der ist nicht zum Führer geboren, der hat noch nie genug Schneid besessen. Der ist zu klein und unbedeutend. Der befolgt nur Befehle; aber leider setzt er alle Hebel in Bewegung, um sie auch auszuführen, das heißt, um uns zu verleumden, uns zu vernichten. Vor vielen Jahren hat er mich mal besucht, als wir noch im Minerva wohnten. Da wollte er wissen, ob ich tatsächlich mit González de la Caña verwandt bin. Und das stimmt. Der war mein Großvater. Da hat er gesagt, daß er Nachforschungen über diesen verfemten Dichter angestellt hätte und jetzt noch Genaueres über ihn erfahren wollte. Schau Miguel, ich weiß nicht mal, warum ich dir das überhaupt erzähle. Ich habe einmal versprochen, das niemandem gegenüber je zu erwähnen. Aber ich weiß ja, daß du nicht ausplaudern wirst, worüber wir hier geredet haben. Bitte, ich flehe dich an, enttäusche mich nicht … González de la Caña war ein Filou und hat in Guadalajara und hier Erzählungen und Gedichte in Zeitschriften veröffentlicht. Ich glaube, sie sind nie als Buch erschienen, aber ich bin nicht ganz sicher. Tablada war ein Bewunderer seiner Erzählungen. Aber für die Familie war er ein einziges Kreuz. Er war der jüngere Bruder meiner Großmutter. Wir waren eine gebildete Familie. Du mußt wissen, daß die Bibliothek meines Vaters in Mexiko einmalig war. Mehrmals habe ich gesehen, wie Gamboa sie benutzt hat; auch Nervo und viele andere mehr. Aber dafür interessieren sich die Leute nie. Bei uns war Talent an der Tagesordnung. Ich weiß nicht, ob du in letzter Zeit mal mit Derny gesprochen hast; der könnte dir viele interessante Dinge erzählen.« Er mußte sie wieder auf das Thema lenken, auf Balmoráns Besuch. »Ach ja. Ich habe dir erzählt, daß ich eines Tages einen Burschen habe ankommen sehen mit einem langen Gesicht und einer unangenehmen Miene. Er hatte all die Fehler, die ich bei Menschen nicht ausstehen kann: eine schrille Stimme, verschwitzte Hände, überhaupt keinen Geschmack hinsichtlich seiner Kleidung. Ein echter Prolet. Stell dir vor, der trug doch glatt senffarbene Socken ... Ich kann ja alles vergessen, nur das nicht. Eine echte Null. Aber du hättest mal sehen sollen, wie der sich aufspielte! Der hat sich als Journalist und Literaturstudent ausgegeben. Vom ersten Augenblick an habe ich irgendwie geahnt, daß er mir noch Schwierigkeiten machen würde; so was spürt man. Ich wollte ihn gar nicht erst reinlassen. Aber der ist einfach in den Salon gegangen und hat sich hingesetzt. Er hat mir gesagt, er schreibe eine Doktorarbeit über unbekannte Autoren, und da sei er auf Spuren von González de la Caña gestoßen. Er hatte herausgefunden, daß er ein Verwandter von mir ist. Wie, das kann ich mir bis heute nicht erklären! Er hat mir gesagt, es sei für ihn ein Riesenglück, daß er mit mir reden könnte. Da ist mir das Blut in den Adern gestockt. Von Kind an hatte man mir verboten, den Namen meines Großonkels auszusprechen. Er hat sich viele Jahre, wie viele weiß ich nicht, jedenfalls sein ganzes Erwachsenenleben, in einem Loch im hinteren Teil des Hauses meiner Großeltern verkrochen und da gelebt. Der Altersunterschied zwischen ihm und seinen Geschwistern war groß. Sie waren dreizehn, und González war der Jüngste von ihnen. Ich habe ihn ein paarmal gegen Ende seines Lebens gesehen. Ein schrecklicher Anblick; als Jungen hatten sie ihn nach Europa mitgenommen, und dort, in Paris, hatte er sich eine Krankheit zugezogen, die ihm den Verstand geraubt hat. Als sie ihn wieder nach Mexiko zurückbrachten, war er zweiundzwanzig. Zu jener Zeit redete man über solche Dinge nicht im Beisein einer unverheirateten Frau. Heute kann ich mir denken, um welche Krankheit es sich handelte. Uns wurde verboten, auch nur seine Existenz zu erwähnen. Er war der Alptraum des Hauses. Ein wahres Kreuz für alle. Die Dienstmädchen haben uns schreckliche Dinge erzählt. Manchmal zog er sich nackt vor ihnen aus und hat ihnen lachend seine intimsten Körperteile gezeigt. Er war der leibhaftige Teufel. Ich sage dir, der Gärtner mußte ihm das Essen bringen. Am Ende haben sich diese heftigen Anfälle zum Glück gelegt. Die letzten Jahre hat er nur noch wie ein Stück Fleisch dahinvegetiert, ohne zu sprechen, ohne sich zu bewegen, und dabei ist er unglaublich aufgequollen. Ich habe Balmorán gesagt, ich wüßte nicht, wovon er überhaupt redete. Jener Dichter sei kein Verwandter von mir; ich hätte seinen Namen noch nie im Leben gehört. Und da hat dieser scheußliche Kerl doch gewagt, mir zu sagen, todsicher hätte meine Familie diese Tatsache verschwiegen wie alles, und sie hätten sogar die Daten seines Todes und seiner Beerdigung verändert. Er hat gesagt, man hätte gerade die Briefe eines anderen Dichters und Freundes von de la Caña gefunden, und in einem beschuldigte der meinen Großvater, den kranken Schriftsteller gefangenzuhalten. Der Dichter schrieb, er fürchtete sogar um sein Leben. Balmorán hat mir gesagt – ich glaube, um mich zum Reden zu bringen –, vielleicht hätten sie ihn bestraft, weil er eine sehr dekadente, ziemlich unanständige Erzählung geschrieben hätte, die letzte, die er veröffentlicht hat, wo er lüstern einen Körper beschreibt und erklärt, er gehöre einer seiner Schwestern. Du kannst dir ja vorstellen, Miguel, wie sehr zu Hause alle unter diesem Wüstling gelitten haben! Ich habe mir vorgenommen, mir weder meine Nervosität noch irgendwelche Furcht anmerken zu lassen. Mir ist es gelungen, mich während der gesamten Unterhaltung zusammenzureißen, und ich habe es sogar geschafft, mich ganz natürlich von ihm zu verabschieden. Ich habe mir eingebildet, ihn überzeugt zu haben, daß ich nichts wüßte, weil es nichts zu wissen gab, daß er auf dem Holzweg sei. Schon fast an der Tür hat er mir eröffnet, daß wir uns nun häufiger sehen würden, denn er wohne auch im Minerva. Siehst du? Wovon eigentlich? Dahinter bin ich noch nicht gekommen. In dem Moment dachte ich noch, er wohnte auf der Dachterrasse, oder einer hätte ihm ein Dienstbotenzimmer vermietet, wogegen dein Onkel Dionisio und ich uns bereits ausgesprochen hatten. Wir hatten bei den Inhabern protestiert, weil wir fanden, daß sich Gesindel in unsere heile Welt einschlich. Wir dachten, es würde sich übles Volk unter uns mischen. Aber nie hätten wir uns vorstellen können, daß der Feind bereits eingedrungen war, daß er schon unter uns lebte. Von den Dienstmädchen habe ich erfahren, daß Balmorán besser lebte, als ich dachte; er hatte eine Wohnung im obersten Stock bezogen, ein Studio; nur zwei Zimmer, das schon, aber noch mit einer Küche und einem Bad. Ich habe ihn nicht mehr aus den Augen gelassen. Eines Tages habe ich Delfina Uribe, die Tochter des Revolutionärs, gefragt, ob sie Balmorán kenne. Du wirst dich nicht mehr an sie erinnern, sie wohnte nebenan, solange sie noch ihr Haus in San Angel fertigbauten. Sie sagte, ja, sie kenne ihn gut, sie seien sogar befreundet, und er schreibe gerade ein sehr unterhaltsames Buch über einen Kastraten. Ich habe nie gefragt, und es hat auch keiner mit mir darüber geredet, an welcher Krankheit mein Onkel litt; ich wußte nur, daß er verrückt geworden war. Da ist mir auf einmal der Gedanke gekommen, dieser Mann könnte im Sinn haben, meiner Familie etwas anzuhängen, ein lange sorgsam gehütetes Geheimnis zu enthüllen und vielleicht sogar meinen Großvater zu beschuldigen, er habe den armen Irren kastriert, damit er nicht immerzu herumlaufe und den Dienstmädchen seine intimen Körperteile zeigte. Nach dem, was meine Kusinen und die Dienstmädchen mir erzählt haben, hatte er nichts von einem Kastraten, als sie ihn zu uns brachten und einsperrten, im Gegenteil, sie durften ihm nie zu nahe kommen. Ich fand es nicht in Ordnung, daß Delfina das gleiche dachte und es überall herumerzählte. Als ich ihr das dann auch gesagt habe, hat unsere Freundschaft auf Dauer einen Knacks bekommen. Mir fiel plötzlich auf, daß man irgend etwas gegen meinen Bruder im Schilde führte. Ich wußte nicht, was es war und worum es genau ging, nur daß es Leute gab, die ihn haßten, darunter Delfina und ihre Freunde.«

Als sie bei diesem Punkt angelangt war, schien sie dermaßen erschöpft, daß sie kein Wort mehr hervorbrachte. Sie beugte ihren voluminösen Körper vor, ließ den Kopf hängen und atmete tief aus; dann warf sie sich unverhofft nach hinten, bis sie an die Rückenlehne des Diwans stieß; sie holte zwei-, dreimal tief Luft, faßte sich mit den Händen an den Kopf und zerwühlte sich die Haare noch mehr.

»Warum haben sie ihn denn gehaßt?«

»Das werde ich dir ein anderes Mal erklären. Arnulfo war kein einfacher Charakter. Bei mehr als einer Gelegenheit habe ich allen Mut zusammengenommen und mit ihm geredet. Er war ein schwer zugänglicher Mann. Schon damals war es nicht mehr üblich, daß Männer sich so verhielten, aber er war noch von der alten Schule; zum Beispiel mehr als meine Eltern und sogar als meine Großeltern. Deshalb war ich ja auch so erstaunt, daß er die Deutsche geheiratet hat. Da habe ich allen Mut zusammengenommen, was soll's? Zu Hause hatte man uns gelehrt, daß man manche Themen niemals ansprechen darf, schon gar nicht unter Geschwistern. Aber ich habe gewagt, es zu tun, weil ich wußte, daß es nur zu seinem Besten war. Hätte er damals doch nur auf mich gehört! Wenn er sich frühzeitig in Sicherheit gebracht hätte, wäre er vielleicht noch hier und würde sich mit uns unterhalten. Ich habe ihm gesagt, daß so ein Kerl, der bei uns im Haus wohnte, mir einen verdächtigen Besuch abgestattet und mich über sehr persönliche Familienangelegenheiten ausgefragt hätte. Ich habe ihm auch seine Ansichten über González de la Caña, unseren Großonkel, geschildert, die mir eine Gänsehaut verursacht hätten. Dabei habe ich ein wenig übertrieben, um ihn zum Handeln zu zwingen, doch nicht einmal so habe ich viel bei ihm erreicht. Ich habe ihm gesagt, Balmorán, so heiße der Kerl, habe begonnen, sich bei den Nachbarn umzuhören, um möglichst alles über uns zu erfahren. Und da ich wußte, an welcher Stelle er verletzlich war, habe ich noch hinzugefügt, Delfina, die Tochter des Anwalts Uribe, habe mir erzählt, Balmorán sei darüber im Bilde, daß einer aus unserer Familie nicht ganz normal sei und nicht ganz unversehrt und behaupte, Papiere zu besitzen, mit denen er das beweisen könne. In Wirklichkeit war ich vollkommen ahnungslos, das schwöre ich dir, und wußte nur ganz vage, wovon überhaupt die Rede war. Ich habe nur gemerkt, daß er mir mit mehr Interesse zuhörte, nachdem Delfinas Name gefallen war, obwohl er das zu verbergen suchte. Am Ende hat er sogar mit dem Zeitunglesen aufgehört und mich gefragt, wer Delfina alles besuchen kam, und er wollte auch ein paar Einzelheiten über ihre Freundschaft mit Balmorán wissen. Wenige Tage später ist so ein Typ, dem er vertraute, den ich aber nicht ausstehen konnte, bei uns zu Hause aufgetaucht, zu einer Uhrzeit, zu der Arnulfo normalerweise nicht da war, was mir ziemlich suspekt vorkam. Außerdem war es das erste Mal, daß so etwas geschah, seit Arnulfo aus Deutschland zurückgekehrt war. Ich bat Martínez – so hieß der Kerl – in Arnulfos Arbeitszimmer; doch kaum hatte ich das getan, fiel mir ein, daß Arnulfo angeordnet hatte, niemanden, absolut niemanden hereinzulassen, nicht einmal seine Frau, auch wenn sie mich darum bäte. Da bin ich zu ihm gegangen und habe ihn aufgefordert, er solle doch lieber ins Wohnzimmer kommen und mit mir einen Kaffee trinken. Ich hatte den Eindruck, daß es genau das war, was er wollte. Er konnte einen ganz geschickt in ein Gespräch verwickeln. Er behauptete, in den letzten Jahren hätten sich die Menschen in Mexiko stark verändert. Da habe ich ihm zugestimmt, leider sei wirklich alles anders geworden. Er übte auf eine ganz subtile Art Druck auf einen aus, daß man plötzlich, ohne es zu merken, redete, obwohl ich sicher bin, daß ich nichts ausgeplaudert habe, was jemandem schaden könnte. Es war kein Geheimnis, daß mir die Umgebung, in der wir wohnten, nicht behagte. Ich habe ihm nur gesagt, was ich dachte, das heißt, daß ich mich in dieser Atmosphäre nicht wohl fühlte. Ich schilderte ihm der Reihe nach jeden einzelnen Mieter, bis Balmorán dran war. Ich muß zugeben, daß ich da etwas übers Ziel hinausgeschossen bin. Ich habe ihm das gleiche gesagt wie meinem Bruder. Ich habe ihm alles erzählt, was ich über meinen Onkel, den Dichter, wußte. Er zeigte sich sehr interessiert, zu sehr. Aber ich habe gedacht, da mein Bruder manchmal nervös wird, wenn er über bestimmte Themen mit mir spricht, hätte er mir diesen Martínez geschickt, damit ich mich detailliert über alles auslassen könnte, als würde es mir leichter fallen, mit einem Fremden über diese Dinge zu reden als mit ihm. Doch da irrte er sich. Arnulfo war krank, ein Feigling. Deshalb sind mir seine Beziehungen zu Frauen auch bis heute ein Rätsel geblieben. Na gut, fahren wir fort. Ich dachte, nachher würden die beiden die Angelegenheit unter vier Augen besprechen, ohne daß ich vor meinem Bruder noch einmal so peinliche Details erwähnen müßte. Als Arnulfo zurückkehrte, habe ich ihm gesagt, sein Leibwächter sei dagewesen, denn ich brachte es nicht über die Lippen, von seinem Berater zu sprechen, aber niemals hätte ich mir vorstellen können, daß er sein Kompagnon war, wie Martínez selbst mehrmals hatte durchblicken lassen. Er konnte unmöglich Arnulfos Kompagnon sein. Mein Bruder konnte doch nicht dulden, daß ein so gewöhnlicher Mensch irgend etwas mit seinen Geschäften zu tun hatte. Martínez war ein Habenichts, der es zu etwas gebracht hatte. Wenn ich jetzt daran denke, wie seltsam Arnulfo manchmal war, bin ich nicht mehr so sicher. Jedenfalls wirkte mein Bruder dermaßen verstimmt, daß ich mich gar nicht mehr traute, ihm zu erzählen, worüber wir geredet hatten. Schon so warf er mir ständig meine Unbesonnenheit vor. Die Männer haben doch von nichts eine Ahnung. Er warf mir vor, nicht achtsam genug zu sein, aber hier siehst du mich vor dir, krank, aber lebendig; und er, wo ist er jetzt? Drei Meter unter der Erde! Meinem Sohn haben sie das gleiche Lamento in den Kopf gesetzt: meine Unbesonnenheit, meine Indiskretion, mein mangelndes Taktgefühl, aber das ist mir egal. Hätte er auf mich gehört und ein paar Leute in ihre Schranken gewiesen, befände Antonio sich heute nicht in solcher Bedrängnis. Ich bin eine aufrichtige Frau, das ist etwas anderes, eine Frau, die im übrigen weiter vorausgeblickt hat als sie. Aber darüber will ich nicht mehr reden. Findest du es nicht ungewöhnlich, daß Amparo gar nicht zurückkommt?« fragte sie dann völlig unmotiviert, offensichtlich in der Absicht, das Thema zu wechseln. »Sie wollte sich mit Gilda, meiner Schwiegertochter, bei Armendáriz im Büro treffen. Sie weiß, daß mein Leben an einem Faden hängt, und hat ihre Freude daran, mich warten zu lassen. Sie war schon immer so, von Kindheit an, wie du sicherlich noch weißt. Das macht sie absichtlich, um mir Angst einzujagen. Alle glücklichen Augenblicke, die Antonio mir im Leben beschert hat, zahlt sie mir jetzt heim, indem sie mir ständig Kummer bereitet. Heute war sie ganz aus dem Häuschen bei dem Gedanken, dich zu sehen. Morgens war sie im Schönheitssalon, als ob das bei ihr etwas nützen würde! Manchmal habe ich den Eindruck, daß ihre Marotten mit den Jahren immer schlimmer werden. Wenn sie dich wirklich so gerne hätte sehen wollen, wäre sie sicherlich schneller wieder heimgekehrt, meinst du nicht? Sie war ganz aufgeregt. Aber nach dem Essen hat meine Schwiegertochter sie abholen lassen. Jetzt müßte sie schon längst zurück sein, seit über zwei Stunden. Sie hätte ja wenigstens anrufen können, um Bescheid zu sagen, daß sie später kommen würde, meine ich. Mein Gott, ich kann es kaum erwarten, endlich zu erfahren, ob sie diese Papiere unterschreiben konnten!«

Del Solar schaute auf die Uhr. Er mußte jetzt aufbrechen! Er war zum Abendessen eingeladen. Daher machte er Anstalten, sich zu verabschieden, doch sie schien nicht bereit, ihn ziehen zu lassen. Wieder begann sie, vehement die Familienehre zu verteidigen. Ihre Familie war immer anständig gewesen. Sie hatten sie nicht nach Europa schicken können, weil sie ein eher bescheidenes Leben führten. Dieses Haus hier wirkte zwar luxuriös, war es aber gar nicht. Antonio hatte es für einen Klacks erstanden. Er hatte ordentlich verdient und das Geld klug angelegt. Sie hatte im übrigen dafür Sorge getragen, daß er eine gute Partie machte. Gilda war die Tochter eines steinreichen Mannes; sie hatte zwar nicht viel im Kopf, die Ärmste, aber das war eine andere Geschichte. Nicht ein Centavo war für ihren Sohn herausgesprungen. Das konnte jeder sehen, der keine Tomaten auf den Augen hatte. Es fehlte nur noch, daß Gilda zu verhindern suchte, daß bestimmte Besitztümer auf Amparo übergingen, nominell, versteht sich. Das wäre nur eine vorübergehende Schutzmaßnahme. Um Antonio zu schützen! Diese Frau stammte aus einer Familie von Idioten. Sie wäre glatt fähig zu glauben, daß sie den Besitz in der momentanen Situation behalten wollten, der ihnen allerdings in gewisser Weise ja auch gehörte. Antonios Interessen wären besser in Amparos Händen aufgehoben als in denen dieser Gildita.

Er stand bereits im Mantel da, während seine Tante sich immer mehr ereiferte, und fragte sie kühl:

»Warum haben sie den Deutschen in Delfina Uribes Haus umgebracht?«

»Erich? Erich Maria Pistauer?« fragte sie völlig verwirrt.

»Wie soll ich das denn wissen?« Dann sagte sie ziemlich erbost über die Ablenkung von ihren schweren Sorgen: »Ich habe dir doch schon gesagt, daß er kein Deutscher, sondern ein Österreicher war. Seine Mutter war Deutsche, Adele. Im übrigen wurde er nicht in Delfinas Wohnung umgebracht, sondern am Hauseingang.« Das Telefon klingelte. Eduviges rief von der Tür aus dem Hausmädchen etwas zu, nahm den Hörer ab und lauschte aufmerksam, ohne ein Wort zu sagen. Dann legte sie wütend auf. Del Solar hatte sich wieder hingesetzt. Er ließ ihr keine Gelegenheit zu erklären, wer angerufen hatte.

»Ich habe verschiedene Zeitungen aus der Zeit gelesen«, sagte er. »Da heißt es, es sei auf einer Feier bei Delfina Uribe geschehen.«

Eduviges schwieg eine Weile, als wollte sie ihre Gedanken ordnen. Sie setzte sich nicht, sondern ging ein paar Schritte, die ihre Körperfülle in diesem unglaublichen Aufzug, mit dem Marder um den Hals und dem Schmuck noch grotesker wirken ließen. Schließlich öffnete sie den Mund, schnappte happenweise nach Luft und sagte:

»Ja, Erich war auf dem Fest. Delfina wollte mich dafür verantwortlich machen und erklärte, sie sei sicher, daß ich ihn in ihr Haus gebracht hätte. Kannst du dir etwas Unsinnigeres vorstellen? Was für ein Interesse könnte ich daran gehabt haben, den Stiefsohn meines Bruders in diese Höhle des Löwen mitzuschleppen. Das ist doch sonnenklar: Delfina hatte sich in den Kopf gesetzt, ihn zu verführen. Die hatte ein Faible für junge Männer. Sie hatte einen Liebhaber, der jünger war als ihr eigener Sohn; das hat sie mir selbst gesagt. Erich haben sie erschossen, als er aus dem Haus kam. Delfina wusch ihre Hände in Unschuld. Sie hat erklärt, sie wüßte nicht, was der junge Mann dort zu suchen hatte. Natürlich hat ihr niemand auch nur ein Wort geglaubt. Das alles diente nur dem einen Zweck, deinen Onkel zu quälen. Es war eine Warnung, sie wollten ihn einschüchtern. Wir haben im trüben gefischt, aber eines habe ich klargestellt: Delfina hatte mit vielen Leuten Kontakt, auch mit Balmorán und mit General Torner. Ich habe dir ja gesagt, sie war es, die mir das erste Mal die Geschichte von dem Kastraten erzählt hat. Sie hatten miteinander zu tun. Man darf nicht vergessen, daß Delfinas Vater einer der mächtigsten Männer Mexikos war. Sie haben allesamt ein enges Netz geknüpft, um meinen Bruder zu Fall zu bringen. Und dieser Dummkopf, der sich für so erfahren hielt, ist ihnen hineingetappt. Zuerst haben sie seinen Stiefsohn erschossen. Er dürfte nicht älter als zwanzig gewesen sein. Den haben sie auf spektakuläre Weise umgebracht. Dann haben sie alles vernebelt. Der Schuldige wurde nie gefunden. Wenn ich Delfina begegnete, grüßte ich sie kaum. Es würde mich nicht im geringsten wundern, wenn sie auch jetzt hinter Balmorán steckte. Was für ein Zufall – ich wiederhole mich –, daß ausgerechnet jetzt ein Artikel gegen deinen Cousin in der Zeitung erscheint, gleich neben einem Interview mit diesem Schurken, wo er von korrupten Funktionären spricht. Es fehlte nur noch ein Foto von Delfina, um das Bild abzurunden. General Torner ist vor kurzem gestorben. In jener Nacht bei Delfina hat er sich ausgesprochen seltsam verhalten. Er wollte den Maler Escobedo umbringen.«

»Lebt sie noch?«

»Wer, Delfina? Natürlich lebt sie noch. Sie hat sich zu einer ausgesprochenen Hexe entwickelt, aber sie ist auch Millionärin. Selbstverständlich wird sie von niemandem verfolgt, und keiner stellt Ermittlungen an. So funktioniert die Justiz nun mal in diesem gelobten Land!«

Das Telefon klingelte. Eduviges verhielt sich wie vorher: Sie lauschte, während das Hausmädchen oder der Chauffeur unten ans Telefon ging. Plötzlich hellte sich ihr Gesicht auf, dann rief sie ja, natürlich sei sie da, man solle ihr bitte nur noch zwei Minuten lassen, um sich von ihrem Neffen zu verabschieden. Dann rief sie das Hausmädchen, umarmte ihn hastig und drängte ihn rasch zum Aufbruch. Noch auf der halben Treppe, hörte er schon wieder ihre Stimme. Ganz aufgekratzt setzte sie ihr Telefongespräch fort.

Der Besuch in Delfina Uribes Galerie war eine Pflicht, die jeder Mexikaner aus Miguel del Solars Kreisen Jahr für Jahr zu erfüllen hatte. In etwa vergleichbar mit dem Besuch eines Konzerts im Bellas Artes, einer Ausstellung im Museum für Moderne Kunst oder des alljährlichen Filmfestivals. Mit anderen Worten, es gehörte zu dem Milieu, in dem sich der Teil der Bevölkerung bewegte, der an Kunst interessiert war und an allem, was sich um sie herum abspielte. Mit Cecilia hatte er dieses Ritual in all den Jahren, bevor er nach England ging, regelmäßig zelebriert. Er kannte Delfina, hatte sie einige Male in ihrer Galerie begrüßt und die eine oder andere flüchtige Bemerkung über das Verdienst der Ausstellung, die Vorzüge oder Mängel dieses oder jenes Malers mit ihr ausgetauscht. Wenn er es recht bedachte, mußte er zugeben, daß er sich aber nie wirklich mit ihr unterhalten hatte.

Seit ihrer Jugend war Delfina aus den verschiedensten Gründen immer eine öffentliche Person gewesen. Ihre Galerie bildete einen wesentlichen Orientierungspunkt für die neueste Geschichte der mexikanischen Malerei. Delfina galt allenthalben als intelligent, kultiviert und großzügig. Im übrigen gab es auch allerlei üble Nachrede durch Leute, die damit unbeabsichtigt dazu beitrugen, Delfinas Ansehen zu festigen. Etwa Maler, die sich ungerecht behandelt fühlten; deren Werk durch eigene Nachlässigkeiten nicht in angemessener Form gewürdigt oder anerkannt wurde. Manche störten sich auch an ihrer mondänen Weltgewandtheit, ihren Verdiensten als Gastgeberin; selbst an ihrer Rolle als Mäzenin, die sich allerdings nie konkret nachvollziehen ließ.

Als del Solar sie zu Hause besuchte, war er keineswegs überrascht von der Anordnung der Räume und ihrer Einrichtung. Irgendwie hatte er sich alles genauso vorgestellt. Galerie und Wohnraum ergänzten einander und bewahrten einen ganz persönlichen Stil, passend zu Delfinas asketischer und strenger äußerer Erscheinung. Vielleicht hatte er erwartet, mehr Bilder und leuchtendere Farben an den Wänden vorzufinden. Das war das einzige Detail, worin der tatsächliche Anblick, der sich ihm nun bot, geringfügig von dem abwich, was er sich vorgestellt hatte.

»Die Señora wird in wenigen Minuten hiersein«, sagte das Hausmädchen und bot ihm einen Kaffee an.

Während er auf Delfina wartete, nutzte er die Zeit, sich gründlich im Erdgeschoß ihres Hauses umzuschauen; zwei lichte Würfel, der erste ein Salon, der zweite ein Eßzimmer, die sich zu anderen, kleineren Räumen hin öffneten. Eine strenge, nüchterne Anordnung, die aber nicht unbedingt kalt wirkte. Der einzige ernste Einwand, den man gegen dieses Haus äußern konnte, dachte er, betraf die leicht theatralische Note, wie sie fast allen kaum bewohnten Orten eigen ist. Manche Decken waren in blassem Weinrot gestrichen, zwei Wände in Siena-Rot; alle übrigen strahlten in maurischem Weiß. Es gab auch ein paar Glaswände, eine im Eßzimmer, eine weitere in einem kleinen Aufenthaltsraum; durch beide sah man auf einen fast tropischen Garten. Die Möbel von sehr nüchternem Zuschnitt waren um einiges bequemer, als es zunächst den Anschein hatte. Delfina erklärte ihm später, daß sie von Alvar Aalto entworfen waren, und erzählte, in den vierziger Jahren habe man in Mexiko eine Fabrik gegründet, die Möbel nach den Entwürfen der modernsten Designer der damaligen Zeit baute. Sie hatte etwas Geld investiert, aber das Geschäft rentierte sich nicht. Die Möbel waren sehr teuer und entsprachen so gar nicht der bei der damaligen Klientel herrschenden Vorliebe für opulente Formen. Del Solar ging eine ganze Weile vor den Bildern auf und ab. An der Wand hing ein großer Tamayo: Eine menschliche Gestalt, aus runden, aufeinandergeschichteten Scheiben von schrill leuchtendem Rot zusammengesetzt, schaute aus einem Fenster mit einem großem Rahmen von einem fast ontologischen Grau. An den übrigen Wänden hingen in großen Abständen die restlichen Gemälde: ein Jugendportrait von Frida Kahlo; ein Stilleben von Lazo; ein Julio Escobedo, signiert im Jahr 1937: Mispelzweige, getragen von zwei barocken Engeln, die sich in ihnen zu verheddern scheinen. In einem der kleineren Räume eine krakelige Zeichnung von Matisse und gegenüber ein wachsfarbener Totenkopf von Soriano. Alles in dem Haus – die Architektur, die Möbel und ihre Anordnung, die Bilder – war eine einzige Ausstellung von Meisterwerken aus den dreißiger und ersten vierziger Jahren. Delfinas Haus schien bemüht, die Zeit, in der sie ihre Galerie eröffnet hatte, festzuhalten. Damals hatte er, zehn Jahre alt, sie in weißen Organza mit blauen Punkten gekleidet, dazu Handschuhe – sicherlich blaue –, hastig in einen weißen Wagen steigen sehen, den sie manchmal selbst chauffierte. Am Ende des großen Salons stand auf einem schmalen schwarzen Tisch mit hohen Beinen ein wuchtiger Kopf aus Holz mit metallfarbenen Nägeln, der stolz und wild in die Welt hinausbrüllte; trotz seiner gewaltigen Größe und Aggressivität gelang es ihm nicht, mehr als einen eng begrenzten Raum um sich herum zu beherrschen. An der gegenüberliegenden Wand standen sechs oder sieben totonakische Figürchen auf einem dicken Balken und lachten den afrikanischen Kopf aus. Delfina hatte ihm versprochen, ihm heute alles zu erzählen, was sie noch über die Tragödie wußte, mit der ihre Party im Haus Minerva geendet hatte.

Man hatte ihn gewarnt, es sei schwierig, sich mit ihr zu unterhalten. Oder, besser gesagt, es sei schwer, mit ihr über etwas anderes zu reden als über Malerei. Und für sie, so hatten seine Informanten angedeutet, beschränkte sich das Thema der Malerei im wesentlichen auf das Geschäft mit Gemälden, die neuesten Schätzungen, die Schwankungen der Preise für einen Tamayo, einen Gerzso oder für die Muralisten, oder auf Anekdoten über ihre Beziehung zu den Malern ihrer Galerie. Doch dann lief alles ganz anders, wie er überrascht feststellte. Nachdem sie sich anfangs eher über Belangloses unterhalten hatten, war kaum zu ahnen gewesen, daß sie ihn kurze Zeit später in ihrer Wohnung zum Essen erwarten würde, wo er aus ihrem eigenen Munde hören sollte, was im einzelnen wirklich vorgefallen war, Details, die nicht in den Zeitungsberichten über den Mord an Erich Maria Pistauer standen.

Für seine erste Verabredung mit Delfina hatte er auf die Hilfe eines der Prominenten verzichtet, die sich um sie und ihre Galerie scharten. Er wollte vermeiden, daß ihr Treffen von Anfang an zu steif verlief, da es ihm erheblich erschweren würde, in aller Lockerheit über die Verbrechen im Minerva zu sprechen (oder besser gesagt, von mehreren Verbrechen, die sich, wie er annahm, im Minerva ereignet hatten). Statt dessen bediente er sich einer Nichte von Delfina, María Elena Uribe, die er flüchtig an der Universität kennengelernt hatte. Er bat sie, ihn zu Besuchen zu begleiten, und so hatte er innerhalb von zwei Wochen bereits zweimal mit Delfina gesprochen. Jetzt, bei ihrer dritten Zusammenkunft, hatte diese unerwartet eingewilligt, ihm bei seinen Recherchen behilflich zu sein.

Beim ersten Mal hatte sie ihn für den späten Vormittag in die Galerie zitiert. Del Solar hatte ihr sein Buch über Mora mitgebracht; es ärgerte ihn, daß sein neuestes Buch, das über das Jahr 1914, wo er an mehreren Stellen detailliert auf die Ideen und die politischen Aktivitäten von Luis Uribe, Delfinas Vater, einging, noch immer nicht erschienen war. In all den Jahren, die del Solar außerhalb Mexikos gelebt hatte, hatte Delfina sich kaum verändert. Er fand sie nur ein wenig dünner, das war alles. Vielleicht noch etwas kleiner und noch mehr in sich gekehrt. Aber die gleiche Art, sich ungeachtet der jeweils herrschenden Mode zu kleiden, weshalb er für einen Moment versucht war, sie mit seiner Tante Eduviges zu vergleichen; doch dann verwarf er diesen Gedanken gleich wieder, denn Delfinas Stil war bar jeder Exzentrik oder gewollten Exzentrik. Delfina imitierte keinen Stil. Die Gewänder seiner Tante hingegen waren eine bunte Mischung, die alle möglichen Vorbilder nachahmte: seine Mutter, seine Tanten, die Briones, die Calaños, die Landa de Calcados, die Landa y Zeróns; es war ein Stil, den Eduviges als verarmtes Mädchen aus Furcht, sich auf unbekanntes Terrain vorzuwagen oder wegen Geldmangels einen gravierenden Fauxpas zu begehen, ganz natürlich ein für alle Mal für ihr ganzes Leben zu dem ihren gemacht hatte. Del Solar vergegenwärtigte sich seine Eindrücke aus der Kindheit. In seiner Erinnerung erschien Delfina ihm damals nicht anders als später über die Jahre hinweg bei seinen Besuchen in ihrer Galerie. Sie strahlte etwas Aseptisches aus, gemischt mit Nonchalance und Klasse. Als er klein war, hatte er in ihr eine Figur gesehen, die eher auf die Kinoleinwand paßte als ins wirkliche Leben. Alles an ihr schien immer kontrolliert und dabei doch zwanglos und, ohne daß er wußte warum, zugleich auch edel. Während ihres Gesprächs in der Galerie bewegte sie sich katzengleich. Sie rauchte mit schwarzen oder honigfarbenen Zigarettenspitzen wie schon zu Urzeiten, als er noch vage ihre Schritte von den Korridoren oder vom Hausflur des Minerva aus verfolgt hatte. Nur daß ihm diese Zigarettenspitzen, als er klein war, endlos lang vorgekommen waren, was damals vielleicht sogar zutraf.

Offensichtlich hatten Delfina und María Elena über ihn geredet, denn als er in der Galerie erschien, wurde er als Gleichgesinnter behandelt, und man ließ ihn taktvoll, liebenswürdig und voller Humor spüren, daß Delfina seine beruflichen Aktivitäten kannte und schätzte. Etwas an ihr, das sie ganz selbstverständlich, aber doch in jedem Moment spürbar, verinnerlicht hatte, verriet ihre Überlegenheit, die Tatsache, daß sie der Welt ihre Regeln aufgezwungen und damit triumphiert hatte. Ihre Persönlichkeit fügte sich aus gegensätzlichen Elementen zusammen; sie verkörperte einen vielfachen Widerspruch: Umgänglichkeit und Zurückgezogenheit; Lockerheit und Diskretion; Intelligenz und Frivolität. Man hätte noch mehr gegensätzliche Eigenschaften aufzählen können. Dabei war schwer zu durchschauen, ob ihr Auftreten nicht vielleicht das Ergebnis ihres langjährigen Umgangs mit Malern, befreundeten Schriftstellern oder mit einer Schar feinsinniger und potenter Kunden war, oder ob nicht eher eine Reihe angeborener Talente dazu beigetragen hatte, jeden ihrer Kontakte mit Menschen erfolgreich zu machen. Er begriff, daß man ihr nur begegnen konnte, indem man ihr die Wahrheit sagte. Es wäre absurd gewesen, so zu tun, als sei er am Kauf von Gemälden interessiert, um ihr dann, sobald er ihr Vertrauen gewonnen hätte, die Geheimnisse des Novembers 1942 zu entlocken. Auf diese Weise würde er sich nur lächerlich machen und sich in Peinlichkeiten verstricken. Also redete er lieber von seiner Chronik des Jahres 1914, die demnächst erscheinen sollte, und davon, wie sein Interesse für derartige Nachforschungen ihn auf die Idee für ein neues Buch, diesmal über das Jahr 1942, gebracht hatte. Eine Studie, in der es auch um den politischen Druck verschiedener Länder auf Mexiko am Vorabend des zweiten Weltkriegs, den anschließenden Bruch mit den Achsenmächten, die fast gleichzeitig erfolgte Kriegserklärung und deren internationale Folgen gehen sollte.

»Wir mußten zusehen«, rief Delfina mit plötzlich erwachtem Interesse aus, »wie unser Land über Nacht seine Position innerhalb der Weltpolitik veränderte; damit ging eine radikale Wandlung der Attribute einher. Wo vorher ›chaotisch‹ stand, las man jetzt ›vorbildlich‹; die ›unzulässige Haltung der mexikanischen Politik‹ wurde ›ein leuchtendes Beispiel demokratischer Stellungnahme für den Kontinent‹.«

»Dieses Thema«, fuhr del Solar fort, »würde ich gerne behandeln und einen ersten Überblick über die Mikro-Geschichte geben.«

Er sagte, er beneide die Romanciers. Er habe vor, den Einfluß dieses Konflikts auf das Verhalten unterschiedlicher Gesellschaftsgruppen zu untersuchen, wenn möglich einiger prominenter Persönlichkeiten und anderer namenloser, ohne Ruhm oder Ansehen. Noch sei er sich über diesen Punkt nicht ganz im klaren. Delfina hörte ihm aufmerksam zu. Daraufhin erklärte ihr del Solar, wie dieses Projekt entstanden war; er erzählte ihr, daß er auf die Korrespondenz zwischen dem Geschäftsführer einer Erdölfirma in Tamaulipas und seiner Londoner Zentrale gestoßen sei, daß in diesen Papieren vom Druck auf die mexikanische Regierung die Rede ist, und davon, daß die Engländer Cedillo unterstützten; auch die Dokumente über konspirative Bewegungen in Mexiko während des Krieges erwähnte er, die ihm eine Freundin kürzlich überlassen hatte, und in denen auch von einer Bluttat die Rede sei, die sich ausgerechnet nach einer Party in ihrer, Delfinas Wohnung, ereignet habe, nämlich der Ermordung eines gewissen Pistauer, eines österreichischen Staatsbürgers. Während sie seinem Bericht lauschte, veränderten sich Delfinas Gesichtszüge zusehends. Dann zuckte etwas in ihrem Gesicht. Doch ihr Ausdruck verriet vor allem Erstaunen.

»Wie?« rief sie mit aufgeregter Stimme. »In den Dokumenten wird meine Party erwähnt?«

»Keineswegs! Dort steht nur, daß die Machenschaften einiger deutscher Staatsangehöriger oder den Deutschen Nahestehender etwas mit den Morden im Haus Minerva zu tun hatten. Mich hat der Plural überrascht, als ob es um mehrere Morde ginge, seltsam, nicht? Ich habe in den Zeitungen von damals nach Informationen gesucht und dort die Berichte über Ihr Fest gelesen. Ich muß gestehen, daß meine Neugier in diesem Fall ganz anderer Natur ist als damals, als ich das Buch über

1914 geschrieben habe, ganz zu schweigen von meinem Buch über Mora und die Liberalen in Mexiko. In diesem Fall handelt es sich um eine ganz persönliche und sehr konkrete Neugier, denn um die Zeit, als Pistauer im Minerva umkam, habe ich auch im Minerva gewohnt. Ja, ich war Ihr Nachbar, Delfina. Pistauer war der Stiefsohn des Bruders meiner Tante; der Mann meiner Tante war ein Vetter meiner Mutter …« schloß er etwas verunsichert, als er sich von Delfinas eisigem Blick durchbohrt fühlte.

»Wollen Sie damit etwa sagen, daß Sie ein Neffe von Arnulfo Briones sind?«

Scheinbar hatte sich nichts geändert, aber der freundliche Ton war auf einmal verschwunden. Eine gewisse Gereiztheit war nicht zu überhören, als sie den Namen »Briones« aussprach.

»Nein, nicht sein Neffe. Seine Schwester war eine angeheiratete Verwandte meiner Mutter. Die Familien haben wenig Kontakte gepflegt. Ich vermute, daß meine Tante und mein Onkel schwierige Zeiten durchlebt haben. Meine Eltern haben ihnen eine Pension überwiesen, die ihnen wohl irgendwie geholfen hat.« Er war sicher, daß er den falschen Weg gewählt hatte. Er spürte, daß er sich immer mehr verstrickte. Delfina schwieg weiterhin. Del Solar fuhr fort: »Ich kann mich noch sehr gut an Sie erinnern; ich habe Sie oft in dem Gebäude gesehen. Was ich wohl am meisten mochte, war, zu sehen, wie Sie in einem weißen Kabriolett davonfuhren.«

Erneutes Schweigen. Delfina sah plötzlich, als würde sie sich soeben wieder ihrer Pflichten in der Galerie bewußt, ein paar Karteikarten durch und steckte jede, nachdem sie sie überflogen hatte, in einen rechteckigen Holzkasten. Wahrscheinlich handelte es sich um ein Kundenregister. Anschließend bat sie über eine Sprechanlage in strengem Ton um ein paar Daten über eine Galerie in San Francisco, und erst dann bestätigte sie, als habe sie del Solar jetzt gerade wieder bemerkt, kühl: »Ja, damals müssen Sie so etwa sechs, sieben Jahre alt gewesen sein.« Sie musterte ihn von Kopf bis Fuß mit einer Abneigung, die sie nicht zu verhehlen suchte.

»Zehn.«

»Haben Sie schon mit Eduviges über das Verbrechen geredet? Wenn jemand weiß, was damals vorgefallen ist, dann sie, denke ich. Der Deutsche war immerhin der Stiefsohn ihres Bruders. Außerdem hat sie schon immer so getan, als wüßte sie alles. Ausnahmslos alles. Das stimmt natürlich nicht, doch in diesem konkreten Fall bin ich sicher, daß sie mehr weiß, als sie damals zugeben wollte. Der Mord ereignete sich am Ende einer Feier in meiner Wohnung, aber das war reiner Zufall. Ich kannte Erich nicht … Wie haben Sie gesagt, hieß er?«

»Pistauer. Erich Maria Pistauer. Er war Österreicher.«

»Ich kannte ihn nicht; ich hatte ihn noch nie gesehen, erst an jenem Abend und da auch nur flüchtig unter den vielen Leuten. Sogar den Nachnamen hatte ich vergessen. Wenn ich ihn einmal gewußt habe, dann nur, weil ich ihn wahrscheinlich in den Tagen nach seiner Ermordung in den Zeitungen gelesen habe. Was hatte er in meiner Wohnung zu suchen? Niemand hatte ihn eingeladen. Ich habe Eduviges gefragt, warum sie ihn mitgebracht hatte. Und warum hat sie später bestritten, daß er mit ihr gekommen war?«

»Sie kennen Sie doch gut. Sie wissen, wie schwer es ist, von ihr eine klare Auskunft zu bekommen. Vor einigen Tagen habe ich sie besucht und am Ende rein gar nichts verstanden. Ihre Schilderung war mir zu konfus. Laut ihrer Aussage kannte sie Pistauer kaum; vielleicht stimmt das ja. Die Zeit reichte gar nicht, daß sich zwischen ihr und der Familie ihres Bruders eine Freundschaft entwickeln konnte. Erstens war ihre Schwägerin nicht im geringsten am Umgang mit ihr interessiert, davon bin ich persönlich überzeugt. Das einzige, woran sie fest glaubt, ist, daß ein Journalist, der im gleichen Haus wohnte und an einer Geschichte über einen verfemten Dichter schrieb, etwas mit dem Verbrechen zu tun hatte.«

Als sie letzteres hörte, schien Delfina sich halbwegs zu beruhigen, wenn auch nicht völlig. Sie brach in heftiges Gelächter aus. Dann sagte sie:

»Der unverwüstliche Balmorán? Beharrt Eduviges immer noch auf dieser Geschichte? Kaum vorstellbar, es sei denn, sie will uns glauben machen, sie sei jetzt völlig durchgedreht. Man sollte sie mit Vorsicht genießen. Sie ist schlau, obwohl sie nicht so wirkt; sie besitzt einen sicheren Instinkt. Ich habe immer gedacht, es sei einer ihrer klügsten Schachzüge, an dieser Geschichte festzuhalten, nur um nichts zu sagen.«

Sie machte eine Pause, zog eine weitere Karteikarte heraus, las sie, schrieb ein paar Notizen an den Rand. Dann nahm sie den Hörer in die Hand, doch noch bevor sie hineinsprach, schien sie es sich anders überlegt zu haben und hängte wieder ein. »Interessant, was Sie mir da sagen. Meine Geschwister meinten, es handele sich um eine politische Tat. Vielleicht hatten sie ja recht. Wir befanden uns im Krieg, und damals standen ungeheure wirtschaftliche Interessen auf dem Spiel.«

Sie nahm den Hörer wieder ab und benutzte ihn diesmal auch. Sie rief eine Sekretärin, die auf der Stelle erschien. Sichtlich ungeduldig fragte Delfina sie nach ein paar Karteikarten. Die Sekretärin ging hinaus und erschien gleich darauf wieder mit den Karten. Delfina unterschrieb sie. Sie bat um Auskünfte über ein Museum in Phoenix und fügte hinzu, ihre Sekretärin möge noch am Vormittag einen Brief an den Rektor fertigmachen. Ganz offensichtlich hielt sie die Unterhaltung mit del Solar damit für beendet. Um ihre Absicht klar zum Ausdruck zu bringen, stand sie auch noch auf; sie fragte ihre Nichte, die während der gesamten Unterredung in einer Monographie über Zurbarán geblättert hatte, nach dem Befinden ihrer Geschwister und bat, sie von ihr zu grüßen. Anschließend wandte sie sich mit ausgestreckter Hand wieder del Solar zu und fragte ihn:

»Also haben Sie kürzlich Eduviges gesehen? Ich habe gehört, es ginge ihr ziemlich schlecht, stimmt das?«

»Die Nerven. Ich hatte sie jahrelang nicht mehr gesehen und fand sie nervöser denn je.« Er wollte nichts weiter über die momentanen Sorgen seiner Tante sagen, um nicht taktlos zu sein.

»Nach dem Tod meines Sohnes habe ich beschlossen, den Kontakt zu ihr abzubrechen. Schon vorher haben wir uns kaum gegrüßt. Ehrlich gesagt, haben wir uns nie sonderlich gemocht. Ich habe mich mit ihr getroffen, ohne die geringste Zuneigung für sie zu empfinden«, schloß sie, während sie der Sekretärin bedeutete, auf dem Stuhl Platz zu nehmen, den del Solar soeben freigemacht hatte.

»Ich will nicht behaupten, daß es mir leid täte, wenn sie ihren Sohn ins Gefängnis sperrten, denn das wäre gelogen. Das Land ist voll von Gaunern. Wenn sie nur alle dranbekämen!«

Tage später erhielt er einen Anruf von María Elena, die ihm eine Einladung von Delfina ausrichtete, auf ein Glas in der Galerie vorbeizukommen. Eingedenk des schroffen Endes, das sein letzter Besuch genommen hatte, beunruhigte ihn diese Entwicklung ein wenig. Er beschloß, nicht hinzugehen. Eine Weile später klingelte erneut das Telefon. Es war Delfina höchstpersönlich. Als hätte sie seine Gemütslage erraten, rief sie an, um ihre Einladung noch einmal zu bestätigen. Sie würde ein Buch über Maler ihrer Galerie vorstellen, und da sei ihr eingefallen, daß es ihn interessieren könnte dabeizusein. Sie habe vor, nur ein paar Freunde einzuladen. Eine zwanglose Veranstaltung, ohne Pomp und Getue. Bevor sie auflegte, fügte sie noch hinzu:

»Ich habe noch einmal nachgedacht, was Sie über meine Party gesagt haben. Ich würde gerne mit Ihnen darüber sprechen.«

Und natürlich erschien er an dem Tag pünktlich in der Galerie. Doch statt der paar Freunde, von denen Delfina am Telefon gesprochen hatte, waren dort unzählige Besucher. Del Solar begrüßte die Gastgeberin, als er ankam, und konnte dann erst wieder bei der Verabschiedung mit ihr reden. Da hielt Delfina ihn neben sich fest, während sie den hinausströmenden Gästen die Hand entgegenstreckte oder die Wange reichte. Schließlich schien ihr klar zu werden, daß es jetzt nicht mehr möglich war, mit ihm das Gespräch zu führen, an dem er so interessiert war:

»Ich bin schon spät dran«, sagte sie. »Sie haben es nicht geschafft, die Heizung zu regulieren, und schauen Sie, hier ist es wie im Backofen. Ich werde in ein paar Minuten direkt heimgehen. Ich habe versucht, für Sie das Material zusammenzusuchen, an dem Sie interessiert sind; haben Sie nur noch ein bißchen Geduld mit mir.« Sie grüßte eine Gruppe und fügte dann, ihm wieder zu gewandt, hinzu: »Was machen Sie nächsten Samstag? Würde es Ihnen etwas ausmachen, bei mir zu Hause zu Mittag zu essen? Ich wohne in San Angel. Samstags habe ich frei. Wir können ein leichtes Mittagessen zu uns nehmen und dabei reden, worüber Sie wollen.« Dann sagte sie noch mit verschwörerischer Miene: »Ach, wenn man vom Teufel spricht! Sehen Sie mal, wer da ist: keine Geringere als Emma

Werfel! Haben Sie schon mit ihr geredet? Sie war auch auf dem Fest, und es würde sich sicherlich lohnen, mit ihr darüber zu reden. Sie ist die Tochter von Ida Werfel, der Schriftstellerin. Die haben Sie doch sicher gekannt, oder?« Del Solar sagte, vor Jahren habe er einige Vorträge von ihr gehört und Bücher von ihr gelesen, aber sie hörte ihm gar nicht mehr zu. »Versuchen Sie, sich daran zu erinnern. Sie wohnte auch im Minerva. Na, fällt es Ihnen wieder ein? Natürlich, Sie waren ja noch ein Kind. Kommen Sie, ich werde Sie mit ihr bekannt machen. Am Samstag«, drängte sie, »können wir uns ausführlich darüber unterhalten. Schnell, sonst entwischt sie uns noch! Ihre Mutter war eine der Leidtragenden dieses Fests.«

Aber es gelang ihr nicht mehr, beide miteinander bekanntzumachen. Sie hatten sich kaum auf den Weg gemacht, da stellten sich ihnen zwei dicke, schrill gekleidete junge Damen mit ordinärem Schmuck in den Weg, umarmten Delfina und zogen sie aus vollem Halse lachend und kreischend in eine Ecke. Augenscheinlich glücklich, ihnen zu begegnen, ließ sich Delfina gerne von ihnen in Beschlag nehmen.

Der Samstag kam; er war pünktlich da, doch ganz offensichtlich hatte sie auch an dem Tag nicht frei. Er traf sie nicht einmal zu Hause an. Sie würden natürlich nicht allein essen. Nachdem die Bedienstete ihm einen Kaffee gebracht hatte, begann sie vor seinen Augen den Tisch zu decken: fünf Teller. Miguel del Solar kam der Gedanke, daß Delfina vielleicht Emma Werfel eingeladen hatte, der sie ihn beim letzten Mal nicht mehr hatte vorstellen können und die, wie sie selbst gesagt hatte, eine interessante Zeugin für Pistauers Ermordung an jenem Abend war. Mal sehen, wer die anderen Gäste waren!

Delfina traf kurze Zeit später in Begleitung einer sehr gebrechlichen Greisin ein, ihrer Schwägerin Malú, die sich, nachdem sie einander vorgestellt waren, direkt zur Treppe begab und verschwand.

»Verzeihen Sie die Verspätung. Ich mußte noch Malú abholen. Die Ärmste kann nicht fahren, und an den Wochenenden hat sie keinen Chauffeur. Wenn mein Bruder Bernardo, der Archäologe, in Tehucán ist, was fast immer der Fall ist, fühlt sie sich ein wenig verloren. Wir haben ein paar herrliche Rosenstöcke mitgebracht. Es ist zwar nicht die Zeit, um sie zu setzen, aber mal sehen, was der Gärtner machen kann. Er hat ein sehr geschicktes Händchen. Wie ich sehe, hat man Ihnen schon einen Kaffee angeboten. Hätten Sie vielleicht lieber etwas weniger Harmloses?«

»Ein Whisky wäre nicht schlecht.«

Delfina bat, ihnen zwei Whiskys zu bringen; dann verschwand sie die Treppe hinauf und kehrte mit einer Mappe in der Hand zurück.

»Hier habe ich die Fotos von der Feier. Es lohnt sich kaum, die Zeitungsausschnitte anzuschauen. Wie Sie sagten, kennen Sie außerdem schon alle. Ich wußte gar nicht mehr, wie viele üble Verleumdungen darin standen, bis ich sie wieder gelesen habe. Das hat mich jetzt noch mehr in Rage gebracht als damals. Als dieses Pack mich verunglimpft hat, wollte es seinen Abscheu gegen meinen Vater zum Ausdruck bringen. Meine Nichte Rosario wird auch zum Essen kommen; ich glaube, Sie kennen sie nicht, sie ist meine rechte Hand. In Wirklichkeit führt sie die Galerie; sie ist erst gestern aus Monterrey zurückgekehrt. Außerdem kommen die Velez. Wir haben genügend Zeit. Samstags haben es die Leute nie eilig.«

»Kommt Emma Werfel auch?«

»Emma? Nein, ich glaube nicht, das wäre ja schrecklich! Warum sollte sie denn kommen?« sagte Delfina einigermaßen irritiert. »Wir sehen uns nur selten. Hat sie Ihnen etwa gesagt, daß sie kommen will?«

Er verneinte. Es sei ihm nur gerade eingefallen, daß sie in der Galerie etwas davon erwähnt habe, daß es sinnvoll sein könnte, sie kennenzulernen. Schlagartig schien ihre gute Laune verflogen zu sein. Er verstand jetzt, warum Delfina viele Leute zur Verzweiflung brachte. Sie gestattete sich niemals, ihre Rolle als gute Gastgeberin, als vorbildliche Dame der Gesellschaft abzustreifen. Es würde ihm nie gelingen, ausführlich mit ihr zu reden. Sie hatte ihn zu einem Gespräch unter vier Augen eingeladen, über etwas, das sie eigentlich auch interessieren mußte, und dann war sie zuerst gar nicht da, dann zu spät erschienen, hatte von Rosenstöcken geredet, und statt sich in Ruhe mit ihr zu unterhalten, mußte er an einem Familienessen teilnehmen. Delfina hatte ihm selbst geraten, mit Emma Werfel zu reden, und durchblicken lassen, daß sie persönlich ein Treffen arrangieren würde. Es wäre interessant gewesen, Emmas Version über die Feier zu hören, auf der man ihre Mutter beleidigt und zwei Menschen schwer verletzt hatte, wobei einer, Erich Maria Pistauer, sein Leben gelassen hatte.

Delfina schien seine Gedanken zu erraten.

»Emma hat ein erbärmliches Leben geführt. Es wäre vielleicht geschickter, wenn Sie mit ihr allein redeten«, riet sie mit einem entschuldigenden Lächeln. »Sie haben ja nie mit Ida zu tun gehabt; das wird es der Ärmsten erleichtern, sich auf das Thema einzulassen, das Sie so sehr interessiert. Mit mir redet sie nur ununterbrochen von ihrer Mutter. Jahrelang hat sie es nicht gewagt, den Mund zu öffnen. Sie war immer nur Idas Schatten; und die behandelte sie wie einen teuflischen Druckfehler, der ihr ihre schönste Buchseite verdarb. Aber als die Mutter starb, scheint Emma sich von ihren fünfzig Jahren Schweigsamkeit verabschiedet zu haben. Jetzt ist es unmöglich, sie noch zum Schweigen zu bringen. Das macht mich ganz schwindelig. Sie erzählt mir Geschichten, die ich besser kenne als sie, aber sie erzählt sie mir auf ihre Art. Dabei kommt jetzt heraus, daß Ida keinen Schritt im Leben getan hat, ohne sich vorher mit ihrer Tochter abzusprechen. Das ist zu viel! Ihnen gegenüber wird sie sich aber anders verhalten, da können Sie sicher sein.« Sie setzte ein ganz ernstes Gesicht auf und sagte in vertraulichem Ton: »Sie werden verstehen, Miguel, daß unsere Unterhaltung in der Galerie mich ziemlich aufgewühlt hat. Dieser Tag, der Sie so interessiert, hat mein Leben bestimmt, alles, was ich war und was ich jetzt bin. In letzter Zeit habe ich begonnen, unter der Einsamkeit zu leiden. Ich lebe in diesem riesigen Haus, unter lauter Dingen, an denen ich sehr hänge, aber ich bin allein. Jahrelang habe ich nichts weiter getan als bis zur Selbstaufgabe zu arbeiten. Wozu? Für wen? Sie müssen verstehen, daß es mir keineswegs leichtfällt, nach langer Zeit zum ersten Mal wieder über das zu reden, was 1942 geschehen ist, es fällt mir auch jetzt nicht leicht. Vergessen Sie nicht, daß bei der Schießerei, die sich vor der Haustür des Minerva ereignet hat, nicht nur der Deutsche gestorben ist …«

»Der Österreicher!«

»Was sagen Sie?«

»Der Österreicher. Pistauer.«

»Nicht nur er ist umgekommen, sondern auch mein Sohn. Auch Ricardo hat sein Leben gelassen.«

»Ich habe in den Zeitungen gelesen, er sei nur verletzt worden.«

»Ja, und davon hat er sich nicht wieder erholt. Sie haben ihn mehrmals operiert; ich habe nie die Hoffnung aufgegeben, daß er wieder gesund würde. Aber daraus wurde nichts; er hat noch knapp drei Jahre gelebt, aber als Invalide. Eine einfache Erkältung hat ausgereicht, ihn umzubringen. Ich habe jenen Abend mit der Schießerei nie verwunden. Haben Sie nicht gesagt, daß meine Feier in einem offiziellen Dokument erwähnt wird?«

»Nein, nicht ganz«, wiederholte er. »In der Akte werden die Morde im Minerva erwähnt und mit den Aktivitäten einer Gruppe in Zusammenhang gebracht, die im Dienst der Deutschen stand. Sie haben mir doch beim letzten Mal gesagt, daß Ihre Brüder ähnliches dachten, oder nicht?« Er hielt inne, doch Delfina sagte nichts. Da fuhr del Solar fort: »Es hat mich gewundert, daß dort von Morden oder Verbrechen die Rede war, ich erinnere mich nicht mehr an den genauen Wortlaut, aber jedenfalls benutzten sie den Plural. Vielleicht bezogen sie sich nicht nur auf Pistauers Ermordung, sondern auch auf die Ihres Sohnes und vielleicht auf den anderen Verletzten; obwohl ich gehört habe, daß der noch lebt.«

»Balmorán! Sie sind wie Ihre Tante! Dieser Bericht bezog sich weder auf meinen Sohn noch auf Balmorán. Das ergibt überhaupt keinen Sinn. Er kann sich nur auf den Bruder von Eduviges beziehen.«

»Auf Arnulfo Briones?«

»Natürlich!« Wieder schlug sie diesen barschen Ton an, den del Solar schon bei der ersten Unterredung kennengelernt hatte. »Was denkt denn Eduviges über den Tod ihres Bruders? Fragen Sie sie mal!«

»Wie gesagt, war ich bereits bei ihr. Soweit ich sie verstanden habe, beharrt sie auf Pedro Balmoráns Mitschuld an dem Mord. Ich habe allerdings nur einmal mit ihr gesprochen. Da war sie ziemlich hysterisch, völlig überdreht. Die Angriffe auf meinen Cousin haben sie so mitgenommen, daß sie alles durcheinanderbringt. Als ich klein war, fand ich ihre exaltierten Anwandlungen und Allüren lustig, später nicht mehr. Mein Buch über die ersten Liberalen in Mexiko, das ich mir erlaubt habe, Ihnen mitzubringen, hat sie ebenso aufgebracht wie meinen Cousin. Im Grunde genommen haben sie bis heute die Reform nicht akzeptiert, ja, nicht einmal die Unabhängigkeit. Außerdem hat sie sich ziemlich unhöflich geäußert über …, na ja, es führt jetzt zu weit, über meine Tante zu reden. Nur seltsam, daß Sie beide befreundet sein konnten, daß sie nicht versucht hat, Sie als Tochter eines Mannes, den sie zweifellos verabscheute, zu demütigen.«

»Wir waren nie wirklich befreundet, Miguel.« Hier schwieg Delfina und begann dann, ein paar Blumen zu arrangieren. »Ich weiß nicht, ob ich mir das nur einbilde, aber in den letzten Jahren erscheinen mir die Rosen immer kleiner, zumindest die aus meinem Garten … Es ist schwer, Ihnen das zu erklären. Eduviges und ich, wir haben uns tagtäglich gesehen; trotzdem waren wir nicht befreundet. In jenen Tagen, vor dem Fest, konnte ich sie kaum noch ertragen. Um ehrlich zu sein, ich habe sie nur eingeladen, um öffentlich ihre Ignoranz vorzuführen, ihre mangelnde Bildung, ihren grotesken Ehrgeiz, in einer Welt akzeptiert zu werden, die nicht die ihre war. Ich wollte sie blamieren, weil sie es gewagt hatte, mir Vorschriften zu machen. Ich hatte sie satt. Aus irgendeinem mir bis heute unerklärlichen Grund fühlte sie sich äußerst gebildet. Eine echte Minerva! Vielleicht weil sie als Kind auf das französische Gymnasium gegangen war. Aber gut, das ist nicht das entscheidende. Wichtig sind nur die Fakten. Ich weiß nicht, ob der Hinweis auf einen möglichen Zwist unter den Deutschen und ihren Anhängern zutrifft. Möglicherweise haben die Verfasser des Dokuments, das Sie gelesen haben, nur eine automatische Schlußfolgerung gezogen: Der getötete junge Mann war Deutscher … Ja, ich weiß schon, er war Österreicher; bitte verbessern Sie mich nicht schon wieder. Aber die Mutter war eine Deutsche. Österreich war zu der Zeit auch deutsch, oder nicht? Sie kamen aus Berlin. Es ist nicht unwahrscheinlich, daß sie mit einem deutschen Paß in Mexiko eingereist waren. Um sich bei den polizeilichen Untersuchungen aus der Affäre zu ziehen, war es natürlich einfacher, das Verbrechen mit der Untergrundbewegung der Deutschen in Verbindung zu bringen. Aber selbst wenn das zutraf, wird man heute doch kaum nachweisen können, daß die Ermordung Pistauers damals etwas mit der von Arnulfo Briones zu tun hatte.«

»Aber der war doch gar nicht auf dem Fest! Ihn haben sie auch nicht erschossen!« rief del Solar aus, der Delfinas Beweisführung nicht ganz hatte folgen können.

»Trauen Sie mir etwa zu, ich hätte Arnulfo Briones zu mir nach Hause eingeladen? Hören Sie, über seinen Tod kann man keine sicheren Aussagen machen. Er kam kurze Zeit nach der Schießerei im Minerva um. Keiner glaubte an einen Unfall. Er war sein Leben lang in höchst dubiose Machenschaften verwickelt. Den habe ich nicht einmal gegrüßt.«

Man hörte Stimmen. Delfina erhob sich. Sie schaute durch eine der gläsernen Wände in den Garten.

»Hören Sie, Rosario und die Velez sind gekommen. Ausgerechnet heute, wo ich nicht damit gerechnet habe, fällt ihnen ein, pünktlich zu sein.« Sie rief die Hausangestellte und trug ihr auf, ihrer Schwägerin zu sagen, die Gäste seien eingetroffen.

Wieder wurde man einander vorgestellt, wieder gab es ein Glas Whisky, und dann machte man einen kurzen Rundgang durch den Garten mit der ganzen Truppe, um zu entscheiden, wo die Rosenstöcke am nächsten Montag gepflanzt werden sollten. Später am Tisch hatte del Solar den Eindruck, daß die Unterhaltung, die Delfina mit allen führte, speziell für ihn bestimmt war.

Sie begann mit einer Bemerkung, die Galerie sei das Rückgrat ihres Lebens oder etwas in der Art. Seit dreißig Jahren diene alles, was sie sehe, tue oder sage, nur ihrer Galerie. Ihr Handeln sei das Fleisch, um das Skelett zu umhüllen und schließlich einen Körper zu erschaffen. Del Solar kam dieses Bild einigermaßen unverständlich, ja sogar abstoßend vor. Vélez, der Besitzer einer florierenden Werbeagentur, und Marina, bei der er nicht sicher war, ob sie seine Frau oder seine Schwester war, oder vielleicht sogar seine Schwägerin oder seine Nichte, waren wohl an diesen Redeschwall gewöhnt, der sich in einem vollendet beherrschten Strom von Worten ergoß. Delfina redete über ihre Maler. Sie erzählte manche amüsante Anekdote; andere Geschichten tendierten zum Dramatischen. Man mußte zugeben, daß sie es verstand, ihre rhetorischen Mittel effektvoll einzusetzen; die Pausen waren perfekt, die Akzente lagen exakt auf den entscheidenden Passagen. Es klang viel Selbstgefälligkeit an in ihrem Loblied auf ihre vielfältigen Begabungen und die eigene Beharrlichkeit und den Stoizismus, mit dem sie in den schwierigsten Momenten an der mexikanischen Kunst festgehalten hatte. Sie wirkte überaus egozentrisch. Ihre Stimme, ihr Ton, ihre Gestik, alles trug zu ihrer meisterhaften Erzählweise bei, betonte ihren Narzißmus und enthüllte in jeder Beziehung (obwohl ihr Auftreten als stets tadellose Gastgeberin eher das Gegenteil erwarten ließ) ihren Wunsch, die anderen auszuschließen, sich auf sich selbst zu konzentrieren, fernab vom Rest der Welt, als sei sie in der Lage, ihre geistigen und sonstigen Bedürfnisse ganz allein, mit eigenen Mitteln zu befriedigen. Sie hatte, wie sie sagte, Zeiten völligen Desinteresses überstanden. Nur weil sie nie aufgegeben, niemals Kompromisse gemacht hatte, die in manchen Momenten unausweichlich schienen, gab es schon seit vielen Jahren keine mit der ihren vergleichbare Galerie mehr in Mexiko. Sie hatte sie anfangs nur zum Zeitvertreib eröffnet. Doch seither waren schon dreißig Jahre vergangen. Sie gedachte, sie noch vier, fünf Jahre weiterzuführen. Danach, wenn Rosario sie behalten wollte, würde sie ihr die Galerie in bestem Zustand überlassen. Dann würde sie ihre Zeit nutzen, um zu reisen. Bei der Eröffnung ihrer Galerie hatte sie noch wenig Ahnung von Malerei gehabt. Vielleicht gerade mal ein gutes Auge und ein gewisses Gespür. Seit ihrer Kindheit war sie gewöhnt, sich Bilder anzusehen, doch ihre wahre Leidenschaft galt damals noch der Literatur. Die Jahre, in denen ihr Vater in Spanien, in den Vereinigten Staaten, ja überall im Exil lebte, hatte sie genutzt, um ihre literarischen Kenntnisse zu vervollständigen. Sie hatte eine Magisterarbeit über die gespaltene Persönlichkeit im viktorianischen Roman geschrieben, für die damalige Zeit nicht schlecht: Jekyll und Hyde, Dorian Gray, Edwin Drood von Dickens, usw. Die Universitätsdruckerei hatte die Arbeit in einer wunderbaren Ausgabe herausgegeben, die schon seit Jahren vergriffen war. Es gab nur noch ein einziges, ihr eigenes Exemplar. Sie wagte nicht, es wieder aufzulegen, denn da müßte sie sich erst wieder mit dem Thema beschäftigen und ihre Kenntnisse auf den neuesten Stand bringen, eine Aufgabe, von der sie sich überfordert fühlte; doch in ihrer Jugend hatte ihr diese Veröffentlichung sehr viel Freude bereitet. Auf die Malerei war sie rein zufällig gestoßen. Ja, bei den bereits erwähnten Museumsbesuchen, aber da gab es noch etwas. Eines Tages war sie zu Besuch bei Titina Morales gewesen, der Tochter des Generals Morales, die sie vor einem wunderschönen Porträt empfangen hatte, das Julio Escobedo, damals noch ein unbekannter junger Maler, ganz am Anfang seiner Karriere, gerade von ihr angefertigt hatte.

»Es ist traurig, wenn ich das sagen muß, aber zu jener Zeit, als er noch nicht ganz erwachsen war, malte er seine besten Porträts«, erklärte sie und fügte hinzu, sie habe eine solche Bewunderung und auch Neid angesichts dieses Gemäldes empfunden! Und als ihre Mutter ihr kurze Zeit später zutuschelte, daß der »Meister«, wie sie ihren Mann meistens nannte, gedächte, ihr zu ihrem Geburtstag ein Auto zu schenken, suchte Delfina ihn auf und sagte ihm, sie wolle es gar nicht; das einzige, was sie sich wünsche, sei ein Porträt von Julio Escobedo, dem Maler, der vor kurzem Titina Morales porträtiert habe. »Mein Vater war begeistert von der Idee; er wollte, daß Diego mich malte, doch ich versteifte mich darauf, es müsse unbedingt Escobedo sein. An meinem Geburtstag bekam ich dann das Porträt und obendrein einen Wagen. Mein erstes Auto! Wunderbar! Ein perlfarbener Buick! Seither sind wir, Escobedo und ich, Freunde. Anfangs hat er mich ein wenig ermüdet. Während der Sitzungen hat er nicht einen Moment lang aufgehört zu reden: von seiner Familie, seinen Freunden, von Ruth, die er gerade geheiratet hatte, von seinen Lehrern, von seiner Begeisterung für Zurbarán, für die Pointilisten und vor allem für Matisse, der ihn damals schon ganz verrückt machte. Ich habe eine Zeichnung gekauft, die mir von Mal zu Mal besser gefällt«, sie zeigte vage auf den Salon, wo der Matisse hing. »Es war ein wenig auch Julio zu Ehren, auf einer Reise, die wir drei nach New York gemacht haben. Ich war mein Leben lang in Julio verliebt, eine Art Eros ohne Sex, versteht sich. Man könnte vielmehr sagen, daß ich in das Paar verliebt war, denn sie waren für mich untrennbar. Nicht einmal heute kann ich ohne sie leben. Dabei muß man mal sehen, wieviel Mühe sie sich geben, mir das Leben schwer zu machen. Man mag es kaum glauben, aber es ist tatsächlich wahr: Julio hat nicht an der Vorstellung des Buches teilgenommen. Du mußt ihn dieser

Tage anrufen, Rosario, und ihm sagen, daß er diesmal zu weit gegangen ist. In der Zeit, in der sie die Dummheit begangen haben, sich scheiden zu lassen, war es mir unmöglich, sie weiterhin zu sehen, denn ich fand sie irgendwie unvollständig, langweilig und erbärmlich ...« Sie legte eine Pause ein; dann fügte sie in geschäftlichem Ton hinzu: »Ja, Rosario, erledige das gleich übermorgen, zieh ihm ordentlich die Ohren lang. Sag ihm, daß es Dinge gibt, die man einfach nicht macht.«

Den Kaffee nahmen sie im Salon. Delfina schlug die Mappe auf und nahm einen Umschlag mit vielen Fotos heraus. Fotos von dem Fest. Sie hatte den Fotografen der Klatschspalten gebeten, ihr eine ganze Serie zu machen. Außerdem hatte sie ein ausführliches Register mit allen Vernissagen, Einweihungsfeiern und gesellschaftlichen Akten im Zusammenhang mit ihrer Galerie und ihren Malern angelegt.

Die Schwägerin, Malú, die wie alle übrigen die ganze Zeit geschwiegen hatte, ergriff das Wort. Es war der Moment für ihren Einsatz:

»Die große Feier«, bemerkte sie in belehrendem Ton, »die zur Einweihung der Galerie, hatte zwei Wochen vorher stattgefunden. Diese Fotos gehören zu einem privaten Treffen mit einem völlig anderen Anlaß. Selbst unter ihren eigenen Mitarbeitern gab es einige, die meinten, Delfina gebe ein Fest zu Julios Ehren, während es in Wirklichkeit Ricardo galt, ihrem Sohn, der mehrere Jahre in Kalifornien studiert hatte.« Sie zeigte das Foto eines jungen Mannes, lang und hager, mit einem Kindergesicht, sehr ähnlich dem seiner Mutter, mit kurzem Kommißhaarschnitt. Sie zeigte auch eins von Pistauer, dem jungen Österreicher, im Gespräch mit zwei attraktiven Frauen. Del Solar seinerseits entdeckte ein Foto seiner Tante Eduviges, damals noch sehr schlank, mit einem Hut, vorne mit einem Federbusch, während sie gerade aufmerksam einer voluminösen Frau lauschte, die er sofort erkannte: es war Ida Werfel. Daneben deren Tochter Emma, die er vor kurzem in der Galerie gesehen hatte. Nach und nach erkannten die Betrachter Personen der unterschiedlichsten Metiers wieder: Politiker, Schriftsteller, Maler, Ärzte, Bankiers.

Miguel del Solar zeigte das Foto, das er aussortiert hatte, und machte eine harmlose Bemerkung über den Hut seiner Tante. Delfina sagte, ihrer hingegen sei ein besonderes Schmuckstück gewesen, und wühlte immer verzweifelter in den Fotos, um ihn vorzuführen. Doch sie konnte ihn nicht finden, weil, wie Malú sogleich zu berichten wußte, ihre Schwägerin sich in der Veranstaltung irrte.

»Delfina würde ja wohl die Gäste nicht abends in ihrem eigenen Haus mit Hut empfangen. Den sie jetzt sucht, hat sie bei der Eröffnung der Galerie getragen. Es war einer, den sie in New York gekauft hatte. Ein traumhaftes Modell von Hattie Carnegie.«

Del Solar fragte nach dem Grund für die Binde über Ida Werfels Auge, doch darauf wußte niemand eine Antwort.

»Lassen Sie mich das Foto mal sehen!« bat Malú Uribe, und als sie es in Händen hielt, sagte sie: »Sie sieht so aus, als wollte sie gleich abheben. Der da neben ihr steht, scheint mir ein kolumbianischer Dichter zu sein. Delfina, war das nicht der Kolumbianer, der sich mit aller Welt angelegt hatte?«

Delfina nahm das Foto in die Hand, sah es sich eine Weile an und sagte dann in nüchternem Ton, sehr langsam, als wollte sie jedes Wort abwägen:

»Nein, er war Mexikaner: die zwielichtigste Gestalt, die ich je kennengelernt habe. Im übrigen«, sagte sie, an del Solar gerichtet, »hatte er was mit Ihrer Familie zu tun. Er war auch nicht eingeladen. Dank seiner Beziehungen zu Eduviges hat er sich eingeschlichen. Ich hätte diese Party nicht geben sollen; für meinen Sohn war es wahrlich nicht erbaulich, sich mit diesem illustren Kreis von Snobs abzugeben. Die reine Eitelkeit. Manche Leute habe ich nur eingeladen, weil die prominenten Männer Eduviges völlig verwirrten, und ich wollte, wie gesagt, allen ihre unglaubliche Dummheit vorführen. Ich wollte sie lächerlich machen und ihr im übrigen zeigen, daß ich diese Leute mit der größten Selbstverständlichkeit versammeln konnte, was ihr unmöglich gewesen wäre, obwohl sie den lieben langen Tag ihre Namen im Munde führte. Leute, die sie nicht einmal vom Sehen kannte!«

Del Solar sah sich noch einmal das Foto an, das ihn interessierte.

»In der Presse habe ich gelesen«, sagte er, »der Streit habe begonnen, als Ida Werfel begann, von Tirso de Molina zu reden.«

»Das ist nur eine Vermutung, und als solche muß man sie auch verstehen«, sagte Malú. »Obwohl, wer weiß, vielleicht ist ja doch etwas dran. Kannst du dich noch erinnern, Delfina?«

Aber Delfina antwortete nicht. Sie sammelte die Fotos wieder ein, riß sie den Gästen fast aus den Händen und verstaute sie in dem vergilbten Umschlag. Dabei tadelte sie Malú ungehalten wegen irgendeiner Ungenauigkeit, als sie einen englischen Dirigenten erwähnte, der am Abend vor der Party ein Konzert im Palast von Bellas Artes gegeben hatte. Anschließend begann sie übergangslos, in fast beleidigender Weise, ein Gespräch mit den Velez über den Preis eines Grundstücks in der Nähe vom Ajusco. Miguel del Solar schien sie völlig vergessen zu haben. Dieser merkte sehr bald, daß er nicht mehr gefragt war, und verabschiedete sich rasch.

Miguel del Solar beschloß, den Verwalter des Minerva aufzusuchen. Doch zuvor erledigte er zwei oder drei andere Dinge.

Er sagte sich immer wieder, wenn es ihm gelänge, dieses eine Geheimnis aufzudecken, wäre er in der Lage, viele Spannungen der damaligen Zeit zu verstehen: den Niedergang gewisser alter Garden, das Aufkommen neuer Gruppierungen. Häufig bedauerte er, daß er nicht irgendein einschneidendes Ereignis miterlebt hatte, eine der politischen oder gesellschaftlichen Katastrophen, die den großen Geschichtsschreibern des Altertums als Leitfaden dienten, um das Knäuel der Ereignisse zu entwirren. In jenem baufälligen roten Backsteinhaus lag der Keim eines historischen Ereignisses verborgen (so gering seine Bedeutung auch sein mochte, wenn es überhaupt eine hatte), des einzigen, mit dem er je in Berührung gekommen war: die Ermordung des jungen Österreichers Erich Maria Pistauer, als er von dem Fest kam. Ein Hinweis auf diese Tat befand sich in einer Geheimakte des Innenministeriums. Er war zwar nicht Zeuge der Tat gewesen, denn um die Zeit schlief er bereits, doch hatte er zumindest die Besorgnis miterlebt, die sie in den darauffolgenden Tagen im ganzen Gebäude ausgelöst hatte, speziell in der Wohnung seines Onkels und seiner Tante. Kriminalbeamte, Polizisten, Fotografen, Journalisten, Scharen von Schaulustigen, abgeführte Hausmädchen, hysterische Ausbrüche. Absurd, daß er nichts Genaueres über die Ereignisse wußte. Es war einen Versuch wert, wenigstens die wichtigsten Daten herauszufinden, um sich ein objektives Bild vom Geschehen zu machen und daraus die nötigen Schlüsse zu ziehen.

Vielleicht war es ja nicht unmöglich, zu erfahren, was wirklich vorgefallen war, wiederholte er bei sich. Doch nach wenigen Tagen mußte er erkennen, daß es auch nicht leicht war. Sein Schwager, der einen hohen Regierungsposten bekleidete, versprach, ihm zu helfen. Er rief einen anderen Staatsbeamten an und gab ihm Bescheid, daß, falls es ihm paßte, noch am gleichen Vormittag sein Schwager, Miguel del Solar, der Historiker, bei ihm vorbeikommen würde, und ihn persönlich um Hilfe bei der Untersuchung eines interessanten, um dreißig Jahre zurückliegenden Kriminalfalls ersuchen würde. Er erklärte ihm, wie wichtig die Gerichtsunterlagen für die Nachforschungen seien. Del Solar begab sich unverzüglich in die Regierungsbehörde. Der besagte Funktionär empfing ihn, notierte sich auf einer Karteikarte die Daten, die er ihm mitteilte. Anschließend rief er eine Mitarbeiterin zu sich, die, ernst und unzugänglich und dem Gesicht sowie den Gebärden nach zu urteilen die personifizierte Tüchtigkeit, ihn in einen kleinen Lesesaal führte. Dort gab sie einem Angestellten ein paar Anweisungen, und wenige Minuten später erschien der mit den gewünschten Unterlagen: einem Stapel chronologisch geordneter Akten aus dem letzten Drittel des Jahres 1942. Ohne Schwierigkeiten fand del Solar die Unterlagen vom 14. November. Die Lektüre des Berichts überraschte ihn. Dort war vermerkt, daß ein gewisser Erich Maria Pistauer Waltzer, Österreicher, Sohn von Hanno Pistauer Kroetz, ebenfalls gebürtiger Österreicher, und Adele Waltzer (ihr zweiter Familienname wurde nicht erwähnt), deutscher Staatsangehörigkeit, beide wohnhaft in Mexiko, von zwei Geschossen aus einer Schußwaffe getötet worden war. In dem Bericht wurde beschrieben, wo die Geschosse in den Körper des Toten eingedrungen waren (und ihr Kaliber), nachdem der Ermordete das Gebäude mit Namen Minerva, an der Ecke der Straßen Soundso und Soundso des Roma-Viertels, verlassen hatte. Der Verstorbene hatte das Ehepaar Díaz Zepeda besucht, Verwandte seines Stiefvaters und Mieter in besagtem Gebäude. Als er es verließ, versuchte er in sichtlich angetrunkenem Zustand, in einen Wagen einzusteigen, der vor dem Eingang stand – wohl in der Annahme, es handele sich um ein Taxi –, und wurde aggressiv, als der Fahrer ihn am Einsteigen hindern wollte. Angesichts der Hartnäckigkeit des Angreifers hatte der Fahrer oder eine andere Person aus dem Inneren des Wagens einen Schuß abgegeben. Weder der Fahrer noch die Insassen konnten identifiziert werden. Laut Aussage der Dienstboten des Ehepaars Zepeda hatte der Verstorbene alkoholische Getränke im Übermaß zu sich genommen und war von schwierigem, aufbrausendem Charakter. Ein zufälliger Augenzeuge, Señor Miguel Angel Fierros, der um diese Uhrzeit gerade seinen Hund Cobre ausführte und bei dem Streit und den anschließenden Schüssen zugegen war, hatte ausgesagt, es habe sich um einen schwarzen Wagen durchschnittlicher Größe gehandelt. Er gestand, nichts von Automodellen oder -marken zu verstehen und auch nicht bemerkt zu haben, ob sich mehr als eine Person im Inneren des Wagens befand. In dem Dokument, das Miguel del Solar las, war die Anschrift dieses Señor Fierros nicht vermerkt.

Ziemlich verwirrt wandte sich der Historiker an die Angestellte und teilte ihr mit, der Bericht sei wohl unvollständig, da er weder mit den Informationen übereinstimme, über die er verfüge, noch mit den Berichten in der Presse der darauffolgenden Tage. Die Zeitungen, erklärte er, hätten die Namen von zwei anderen Verletzten veröffentlicht. Es müsse ein Irrtum vorliegen. Das Opfer habe an einer Party teilgenommen, die im Minerva stattgefunden habe, fügte er noch hinzu. Ohne eine Miene zu verziehen, redete die Angestellte über eine Hausprechanlage mit jemandem, und nach wenigen Minuten erschien der Amtsdiener. Sie übergab ihm einen Zettel, auf den sie ein paar Zeilen notiert hatte. Kurz darauf wurde ein zweites Dossier gebracht. Del Solar schlug es an der Stelle auf, wo der Zettel steckte, und las:

»Pistauer Waltzer, Erich Ma. Österreichische Staatsangehörigkeit. Geboren in Linz am 15. März 1921. Sohn von Hanno Pistauer und Adele Waltzer, seit dem 20. Juni 1939 wohnhaft in der Stadt Mexiko.« Anschließend las er die medizinische Schilderung der Autopsie und am Ende einen genauen chronologischen Bericht über die Ereignisse in der Nacht des Todes, Wort für Wort identisch mit dem wenige Minuten zuvor gelesenen.

Als er die Behörde wieder verließ, war er völlig durcheinander. Da gab es etwas, das er partout nicht verstehen konnte. Sowohl seine Tante Eduviges als auch Delfina Uribe hatten gelogen. Welches gemeinsame Interesse mochten sie wohl haben, die Tatsachen dermaßen zu verdrehen? Beide hatten versichert, daß Pistauer an der Feier teilgenommen habe. Die Zeitungen deuteten an, daß er das Haus in Begleitung zweier weiterer Personen verlassen hatte, eine von ihnen Ricardo Rubio, Delfina Uribes Sohn, der laut ihrer Aussage kurze Zeit später an den Folgen seiner Verletzungen gestorben war. Del Solar kehrte in das Büro seines Schwagers zurück, der ihn diesmal weniger lächelnd, dafür mit erkennbaren Anzeichen von Ungeduld empfing. Del Solar teilte ihm das Ergebnis seiner Nachforschungen mit.

»Schau, Miguel, die Uribes, das darfst du keinen Moment lang vergessen, waren ein mächtiger Clan. Ich weiß nicht, ob zu der Zeit der *Licenciado* noch lebte, aber ich glaube schon. Doch falls er schon tot war, blieben immer noch seine Söhne, Delfinas Brüder. Andrés, der Älteste, war eine Bestie. Es ist denkbar, daß Delfinas Name unterschlagen wurde, als dieser Bericht verfaßt wurde, um sie von jedem Verdacht reinzuwaschen. Wer würde für seine Schwester nicht genau das gleiche tun? Die Uribes waren unzertrennlich, du machst dir ja gar keine Vorstellung. Ein ganz einfache Erklärung könnte sein, daß im Bericht gar nicht die Unwahrheit steht und alles seine Ordnung hat. Der Junge hat deine Tante besucht, vielleicht um seinen Stiefvater zu sehen, hat ihn aber nicht angetroffen, und da hat deine Tante ihn gebeten, sie kurz auf das Fest zu begleiten. Er kann eine Weile bei Delfina geblieben, dann das Haus verlassen und versucht haben, einen Wagen zu besteigen, in der Annahme, es sei ein Taxi, und dann fiel er einem zu Tode erschrockenen Fahrer zum Opfer, der dachte, es handele sich um einen Überfall. Siehst du? Dann ist nichts gelogen, nur daß der kurze Besuch des jungen Mannes auf dem Fest ausgelassen wird, der vielleicht rein zufällig und nur ganz flüchtig erfolgt war. Ich habe den Eindruck, daß du dir viel zu viele Gedanken über eine Sache machst, die vielleicht gar nicht so kompliziert ist, wie du meinst.«

Das war eine heilsame kalte Dusche. Er gab zu, einer ungewöhnlich heftigen Gemütserregung erlegen zu sein. Seine Besessenheit führte er auf eine in ihm brodelnde Nervosität zurück; eine parasitäre Energie, die den geringsten Anlaß nutzte, sich bemerkbar zu machen. Er verließ das Büro einigermaßen beruhigt. Doch als er den Heimweg antrat, fiel ihm wieder ein, daß die Dokumente selbst bei wohlwollender Betrachtung immer noch unverzeihliche Lücken aufwiesen. Es gab zwei Verletzte und zwei Zeugen von unschätzbarem Wert, die in den Akten nicht einmal erwähnt waren. Statt dessen wurde ein völlig Unbekannter aufgeführt, ohne daß sein Wohnsitz vermerkt war, dafür aber der Name seines Hundes: »Cobre«. Gleich darauf rekapitulierte er alles noch einmal. Der Bericht mußte verfaßt worden sein, als Balmorán und Delfinas Sohn im Krankenhaus lagen und sich nicht äußern konnten, weshalb ihre Aussagen fehlten. Aber weshalb war dann nicht einmal erwähnt, daß sie auch anwesend und ebenfalls Opfer der Gewalt geworden waren?

Bei seiner Heimkehr versuchte er mit seiner Mutter zu reden. Sie wirkte schläfrig, sehr schwerfällig und zerstreut. Traurig dachte er daran, was für ein Leben sie führte. Zwar hatte sie Freundinnen und besuchte sie oder erhielt von ihnen Besuch; manchmal gingen sie gemeinsam aus, in ein Restaurant, ins Theater oder in eine Ausstellung; oder sie spielten Bridge. Sie las auch das eine oder andere Buch. Momentan kümmerte sie sich um seine Kinder, Juan und Irma. Sie versuchte, Interesse an seiner Arbeit, seinen Kursen, seinen Veröffentlichungen zu zeigen, doch, wie er fand, mit geringem Erfolg. Etwas anderes wäre es gewesen, wenn er nicht über José María Luis Mora, sondern über Carlyle oder Mirabeau geschrieben hätte. Wenn es sich nicht um das Jahr 1914 in Mexiko, sondern um das gleiche Jahr in Berlin, Paris oder London gehandelt hätte. Ja, das wäre etwas völlig anderes gewesen; dann hätte sie einen Grund gehabt, sich vor ihren Freundinnen zu brüsten. Clemenceau, Bismarck, Franz-Joseph, eine weitaus attraktivere Liste von Namen als Eulalio Gutiérrez, Roque González oder Genovevo de la O. Wieder wurde ihm bewußt, wie sehr er sie liebte und sie ihn gleichzeitig zur Verzweiflung trieb. Genauso mußte es seinen Kindern ergehen; sie liebten sie sicherlich, und gleichzeitig tat sie ihnen leid. Doch an diesem Tag erschien ihm ihre Stimme noch erschöpfter als üblich. Sie sprach von Eduviges und Antonio. Die Mittagszeitungen verkündeten, daß sein Cousin ins Gefängnis mußte. Es war nicht bekannt, wo er sich aufhielt. Ganz sicher hatte er bereits das Land verlassen. Wie seine Mutter erzählte, hatte sie mit Eduviges telefoniert. Nach langen, umständlichen Nachforschungen hatte sie sie ausfindig machen und mit ihr sprechen können. Eduviges war in eine Litanei von Klagen und Verwünschungen ausgebrochen. Die Situation war in der Tat scheußlich: Antonio würde lange Zeit nicht zurückkehren können. Und das mußte ihr ziemlich klar sein.

Daraufhin erzählte del Solar, daß sie an dem Tag, als er sie besucht hatte, ununterbrochen darüber gejammert habe, daß ihre Familie seit Anfang des Jahrhunderts ständigen Verfolgungen ausgesetzt sei.

»Da übertreibt sie aber, wie sie immer schon übertrieben hat, aber irgendwie hat sie auch recht. Während der Revolution hat man ihr Haus beschlagnahmt; genau 1914, in dem Jahr, das du untersucht hast; sie haben ihnen viele sehr wertvolle Gegenstände weggenommen, und was sie nicht mitschleppen konnten, haben sie zerstört. Ich denke mir, daß ihre Familie bereits in Geldnot war und die Revolution ihnen noch den letzten Stoß versetzt hat. Wir waren nur über mehrere Ecken mit Dionisio verwandt; aber meine Eltern behandelten ihn wie ihren eigenen Sohn. Ich war noch ein Kind, als er zur Universität ging. Er war ein Heiliger, das habe ich zu hören bekommen, seit ich denken kann, und habe es aus eigener Erfahrung nur bestätigen können. Nie hatte er Augen für andere Frauen. Er war immer schüchtern, lerneifrig, wohlerzogen. Als junger Mann, ich nehme an, auf der Universität, hat er den Bruder von Eduviges kennengelernt, und ich bin sicher, daß der die beiden einander vorgestellt hat. Die Briones waren zu dritt, Arnulfo, der Älteste, und zwei Frauen. Ach ja, die andere, Gloria, ist vor kurzem in Italien gestorben, und ich habe Eduviges gar nicht mein Beileid ausgedrückt. Mit ihrem Mann hat sie Mexiko schon vor langer Zeit verlassen; ein Peña aus Querétano. Als sie frisch verheiratet waren, wollten sie sich lieber in Frankreich niederlassen. Sie war nicht hübsch, obwohl natürlich weitaus ansehnlicher als Eduviges. Dort in Europa ist sie verwitwet und dann eine zweite Ehe mit einem italienischen Grafen eingegangen. Eduviges hat alle naselang ihren Schwager und ihre Schwester, die Gräfin, im Munde geführt. Sie war schon immer eine Nervensäge, überheblich und aufdringlich. Wäre sie nicht so häßlich gewesen, denke ich, wäre sie ruhiger gealtert. Ihre Familie war *die* Familie, die einzige. Ihrer Schwester hat sie fast täglich geschrieben, was ihr die Gräfin mit einer Postkarte mal zu Pfingsten oder zum Johannistag dankte. Arnulfo war nie begeistert von dieser Ehe. Er war ein widerlicher Kerl. Dionisio hat er nach seiner Pfeife tanzen lassen, und der hat sich gefügt und schien sogar noch glücklich zu sein, daß er keine Entscheidungen treffen mußte. Auf irgendeine Weise gab es für ihn nie ein Entkommen. Arnulfo hat ihm Eduviges als Ehefrau aufgedrängt, die sitzenzubleiben drohte; ich denke, daß es ihm davor graute, sie selbst am Hals zu haben. Junggeselle oder Ehemann, Dionisio behielt seine Gewohnheiten bei: die Arbeit, seine Bücher, seine Übersetzungen; das war seine Rettung. Er hat auch an der Universität unterrichtet. Anfangs mußte Eduviges ihn ständig spüren lassen, daß sie und ihre Schwester, um nicht zu sagen, die Gräfin, einer besseren Klasse angehörten. Dionisio ließ sich das alles sagen, resigniert, geduldig, nahm es aber auch mit Humor. Was sollte er auch machen! Wenn es zwischen beiden zu mehr als nur Unstimmigkeiten kam, dann lag das zweifellos an Arnulfos Vorstellungen, an seiner Manier, sich ständig in das Leben anderer einzumischen. Die alte Freundschaft aus Studienzeiten ist nach und nach abgekühlt. Als Arnulfo anfing, mit den Deutschen zusammenzuarbeiten, hatten sie kaum noch Kontakt. Außer daß sie sich grüßten, natürlich. So erging es Arnulfo mit vielen Leuten. Auch mit meinen Eltern zum Beispiel. Mit mir nicht, denn von Anfang an konnte ich ihn nicht ausstehen. Deinem Vater war er zuwider. Was ich Dionisio nie verzeihe, ist, daß er uns nicht gesagt hat, daß – als du bei ihnen wohntest – Arnulfo in der gleichen Wohnung sein Arbeitszimmer hatte. Das ist das einzige, was ich ihm vorwerfe. Wir haben ihm allmonatlich eine ziemlich großzügige Summe für deine Ausgaben überwiesen, und später haben wir dann erfahren, daß Arnulfo Briones die Wohnung finanzierte. In meinen Augen eine unerklärliche Unkorrektheit.«

»Wen meinst du denn mit den Deutschen?«

»Deutsche?« fragte sie zerstreut.

»Du hast gesagt, als Arnulfo Briones anfing, mit ihnen zu arbeiten, pflegte er kaum noch Kontakt zu meinem Onkel Dionisio.«

»Ah! Er hat ein paar Geschäftsfirmen in Mexiko vertreten. Er exportierte irgendwelche Produkte. Ich habe noch nie gerne von Dingen geredet, über die ich nichts weiß, aber eine Zeitlang reiste er häufig nach Deutschland. Ein- oder zweimal hat er sich auch länger dort aufgehalten, so ungefähr ein Jahr. Als er von seiner letzten Reise zurückkehrte, war er verheiratet. Damals führte Dionisio ein sehr entbehrungsreiches Leben.

Sein Gehalt an der Universität war eher symbolisch, und ich kann mir vorstellen, daß er bei der Regierung auch wenig verdiente. Das war die Zeit, als du bei ihnen wohntest; ich dachte, das sei eine diskrete Form, ihm unter die Arme zu greifen. Da bezahlte er noch das Grundstück im Valle-Viertel ab, wo sie sich Jahre später ein Haus gebaut haben, und mußte hart kämpfen, um voranzukommen. Deinem Vater ging es hingegen gut in der Fabrik, und für uns war es auch eine Erleichterung, dich in der Hauptstadt zu lassen, bis du dein Schuljahr beendet hattest. Was für sie in erster Linie zählte, war natürlich Arnulfos Unterstützung; Dionisio muß schwer geschluckt haben, denn ihre Freundschaft war wie gesagt schon ziemlich zerrüttet. Armer Dionisio, er muß in ständiger Angst gelebt haben, erst recht nach Briones' Tod! Zwei-, dreimal habe ich sie besucht und konnte nicht verstehen, was los war. Sie lebten in echter Not, sie hatten praktisch keine Einkünfte! Dionisio war kein Wort zu entlocken, und Eduviges hat ununterbrochen geredet, aber ohne Sinn und Verstand! Sie sagte Dinge, die sie gleich darauf wieder bereute, und behauptete dann das Gegenteil. Sie wollte fortgehen und bei ihrer Schwester Gloria leben, aber damals konnte man weder nach Europa reisen noch hatte sie das nötige Geld. Sie bangte um ihr Leben und das ihrer Kinder. Überall sah sie Feinde. Aus Angst, sie könnten ihr Spione ins Haus schmuggeln, hatte sie keine Dienstboten eingestellt. Kannst du dir das vorstellen? Arnulfos Tod hat sie für lange Zeit aus der Bahn geworfen.«

»Laut ihrer Aussage«, warf er ein, »wurde die Familie weiterhin verfolgt, und die Kampagne gegen Antonio ist nur eine Fortführung des Komplotts gegen ihren Bruder. Sie hat sogar behauptet, Arnulfo sei ermordet worden …«

»Davon sind wir immer schon sicher ausgegangen, dein Vater und ich, meine ich. Arnulfo hatte sehr viele Feinde. Wie gesagt, am Ende wollte niemand mehr mit ihm zu tun haben, außer seinem Cousin Jaroldo Goenga. Was für ein Paar, mein Gott! Zwei lächerliche Clowns! Ich habe sie zusammen in der Sagrada Familia gesehen, bei der Hochzeit einer der Roigs. Das ist zwar schon eine Ewigkeit her, aber ich sehe sie noch wie heute vor mir, zwei alte Kirchgänger, die sich inbrünstig, mit verdrehten Augen auf die Brust schlugen, der eine frommer als der andere.« Del Solar hörte ihr voller Erstaunen zu. Er konnte sich nicht erinnern, je diese freigeistige Gesinnung bei ihr erlebt zu haben. »Goenga war noch bigotter als Arnulfo. Sein Sohn ist dagegen völlig anders, die reine Freude, als sei er aus anderem Holz geschnitzt. Weißt du, daß sich Arnulfo mal eine Zeitlang auf einem Bauernhof in Tamaulipas verstecken mußte? Das war nach dem Cristero-Aufstand. Kannst du dich noch an Arnulfo erinnern?«

Sie wartete seine Antwort nicht mehr ab, weil auf einmal das Geschrei der Kinder ertönte, die in einem anderen Teil des Hauses miteinander stritten, sicherlich im Eßzimmer, und sie hinauslief, um sie zu beruhigen. Del Solar hielt eine kurze Siesta, und als er bald danach seine Mutter fragte, worauf ihre Vermutung basierte, daß Arnulfo ermordet worden sei, legte sie ihre Zeitung beiseite und blickte ihn ausdruckslos an, bevor sie nach kurzem Schweigen sagte:

»Ich weiß es nicht mehr, es ist schon zu lange her. Ich bin aber sicher, daß man es mir gesagt haben muß, daß ich es mir nicht ausgedacht habe. Eduviges hat von einer sehr merkwürdigen Geschichte erzählt, einer Erpressung. Jemand hat Geld von Arnulfo verlangt, sonst würde er irgend etwas, eine familiäre Angelegenheit, aufdecken, ich glaube, die Geheimnisse eines Verwandten, eines Perversen oder so. Einem Erpresser waren irgendwelche Dokumente in die Hände gefallen. Eduviges war sehr aufgewühlt; wie gesagt, sie hat mit Händen und Füßen geredet, aber völlig wirr. Arnulfo war immer schon schwer erträglich; Dionisio hat er vorgeworfen, daß er an der Universität unterrichtete und bei der Regierung arbeitete. Er hat ihn gedemütigt, sooft er konnte. Mein armer Cousin hat erst den Kopf hochbekommen, als sein Schwager tot war. Sehr viel später. Aber wenn Eduviges glaubt, daß mit Antonio das gleiche passiert wie mit ihrem Bruder, heißt das, daß die Sache ernster ist, als ich dachte. Antonio hat sich auf skandalöse Weise bereichert, darum geht es doch, und noch dazu vor aller Augen. Sie täten gut daran, ihn festzunehmen und ins Gefängnis zu sperren«, schloß sie in einem plötzlichen Anflug von Zorn.

Weder an diesem Tag noch an den folgenden konnte del Solar das Thema bei seiner Mutter nochmals anschneiden. Sie reagierte übel gelaunt, wehrte sich dagegen und sagte, sie könne sich an nichts mehr erinnern. Sie behauptete hartnäckig, damals habe sie nicht in der Stadt Mexiko, sondern in Córdoba gelebt; ihr Mann sei Geschäftsführer der wichtigsten Fabrik der Gegend gewesen. Wollte er etwa eine Chronik der Leiden von Eduviges verfassen? Hatte er dafür Geschichte studiert? Das fragte sie ihn säuerlich.

Als sie voller Haß von der Atmosphäre sprach, die Arnulfo Briones in seinen letzten Jahren umgab, wurde del Solar klar, daß alle seinen Tod für ein Verbrechen hielten und es gar nicht verwunderlich fanden, daß es sich so verhielt. Noch am selben Nachmittag verließ er das Haus, überquerte den Paseo de la Reforma, lief weiter durch das Stadtviertel Juárez, bis er ins Roma-Viertel gelangte. Es war ein frostiger Nachmittag. Ein Spaziergang bei diesen winterlichen Temperaturen war sehr belebend. Das hob wieder seine Laune, die seit der Unterhaltung mit seiner Mutter gründlich verdorben war. Auf einmal fand er, es sei eine sehr gewagte Entscheidung gewesen, seine Kinder in der Obhut seiner Mutter zu lassen. Er mußte zurückkehren, um die Lage zu sondieren. Das Beste war vielleicht, wenn er seine Arbeit in England aufgab. Mit den Kindern in Bristol zu leben, wie er es gegen Ende des letzten Semesters getan hatte, war reiner Wahnsinn. Hals über Kopf wieder zu heiraten, nur damit sich seine neue Frau mit ihnen herumschlug, wäre ein noch größerer Irrsinn. Er mußte die Dinge in aller Ruhe abwägen. Arbeitsmöglichkeiten gab es in Mexiko mehr als genug. Er würde seine Zeit darauf verwenden, genauestens Mexikos Auslandsbeziehungen im ersten Kriegsjahr zu untersuchen. Er würde über *Das Jahr 1942* schreiben.

Plötzlich fand er sich mitten auf dem Hof wieder. Wie ungenau war die Chronologie seiner Kindheitserinnerungen, und wie exakt dennoch manche Details! Für seinen Cousin war es ein Jahr der Krankheiten gewesen. Er sah ihn vage, im Bett liegend, neben sich ein Briefmarkenalbum. Amparo hingegen trat immer deutlich in Erscheinung, klar umrissen. Doch seine Tante Eduviges war unbestritten diejenige, deren Bild bei ihm vorherrschte. Er sah sich im zentralen Hof mit spanischen und südamerikanischen Kindern spielen, bis sich ganz scheu auch die europäischen Kinder näher heranwagten: ein Ungar, ein Holländer, die Deutschen.

Die Situationen mochten verschwommen sein, doch nicht so der ewige Monolog seiner Tante. Sie sprach mit ihm und Amparo über Dinge, die seine Eltern niemals in seiner Gegenwart angeschnitten hätten. Sie machte überhaupt keinen Unterschied zwischen Kindern und Erwachsenen, vielleicht weil ein kindlicher Kern immer in ihr lebendig geblieben war. Del Solar erinnerte sich an sprühende Anekdoten, an Gezeter, an Prahlereien, aber es fehlten ihm der Leitfaden, die nötigen Brücken, um diese Bruchstücke zu einem zusammenhängenden Ganzen zu fügen. Da war eine Wärme in der Stimme seiner Tante, die nach und nach abgeklungen und schließlich ganz verschwunden war. Die Leute redeten von den engelhaften Tugenden seines Onkels, während er ihn als ein dunkel gekleidetes unscheinbares Männchen mit einer schwarzen Aktenmappe unter dem Arm vor sich sah; welk und distanziert.

Wenn er systematisch in seinem Gedächtnis kramte, nahm allmählich auch der verabscheuungswürdige Arnulfo Briones in seiner Erinnerung Gestalt an. Mehrere Male hatte er ihn im Wohnzimmer sitzen sehen, entweder, wie er bei einer Tasse Kaffee die Zeitung las, oder wie er nur so vor sich hin döste. Er sah ihn vor sich, wie er aus dem Haus ging, in Begleitung eines Unbekannten, dessen Aufgabe allein darin bestand, ihm zuzuhören. Bei zwei, drei Gelegenheiten hatte Briones ihn barschen Verhören über seine Spielkameraden unterzogen. Einmal, gegen Ende seines Aufenthalts bei seiner Tante, also kurz vor der Ermordung von Erich Maria Pistauer, hatte Eduviges ihren Bruder aufgefordert, seinen Leibwächtern zu verbieten, im Haus zu erscheinen, wenn er nicht da war, weil sie alle in helle Aufregung versetzten, besonders die Hausmädchen. Das hatte zu einem heftigen Disput geführt. Seine Tante, noch streitbarer als sonst dreinblickend, hatte zu ihrem Bruder gesagt, er solle sich vor Martínez in acht nehmen, weil es wohl kaum einen Mann gebe, der »falscher und weniger loyal« sei als er; denn im geeigneten Moment – den sie mit ihrer unfehlbaren Intuition kurz bevorstehen sah – würde er ihm einen Dolch in den Rücken jagen oder ihn bestenfalls für ein bißchen Geld verkaufen. Briones wurde wütend. Er brüllte los, Frauen seien von Natur aus unfähig, auch nur irgend etwas zu kapieren. Ohne auf ihn zu hören, fügte seine Schwester noch hinzu, ihr Mann denke genauso darüber. Briones brach in schauerliches Gelächter aus, das wie zersplitterndes Glas klang, und sagte, in dem Fall mache das keinen Unterschied, da sie sich ja alle Mühe gegeben habe, ihrem Mann das wenige, was er an Mannhaftigkeit besessen habe, auch noch auszutreiben, so daß man nicht einmal mehr wisse, ob er ein Mann oder ein altes Weib sei. Er sprach von der familiären Dekadenz, von der Verweichlichung, dem Scheitern in jenem Haus. Eduviges hörte ihm ruhig zu. In besänftigtem Ton begann sie, ihn für ihre Worte um Verzeihung zu bitten; sie versprach, nichts mehr von den Gefahren, die sie auf sie alle zukommen sehe, zu sagen.

»Aber«, und hier legte sie den unterwürfigen Ton ab und begann wieder, sich in ihrer theatralischen Art aufzuspielen, »wer war es denn, der ganz neue Sitten in die Familie eingeführt hat? Wer hat der Familie erst eine Asoziale und dann eine Geschiedene angeschleppt? Die allererste bei den Briones! Wohl wissend, daß der Mann seiner Frau noch lebte und ihr bis nach Mexiko gefolgt war!« Sie fügte noch hinzu, daß sein engster Vertrauter wohl doch nicht ganz so vertrauenswürdig sei, wie er sich offenbar einbilde; er habe bei den Jüdinnen im Stockwerk über ihnen, denen die Vergangenheit seiner Frau und ihres Mannes, dieses Chirurgen, bestens bekannt sei – das »bestens« betonte sie in abfälligem Ton und mit einer entsprechenden Miene – Nachforschungen über Adele und ihre Familie angestellt. Eduviges betonte, sie fühle sich übertölpelt, betrogen und verletzt und habe, unfähig zu lügen, mit Adeles Sohn geredet, und diese Unterhaltung lasse keinen Zweifel. Der junge Mann habe ganz natürlich geantwortet, denn diese Leute hielten schließlich inzwischen alles für normal, ja, sein Vater halte sich in Mexiko auf. Völlig außer sich, schlug Arnulfo mit der Faust auf den Tisch. Er schrie sie an, sie solle die Schnauze halten, wenn sie ihr Verhältnis nicht dauerhaft zerstören wolle. Ihm seien keine Schwestern beschert worden, sondern Schlangen! Seine Ehe sei legal. Die vorherige Ehe seiner Frau sei nicht von der Kirche anerkannt gewesen. Sein Beichtvater habe keinerlei Einwände gehabt. Dann legte sich sein Zorn, und seine Stimme verlor an Heftigkeit, wurde unsicherer und fast flehend, als er sich besorgt nach den Treffen zwischen Martínez und den Jüdinnen aus der Wohnung über ihnen erkundigte. Möglicherweise war in diesem Augenblick jemand dazugekommen, oder die Geschwister hatten sich ins Arbeitszimmer zurückgezogen, denn er konnte sich nicht mehr an den Ausgang der Geschichte erinnern. Er und Amparo hatten diese Szene vom Nebenzimmer aus verfolgt, wo sie auf dem Boden liegend so taten, als läsen sie in ihren Märchenbüchern. In Wirklichkeit hatten sie ihre Tante nicht aus den Augen gelassen, wohingegen ein Türflügel ihnen die Sicht auf Briones versperrt hatte. So blieben sie auch seinem Blick verborgen. Nur Eduviges konnte sie sehen. Die Tatsache, daß sie ein Publikum hatte, wenn es auch nur zwei Kinder waren, mußte ihr wohl geholfen haben, eine eiserne Haltung zu bewahren und sich ebenso gekünstelt aufzuführen, wie sie es auf einer Bühne getan hätte. Dreißig Jahre lang hatte er an diese Szene nicht mehr gedacht, bis die Episode jetzt wieder in einer Lebendigkeit, die etwas ausgesprochen Erschreckendes an sich hatte, aus den Tiefen seiner Erinnerung auftauchte. Natürlich konnte sie verändert sein. Er hatte bei der Rückkehr nach Córdoba seinen Eltern davon erzählt. Vielleicht war bei diesem Bericht zum ersten Mal dieser theatralische Eindruck entstanden, und so hatte sie sich dann in sein Gedächtnis eingegraben.

Del Solar fragte ein paar Jugendliche, die mit Büchern beladen im Minerva auf der Treppe standen, nach dem Hausverwalter. Einer von ihnen wies mit einem Blick aus den Augenwinkeln und einer Kopfbewegung auf eine Tür am Ende des Flurs im Erdgeschoß.

Kurz darauf nahm der Historiker Platz vor einem beleibten Mann mit langem Haar und aufgedunsenen, fetten Wangen, eingerahmt von dem dichten Backenbart eines Droschkenkutschers, und mit einer Tasse Kaffee in der Hand. In einer Zimmerecke schnitt eine winzige Frau einen granatroten Stoff auf einem Schneidertisch zu. Zunächst tat der Historiker dem Verwalter sein Interesse an einer Wohnung kund. Sie solle groß und geräumig sein und im ersten Stock liegen, denn er habe zwei Kinder, einen zehnjährigen Jungen und ein Mädchen von sieben Jahren, und er wolle nicht, daß sie die Galerien der oberen Stockwerke betraten, weil er das für zu gefährlich halte. Dann erzählte er, als Kind habe er selbst auf dem Hof gespielt.

Er habe Freunde im Haus gehabt. Aber das sei nun schon so dreißig Jährchen her. Wie doch die Zeit verfliege! Damals habe der Ort ganz anders ausgesehen … Da habe noch nicht dieser gräßliche Betonbau nebenan gestanden, der das Minerva mit seiner Wucht so einquetsche, daß man geradezu Angst habe, es könne eines Tages einstürzen.

»Sie hatten Freunde hier im Haus, Señor?«

»Ja, die Kinder von Südamerikanern. Ich weiß nicht mehr, ob Kolumbianer oder Uruguayer. Auch ein paar spanische und deutsche Jungens; aber wie gesagt, das ist alles schon sehr lange her.«

Die Frau des Hausverwalters kniff die Augen zusammen und blickte ihn verwundert an, ohne mit dem Zuschneiden und sorgfältigen Abmessen jedes einzelnen Stoffteils aufzuhören.

Wie der Verwalter erklärte, lebte er schon seit zwanzig Jahren dort. Seine Schwiegermutter war als Hausmeisterin angestellt gewesen und hatte ihm einen Posten als Laufbursche im Haus der Eigentümerin verschafft. Ganz allmählich war er aufgestiegen; inzwischen wollte er gar nicht mehr woanders wohnen. Auch seine Frau kam ja aus kleinsten Verhältnissen, Tochter einer Hausmeisterin – was nicht zu vergleichen war mit der Stellung eines Hausverwalters; aber sie hatte eine anspruchsvollere Arbeit erlernt, und es mangelte ihr nicht an Aufträgen. Sie mache Vorhänge. Das Gespräch entwickelte sich lebhaft. Del Solar bemerkte, er kenne ein Buch über Architektur, in dem das Minerva-Gebäude erwähnt sei. Er erklärte, er sei Historiker, weshalb er sehr gerne dort wohnen würde. Ein solches Gebäude sei verlockend. Man brauche nur über die Straße zu schlendern, und schon bekäme man Lust, ein Buch über all das zu schreiben, was sich innerhalb dieses Gebäudes zugetragen habe.

»Aber eine Wohnung nach Ihren Bedürfnissen wird sich hier wohl nicht finden. Manchmal werden die oberen frei, leider die kleinsten. Gewöhnlich wohnen dort junge Leute. Sie bleiben ein, zwei Jahre und ziehen dann weg. Wer in den großen Wohnungen wohnt, gibt sie nicht einfach so auf.« Er sprach von einigen berühmten Mietern, die ein Geschichtsschreiber sicherlich gerne kennengelernt hätte: »Doktor Villegas zum Beispiel. Den mußten sie wegen seiner Skandale rauswerfen. Villeguitas! Völlig verlottert! Der war einfach nicht zu bremsen. Wer hätte damals gedacht, daß man ihn ein paar Jahre später in Tijuana bei der öffentlichen Verwaltung anstellen würde! Hier haben viele seltsame Leute gewohnt: Maler, Journalisten, eine Boxerin, Schriftsteller, viele Ausländer. Sie müssen mir mal den Titel des Buches nennen.«

Miguel del Solar erklärte ihm, in dem Buch gehe es um die architektonischen Besonderheiten dieses Gebäudes. Leider gebe es aber keins, das von den Mietern handele. Nebenbei erwähnte er, daß damals, als er dort spielte, von einem Verbrechen die Rede gewesen sei, das sich kurz zuvor vor dem Eingang ereignet haben sollte.

Die Frau hielt die Schere halb in der Luft und blickte ihn diesmal scharf an.

»Da ist alles mögliche los gewesen«, sagte der Verwalter und kratzte sich mit seinem dicken Daumen am Backenbart. »An Tragödien hat es hier nicht gefehlt, Dinge, die überall passieren können. Es ist noch nicht lange her, da ist ein Dienstmädchen nach einem Nervenzusammenbruch gestorben. Und vor Jahren, aber das war vor ewigen Zeiten, da ist eine Amerikanerin von der Dachterrasse gesprungen. Sie hat angefangen zu schreien, die Nachbarn auf sich aufmerksam gemacht und als die auf die Galerien herauskamen, hat sie sich in den Patio gestürzt. Sie stand unter Drogen, hat es hinterher geheißen. Das ist vielleicht der Fall, den Sie meinen.«

Nein, del Solar erklärte ihm, das sei er nicht gewesen. Sein Fall habe sich vor dreißig Jahren ereignet. Einem jungen Österreicher oder Deutschen habe man aus einem Auto heraus eine Kugel verpaßt und zwei weitere Personen verletzt. Der Verwalter konnte sich an nichts erinnern. Del Solar fügte noch hinzu, der Ermordete habe ein Fest besucht, das eine der berühmtesten Frauen des Hauses, Delfina Uribe, gegeben habe, die Tochter von Doktor Uribe.

»Ach, jetzt verstehe ich.« Der Hausmeister erklärte, er sei noch nicht dagewesen, als das geschah, aber seine Schwiegermutter habe von dem Fall erzählt. Natürlich wisse er schon ein bißchen Bescheid, es habe sich um ein Verbrechen aus Leidenschaft gehandelt. Ein General, der in eine Schauspielerin verliebt war, habe den jungen Mann aus Eifersucht erschießen lassen.

»Weißt du noch was darüber?« fragte er, an seine Frau gewandt.

»Nein, nichts«, sagte sie tonlos.

»Meine Frau war noch ein Kind. Zu der Zeit wohnten hier noch besser gestellte Leute. Die von heute sind, wie Sie sehen werden, viel einfacher. Einerseits ist das schade, aber zumindest kommen keine Verbrechen aus Leidenschaft vor, und das, versichere ich Ihnen, ist ein enormer Vorteil.«

»Sind denn alle diese Leute weggezogen?«

»Wer?«

»Die besser gestellten Mieter.«

»Ja, Señor, das ist vorbei. Die Eleganz ist verschwunden, statt dessen kamen die einfachen Leute; ehrlich gesagt, oft vulgäres Volk. Das Gebäude ist eine Katastrophe, wie Sie sicherlich schon bemerkt haben. Alle sind weg. Außer natürlich Señor Balmorán. Auch ein Schriftsteller, übrigens. Vor kurzem ist von ihm ein Artikel mit Foto in der Zeitung erschienen. Ja, Balmorán ist als einziger geblieben, und eine Deutsche.

»Emma Werfel?«

»Kennen Sie die etwa? Emmita und ihre Mutter haben bis vor ungefähr acht oder zehn Jahren hier gewohnt. Dann sind sie in ein wunderschönes Haus umgezogen, wie ich gehört habe. Das haben sie auch verdient. Vor kurzem ist die Frau Doktor gestorben, ich glaube vor zwei Jahren. Nein, nein, die Deutsche war schon hier, als ich gekommen bin. Die kennen Sie ganz bestimmt nicht, denn sie kennenzulernen ist ganz unmöglich. Für uns ist sie ein echtes Problem. Wenn man an ihrer Tür vorbeigeht, stinkt es ganz erbärmlich. Die Nachbarn machen mir pausenlos Druck. Es vergeht kein Tag ohne eine Beschwerde. Sie spricht nur mit ihren Angehörigen; die bringen ihr das Essen vorbei. Schon seit langem kann sie keine Treppen mehr steigen. Sie bewegt sich kaum noch vom Fleck. Eine alte Tattergreisin! Die Mieter unter ihr haben sich beschwert, daß Feuchtigkeit zu ihnen durchsickert. Es war ein echter Kampf, bis die Klempner endlich reindurften, um die Rohre zu überprüfen. Wir mußten dabeisein, der Sohn der Alten und ich, stellvertretend für die Eigentümerin. Eine Wohnung, da kann einem schlecht werden, glauben Sie mir! Da bricht noch der Boden ein unter der Last von so viel Müll. Alle paar Tage taucht ihr Sohn auf, auch schon ein alter Mann, mit einer Alkoholfahne, die einen glatt umhaut. Er hat immer einen großen Pappkarton dabei. Das Essen, nehme ich an. Manchmal kommt auch der Enkel. Auch die reden mit niemandem. Mir zahlen sie pünktlich die Miete, das schon. Die Eigentümerin sagt, solange sie zahlen, ist es kein Problem. Aber, Doktor, ich sage Ihnen, das stimmt nicht, es ist sehr wohl ein Problem. Wir können nämlich keine besseren Mieter finden, wie sie es will und wir es uns alle wünschen, solange die Wohnung so erbärmlich stinkt. Wenn Sie Geschichten über dieses Haus hören wollen, sprechen Sie am besten mit Señor Balmorán, vielleicht kennen Sie ihn ja und er erzählt sie Ihnen. Aber bei der Frau machen Sie sich lieber keine Hoffnungen. Erwarten Sie bloß nicht, daß die mit Ihnen redet, die macht Ihnen gar nicht erst auf.«

Kurz bevor er auf die Straße trat, erhaschte del Solar noch einmal den alarmierten Blick der Frau hinter der Gardine, voller Mißtrauen und vielleicht auch Groll.

Es war nicht schwer, Emma Werfel zu besuchen. Miguel del Solar rief sie eines Vormittags an, und schon am nächsten Tag suchte er sie auf. An die Tür kam jene unscheinbare Gestalt, die er flüchtig in Delfina Uribes Galerie gesehen hatte. Eine Brille mit riesigen, kreisrunden Gläsern bedeckte einen großen Teil ihres Gesichts und verlieh ihr das Aussehen einer Eule. Ihr gesamter Körper, ihre Gesten, ihre Äußerungen und ihr Schweigen vermittelten einen Eindruck von Inbrunst und Kasteiung. Sie trug einen dunklen kaffeebraunen Kittel, wie manche Frauen, die ein religiöses Gelübde abgelegt haben. Bis auf die Brille war alles an ihr verkümmert, dürr und winzig. Und doch konnten diese Knochen, über die sich eine gelbliche, fleckige und rissige Haut spannte, urplötzlich eine ungeheure Wildheit ausstrahlen. Es war fast unmöglich, ihr Alter zu erraten. Der winzige Körper, die flüchtigen Bewegungen, die ein wenig einfältige Stimme ließen sie fast wie ein kleines Mädchen wirken. Doch die trübe Haut, das fade Gesicht, die tiefliegenden, wäßrigen Augen hinter den Brillengläsern, all das gehörte einer Greisin.

Das Haus lag in einer engen Straße im Stadtteil Condesa. Die Fassade war ebenso unscheinbar wie die Straße. Ganz anders das Innere. Über den Flur betrat man einen Raum von beträchtlicher Größe, in dem man nichts sah als eine Bronzefigur, die auf einer gewundenen schwarzen Marmorsäule stand: die Büste einer Frau, die ohne Zweifel Ida Werfel darstellte. Sechs oder sieben von verschiedenen Punkten der Decke ausgehende Lichtstrahlen trafen über dieser Skulptur zusammen: eine Brust und Schultern von mehr als überdimensionalen Ausmaßen und ein winziger Kopf, wie eine Erbse, mit einer Stirn, die an die fast kahlen Frauengestalten von Cranach erinnerten. Die Schläfen der erlauchten Dame wurden von einem versilberten Lorbeerkranz zusammengedrückt.

»Sie stehen vor Ida Werfel!« sagte in triumphierendem Ton die winzige Frau.

Del Solar dachte an die genetische Absurdität der Tatsache, daß die unverhältnismäßige Wuchtigkeit dieser Schultern und dieses Brustkorbs ebenso wie der stämmige Stiernacken, den er soeben im Lichterregen betrachtete, der Gebärerin dieses winzigen Mäuschens gehörte, das ihm die Büste gerade mit feierlichem Ernst präsentiert hatte.

Wie er ihr sagte, war dieser Hinweis gar nicht nötig. Er hatte ihre Mutter gleich erkannt, obwohl er, wie er gestehen mußte, nie persönlich mit ihr zu tun gehabt hatte. Vor Jahren hatte er mehrere Vorträge von ihr gehört: Natürlich kannte er ihre Essays. Er hatte sogar noch eine vage Erinnerung daran, sie beide, Mutter und Tochter, einmal als kleiner Junge im Flur eines ziemlich eigentümlichen Gebäudes gesehen zu haben, wo damals Verwandte von ihm gewohnt hatten. Ohne Überleitung begann er, ihr den Plan für sein nächstes Buch auseinanderzusetzen. Eine Chronik des Jahres 1942. Das besagte Wohnhaus, das Minerva, konnte der Ausgangspunkt sein, denn dort hatten sich Flüchtlinge unterschiedlicher Nationalität eingemietet. Außer den Fremden lebten hier in den Vierzigern auch Angehörige mexikanischer Revolutionäre, zusammen mit Leuten, die der extremen Rechten angehörten.

»Viele Leute, ja, wie Sie sagten, aus den entlegensten Winkeln der Erde, aber, wenn Sie mir den Hinweis gestatten, nur eine einzige Ida Werfel.«

»In der Tat«, sagte er einigermaßen verwirrt angesichts dieses erneuten Anfalls von Selbstgefälligkeit. »Sie war die herausragende Figur in dieser Gemeinschaft, zumindest intellektuell gesehen. Wenn Sie wollen, könnten Sie mir sehr helfen. Sie könnten mir zum Beispiel erklären, was für ein Klima Ihre Mutter vorfand, als sie nach Mexiko kam. War es gleich von Anfang an günstig für ihre Arbeit?«

»Ja und nein. Diese Dinge sind nicht einfach so in einem Satz zu erklären. Wenn Sie die deutsche Emigration genauer analysieren, werden Sie auch verstehen, warum. Sie war nicht politisch engagiert. Sie war einzig und allein dem Wort verpflichtet, das heißt dem höchsten Ausdruck des Seins. Wir sind gerade dabei, dieses Studienzentrum fertigzustellen, damit neue Forschergenerationen ihre Erkenntnisse nutzen können. Ich werde Ihnen helfen, wo ich kann. Alles, was sich hier befindet, steht Ihnen zur Verfügung: die Bibliothek, das Archiv, ihre Notizen. Ida Werfel hat an einem Tag zustande gebracht, wofür andere Wochen brauchen. Sie hat eine ungeheure Menge an Material hinterlassen, das zu archivieren mir gelungen ist. Im nächsten Jahr, am 15. März, wäre sie fünfundachtzig Jahre alt geworden. Aus diesem Anlaß habe ich vor, ihr die höchste Ehre zuteil werden zu lassen, die eine Tochter einer Mutter erweisen kann. Das Zentrum für literarische Studien, das ihren Namen trägt, wird zu ihrem Geburtstag hier an diesem Ort eingeweiht werden. Sie kniff die Augen zusammen, spannte die Gesichtsmuskeln an und fuhr mit fast tonloser, aber immer noch vor Engagement vibrierender Stimme fort: »Außerdem wird eine Festschrift vorgestellt, die, wie ich Ihnen jetzt schon versichern kann, für den Leser die helle Freude und eine ungeheure Überraschung sein wird.«

»Unveröffentlichte Arbeiten?«

»Ja, von vorne bis hinten. Obwohl es sich nicht um die übliche posthume Publikation von Textfragmenten und unvollkommenen Entwürfen handelt. Das Projekt ist sehr viel umfassender. Es auf die Beine zu stellen, war ein ergreifendes Erlebnis. Aber kommen Sie, Sie kennen ja unser Institut noch nicht.«

Der große Saal enthielt nichts außer der angestrahlten Büste der illustren Wissenschaftlerin. Der übrige Teil im Erdgeschoß war ausschließlich für die umfangreiche Bibliothek reserviert, die in mehreren kleineren Räumen untergebracht war. Die Regale reichten vom Boden bis zur Decke. In jedem Raum standen Arbeitstische.

Anschließend stieg Miguel del Solar nach oben in den ersten Stock, wo äußerst bescheiden Emma Werfel lebte, die er sich pausenlos bei der Arbeit vorstellte. Er nahm an, daß sich hinter einer der Türen ein Schlafzimmer, ein kleines Eßzimmer und mit Sicherheit auch eine winzige Küche befanden. Der zentrale Raum war ein geräumiges Arbeitszimmer mit einer breiten Fensterfront, die auf eine mit Palmen und Azaleen überladene Terrasse hinaus ging.

»Hier hat sie gearbeitet. Schauen Sie«, sagte Emma, auf eine Wand zeigend, die ein vollkommenes Mahnmal der Vergänglichkeit darstellte, »ich habe ihre Diplome und Titel, ihre Preise und einige Erinnerungsfotos hier aufgehängt. Eigentlich hat sie sich keinen Deut darum geschert. Sie brauchte keinerlei Bestätigung oder Anerkennung ihrer Verdienste oder ihrer Arbeit.

An diesen Urkunden und Medaillen war ihr ganz allein wichtig, daß damit ihre Ideen publik wurden. Das ist doch auch der einzige Sinn, den der Ruhm haben kann, finden Sie nicht?«

»Ja, vielleicht«, sagte er, von der Frage überrascht, wenig überzeugt.

Emma bot ihrem Gast einen Sitzplatz an. Sie selbst nahm auf einem Sessel hinter dem großen Schreibtisch Platz. Einen Moment lang erstrahlte in ihr die berühmte Ida Werfel. Sie seufzte schwer; sie konnte das erhabene Niveau nicht aufrecht erhalten. Etwas an ihr zog nach unten, machte sie klein und verdammte sie unwiderruflich dazu, auf ewig nur die ergebene Tochter einer genialen Frau zu sein.

»Sie haben mir gesagt«, fuhr sie mit kühler, metallischer Stimme fort, und doch um eine gewisse Herzlichkeit bemüht, »daß Sie einige bestimmte Aspekte des Werks von Ida Werfel interessieren.«

Del Solar sagte, ihn interessierten sehr viele Punkte. Ihre Arbeiten über den spanischen Synkretismus zum Beispiel, die die Autorin später auch auf Lateinamerika ausgeweitet hatte.

»Und auch auf das heutige Mexiko«, ergänzte die Tochter. »Fast alle ihre letzten Arbeiten kreisten um eine aktuelle Frage. Ich habe ihre Vorträge und ihre letzten Auszeichnungen zusammengetragen.«

»Für die Festschrift?«

»Nein, für ein anderes Buch, das in einer regulären Ausgabe erscheinen wird. Sie hätte es so pünktlich herausgegeben, wie jedes ihrer Manuskripte, die sie alle paar Jahre in Druck gab. Im übrigen sind einige Ideen in diesem Buch nur skizziert. Eine Festschrift stellt, wenn Sie mir diese Bemerkung erlauben, eben doch andere Anforderungen.«

»Und sie hat eine ganz besondere verdient. Als ich sie las, habe ich den Sinn, zwar nicht der Geschichte«, sagte er mit schriller Stimme, plötzlich vom überschwenglichen Ton dieses verrückten alten Mädchens angesteckt, »denn das ist nahezu unmöglich, so doch des Umgangs mit Geschichte verstanden. Das erste, was ich von Ihrer Mutter gelesen habe, wissen Sie, war eine Arbeit über Tirso de Molina in einer Literaturbeilage.«

Das kleine Frauchen sagte, aller Wahrscheinlichkeit nach beziehe er sich auf die *Meditationen über Tirso,* die erste Arbeit, der sie sich in Mexiko gewidmet habe. Sie fügte noch hinzu, ihre Mutter sei von Tirso fasziniert gewesen, sie sei immer wieder auf ihn zurückgekommen, obwohl ihre Ansichten über den barmherzigen Bruder ihr einige Probleme bereitet hätten, denn ihre Version sei ziemlich von den herkömmlichen Konzepten abgewichen.

»In dem Artikel ging es um Tirso und die Frauenfeindlichkeit.« Noch am Nachmittag zuvor hatte del Solar die alte Nummer von *Cuadernos Americanos* herausgesucht, der Zeitschrift, an der sie eine gewisse Zeitlang regelmäßig mitgearbeitet hatte; teilweise um Anhaltspunkte für das Gespräch zu haben, aber auch, weil er von der Diskussion über Tirso wußte, die Ida Werfel provoziert und die in der Partynacht zu einem ersten Tumult in Delfina Uribes Wohnung geführt hatte. »Völlig richtig, was Sie da sagen, Ihre Mutter widerspricht dort der Meinung vieler berühmter Kommentatoren, unter anderem Bergamíns, die die Weiblichkeit von Tirsos Heldinnen in übertriebener Weise idealisieren. Ihre Mutter weist auf die Mischung von Grauen und Faszination hin, die der Autor angesichts seiner weiblichen Figuren empfand. Die Frau mutiert zur Geißel und Strafe des Mannes, dem sie willkürlich ihre Gunst schenkt. Tirsos Welt stellt, wie sie zeigt, einen der verderbtesten Bereiche der Sexualität dar. Die Funktion des Weibes scheint keinen anderen Sinn zu haben als den, ihren Galan zu kastrieren.«

»Sie haben sehr genau gelesen«, fiel ihm die Frau ins Wort. »Aber Sie müssen noch ein Kind gewesen sein, als die *Meditationen* erschienen sind.«

»In der Tat, aber dieses Kapitel habe ich später in einer Zeitschrift gelesen.«

Ida Werfels Tochter schlug einen professoralen, sachlichen Ton an und erklärte, daß ihr das Buch von einigen traditionellen Hispanisten offensichtlich übel genommen worden sei. Ihre Mutter hatte sie verachtet, allen voran Vossler, und zwar aus einer Reihe von komplizierten Gründen, die del Solar nicht ganz verstand. Ihre Mutter hatte kein Interesse gehabt, abgedroschene Thesen zu wiederholen, sondern wollte originell sein und sich ihre eigenen Gedanken machen. Sie war vor allem an Ideen interessiert, zum Beispiel an der ewigen Gültigkeit der Klassiker – herauszufinden, wo und warum ihre Sprache und ihre Themen immer noch aktuell waren. Sie behauptete, das ganze Werk würde nur dank dieser wenigen Fragmente überdauern, in denen die Sprache lebe und in ihrem Licht erstrahle. Diese Textstücke seien, wie sie sagte, entscheidend. Ihre Summe bilde die Literatur eines Landes. Es seien Passagen, die man ganz ohne Kommentar oder Bewertung genieße, auch wenn einige oder viele Worte uns heute nicht mehr geläufig seien. Manche Teile der Werke hingegen veralteten. Solche kämen auch bei Tirso, Góngora oder Cervantes vor. In den vollkommensten Werken von Schriftstellern der Vergangenheit und selbst der noch lebenden fänden sich Passagen, in denen die Sprache staubig und wie versteinert wirke. Ein Werk überlebe nur, wenn es den Funken der Wahrheit berge, diesen rätselhaften Nimbus, der die Sprache nährt oder lebendig macht. Die Arbeit des Forschers müsse darin bestehen, diesen Funken ausfindig zu machen und in seinem Licht die Strukturen, die stilistischen Probleme, die Obsessionen des Autors zu untersuchen.

»Können Sie mir folgen?« fragte sie am Ende ihres langen Vortrags, den sie in einem Zug, fast ohne Atem zu holen, abgespult hatte. »Sie interessieren sich für ihre These der Literaturauslegung, habe ich recht?«

»Ja, zum Teil, aber es ist nicht nur das. Der Strom von Schriftstellern, Philosophen, Wissenschaftlern, die von 1939 an aus den verschiedensten Gegenden Europas hierhergekommen und bis Kriegsende geblieben sind, hat in einigen Bereichen des mexikanischen Lebens zu einer Art Renaissance geführt. Das wissen Sie besser als jeder andere, da Sie diese Zeit erlebt und an dieser Entwicklung teilgenommen haben. Selbstverständlich hatten nicht alle Neuankömmlinge auch nur im mindesten das Format Ihrer Mutter. Ich würde nicht so weit gehen zu sagen, daß wir ermattet waren, aber wir standen vor einem neuen Aufschwung, wo der Einfluß anderer Mentalitäten und neuer Forschungsmethoden eine spürbare Euphorie schürte.«

»Für Ida Werfel war ich nicht nur die Tochter«, sagte die winzige Frau, die offensichtlich auf del Solars Worte überhaupt nicht geachtet hatte, »ich war auch ihre Sekretärin, ihre Fahrerin, ihre Schwester, ihre Vertraute und vor allem ihre Freundin.«

»Darauf müssen Sie doch unendlich stolz sein.«

»Ihre ungebremste Neugier kannte keine Grenzen. Ihre Tage hätten sechsunddreißig Stunden haben müssen. Alles interessierte sie: die spanische Literatur, die mexikanische, die Weltliteratur, die Geschichte, die Malerei, die Ethnologie, die Musik, die Philosophie, die Gastronomie, das Reisen. In den letzten Jahren ist sie viel in der Welt herumgekommen. Sie hat Kurse in den Vereinigten Staaten gegeben, Vorträge in Spanien, Brasilien, Israel und in Buenos Aires gehalten. Und sie hat an zahllosen internationalen Kongressen teilgenommen. Sie war Ehrenvorsitzende mehrerer Organisationen. In ihren letzten Jahren hat sie einige Früchte dessen geerntet, was sie gesät hatte. Auch dieses Haus hier ist Frucht und Spiegel ihres Schaffens. Sie sind doch besonders an ihren Arbeiten über das Goldene Zeitalter interessiert, oder? Tirso haben sie mir gesagt, nicht? Das Goldene Zeitalter war ihre größte Leidenschaft. Sie hat neue Ideen eingebracht, die andere Interpretatoren später als ihre eigenen ausgegeben haben. Schon ihr erstes Buch war wegweisend: *El pícaro y su cuerpo* hieß es auf Spanisch. Man hat mir gesagt, ein Russe habe Studien mit dem gleichen Schwerpunkt betrieben, nur bei Rabelais. Der Körper des Schelms! Die Funktion seiner Eingeweide! Ein für seine Zeit noch zu gewagtes Buch. Die Beziehung zwischen Literatur und Gedärmen war für die Traditionalisten ein schrecklicher Skandal. Die Leipziger Edition ist von 1916, die erste spanische Ausgabe von 1933. Daß eine Frau es wagte, dieses Thema zu behandeln, war, als hätte sie sich auf der Straße prostituiert. Trotz allem hat die spanische Ausgabe schon acht Auflagen erlebt und ist in mehrere Sprachen übersetzt worden.«

»Genau das interessiert mich. Zu erfahren, wie in dem gottesfürchtigen Mexiko der damaligen Zeit so kühne Ideen wie die Ihrer Mutter sich durchsetzen konnten. Ich würde gerne etwas über das Echo ihrer Ideen in der damaligen Geisteswelt erfahren.«

Zum ersten Mal verharrte die winzige Frau für einen kurzen Moment in Schweigen, augenscheinlich ihren eigenen Gedanken nachhängend. Gerade so, als überquere sie den Graben der Erinnerung, um das Licht zu erreichen, sagte sie zunächst mit zaghafter Stimme, die dann allmählich einen metallischen und schließlich wieder einen triumphierenden Klang annahm:

»Sie müssen wissen, als wir nach Mexiko kamen, war sie keine Unbekannte. Ganz und gar nicht! Mehrere ihrer Bücher waren bereits in Spanien und Buenos Aires erschienen. Auf ihrem Gebiet war sie eine herausragende Figur. Sie wurde fast augenblicklich von der Universität angestellt. Andererseits rief Madame Desilly, die Schweizer Botschafterin und gebürtige Argentinierin, eine Gruppe von Schülerinnen aus Diplomatenkreisen zusammen, die sich einmal wöchentlich trafen, um den Vorträgen Idas zu unterschiedlichsten Themen zu lauschen. Andere mexikanische Damen, die eine Bankiersfrau mobilisiert hatte, beschlossen, mit der Botschafterin zu konkurrieren und ebenfalls etwas zu lernen. Sie schlugen Ida einen Zyklus über »Die Bücher, die die Menschheit bewegten« vor. Der Name des Zyklus stammte selbstverständlich von ihnen. Zum Totlachen! Ida Werfel dazu verpflichtet, das Abc der Literatur und der Philosophie zu erklären, *Don Quijote, Die Kritik der reinen Vernunft, Das Kamasutra!* Stellen Sie sich das vor! Dieser grotesken Runde übereifriger Frauen! Sie war eine geborene Schauspielerin, eine Zauberin, ein begnadetes Naturtalent. Sie lauschten ihr gebannt, wie hypnotisiert, obwohl sie kein Wort von dem verstanden, was sie vortrug. Das eine oder andere Mal habe ich sie zu einer solchen Veranstaltung begleitet. Diese eleganten, eitlen Kühe erinnerten auf einmal an Priesterinnen, die schweigend am Altar der Göttin huldigten. Jedermann weiß, daß es weder das Geld war, was Ida Werfel bewegte, noch die Unterstützung, mit der man automatisch in diesem von falscher Wißbegier getriebenen Damenklübchen rechnen konnte, sondern die Illusion, die Hoffnung, daß der eine oder andere Gedanke bis in ihre hohlen Köpfe durchsickern könnte. »Stell dir vor«, sagte sie zu mir, »nur eine Idee oder ein ganz klein wenig Interesse würde bis in ihre Spatzenhirne vordringen; statt den lieben langen Tag Ränke zu schmieden, wie sie den Ehemann am besten hintergehen oder die Freundin verraten könnten, fiele ihnen ein, die Lektüre fortzusetzen, sich fortzuentwickeln, und sie entdeckten die Oberflächlichkeit und die Banalität ihres Lebens und begännen ein höheres Ziel anzustreben.« Ihr Ideal, für das ich mich leider nie erwärmen konnte, war immer, in Paideia zu leben. Diese Spatzenhirne, wie Ida sie liebevoll nannte, würden nach der Lektion ihr Gehirn für nichts anderes mehr anstrengen als dafür, einen extravaganten Hut zu erwerben, neue Cremes zu entdecken oder abends in einen mondänen Nachtclub tanzen zu gehen.

»Wurde sie in akademischen und intellektuellen Kreisen freundlich aufgenommen?«

»Sie hatte sofort ausgezeichnete Kontakte. Wie sollte es auch anders sein! Eine Gruppe von in der Mehrzahl jungen Schriftstellern hatte sich um sie versammelt. Sie gab ihnen Einblick in ihr Leben, vermittelte ihnen das Wunder ihrer eigenen so völlig anderen Jugend.«

»Genau darauf würde ich gerne näher eingehen«, unterbrach sie del Solar. »Vor kurzem habe ich etwas gelesen, bei dem ich gespürt habe, daß bestimmte akademische Fragestellungen zu jener Zeit sehr lebendig und aktuell waren. Ein Zeitungsartikel bezog sich auf einen heftigen Disput in den Bellas Artes an dem Tag, als *La verdad sospechosa* aufgeführt wurde. Man hat mir auch erzählt, daß eine Diskussion, die Ihre Mutter – mit wem weiß ich ehrlich gestanden nicht – über Tirso de Molina geführt hat, eine Party bei Delfina Uribe gesprengt hat. Heutzutage wäre es undenkbar, daß ein Streit ausbricht, nur weil jemand Ruiz de Alarcón schlecht macht oder Tirso verherrlicht. Damals herrschte, wohl auch dank der Immigranten, ein neues und sehr intensives Kulturleben.«

»Das Werk meiner Mutter umfaßt nicht nur ihre schriftlichen Äußerungen«, sagte Emma Werfel in einer bis dahin noch nicht bemerkten Schärfe, und Miguel del Solar konnte sich den Zusammenhang zwischen seiner Frage und ihren soeben geäußerten Worten nicht ganz erklären. »Ebenso wichtig wie die Bücher war ihr gesprochenes Wort, ihre pädagogische Arbeit. Im Hörsaal ließ sie ihren großartigen Intuitionen freien Lauf: Danach kam sie hierher, um sie in Ruhe an diesem, ihrem geliebten Schreibtisch auszuarbeiten.«

»Es war 1942, wenn ich mich recht erinnere, als diese Diskussion über Tirso aufkam, die ich meine. Delfina gab ein Fest anläßlich der Ausstellung von Julio Escobedo, mit dem sie ihre Galerie eröffnet hatte. Warum diese Heftigkeit? Ich denke, sie hat mit einem dieser starrköpfigen, gerade erst per Schiff eingetroffenen Spanier eine Auseinandersetzung gehabt.«

»Meine Mutter hat nie solche Diskussionen geführt und

wollte schon gar niemals Streit heraufbeschwören. Nichts lag ihr ferner! Sie wurde aus heiterem Himmel von einem Geistesgestörten, von einem tobenden Verrückten angegriffen. Eine derart wilde Aggressivität habe ich nie wieder erlebt. Dieser Besessene war völlig außer sich. Schon vor dem schrecklichen Zwischenfall habe ich ihn, wenn ich von ihm sprach, immer ›den Irren‹ genannt. Sie können sich ja gar nicht vorstellen, wie entsetzlich das war! Er hat auf sie eingeschlagen und sie mit Fußtritten traktiert. Und er bezeichnete sich als Schriftsteller! Ein Witz! Der war ein ausgesprochener Bauerntölpel! Ein bezahlter Schläger!«

»Aber warum ist er auf sie losgegangen, nur weil sie über Tirso redete? Was hat ihn daran gestört?«

»Er hat sie angegriffen, weil er verrückt war, das habe ich Ihnen doch gerade erklärt. Er war ein Psychopath. Es war ein Abend voller absurder Verstrickungen. Wenn ich mich jemals gefühlt habe, als seien um mich herum alle Dämonen losgelassen, dann an dem Abend. Wissen Sie, daß am Ende der Feier eine Person erschossen und mehrere andere verletzt worden sind?«

»Ja, Delfina hat mir erzählt, daß ihr Sohn angeschossen wurde.«

»Ihr Sohn? Ach ja, genau! Er war einer der Verletzten. Einen jungen Bekannten von uns haben sie getötet. Sein Vater war ein sehr feiner Mann.«

»War der Mann, der Ihre Mutter angegriffen hat, bewaffnet?«

Emma K. Werfel fuhr zusammen. Sie seufzte gequält. Schließlich sagte sie:

»Kann sein, ich weiß nicht. Der war eine zwielichtige Gestalt. Delfina hat uns versichert, daß sie ihn nicht eingeladen hatte. Der Zwischenfall hat ihr schwer zu schaffen gemacht. Sie wußte gar nicht, wie sie sich entschuldigen sollte. Sie können sich ja nicht vorstellen, was dieser Abend für Ida Werfel für Folgen hatte. Es gab Tage, an denen sie zitterte wie Espenlaub, wenn sie an diesen Übergriff dachte. ›Kaum sind wir der Barbarei entflohen, geraten wir von neuem hinein‹, sagte sie. Manchmal bildete sie sich auch ein, die Schüsse an jenem Abend hätten ihr gegolten.«

»Waren Sie erst seit kurzem hier?«

»In Mexiko? Ja, mehr oder weniger. Wir sind 1938 hergekommen, also drei Jahre vor dem grausamen Ereignis. Deutschland hatten wir schon 1933 verlassen. Klingt nach einer komplizierten Geschichte, nicht wahr? 1933 sind wir von Berlin aufgebrochen und erst 1938 in Veracruz vom Schiff gegangen. Man könnte meinen, wir seien fünf Jahre lang ziellos auf dem Atlantik getrieben. Was hätte uns nicht alles passieren können? Aber es ist nichts Besonderes geschehen, seien Sie unbesorgt. Meine Eltern hatten sich in Amsterdam niedergelassen, und als hätten sie geahnt, was kommen würde, sind wir 1938 von dort aus nach Mexiko aufgebrochen. Dank dieser weisen Voraussicht hat Ida Werfel ihre Bücher, ihre Papiere und persönlichen Gegenstände, an denen sie sehr hing, mitnehmen können. Alle, die später ankamen, hatten kaum mehr Gepäck als ihre Kleider am Leib. Dieser kleine Lapislazuli-Käfer«, sagte sie, nahm ein Figürchen in die Hand und hielt es ins Licht einer Tischlampe, ohne sich jedoch die Mühe zu machen, es wirklich anzuschauen, »der hatte für sie zum Beispiel eine besondere Bedeutung. Laut Aussage des Doktor Reyes von der Universität war gerade diese Mischung von Vernunft und tiefer Intuition, mit anderen Worten ihre Magie, das Außergewöhnliche der Persönlichkeit meiner Mutter.«

»Was hat sie dazu veranlaßt, ausgerechnet nach Mexiko zu gehen? Die deutschen Emigranten hatten fast ausschließlich politische Motive. Die meisten Flüchtlinge sind gegen Kriegsende nach Europa zurückgekehrt.«

»Für ihre Forschungen war die Sprache entscheidend. Die Bibliotheken, die neuen Editionen, die Fachzeitschriften, der Austausch mit Kollegen, das Unterrichten der Schüler; all das funktioniert nur in einer entsprechenden sprachlichen Umgebung. Was sollte Ida Werfel zum Beispiel in Australien?«

»Ich sage ja nicht Australien, aber ich fände es logischer, wenn eine Person wie sie sich zu der Zeit eher nach Buenos Aires hingezogen gefühlt hätte oder zu der hispanistischen Fakultät einer nordamerikanischen Universität. Wir hatten damals einen sehr schlechten Ruf in Europa. Seine Erdölinteressen machten Mexiko verdächtig und ließen die denkbar schwärzeste Legende entstehen. Ich hätte es weniger verwunderlich gefunden«, bekräftigte del Solar mit Verve, verärgert, weil es ihm nicht gelang, das Gespräch in die gewünschten Bahnen zu lenken, und weil er nicht wußte, wie er aus diesem Sumpf herauskommen sollte, »wenn etwa Lucács oder Heinrich Mann nach Mexiko gekommen wären. Hier gab es eine wichtige Gruppe von Kommunisten, und es erschien eine antifaschistische Zeitung auf Deutsch. Soweit ich weiß, war Señora Werfel an Politik nicht interessiert.«

»Ida Werfel«, sagte sie in belehrendem Ton, der wohl darauf hinweisen sollte, wie die Hispanistin korrekterweise zu bezeichnen war, »hatte natürlich ihre Überzeugungen. Als Jüdin konnte sie nicht einfach ruhig mit ansehen, was im anderen Teil der Welt geschah. Ich weiß noch, daß ich sie zu mehreren öffentlichen Veranstaltungen begleitet habe, wo sie das Wort ergriff.«

»Ich verstehe immer noch nicht ganz«, sagte del Solar in gelangweiltem Ton, was schon an sich eine Provokation war, so als hätte er urplötzlich das Interesse an diesem Thema verloren und sei versucht, die Unterhaltung abzubrechen und den Ort zu verlassen, ohne sich eine einzige Notiz gemacht oder konkrete Fragen gestellt zu haben. »Warum haben Sie Mexiko gewählt? Immerhin war es damals ziemlich schwierig, ins Land zu gelangen. Hatten Ihre Eltern vielleicht Freunde hier?«

»Na ja«, sagte die Frau, und verzog das Gesicht, als sei das kaum von Belang, »sie hatte ein ganz reales Interesse an Mexiko. Mit einigen Schriftstellern korrespondierte sie. Hier im Archiv gibt es zwei oder drei Briefe von Alfonso Reyes. In einem Artikel sprach Reyes mit einer gewissen Ironie, mit spitzer Feder und einem Humor, den ich als reichlich vulgär zu bezeichnen wage, über die von Ida Werfel vertretene Verbindung zwischen dem Schelmenroman und den Funktionen der Verdauungsorgane. Als sie dann nach Mexiko kam, waren die Differenzen, die zwischen beiden hätten entstehen können, längst ausgeräumt. In einem Artikel, den meine Mutter noch auf dem Schiff geschrieben hatte und dann nach der Ankunft in der Neuen Welt veröffentlichte, preist sie die alte, von Reyes stammende Übertragung des *Cantar del Mío Cid* ins moderne Spanisch. Sie unterließ es, manche ihrer Meinung nach grobe Fehler zu erwähnen, da sie es nicht für besonders höflich hielt, das

Land gleich mit gezücktem Schwert zu betreten. Bald wird man erfahren, wie sie tatsächlich über Reyes, Américo Castro, Amado und Dámaso Alonso, Brennan und Solalinde dachte, ihre ehrliche Meinung über bestimmte Personen, Bücher, Länder. Man wird Karl Vossler von einer Seite kennenlernen, die die Welt von ihm bisher nicht kennt; Sie werden eine ganze Schar von giftigen Skorpionen und heuchlerischen Pharisäern entdecken. Das Werk, das anläßlich ihres Geburtstags erscheinen wird, wird, wie gesagt, alles einschließen, Bücher, Freunde, tägliches Leben.« Als sie die Herausgabe der Festschrift erwähnte, verlor sich Emma Werfels Blick in einer überirdischen Vision. »Zum ersten Mal«, schloß sie, »werden, mit einer ganz speziellen Ausnahme, rückhaltlos ihre Ideen über die Themen offengelegt, die sie ihr Leben lang beschäftigt haben.«

»Sie haben mir immer noch nicht gesagt, was Sie dazu bewogen hat, sich ausgerechnet in Mexiko niederzulassen. Sind Sie mit einer Einladung von der Universität gekommen?«

»Ich verstehe nicht ganz, warum Sie gerade dieses Detail so interessiert. Der Familienname Werfel, den wir beide mit so viel Stolz tragen, ist ihrer, ihr Mädchenname. Das K., das ich meinem Namen voranstelle – Sie werden ja das Türschild gesehen haben –, stammt von meinem Vater. Emma K. Werfel, das bin ich. Das ›Kalisz‹ als Teil meines Nachnamens auf den kleinstmöglichen Ausdruck reduziert, nur die Initiale.« Schließlich stellte sie den Lapislazuli-Käfer, den sie die ganze Zeit mit den Händen befühlt hatte, wieder auf den Tisch zurück. Anschließend begann sie, in einem Malachitkästchen zu stöbern, nahm mehrere Broschen heraus, betrachtete sie und legte sie wieder zurück, zupfte mit einer Hand an einem Zipfel der Tischdecke, wie um Zeit zu gewinnen, als seien ihre Worte so banal, so nichtssagend wie ihre Gesten, bis sie am Ende in verächtlichem Ton fortfuhr: »Doktor Kalisz, mein Vater, war Spezialist für Allergien. Er erforschte den psychischen Aspekt dieser Leiden. Er war einmal wegen eines Kongresses nach Mexiko gekommen. Ein Ungar, der hier einige Labors besaß, interessierte sich für seine Theorien und bot ihm an, mit ihm zusammenzuarbeiten. Irgendwie muß es ihm hier gefallen haben. Ich werde mir nicht den Kopf darüber zerbrechen, was es genau war. Jedenfalls redete er nach seiner Rückkehr nach Amsterdam von nichts anderem mehr als von Mexiko, dem Klima, den Früchten, den Menschen, den Märkten in den Kordilleren und dem Vulkan, auf den er, wie er sagte, von seinem Hotelfenster aus hatte blicken können. Ida Werfel, die sich die Dinge viel gründlicher überlegte, ermutigte ihn, die Einladung anzunehmen. Sie brauchte nicht lange zu insistieren, denn der Allergologe Kalisz war, wie gesagt, ganz versessen auf Mexiko. Diese Entscheidung sollte sich später als äußerst klug erweisen, denn wenige Monate danach brach der Krieg aus. Wir kamen mit unserem gesamten Hab und Gut an, entschlossen, lange Zeit hier zu bleiben. Es gibt Menschen, deren Wankelmütigkeit etwas von absurder Komik hat: Kalisz, der leidenschaftlich in Mexiko Venarrte, Kalisz, der Liebhaber der Vulkane, ergriff wenige Monate nach seiner Ankunft die Flucht. Wir, die Stillen, die Zurückhaltenden, wir sind geblieben. Das muß noch einmal gesagt werden, denn in diesem Haus zeugt alles davon.«

»Ist er nach Europa zurückgekehrt?«

»Er? Nein, nichts dergleichen. Er ist in die Vereinigten Staaten gegangen, an einen unmöglichen Ort in Dakota. Er wollte, daß sie ihn begleitete, was bedeutet hätte, sie aus ihrem kulturellen Umfeld herauszureißen, sie lebendig zu begraben. Selbstverständlich hat sie das abgelehnt; sie hat es ihm auf die vernünftigste Art beigebracht, denn bis zu dem Tag war sie überzeugt gewesen, einen zwar eindeutig nicht brillanten, aber immerhin doch korrekten Ehemann zu haben. Das war einer ihrer wenigen Irrtümer. Er ging mit einem Vertrag bei einem Forschungsinstitut in der Tasche, um was weiß ich für einen antiallergischen Impfstoff zu entwickeln. Er hatte einen Einjahresvertrag unterschrieben. Doch dann kam er nicht zurück. Im ersten Jahr schrieb er regelmäßig und schickte am Monatsende Geld. Später schob er die Rückkehr weiter und weiter hinaus; seine Briefe trafen mit der Zeit in immer größeren Abständen ein. Eines Tages, es muß so um das Jahr 1946 gewesen sein, denn der Krieg war schon aus, erhielt meine Mutter einen gerichtlichen Bescheid. Sie war geschieden, ohne je ihre Zustimmung gegeben zu haben. Was sage ich? Ohne die geringste Ahnung von irgendeinem Verfahren.«

»Das muß sie sehr verletzt haben«, sagte del Solar, um die entstandene Pause zu füllen.

»Nein, nicht zu sehr. Sie war nur ziemlich überrascht von dem ungewöhnlichen Verhalten meines Vaters, des Allergologen Kalisz, als er von dem Tag an kein Lebenszeichen mehr von sich gab. Wenn wir mal etwas von ihm gehört haben, dann immer nur auf Umwegen.«

»Haben Sie ihn denn nie wiedergesehen?«

»Nein, nie mehr. Aber, wie der Weise sagt, im Leben ist nichts umsonst. Kalisz ist wenige Wochen nach Ida Werfels Tod gestorben. Finden Sie es nicht bezeichnend, daß er sie nicht überlebt hat? Mit Psychotherapie zur Heilung von Hauterkrankungen war er reich geworden. Was wußte er schon darüber! Als wir diese Neuigkeit erfuhren, sagte meine Mutter, am Ende sei sein wahrer Charakter als falscher Prophet und Betrüger zum Vorschein gekommen. Als er starb, hinterließ er Ida Werfel eine beträchtliche Summe, die mir als einziger Erbin meiner Mutter zufiel. Dieser Punkt kam mir immer merkwürdig vor. Er muß gewußt haben, daß meine Mutter tot war, und trotzdem hat er sein Testament nicht geändert. Vielleicht hatte er nicht mehr genug Zeit. Doch das werde ich nie mehr erfahren. Die amerikanischen Steuern waren immens, doch auch so hat die restliche Summe noch ausgereicht, um die Stiftung zu gründen als Garantie für den Erhalt dieser Einrichtung hier. Im ersten Augenblick wollte ich das Erbe nicht annehmen. Für mich persönlich brauche ich kein Geld. Ich habe so viel zur Verfügung, wie ich will. Doch dann habe ich es mir besser überlegt. Wenn ich die Summe annahm, brauchte ich das Haus in Cuernavaca nicht zu verkaufen, wo wir beide so glücklich waren, und ich konnte Ida Werfel die Ehrung zuteil werden lassen, die sie verdiente«, ihr Gesicht leuchtete plötzlich vor Freude: »Die Veröffentlichung ihres großen Werks. Dort werden Sie sie, wie gesagt, als Ganzes verkörpert finden. Was dachte sie über Weltliches und Göttliches? Alles wird man erfahren.«

»Ihre Tagebücher?«

»Heiß! Heiß!« rief sie aus und applaudierte begeistert. Dann fuhr sie fort: »In gewisser Weise, kann man sagen, handelt es sich um eine Art Tagebücher, wenn auch nicht in der typischen Art. Ein Tagebuch, wenn Sie es so nennen wollen, aber nicht aus ihrer Feder und gerade deshalb spontaner, ohne die Hürden, die die eigene Zensur automatisch aufbaut. Jahrelang habe ich ihre Gespräche, ihre Überlegungen aufgezeichnet und das geschildert, was man die wesentlichen Szenen ihres Lebens nennen könnte. Am Ende, als sie meine Arbeit bemerkt hat, denn es war nur schwer geheimzuhalten, pflegte sie laute Monologe vor mir zu halten. Es war eine herrliche Beschäftigung; sie gab meinem Leben einen Sinn. Alles begann an dem Morgen, als wir in Rotterdam aufs Schiff gingen. Vielleicht hat sie meine Verzweiflung bemerkt. Ich konnte den Schock, daß wir Europa verließen, einfach nicht verarbeiten; ich war nicht auf die Reise vorbereitet. Ich fürchtete mich vor der Zukunft, weniger meinetwegen, als um ihretwillen. Ich weiß nicht warum, aber ich war schlichtweg nicht fähig, sie mir auf einem anderen Kontinent vorzustellen. Jedenfalls schlug sie mir vor, die Ereignisse während der Überfahrt in einem Heft, in der Art eines Logbuchs, festzuhalten. Aber wen interessierte es schon, daß wir auf den Kanarischen Inseln oder in Curaçāo an Land gingen? Oder was in Havanna zu sehen war, wenn ich doch die Gelegenheit hatte, Ida Werfels Eindrücke zu notieren? Das Leben an ihrer Seite war meine wahre Universität. Von 1938 bis zu ihrem Todestag schrieb ich alles Wichtige auf, was sich in ihrem Leben ereignete ... Dreißig Jahre! ... Natürlich außer während ihrer Auslandsaufenthalte oder in manchen, zwar nur kurzen, aber schrecklichen Phasen, in denen sie sich völlig in sich zurückzog. Es gab Tage, an denen es ihr unmöglich war, sich nach außen zu wenden. Sie mußte erst aufnehmen, wiederkäuen und verdauen, um sich dann auszudrücken. Ich akzeptierte diese Situation, die für mich schwer, aber normal war. Die anderen Leute waren hingegen unfähig, das zu verstehen. Einige haben ihr sogar Grausamkeit vorgeworfen, die Ärmsten, sie haben rein gar nichts verstanden! Es gab Zeiten, in denen sie mich mied, manchmal wochenlang. Mit gereizter Miene und verkniffenem Mund schlich sie um mich herum, ihre Antworten waren einsilbig, oder sie machte nur eine Kopfbewegung, bis der Moment kam, in dem ihre Verschlossenheit Risse bekam, allmählich aufzubrechen begann wie ein Kokon, der die Schmetterlingspuppe freiläßt, und dann öffnete sie sich wieder dem Wort, dem Kontakt zwischen Mensch und Umwelt, der Begeisterung für die Literatur, der Rettung der Kultur, dem verborgenen Sinn des Lebens; all das zeigte sich in dieser Art von Monologen, die in meinem Beisein plötzlich aus ihr hervorbrachen, wenn ich es am wenigsten erwartete.«

Sie erhob sich wie eine Besessene, ging zu einem Schrank, öffnete ihn und nahm mehrere umfangreiche Aktenordner heraus. Er stand auf, um ihr behilflich zu sein, in der Überzeugung, daß er dort wertvolle Schlüssel, Lösungen finden würde. Das Material türmte sich in zwei hohen Stapeln auf dem Arbeitstisch.

»Das muß Sie eine wahnsinnige Mühe gekostet haben.«

»Ja, Tag und Nacht, seit ihrem Tod. Aber daran bin ich gewöhnt. Während der ersten Jahre in Mexiko habe ich nichts anderes getan; nachts habe ich gearbeitet, alle Ereignisse des Tages aufgeschrieben, darauf bedacht, jedes einzelne ihrer Worte festzuhalten. Daneben habe ich die Sekretariatsarbeit erledigt, was nicht einfach war: ihre Manuskripte mit der Maschine abtippen, Fahnen korrigieren, Material für ihre Vorlesungen und ihren Unterricht zusammenstellen und tausenderlei Dinge mehr. Nach ihrem Tod habe ich alles abgetippt, durchgesehen und korrigiert. Na ja, korrigiert ist nicht der richtige Ausdruck. Wer bin ich schon, um Ida Werfel zu korrigieren. Also, ich bitte Sie! Was ich getan habe, war einige Abschnitte wegzustreichen, die in ein anderes kleines, sehr persönliches Bändchen eingehen sollen, das erst das Licht des Tages erblicken soll, wenn ich nicht mehr auf dieser Erde bin. Als sie entdeckte, womit ich mich beschäftigte, schien es sie zunächst zu stören; sie warf mir vor, sie jahrelang bespitzelt zu haben. Doch mit der Zeit mußte sie die Nützlichkeit meiner Arbeit anerkennen. Manchmal bat sie mich, mal nachzuschauen, worüber sie sich mit einem Professor aus Kalifornien unterhalten hatte, der vor Jahren gekommen war, um sie zu sehen, oder herauszusuchen, was sie hier und da im Laufe der Jahre zu einem bestimmten Thema geäußert hatte, das sie in einem neuen Essay oder in einem Vortrag ausführlicher behandeln wollte. Die Kosten, die man mir für die Veröffentlichung in Aussicht gestellt hat, sind sehr hoch, aber egal. Alles ist jetzt fertig, so daß das Material in Druck gehen kann. Einen Moment lang habe ich als Titel erwogen: *Ida Werfel im Gespräch mit ihrer Tochter Emma*. Aber dann wurde mir klar, daß man es als eine eitle Geste meinerseits auffassen könnte, als einen forcierten

Versuch, meinen Namen neben ihrem zu verewigen; daher habe ich mich dann für einen knapperen Titel entschieden: *Ida Werfel im Gespräch mit ihrer Tochter.* Meinen Namen habe ich weggelassen.«

»Haben Sie das Material chronologisch oder nach Themen geordnet?«

»Ich habe es lieber chronologisch angeordnet. So kann der Leser die bewegte Entwicklung ihres Denkens, ihrer Entdekkungen, ihrer Fortschritte und ihrer Richtigstellungen genauer verfolgen.«

Miguel del Solar erklärte Emma K. Werfel, dieses Werk sei unschätzbar für seine Untersuchungen. Diese kostbare Fülle an Material enthalte auch Informationen über die Zeit, mit der er sich beschäftigen wolle. Ob sie ihm wohl gestatten würde, die eine oder andere Passage einzusehen? Zum Beispiel den Teil, der sich auf den Streit um Tirso in Delfina Uribes Haus bezog, der mit einer Schießerei endete.

»Habe ich mich vielleicht nicht deutlich genug ausgedrückt?« sagte sie unwirsch. »Da ging es nicht um einen Streit, sondern schlicht und einfach um einen Akt der Gewalt, begangen von einem Geisteskranken. Der Auslöser war vielleicht eine geballte Ladung von Antisemitismus.«

»Und was hatte Tirso damit zu tun?«

»Nichts! Das war reiner Zufall, daß gerade in dem Moment über eines seiner Werke geredet wurde. Genausogut hätte von Beethovens Quartetten die Rede sein können oder von dem barocken Altar von Tepozotlán oder vom Wetter; denn um die Zeit hatte es schon begonnen, kalt zu werden.«

»Warum schauen wir uns den Band nicht mal an? Seien Sie doch so nett, Sie täten mir einen großen Gefallen! Aus der Sicht eines Chronisten war das ein sehr aufschlußreiches Ereignis. An dieser Feier haben viele berühmte Persönlichkeiten der damaligen Zeit teilgenommen, Politiker, Maler, Schriftsteller. Wenn Sie das Datum wissen müssen: es war der 14. November 1942.«

Die Frau suchte mit einigem Widerwillen das Datum heraus. Mit leiser Stimme las sie die diesbezüglichen Seiten; dann sagte sie:

»Zu jener Zeit habe ich mich nicht so sehr mit Einzelheiten abgegeben. Erst im Laufe der Zeit bin ich darin konsequenter und ausführlicher geworden. Ja«, sie las noch einmal ihre Aufzeichnungen durch, »Delfina hatte uns zu ihrer Party eingeladen, und wir waren drauf und dran, nicht hinzugehen. Die Nacht der großen Verwirrung! So habe ich diesen Eintrag in meinem Heft überschrieben. Meine Mutter litt unter einer schweren Bindehautentzündung. Ihr linkes Auge war so entzündet, daß sie es nicht mehr öffnen konnte. In letzter Minute haben wir eine Art Augenbinde aus schwarzem Samt improvisiert: ›Wir werden sagen, das sei unsere ganz persönliche Hommage an die Prinzessin von Eboli‹, sagte sie mit dem ihr eigenen Humor. Sie bestand darauf, daß auch ich ein Auge bedeckte. Sie besaß ein gewisses Maß an Exzentrik, einen Hang zum Spielerischen, den sie zum Glück nie verloren hat. Ich besitze leider nichts davon; von den meisten ihrer Tugenden habe ich nichts mitbekommen. Ich habe ihr vorgeschlagen, statt der Augenbinde einen Hut mit dichtem Schleier zu tragen, der ihr bis über die Augen reichte, und anfangs schien sie geradezu entzückt von der Idee. Doch dann ist sie doch wieder davon abgekommen. Beim Essen hätte sie den Schleier lüften müssen, und dann hätten doch alle ihre Augenbinde gesehen. Also sind wir als Einäugige aufgetreten, und sie hat die ganze Zeit geistreiche Scherze darüber gemacht; na ja, und mir war es schrecklich peinlich, ich bin fast gestorben vor Scham. Wir haben eine ganze Weile gebraucht, um uns zurechtzumachen. Als wir dann zu Delfina hinuntergegangen sind, war das Fest schon in vollem Gange. Martínez, ausgerechnet diese Bestie, kam heraus, um uns zu begrüßen. Am Nachmittag, als er bei uns war, hatten wir ihm gesagt, wegen des entzündeten Auges meiner Mutter würden wir nicht kommen, weshalb er jetzt überrascht schien, uns zu sehen. Aber letzten Endes doch glücklich, sich in solchen Kreisen mit dem Prestige meiner Mutter zu brüsten. In arrogantem Ton, bei dem wir erstarrten, ließ er ein paar Leute vom Sofa aufstehen und uns dort Platz nehmen, gerade so, als sei er der Gastgeber und dürfe sich obendrein dermaßen unverschämt aufführen. Wir hatten uns kaum hingesetzt, als ein sichtlich betrunkener junger Mann auftauchte und meine Mutter ansprach, als kennten sie sich schon ein Leben lang. ›Ja, Huehue‹, sagte er zu ihr.

Sehen Sie, hier habe ich ›Huehue‹ geschrieben, aber vielleicht hätte es ›Ueue‹ heißen müssen oder ›Wewe‹ mit einem ›W‹, das wie ein ›U‹ klingt, wie in ›Walter‹ auf Englisch. Ehrlich gestanden weiß ich nicht, wie die richtige Schreibweise wäre. ›Ja, Huehue, in dem Moment mußte ich mich dafür entscheiden, Mexikaner zu werden, verstehst du?‹ Der Kerl hatte eine kieksende Stimme, die klang wie die eines Bauchredners. ›Wir befanden uns im zweiten Akt von *Pelléas et Mélisande.* Ansermet dirigierte das Orchester höchstpersönlich, stell dir vor. Papa kam zu mir und sagte in diesem Ton, der mich zur Weißglut bringt, du weißt schon, diesmal stünde es fest: wir würden nach Mexiko zurückkehren, und ich müßte die mexikanische Staatsbürgerschaft annehmen. Du weißt ja, wie er ist, Huehue, du kennst ihn ja, und seine Rücksichtslosigkeit wird dich kaum wundern. Das hat er mir so direkt ins Gesicht gesagt, ohne jedes Taktgefühl, und meine Verwirrung genossen. Kannst du dir das vorstellen, Huehue? Auf einmal, im Schatten von Debussy, begriff ich, daß das mit der mexikanischen Staatsangehörigkeit ernst gemeint war, daß ›der Mexikaner‹ nicht nur ein Spitzname mehr war, wie ich so oft gedacht hatte. Das ist doch nicht möglich, sagte ich atemlos. Ich verstand gar nichts mehr, ich war völlig verzweifelt und hätte am liebsten losgeheult. *Comment?* Habe ich voller Angst geschrien. Diesmal war es zu viel für mich. Natürlich wußte ich, daß meine Großeltern, daß mein Vater von dort kamen. Aber das sind Dinge, Huehue, die man zwar weiß, aber nicht wirklich verstanden hat. Ansermet, Debussy, Pelléas, la Tournier, der, wie ich dir sagen muß, eine wundervolle Melisande war, alles drehte sich um mich und verschmolz in meinem Kopf mit wüsten Bildern von Steinen. Ich habe mich nicht am Boden gewälzt, weil Gott es gut mit mir meinte. Statt dessen habe ich mich tief in meinem Sitz vergraben, um nichts zu sehen oder zu hören, bis Granny mich in den Wagen einsteigen ließ und nach Hause fuhr. Huehue, hätte ich dich doch damals schon gekannt!‹ Ida Werfel hat dem Fremden sehr aufmerksam, ja, ich würde sogar sagen, mit Sympathie zugehört. Nach einer Pause fuhr der junge Mann fort: ›Als ich am nächsten Morgen aufwachte, fühlte ich immer noch Panik. Du weißt ja, als Kind nannten sie mich in der Schule *le Mexicain.* Ich war in Frankreich geboren, und ich hatte dort gelebt. Dort und während der Internatszeit natürlich in England. Und auf einmal sollte ich Mexikaner sein, es war nicht mehr nur ein Spitzname! Und ich mußte noch am gleichen Tag zum mexikanischen Konsulat gehen und die mexikanische Staatsbürgerschaft annehmen! Wir mußten Europa wegen des Krieges verlassen; es mußte sein, ja, aber mir blieb es unverständlich ... Und jetzt statt dessen, du siehst ja ...‹ Als ein Kellner vorbeikam, streckte er reflexartig, ohne ihn anzuschauen, einen Arm aus und schnappte sich ein Whiskyglas. In wenigen Zügen leerte er es, erhob sich und ging davon. Wir saßen neben Martínez und einer Nachbarin aus dem Haus. Eine Frau, vor der man sich in acht nehmen mußte, eine Intrigantin. Der Irre schien um jeden Preis entschlüsseln zu wollen, was der Name ›Huehue‹ bedeutete. ›Er wollte wohl Werfel sagen und hat es nur falsch ausgesprochen‹, schlug ich vor. ›Nein, Kindchen‹, sagte meine Mutter, ›ganz offensichtlich handelt es sich hier um eine Verwechslung. Gerade in den letzten Tagen habe ich über das Vertauschen, das Verstecken und das Verwechseln von Personen gearbeitet.‹ ›Ein paar Freundinnen haben mir erzählt, daß Ihre Kurse weitergehen und gerade ein Buch von Ihnen erschienen ist‹, sagte die idiotische Nachbarin. Ida Werfel war so entgegenkommend, ihr mit einem leichten Kopfnicken zu antworten. Aber der Irre wollte immer noch wissen, warum dieser junge Mann, der Neffe eines Ministers von Díaz, in einem solch vertraulichen Ton mit meiner Mutter gesprochen und sie mit einem so merkwürdigen Namen angeredet hatte. Dieser Name, so vermutete Martínez, war ein Deckname, dahinter steckte eine verschlüsselte Nachricht.«

»Warum interessierte sich Martínez so sehr dafür? Waren Sie sehr eng mit ihm befreundet?«

»Wir?« rief sie zornig aus, und bekam einen hochroten Kopf. »Wir kannten ihn, das war alles. Auf den Korridoren des Hauses war es unmöglich, ihm nicht über den Weg zu laufen. Sie sagen doch, daß Sie das Minerva als Kind gekannt haben, oder? Damals war es sehr hübsch dort; dann ist es sehr rasch heruntergekommen. Als wir in dieses Haus hier gezogen sind, war es nur noch ein elendes Loch. Früher war es, wie gesagt, ein hübscher Ort, aber unbewohnbar. Ein Nest voller giftiger Schlangen, die einen dumm, die anderen lüstern, aber alle giftig. Martínez schlich immer dort herum, wie auf der Lauer. Eines Tages hat uns besagte Nachbarin am Hauseingang abgefangen, um ihn uns vorzustellen. Uns kam das merkwürdig vor, denn diese Nachbarin kannten wir kaum vom Sehen. Unter Berufung auf diese Begegnung tauchte er manchmal völlig unerwartet bei uns auf. Dann stellte er mir verfängliche Fragen. Alles wollte er wissen, über uns, die übrigen Mieter, ja selbst die Schüler meiner Mutter. Er betonte immer gerne, er sei von Beruf gewissermaßen Diplomat. Was immer das heißen sollte! Alles an ihm wirkte vulgär. Wir dachten, er versuche herauszufinden, wer wir Mieter im Haus waren. Viele waren Ausländer, wir Deutsche, und wir befanden uns, das darf man nicht vergessen, im Krieg. Delfina Uribe sagte mir, es würde sie nicht wundern, wenn dieser Kerl ein Polizeiagent wäre. Ich bekomme jetzt noch eine Gänsehaut, wenn ich mich daran erinnere, wie er sich als Charmeur aufspielte, wenn er mit Ida Werfel sprach. Ich erzählte ihr, was ich von Delfina gehört hatte, aber sie schien dem keine große Bedeutung beizumessen. Irgendwie fand sie den Kerl amüsant. Ich dachte, so wie er sich gab, wie ein Gockel, ein Eroberer, ein Kalif, mußte er ihr doch lächerlich vorkommen. Aber so war es nicht ... Wenn ich mal nur noch Staub und Asche bin, wird die Welt Aspekte dieser Frau kennenlernen, die ich jetzt kaum anzudeuten wage ...«

»Wollen Sie damit sagen ...?«

»Ich will gar nichts sagen; der Moment ist noch nicht gekommen. Allerdings muß ich gestehen, wenn ich ehrlich sein soll, daß es Ida Werfel wohl nicht mißfallen hätte, wenn der Kontakt intimer geworden wäre. In dem Moment merkte ich noch nicht, was sich da abspielte. Sie versuchte, mich zu beruhigen. Sie sagte mir, wir brauchten uns keine Sorgen zu machen, die beste Reaktion sei, ganz natürlich und unbefangen einfach seine Fragen zu beantworten. Wir hätten ja nichts zu verbergen, als fleißige, ordentliche Leute; je früher er das merke, desto besser. Mir war er regelrecht zuwider. Er behandelte meine Mutter, als läge sie ihm zu Füßen. Immer wurde er ungeduldig. Wenn er mit mir redete, vermied er es, mir in die Augen zu sehen, um dann völlig unerwartet in ein gräßliches Gelächter auszubrechen, wie Pferdegewieher, als habe er mich irgendeiner Untat für schuldig befunden, wodurch er mich in der Hand hatte. Dann konnte er mich auf einmal unangenehm bohrend anblicken mit seinen weit aufgerissenen Augen und seinem schmierigen Blick. Ich muß gestehen, daß er mir manchmal Angst einflößte. So auch in der besagten Nacht. Da war er besonders erregt; er hatte sichtlich zuviel getrunken. ›Ich wußte gar nicht, daß Sie einen solch intimen Umgang mit diesen jungen Snobs pflegen‹, sagte er vorwurfsvoll. ›Was würde wohl Ihr Mann sagen, wenn er erführe, daß Sie diesen Kerl wiedergetroffen haben? Na, Huehue, Huehue! Das war also der Spitzname, unter dem Sie in Europa bekannt waren?‹«

»Und warum hatte er Ihre Mutter so genannt? Wer war Huehue denn nun?« fragte del Solar, der an diesem Punkt der Schilderung bereits alle Hoffnung aufgegeben hatte.

Emma K. Werfel las glücklich weiter in ihren Aufzeichnungen. Endlich blickte sie wieder auf. Offensichtlich hatte sie, wie meistens, die Frage gar nicht gehört. Sie fuhr mit ihrem Bericht fort, wobei sie ab und zu in ihrem Tagebuch nachschaute:

»Die Nachbarin unterbrach Martínez. Sie ließ ihn nicht mehr zu Wort kommen, was seine Laune noch verschlechterte: Er begann wild zu gestikulieren und fluchte grollend Unverständliches vor sich hin. Ja, diese Frau, eine ausgesprochen dumme Gans, hat uns für eine Weile vor dem Zorn dieses Verrückten geschützt. Sie lebt noch. Man hat ihren Sohn vor kurzem als Dieb entlarvt. Wenn sie den Mund aufmachte, mußten alle anderen still sein. Sie begann von den gastronomischen Köstlichkeiten zu plappern, den typisch mexikanischen Gerichten, die wir an dem Abend essen würden, da sie bereits in der Küche herumgeschnüffelt hatte. Wir würden Nußsauce probieren, die köstlichen, höchst raffiniert zubereiteten Chilis in *Nogada*. Eine der letzten Gelegenheiten im Jahr, da die Saison für Nüsse sich bereits ihrem Ende zuneigte. Dann würden wir bis zum nächsten August warten müssen, um wieder in ihren Genuß zu kommen. Sie fragte meine Mutter, ob wir uns schon an die scharfen Gerichte gewöhnt hätten. Wie Sie, der Sie einiges von ihr gelesen haben, wissen, war Ida Werfel ein überragender Geist. Von ihrem ganzen Temperament, ihrer Kultur her, kannte sie keine Tabus. Wie hätte sie auch anders ein Buch über den Körper des Schelms schreiben können? Und der Körper bedeutete beim Schelm vor allem Magen und mehrere

Meter Gedärme, und Sie müssen mir bitte verzeihen, ein Hinterteil, um sich zu entleeren. Sie hatte genug Klasse, um alles sagen zu können. Ihr Sinn für Humor, ihr unglaublicher Charme trat zutage, wenn sie die größten Ungeheuerlichkeiten losließ. Sie versuchte, die Situation vor der Banalität zu retten, die diese gewöhnliche Frau verbreitete. Ja natürlich, sagte Ida, Chili äße sie gerne, wenn auch nur in bescheidenen Mengen; beim ersten Mal habe sie sich gefühlt, als schlucke sie flüssiges Feuer runter, wie Lava. ›Typisch an diesem Feuer ist, daß man sich zweimal daran verbrennt‹, sagte sie lauthals, während sie Martínez zuzwinkerte, als wollte sie Lob einheimsen, weil sie sich nicht provozieren ließ. ›Es brennt, wenn es hereinkommt, und wie erst, wenn es wieder herauskommt.‹ Allgemeines, wohl leicht betretenes Schweigen. Über solche Reaktionen amüsierte sie sich köstlich. ›Unflat, Scheißlügnerin‹, schrie der Irre mit wutverzerrtem Gesicht. Wir wußten nicht, was er meinte; mit solch vulgären Ausdrücken waren wir nicht vertraut. Naiv, wie sie war, dachte Ida Werfel noch, er wolle ihr ein Kompliment machen, ihr für ihre Bemerkung applaudieren, und lachte geschmeichelt, was diese Furie nur noch mehr in Rage brachte. Er sprang auf und machte Anstalten, sich zurückzuziehen, als der junge Aristokrat mit einem weiteren bis zum Rand gefüllten Whiskyglas wiederkam. Obwohl er sich beim Laufen sehr aufrecht hielt, schwankte er von einer Seite zur anderen, wie ein Matrose bei aufgewühlter See. Mit seiner kieksenden, wie aus dem Bauch kommenden Stimme rief er erneut ›Huehue!‹ ›Zu Befehl!‹ erwiderte meine Mutter belustigt. ›Verzeihung!‹ sagte der junge Mann. Die Samtbinde auf Ida Werfels Auge schien ihn zu irritieren. ›Verzeihung!‹ wiederholte er. ›Haben Sie vielleicht Huencho gesehen? Sie kennen ihn doch, oder? Eben noch habe ich ihn hier zurückgelassen.‹ ›Na, sehen Sie? Es handelt sich hier eindeutig um eine Verwechslung‹, erklärte sie. ›Gerade in den letzten Tagen habe ich mich mit diesem Thema beschäftigt. Was die Intrigenkomödie im Siglo de Oro charakterisiert, ist die Verwechslung von Personen. Aber bei Tirso de Molina steigert sich dieses Verwirrspiel bis zum Wahn. Nehmen Sie irgendeines seiner Werke, *Der Garten von Juan Fernández* zum Beispiel. Niemand weiß, mit wem er spricht. Die Personen stellen sich mit falschen Namen und erfundenen Biographien vor; und um ihre Gesprächspartner ist es ähnlich bestellt, das heißt, sie sind auch nicht die, als die sie sich ausgeben. So beginnt ein ausuferndes Spiel von Verstellungen. Vor Dritten geben sie vor, wiederum andere zu sein als diejenigen, die sie tatsächlich sind oder als die wir sie soeben kennengelernt haben.‹ Meine Mutter strahlte etwas aus, was einen wahrhaft fesselte, wenn sie über etwas sprach, was sie zutiefst interessierte. Mehrere Gäste hatten sich um sie versammelt, um ihr zu lauschen. Sie hatte eine ungezwungene, sehr konzentrierte Art zu reden. Als sie diesen geistesgestörten Kerl mit seinen nervösen Ticks und unkontrollierten Zuckungen so völlig wutverzerrt vor sich sitzen sah, sprach sie ihn wieder direkt an, quasi um ihn mit ins Gespräch zu ziehen und so zu beruhigen. ›Manchmal habe ich sogar gedacht, mein lieber Martínez, daß sich die ganze Welt in den Garten von José Fernández verwandelt hat, daß wir alle durchs Leben irren, ohne zu wissen, wer wer ist, manchmal sogar, wer wir selbst sind oder welchem höheren Zweck wir dienen.‹ ›Ohne zu wissen, ob wir Huehues sind oder nicht? Manchen Menschen genügt es ja zu wissen, daß sie eine gewisse Etikette erfüllen müssen‹, keifte der Irre. In dem Moment gab man meiner Mutter einen Teller in die Hand. Der Anblick der Chilis in Nußsauce entzückte sie. Ohne es zu merken, hatte ich mir die Binde vom Auge genommen, doch sie trug ihre noch, und unter anderen Umständen wäre ihre Mimik völlig normal gewesen, doch jetzt mit der Augenbinde nahm sie ausgesprochen spöttische Züge an. Endlich hatte sie den Groll und die sture Streitsucht bei Martínez erkannt und wollte ihn beruhigen. Als sie sah, daß er den Teller mit Chili in Nußsauce zurückwies, sagte sie mit einem Augenzwinkern, das wie eine spöttische Grimasse wirkte: ›Nur Mut, großer Martínez. Verleiben Sie es sich mannhaft ein. Denken Sie wie die Skeptiker: jetzt wird es weniger scharf und heftig brennen als später.‹ Dann brach sie in fröhliches Gelächter aus. Seine Reaktion kam für uns alle unerwartet. Mit einem Satz stand der Irre vor ihr und begann sie zu schütteln und auf sie einzuschlagen, ihr den Kopf in die Brust zu rammen und sie mit allen möglichen Beleidigungen zu überschütten. Ida Werfels Teller landete am Boden. Halbtot vor Schreck begann ich loszuschreien. Der Verrückte trampelte die Nußsauce auf dem

Teppich fest, sprang wie wild herum und prügelte immer weiter auf meine Mutter ein. Als sie versuchte, aufzustehen, versetzte er ihr einen Fußtritt und stieß sie mit einem Ruck wieder auf das Sofa zurück. Und dann ein einziges Schlagen und Treten! Alles geschah inmitten der Leute und in verblüffender Geschwindigkeit. Mehrere Personen versuchten, ihn festzuhalten. Delfinas Bruder, dem Mann von Malú González, gelang es schließlich, ihn aus dem Haus zu werfen. Ida Werfel brauchte eine Weile, um sich davon zu erholen. In dem Moment kam der junge Betrunkene und herrschte sie an: ›Huehue, wo bist du denn abgeblieben? Was ist los mit dir? Du bist ja ganz bleich und zerzaust. Hast du dich etwa wieder betrunken, Huehue? Komm mir jetzt nicht wieder damit, daß du nicht ins Leda gehen willst. Nein, nein, nein! Das werde ich nicht zulassen!‹ Sie mußten ihn in ein anderes Zimmer wegführen. Meine Mutter wollte gehen, aber sie haben sie nicht fortgelassen. Sie solle sich lieber erst wieder beruhigen, ins Bad gehen und sich waschen und dann eine Weile in Delfinas Schlafzimmer bleiben. Das war der einzige Überfall, den sie in Mexiko erlebt hat, aber darunter hat sie sehr gelitten. Die Nachbarin sagte, man dürfe vor Martínez nicht auf seine Krankheit anspielen, weil er dann die Nerven verlöre.«

»Welche Krankheit meinte sie denn?«

»Ich denke, sie meinte seine Geisteskrankheit. Eduviges heißt diese Frau. Sie hat uns nie gemocht. Eines Tages, kurz vor dem Fest, hatte sie mich gebeten, ihr bei einer Unterhaltung mit dem jungen Mann, der an dem Abend erschossen wurde, als Dolmetscherin zu dienen. Na ja, aber das ist eine andere Geschichte …«

»Und was ist aus Martínez geworden?«

»Wie es scheint, ist er nicht ganz weggegangen. Er muß sich noch in der Nähe des Hauses herumgetrieben haben. Eine Weile später kam er zurück, um ein weiteres Handgemenge anzuzetteln. Ein völlig betrunkener General hat Escobedo, den Maler, beleidigt. Daraufhin ist wieder ein Tumult ausgebrochen. Als ich aus dem Fenster schaute, meinte ich, Martínez auf dem Flur zu sehen. Ich bin mir fast sicher, daß er es war. Ich hatte den Eindruck, daß er pfeifend fortging. Ein paar, übrigens ziemlich gewöhnliche, Frauen begannen plötzlich im Salon ein Lied zu singen. Wenige Minuten später kam es zu den Schüssen. Man kann sich leicht vorstellen, was wir für eine Nacht verbrachten, und dann die Bedrücktheit in den nächsten Tagen, das Gefühl der Unsicherheit, das uns lange begleitete. Doch selbst das Allerschlimmste kann noch etwas Gutes haben. So hat jener Vorfall der Sympathie, die Ida Werfel widersinnigerweise für diesen Hanswurst empfand, endgültig ein Ende gesetzt.«

»Hat er Sie denn nie mehr belästigt?«

»Nein.« Sie schaute auf die Uhr und stieß einen kleinen Schrei aus. Dann begann sie, die Papiere hastig zusammenzupacken, ohne sie zu ordnen. Sie sagte, um die Zeit sollte sie eigentlich schon in der Universität sein, und sie müßte jetzt sofort aufbrechen.

Schon auf der Treppe fragte del Solar sie, ob sie eine Deutsche kenne, die im obersten Stockwerk im Minerva wohne; doch sie sagte zerstreut, sie wisse nicht, wen er meine, dort wohnten viele Mieter, Mexikaner, Deutsche, Leute von überall her.

Im Eilschritt verließen beide das Haus; und im Eilschritt bestieg sie ihren kleinen Volkswagen und brauste auf und davon.

Derselbe, der singt und tanzt

Miguel del Solar erklärte Cruz-García, er habe sich quasi einem neuen Projekt verschrieben. Er wolle sich dem Jahr 1942 in der gleichen Weise nähern wie dem Jahr 1914. Eine Chronik des Alltags in Mexiko, wo die Ereignisse durch ihre Auswahl und die Art der Zusammenstellung für sich sprechen sollten. Eine Arbeit, die sehr einfach erscheine, was sie in Wirklichkeit ganz und gar nicht sei. Sie erfordere eine detaillierte Kenntnis der Epoche und ein außerordentliches Geschick, Spektakuläres und Außergewöhnliches mit winzigen, alltäglichen Begebenheiten zu kombinieren. Fakten mit Poesie. An dem Tag fühlte sich del Solar nicht sonderlich gut gelaunt. Er sah nicht ein, warum die Veröffentlichung seines Buches so lange auf sich warten ließ. Schön, das Cover war fertig, das hatte er verstanden, aber das änderte ja im Grunde nichts daran, daß das Buch immer noch nicht erschienen war. Es war zum Verzweifeln, wie lange das Binden dauerte. Ihm zum Gefallen hatten sie schon mal drei ziemlich behelfsmäßig aussehende Bände fertiggemacht. Das Titelbild benötige noch eine weitere Lackschicht, sagte ihm Cruz-García, als er merkte, daß der Autor wenig Begeisterung beim Anblick seines Werks zeigte. Ein sepiafarbenes Titelbild, darauf von Rand zu Rand aufgereihte Hüte der Zapatisten; oben in schwarzen Lettern sein Name, dicht darunter, etwas größer gedruckt, der Titel: *Das Jahr 1914.* Nicht nur, daß er dieses Umschlagbild ohne jede Begeisterung betrachtete, es erregte geradezu seinen Widerwillen. Er las die kurze Information, die auf der Rückseite stand, und sagte schließlich, diese Hutreihen, die sich vom oberen bis zum unteren Rand des Umschlagbildes fortsetzten, entsprächen ganz und gar nicht der These, die er vertrete; im Gegenteil, sie widersprächen ihr sogar. In seinem Buch verfolge er die Absicht zu erklären, wie 1914 die unterschiedlichen politischen Strömungen (das ganze Spektrum mit allen Schattierungen) aufkamen und sogleich miteinander in Konflikt gerieten, diejenigen, die sich während der Revolution bemerkbar machten, die, die latent bereits unter Díaz existiert hatten, und diejenigen, die erst in der Dynamik des Konfliktes entstanden; und wie, ohne daß man es von außen geahnt hätte, 1914 praktisch bereits die Bewegung der institutionalisierten Revolution triumphiert habe, von der das Land, in dem sie lebten, im Guten wie im Schlechten geprägt sei.

Cruz-García hielt dem entgegen, das wüßten nur einige Forscher oder Lehrende der Geschichtswissenschaft; für den Durchschnittsleser seien Hüte und Patronengurte die Symbole für das Jahr 1914, genau wie für 1917 oder 1922. Die paar aufgeklärten politischen Bewegungen, die Konstitutionalisten, die Legalisten, mochten ja sehr wichtig sein, einverstanden; gut, ihnen sei der spätere gesellschaftliche Fortschritt zu verdanken, doch zur damaligen Zeit seien sie nur verschwommene Gesichter gewesen, die in einem Meer von Männern mit Hüten untergingen ... Die sichtbaren Pole seien die, die Diego de Rivera auf die Mauern des Erziehungsministeriums gemalt habe, ohne sich um Nuancen zu scheren: auf der einen Seite der blonde Mann mit englischen Gamaschen und Brille mit feinem Goldrand auf der Hakennase; und auf der anderen die überquellende Masse der Campesinos, die alles beherrschte.

»In etwa so«, schloß er, »wie man uns in Europa sieht, nur moderner gekleidet.«

Vielleicht stimmte das ja, aber del Solar weigerte sich, ihm recht zu geben. Und hinsichtlich der Frage, ob es tatsächlich stimmte, mußte er klarstellen, daß es unter einem anderen Aspekt richtig sein mochte, aber nicht im Kontext seines Buches. Was er in seinen Untersuchungen hatte nachweisen wollen, stand im Widerspruch zu einem Umschlagbild, das es allein darauf anlegte, dieses Produkt für den Markt interessant zu machen. Dennoch mußte er, global betrachtet, zugeben, daß das Jahr 1914 genau das war: Hüte, Patronengurte, Feldlager, Erschießungen auf offener Straße und gleichzeitig mysteriöse Versammlungen, geheime visionäre Unterredungen, wobei eine Handvoll Männer inmitten dieser Massen ein gewisses, scheinbar ideales, bestimmt vielversprechendes, doch leider verlorengegangenes Gesellschaftsmodell zu realisieren versuchte, eine Strömung, die nicht den Weg fand, ein neues Land zu schaffen; Menschen und Ideen, denen es zu ihrer Zeit nicht gelang zu retten, was man damals noch retten zu können vermeinte.

»Der Lack ...«, sagte Cruz-García, um die Unterhaltung, die ihn zu langweilen begann, auf ein anderes Thema zu lenken, »der Lack wird das Titelbild ganz anders zur Geltung bringen; so wirkt es beliebig, aber dann wird es ganz anders wirken, du wirst schon sehen.«

Del Solar fand die Ausgabe trist und glanzlos. Es machte ihm keinen Spaß, diese Exemplare zu verschenken. Eines sollte Delfina Uribe erhalten, weil ihr Vater an den Ereignissen des Jahres 1914 teilgehabt hatte. Doktor Uribe war einer der Ideologen des Carranquismus gewesen. Wenn er ihr das Buch überreichte, wollte er gleich die Gelegenheit nutzen und ihr Fragen zu dem Thema stellen, das so sehr seine Neugier geweckt hatte: die Ereignisse des Jahres 1942.

»Ich mache mir gerade Gedanken über ein anderes Buch. Es interessiert mich noch mehr, vielleicht, weil es noch nicht so lange zurückliegt: eine Chronik des Jahres 1942«, hatte del Solar zu Anfang ihres Gesprächs gesagt, das heißt, als er im Verlag eintraf:

»Hast du jetzt etwa vor, dich Jahrbüchern zu widmen?«

»Wäre gar keine schlechte Idee. Das wäre wenigstens mal was Nützliches, aber das ist es nicht, was ich vorhabe. Ich will mich auf eine Trilogie beschränken«, diese Idee kam ihm in dem Augenblick zum ersten Mal. »Ich werde jedes Buch in einem entscheidenden Jahr ansiedeln, einem der Jahre, in denen sich auf die eine oder andere Weise die Bedeutung oder die Bestimmung Mexikos definiert hat. Im Jahr 1942 finde ich bewegende Momente: die Kriegserklärung an die Achsenmächte, Mexikos Rolle auf internationaler Ebene, die Stadt Mexiko, die plötzlich kosmopolitisch wird, die nationale Versöhnung aller gesellschaftlichen Gruppen. Calles kehrt zurück. Es gibt eine Amnestie für die Delhuertisten. Die Porfirianer kommen aus Paris wieder. Außerdem wird das Land von einem Strom europäischer Flüchtlinge überschwemmt, Anhänger aller politischen Richtungen, Trotzkisten (ich muß mich vergewissern, ob Trotzkis Witwe zu der Zeit noch hier lebte), die deutschen Kommunisten, Karol von Rumänien mit seinem kleinen Hofstaat, jüdische Finanziers aus Holland und Dänemark, Revolutionäre und Abenteurer aus allen Gegenden der Welt. In diesem Strom ist nicht leicht zu bestimmen, wer wer war. Weißt du zum Beispiel etwas über Egon Erwin Kisch? Erst vor kurzem habe ich zufällig erfahren, wie wichtig er zwischen den Weltkriegen für die Presse Mitteleuropas war. Auf der anderen Seite haben die dem Kapital gebotenen Sicherheiten die Entwicklung eines neuen Wirtschaftsmodells im Land ermöglicht.

»Auf einmal sprichst du wie eines der sozialökonomischen Handbücher, die man heute benutzt. So ein langweiliger Wälzer!«

»Die extreme Rechte und die Finanzkreise, die bis dahin eins waren, begannen getrennte, manchmal, zumindest dem Anschein nach, völlig unterschiedliche Wege zu gehen. Die Reichen von Guadalajara, vor allem die alten, hielten die Landarbeiter immer noch an, den Landschullehrern die Ohren abzuschneiden; ihre Kinder hingegen gingen, wenn sie in die Hauptstadt kamen, ins ultramoderne Casanova in der Hoffnung, dort König Karol mit der Lupescu tanzen zu sehen. Da gilt es, tausenderlei Details aus der Periode auszugraben, zu präzisieren und einzuordnen. Dabei habe ich gerade erst begonnen, sie zu umreißen, sie in Augenschein zu nehmen.«

»Du hast eine Frist von einem Jahr, um mir das Buch abzuliefern. Ich merke, daß es schon beschlossene Sache ist, nicht wahr? Und nach dem Jahr 42 bringst du mir das Jahr 37, dann 22, dann 65; egal welches, was immer dir einfällt. Chroniken finden immer ein Publikum, da kannst du sicher sein. Die Leute kaufen diese Bücher vor allem wegen der Fotos.«

Als del Solar erneut einen Blick auf das Umschlagbild warf, kam es ihm noch glanzloser vor. Das Jahr 1914 schien ihm jetzt zu weit entfernt. Ihm wurde klar, wie tief er schon im Jahr 1942 steckte. Mit einem Mal wurde ihm bewußt, daß sein Bemühen, mündliche Zeugenaussagen zu sammeln, um die Mikrogeschichte, die ihn interessierte, zu erfassen, kläglich gescheitert war. Was die Schießerei im Minerva betraf, steckte er fest. Er ahnte schon, daß er nach den wesentlichen Informationen in den Archiven suchen, Gespräche mit Politikern der Zeit, mit Financiers und Journalisten aufnehmen und hinterher studieren mußte, statt stundenlang die endlosen pathetischen Ergüsse eines winzigen Frauchens über die Sympathien und Aversionen ihrer Mutter oder das schwachsinnige Gekeife seiner Tante Eduviges über sich ergehen zu lassen. Die wiederholten Kommentare von Cruz-García, der seine Bücher beharrlich als Jahrbücher bezeichnete, schienen ihm von recht fragwürdigem Niveau. Lustlos sagte er, offensichtlich habe er sich nicht richtig ausgedrückt. Er sei nicht daran interessiert, lediglich Tagesnachrichten zu katalogisieren. Falls er vorhaben sollte, ein drittes und viertes Buch zu schreiben, dächte er an die politisch wichtigen Jahre 1924 und 1928; aber noch wüßte er es nicht. Er hielt daran fest, daß es nur drei Bände werden dürften. Drei für die Definition des Landes entscheidende Momente. Cruz-García solle keinen Schrecken bekommen, er würde ihn schon nicht damit langweilen. Wenn das Jahr 1942 ihn nicht interessiere, könne man eben nichts machen. Er glaube, daß er problemlos einen anderen Verlag finden würde. Immer vorausgesetzt, daß er das Buch überhaupt schreibe, denn er sei noch nicht ganz entschlossen.

»Sieh mal einer an, wie du dich aufführst, Mann. Natürlich interessiert es mich! Das war alles, was ich dir sagen wollte. Zum einen, weil das Jahr 42 zu meinen Jugendjahren gehört; schon allein deshalb sagt es mir zu. Da war ich gerade seit drei Jahren in Mexiko und studierte Jura. Obwohl ich das nicht wollte, hat mir das Ansehen meines Vaters viele Türen geöffnet. Warte mal, 1942 muß ich im ersten Jahr Jura studiert haben. Außerdem hatte ich an die fünf oder sechs Gedichte geschrieben. Lach nicht! Sie müssen irgendwo in den damaligen Zeitschriften verstreut sein. Laß dir nur ja nie einfallen, nach ihnen zu suchen! Zu der Zeit muß ich ungefähr meine Frau kennengelernt haben ... Nein, nein, das war natürlich später, einige Jahre danach. Damals war die Stadt noch klein, aber man konnte sich viel besser amüsieren als heute. Jede Woche machte eine neue Bar auf. Du hast ja keine Ahnung, wie das im Ciro's war. Allein eine Rückschau auf das damalige Nachtleben wäre schon eine hübsche Ausgabe wert. Von wegen Hüte und Patronengurte!«

»Eines Tages werde ich dich mal ausführlich interviewen. Wenn ich mein Material besser im Griff habe. Ach übrigens, kennst du einen gewissen Balmorán?«

»Balmorán? Rubén Balmorán?«

»Pedro Balmorán!«

»Derselbe, der singt und tanzt? Natürlich weiß ich, wer das ist und daß er Pedro heißt. Wie komme ich bloß auf Rubén? Der war nie ein besonderes As. Warum interessiert er dich? Früher war er Journalist, aber ich glaube nicht, daß er viel taugte. Ein ziemlich kleines Licht. Und ausgesprochen intrigant, nimm dich vor ihm in acht! Ich denke nicht, daß er dir als Informant über jene Jahre viel nützen kann.«

»Ich habe gehört, er verkauft Bücher und seltene Schriften. In dieser Hinsicht interessiert er mich. Ich möchte mir Pamphlete und Dokumente aus der Zeit besorgen. Flugblätter der *Sinarquistas* zum Beispiel.«

»Ich habe ihn schon seit Jahren nicht mehr gesehen. Früher sah er mit gewisser Regelmäßigkeit hier vorbei. Vielleicht geht es ihm nicht gut; schon damals hatte er Schwierigkeiten, sich zu bewegen; er ist körperlich ziemlich mitgenommen. Ich habe die Sammelei längst an den Nagel gehängt. Es war ein ziemlicher Streß! Du wirst es nicht glauben, aber nicht mal mehr Bilder kaufe ich!«

Miguel del Solar bat den Verleger, ihn mit Balmorán bekannt zu machen. Er könne ja sagen, schlug er ihm vor, ein Freund sei an gewissen Publikationen interessiert und befinde sich gerade in der Nähe, ob er nicht eben vorbeikommen könne, um ihn zu sehen. Cruz-García schien sich zu sträuben. Doch del Solar drängte weiter, man habe ihm gesagt, ohne Empfehlung würde dieser seltsame Buchhändler niemanden empfangen. Schließlich wurde eine Sekretärin damit betraut, anzurufen und das Anliegen zu übermitteln. Anschließend teilte sie ihnen mit, Balmorán sei einverstanden, del Solar in einer halben Stunde zu empfangen. Del Solar schnappte sich seine drei Exemplare von *Das Jahr 1914* und setzte sich in Bewegung.

Er betrat das Gebäude nicht gleich; vorher ging er in den gegenüberliegenden Park und setzte sich auf die einzige dort vorhandene Bank. Er versuchte noch einmal, seine verstreuten Kindheitserinnerungen zu ordnen. Er war überzeugt, als Kind etwas gespürt zu haben, das der Aufmerksamkeit der Erwachsenen entgangen war; er wußte nur nicht, was es war. Andererseits weigerte er sich strikt, die offizielle Darstellung zu akzeptieren, die er vor kurzem gelesen hatte: diese vereinfachte Version, wonach ein Wagenbesitzer einen jungen Ausländer erschossen haben sollte, nur weil er sein Auto für ein Taxi gehalten hatte. Hartnäckig glaubte del Solar, möglicherweise etwas zu wissen, das die anderen, vielleicht aus guten Gründen, lieber vergessen wollten. Er strengte sein Gedächtnis noch einmal an und versuchte, seine Erinnerungen zu ordnen. Wie immer kamen ihm die Bilder in wildem Durcheinander, widersprüchlich, einander überlagernd, ohne sich auf die Momente festlegen zu lassen, die ihn interessierten: die Zusammenhänge zwischen Pistauers Ermordung und dem Verschwinden seines Stiefvaters Arnulfo Briones. Verwundert stellte er fest, daß alle noch so banalen Erinnerungen an die Monate, die er bei Onkel und Tante verbracht hatte, irgendwie mit dem Krieg zu tun hatten. Die Unterhaltungen der Erwachsenen, die Spiele im Hof, reine Scharmützel zwischen Alliierten und Deutschen; die Freuden der Verdunkelungen, wenn die ganze Stadt in Finsternis versank und seine Tante Amparo auftrug, ihren Chopin bei Kerzenlicht zu üben, weil sie diese Szene so traurig und romantisch fand. In solchen Augenblicken hatte er sich einen Bombenangriff und die Zerstörung ihres Hauses ausgemalt, Flure und Treppen in Flammen, durch die er seine ohnmächtige Cousine huckepack nach unten tragen könnte. Was noch? Die familiären Spannungen, als herauskam, daß Arnulfo Briones mit einer geschiedenen Frau verheiratet war, deren Mann plötzlich in Mexiko auftauchte; die Tatsache, daß die Briones fast alle Ausländer im Gebäude als Feinde betrachteten; die kritischen Bemerkungen seiner Tante gegen Delfina Uribe und gegen die Werfels und ihre heftigen Beschimpfungen gegen Balmorán; die täglichen Besuche bei Arnulfo Briones, seine schwarze Brille, sein schwankender Gang, sein Spazierstock mit Silberknauf, sein befleckter Bart, seine verfaulten Zähne, die Spaziergänge mit diesem dürren Mann, der ihm überall hinterhertrottete. Die Geschwister stritten unermüdlich über Themen, die er kaum verstand. Er schnappte Fetzen auf, zusammenhanglose Sätze und Wörter; manchmal stritten sie lauthals, obwohl sie sich meistens eher leise unterhielten, teils flüsternd, wie zwei Verschwörer. Der Tag, als seine Tante es theatralisch auskostete, ihren Bruder zu verletzen, indem sie, laut und vernehmlich jedes Wort deutlich artikulierend, ihm vorwarf, eine Geschiedene mit in die Familie gebracht zu haben.

Nach Beendigung einer langen, geheimen Unterredung zwischen beiden Geschwistern hatte seine Tante die drei Kinder in Antonios Zimmer zusammengerufen und sie schwören lassen, daß sie niemals mit Balmorán reden würden, denn er sei ein übler Kerl, sie sollten kein Wort mehr mit ihm wechseln und nicht mal mehr seinen Gruß erwidern. Er erinnerte sich auch an fröhliche Augenblicke, wenn seine Tante die Nachbarn nachahmte und er und Amparo sich halb totlachten, bis die Imitatorin, von ihrem Gelächter angesteckt, ihre Vorstellung abbrechen mußte.

Tausenderlei winzige Details fielen ihm wieder ein. Dafür wußte er aber nicht mehr, wie er nach Córdoba zurückgekehrt war: Ob seine Eltern ihn abgeholt oder jemanden nach ihm geschickt hatten, oder ob vielmehr sein Onkel ihn gebracht, oder sie ihn, was wahrscheinlicher war, in den Bus gesetzt und dem Busfahrer anvertraut hatten, denn mit zehn Jahren war man längst groß genug, um allein zu reisen.

Nachdem er ein paar unleserliche Notizen in sein Heft gekritzelt hatte, erhob del Solar sich. Er überquerte die Straße und betrat das Gebäude. Im Hauseingang blieb er vor einer Tafel stehen, um nachzusehen, welche Nummer Balmoráns Wohnung hatte. Als er sie gefunden hatte, machte er sich auf den Weg ins oberste Stockwerk.

Er traf einen mißgestalteten Mann von etwa sechzig Jahren an. Ein ausgemergeltes Gesicht und ganz kurz geschorenes Haar. Der Kopf viel zu groß für den rachitischen Körper. Eine einzige Anhäufung dürrer, wie notdürftig verknoteter Hautlappen. Selbst im Gesicht bildete sich mitten auf der Nase eine Art Knoten. Die rechte Körperhälfte war ein Konglomerat aller nur erdenklichen Deformationen: das Bein verkürzt, der Fuß nach innen verdreht, der Arm bewegungsunfähig, die schlaffe Hand links auf der Brust, dort, wo das Herz sitzt. Die Jämmerlichkeit seines Körpers hatte ihn freilich nicht vor einem birnenförmig aufgetriebenen Bauch bewahrt. Auf den ersten Blick machte dieses menschliche Wrack einen schmuddeligen Eindruck, doch nach wenigen Minuten verschwand diese Wirkung. Seine Kleidung in ländlichem Stil war so blitzsauber wie die gesamte Wohnung, die viel geräumiger war, als man es im obersten

Stock des Minerva vermutet hätte. Del Solar war betroffen von der finsteren, verkrampften, unharmonischen Anspannung, die dieser mißgestaltete Körper permanent ausstrahlte.

Die Stunden, die er dort verbrachte, setzten sich aus einer einzigen Reihe unangenehmer und ärgerlicher Momente zusammen, die er nur aufgrund seiner Geduld und seines großen Interesses an diesem Fall durchstand. Balmoráns überschießender, tief sitzender Größenwahn, gepaart mit Frustration und Groll waren kaum zu ertragen! Eine übertriebene Geziertheit machte seine Monologe zur Qual. Ein endloses Repertoire an Grimassen, Augenzwinkern, dramatischen Pausen, ständig untermalt von nervösen Gesten der linken Hand, um die Wichtigkeit des nächsten Satzes vorwegzunehmen, der sich dann grundsätzlich als unerträglich banal herausstellte. Von Zeit zu Zeit wiederholte Balmorán immer den gleichen Refrain: der ergebenste Diener, Pedro Balmorán, derselbe der Tangos singt und tanzt, der die mitreißendsten Walzer auf dieser Welt singt und tanzt, der den stampfenden Mambo singt und tanzt, sei gar nicht gealtert, spüre die Jahre nicht, wisse nicht mal mehr, wie alt er sei, er sei nicht im geringsten verbittert und praktiziere das Glücklichsein als tägliches Training für seine Gesundheit. Und dabei konnte man diese Vision kaum nachvollziehen, der die Hinfälligkeit völlig entgegenstand, die Vision eines Mannes, der sich in einen einzigen Sack voll Gift und Galle verwandelt hatte.

Der Historiker zeigte Balmorán ein Exemplar seiner Chronik von 1914. Er versuchte, ihm den Zweck seiner Nachforschungen zu erläutern. Dann erzählte er ihm von seinem Vorhaben, einen ähnlichen Band über 1942 zu schreiben. Cruz-García habe ihm geraten, sich mit ihm über die bibliographischen Möglichkeiten zu diesem Thema auszutauschen. Er sei daran interessiert, grundlegende Bücher über die radikale Rechte in Mexiko zu finden, die Cristero-Romane etwa, oder die politischen Schriften, die seinerzeit über die Sakristeien verbreitet worden waren. Er benötige einen Rat in dieser Angelegenheit. Man habe ihm gesagt, zu jener Zeit sei er, Balmorán, literarisch und publizistisch sehr aktiv gewesen. Er wäre ihm äußerst dankbar, wenn er ihm irgendwann erlauben würde, seine Schriften zu konsultieren.

Der Buchhändler lauschte ihm mit einem Ausdruck, der sich gar nicht bemühte, freundlich zu wirken, sondern eher distanziert und herablassend. Anfangs schien er nur die geschäftlichen Bande abzuschätzen, die er zu diesem möglichen Kunden knüpfen könnte. Er sagte del Solar, in ein paar Tagen würde er ihm eine kleine Bücherliste zusammenstellen, und später würde man dann sehen, was zum Verkauf stand und zu welchem Preis. Er führte ihn in die hinteren Räume, die überquollen von Regalen voller Bücher und Aktenordnern. Alles in dieser Wohnung, außer ihrem Bewohner, wirkte sehr ordentlich und professionell; es gab keine verstaubten Bücher, keine Stapel vergilbter Zeitungen, die auf dem Boden verstreut oder in den Regalen aufgetürmt lagen. Es war nicht zu übersehen, daß Balmorán bestens organisiert war. Er zeigte del Solar einige kostbare Editionen von verdächtigem Wert mit Berichten von Europäern auf Reisen in Mexiko, illustriert mit Drucken aus dem 19. Jahrhundert, und erklärte ihm, seine Hauptaufgabe bestehe darin, diese Ausgaben für einen Bibliophilenclub bereitzustellen. Voller Sarkasmus sagte er, Cruz-García weigere sich, ihn als Kollegen anzuerkennen, und bezeichne ihn lieber als antiquarischen Buchhändler, da er sich in seiner Jugend – oder besser gesagt, in einem Moment seines Lebens, denn er habe überhaupt nicht das Gefühl, nicht mehr jung zu sein – in schwierigen Zeiten dem Ankauf und Verkauf von seltenen Büchern gewidmet habe, vor allem alten Editionen zur mexikanischen Geschichte, eine Tätigkeit, der er, wie man ja sehen könne, noch weiter nachgehe, quasi als Dienst an der Sache.

Hinsichtlich seiner von del Solar erwähnten journalistischen Tätigkeit sagte er, der Stil seiner einstigen Artikel sei eher literarisch, und nur selten habe er aktuelle Themen aufgegriffen. Er sei nie ein Journalist des Typs gewesen, auf den Cruz-García ihn nun zu reduzieren versuche. Nicht weil er den Schriftsteller über den Journalisten stelle. Ganz und gar nicht; für ihn sei jeder Beruf, jede noch so bescheidene Tätigkeit höchst respektabel.

»Ja, Señor«, fuhr er fort, »jeder Beruf kann ehrbar sein, selbst die Literatur, sofern man das überhaupt als Beruf ansehen kann. Ehrbar! Leider sind die meisten Literaten genau das nicht. Leute ohne Liebe zum Metier! Sie sind nur auf die

Macht aus, die sie erlangen, wenn ihr Foto in der Presse erscheint. Wenn ich ein Formular ausfülle, käme ich nie auf den Gedanken, ›Schriftsteller‹ als Beruf anzugeben, nicht mal ›Verleger‹, sondern immer nur ›Buchhändler‹. Wissen Sie, das halte ich für eine ehrlichere und sauberere Tätigkeit. Ein Buchhändler hegt nämlich im allgemeinen keinen Haß gegenüber seinen Berufskollegen. Der Schriftsteller hingegen schon. Er setzt Himmel und Hölle in Bewegung, um ihnen Steine in den Weg zu legen. Er gibt sich alle Mühe, sie zu diskreditieren, eimerweise Dreck, tonnenweise Unrat, ein Meer von üblen Verleumdungen über sie auszuschütten. Was ich nicht schon an Schweinereien erlebt habe, Señor, denn man sollte die Dinge doch mal beim Namen nennen! Die Menschen fürchten sie regelrecht. Die Direktoren von Zeitschriften und Literaturbeilagen, die Chefredakteure, die Ressortleiter leben in ständiger Aufregung. Und was sagen Sie zu den Verlegern? Hat Cruz-García Ihnen nicht erzählt, ich sei ein einfacher Buchhändler? Ein Antiquar? Ich kann es schon förmlich hören. Ein Journalist, nein! Und schon gar kein Schriftsteller, niemals! Nicht daß ich mich für einen hielte, glauben Sie mir, sondern diese feige Ratte hat Panik vor dem Verlust an Ansehen, den diese Mafia seinem Verlag bereiten kann. Ich kann nur darüber lachen. Ich war immer unabhängig. Die wollten mich niedermachen, sie haben sogar versucht, mich körperlich außer Gefecht zu setzen. Sehen Sie mal, wie die mich zugerichtet haben! Aber sie konnten mich nicht vernichten, das habe ich verhindert. Ich lach mir eins ins Fäustchen und tue weiter meine Arbeit. Eines Tages, schon sehr bald, werde ich bekanntgeben, was ich all die langen Jahre, in denen ich scheinbar schwieg, vollbracht habe. Ich werde ihnen mein Werk unter dröhnendem Gelächter präsentieren.«

»Was schreiben Sie denn?«

»Welche Gattung? Ist es das, was Sie wissen wollen? Was bedeuten schon literarische Gattungen. Ich schreibe, das ist alles. Und ich gebe Bücher für Kenner heraus. Ich lebe! Für mich die wichtigste Tätigkeit, falls Sie es noch nicht wissen sollten. Deshalb halte ich es für meine Pflicht, die ganze Welt auszulachen.«

Er brach in ein schreckliches Hyänengelächter aus.

Anschließend erhob er sich und verließ das Zimmer. Mit

einer Zeitschrift in der Hand kam er zurück. Es waren Veröffentlichungen von vor zwanzig oder dreißig Jahren. Darunter einige Exemplare von *El hijo pródigo*. Er zeigte del Solar die Inhaltsverzeichnisse, darunter einige Artikel und verschiedene bibliographische Anmerkungen mit seinem Namen.

»Auch ich«, antwortete del Solar beiläufig, als teile er Balmoráns Standpunkt, »habe versucht, meine Bücher abseits von herrschenden Strömungen zu schreiben. Das war auch einer der Hauptgründe, warum ich eingewilligt habe, einige Jahre im Ausland zu leben.«

»Ach ja? Fühlt man sich besser, wenn man in den Vereinigten Staaten lebt?« fragte der Buchhändler mit spöttischem Blick. »Haben Sie den Kopf freier nach einem Teller mit Cornflakes?«

Del Solar beschloß, diese plötzlich aufflackernde Feindseligkeit zu ignorieren. Geduldig erklärte er ihm, indem er sich möglichst unbefangen ausdrückte, daß er nicht in den Vereinigten Staaten lebe, sondern in England, wo er mexikanische Geschichte an der Universität lehre.

»Ich denke nicht, daß ich mich deswegen irgendwie überlegen fühle«, schloß er. »Warum sollte ich auch? Allerdings denke ich schon, daß ich besser und freier und mit weniger Druck arbeiten kann. Doch habe ich jetzt vor, in Mexiko zu bleiben. Ich hoffe, mich weniger der Lehre und mehr der Forschung widmen zu können. Wenn ich das Buch schreiben will wie geplant, werde ich wohl hier leben müssen, die Archive nutzen, die damalige Presse durchsehen und viele Leute interviewen. Übrigens habe ich schon mit dem Portier hier im Haus geredet, ob eine Wohnung frei ist. Leider nicht. Wohnen Sie schon lange hier?«

»Sehr lange, schon fast mein ganzes Leben, scheint mir. Vorher hatte ich nur ein kleines Appartement auf derselben Etage. Als das hier frei wurde, bin ich sofort umgezogen. Die Bücher vermehren sich wie Pilze. Ich bin kein Bohemien; Unordnung macht mich krank. Bald werde ich noch mehr Platz brauchen.« Balmorán sprang auf. Mit einer theatralischen Geste hob er die bewegliche Hand hoch und schlug sich so heftig gegen die Stirn, daß es klatschte. Er habe den Kaffee vergessen, der sicher schon längst in der Kanne verdunstet sei. Er würde einen neuen kochen, oder ob del Solar lieber etwas Alkoholisches trinken wolle. Er könne nur mit Tequila oder Rum aufwarten.

Schließlich leerten sie eine ganze Flasche Rum. Vom dritten Glas an war Balmoráns Groll in eine unglaublich heftige Aggression umgeschlagen. Man habe ihn einfach ausgebootet, lamentierte er unentwegt, sogar mit Gewalt. Er sei dem Wunderbaren, der Erleuchtung zu nahe gekommen, und ihm sei klar, daß man dafür teuer bezahlen müsse. Sie glaubten, sie hätten ihn in die Knie gezwungen. Wer? Gute Frage! Natürlich die Gesellschaft, alle Fangarme, die dem Polypen zur Verfügung stünden, und die Mafia, die ewigen Jasager, die skrupellosen Schriftsteller, der Mob. Alle! Sie wollten ihm seine Jugend stehlen, das einzige, was ihm im Leben geblieben sei, aber da hätten sie sich gründlich getäuscht. Er arbeite weiter, ungeachtet aller äußeren Einflüsse, mit viel Geduld und Freude. Die Grille und die Ameise. Die Vorder- und die Kehrseite der Medaille.

»Offensichtlich«, bemerkte del Solar mit dem Zeigefinger auf eine der Zeitschriften weisend, die Balmorán ihm in die Hand gedrückt hatte, »interessieren Sie sich für die mexikanischen Symbolisten, diese Gruppe von Schriftstellern, über die man so wenig weiß.«

»So wenig wie über die Romantiker und die Modernisten. Über alles ist nur wenig bekannt. Oder im Grunde genommen gar nichts. Die Menschen lernen nicht mehr, sie arbeiten kaum noch, und wer es doch ernstlich vorhat, dem verschließen sich nicht nur alle Türen, sondern ... Mein Gott! Wozu überhaupt noch Worte darüber verlieren?«

Die Unterhaltung war leicht zu lenken, vor allem dank der Wut, die Balmorán von Zeit zu Zeit überkam. Der Historiker gab ihm in allem recht. Anfangs versuchte er noch, von seiner eigenen Arbeit zu reden, von seinem Buch über Mora, aber der kauzige Buchhändler brachte nicht die Geduld auf, jemand anderem zuzuhören. Er machte ungelenke Gesten. Schweigend, zitternd, bat er sein Gegenüber, doch bloß weiter als sein Publikum zu dienen, ihm bloß nicht das Wort abzuschneiden, ihm nicht seine Sympathie zu entziehen. Ihn abzuweisen, wäre fatal gewesen. Aber ihm zuzuhören, wurde streckenweise zur Tortur. Er gestikulierte zu heftig. Er krümmte, wand, verknotete sich. Er legte ellenlange Pausen ein, mit hoch erhobenem, vorgerecktem Arm, zitternd, ungeduldig gab er zu verstehen, er habe noch nicht ausgeredet, er werde noch nicht das Wort abgeben, das, was ihm auf der Zunge liege, sei so überwältigend, daß dem anderen der Atem stocken werde.

Del Solar erfuhr überflüssige Einzelheiten. Zwei gescheiterte Ehen und mehrere amouröse Abenteuer, die ein beachtliches Maß an Schäbigkeit offenbarten, alle möglichen Geschäfte, Zeiten wirtschaftlichen Überflusses und Zeiten, in denen er alles, selbst das Geschriebene entbehren mußte. Del Solar lenkte Balmorán schließlich erfolgreich auf mehrere Themen, die ihn interessierten. So versuchte er etwa, Informationen über die Deutsche zu erhalten, die sich seit vielen Jahren in ihrer ärmlichen Wohnung verbarrikadierte, aber ohne Erfolg. Balmorán sperrte sich:

»Ich bin aus Holz. Ich weiß nichts, sehe nichts, höre nichts. Noch nie habe ich ein Wort mit dieser Frau gewechselt und hege auch keinerlei Interesse daran. Soll sie doch leben, wie sie will! Wenn sie gerne in der Kloake lebt. Viel Spaß! Wenn jeder das Recht des anderen respektiert, herrscht Frieden! Mag doch jeder nach seiner Fasson selig werden!«

Del Solar merkte, wenn er etwas erfahren wollte, und ihn interessierte ja vor allem der Ablauf des Geschehens, das seine Tante Eduviges so sehr beunruhigt hatte, mußte er äußerst umsichtig vorgehen. Jeder falsche Schritt würde del Solar um eine kostbare Information bringen. Die Themen, über die Balmorán momentan arbeite? Viele. Gedichte, wissenschaftliche Arbeiten, darunter drei oder vier Biographien kurioser, interessanter, schräger Persönlichkeiten, die die Gesellschaft mit ihren Vorurteilen zerstört habe. Ohne daß del Solar wußte wie, sprang die Unterhaltung unmotiviert auf einen Kastraten über, der seine letzten Tage als Fakir in Neapel verbracht habe. Del Solar hüpfte das Herz. Ein Kastrat? Handelte es sich etwa um jenen liederlichen Verwandten von Eduviges Briones?

»Ein Kastrat? Ein kastrierter Dichter?« fragte del Solar hoffnungsfroh.

»Nein, mein Lieber, der arme Mann war ein Sopran. Vielleicht auch ein Dichter, wenn auch auf seine Weise. Ein absoluter Sopran! So wagte er es, sich in Rom der unersättlichen Baronesse vorzustellen, die ihn verführte und in den Ruin trieb. Ein klassischer Kastrat im musikalischen Sinne, oder das, was man zu seiner Zeit darunter verstand. *Il piu che melodioso rosignolo messicano!* Eine äußerst seltsame Geschichte, ein ungewöhnliches Zeitdokument. Ein für damalige Zeiten scheinbar typischer Lebenslauf: ein Kind der Intervention und der Zeit unter Kaiser Maximilian. Im Grunde genommen etwas noch Grandioseres. Ruhe! Ich sage kein Wort mehr! Der Kastrat hat im Alter, schon am Rand des Grabes, seine Erinnerungen einem italienischen Mönch erzählt, der, wie ich fürchte, tausenderlei frei erfundene Anekdoten hinzugefügt hat. Die Erinnerungen erreichten Mexiko mit einem Stapel Bücher und Dokumente. Ich hatte sie in meinem Besitz!« kreischte er, ein Geschrei, das eher an das Wiehern eines Pferdes oder das Quietschen eines Schweines beim Schlachten gemahnte. »Sie gehörten mir! Ihrem ergebenen Diener, der drei wilde Polkas im Rhythmus des Cancan singt und tanzt! Dreihundert Seiten, von denen nur vierzig erhalten sind!«

»Und der Rest?«

»Wie soll ich das wissen?« kreischte er, wieder in feindseligem Ton.

»Ich habe nie herausgefunden, ob sie zerstört worden sind oder nicht. Sie stellen mir aber auch Fragen! Seinerzeit kursierten unterschiedliche Versionen. Ich weiß nur, daß vierzig Seiten der Vernichtung entgangen sind. Ich hatte sie einer Frau gebracht, die ich damals für eine seriöse und herausragende Vielschreiberin hielt, die sich dann aber als die schlimmste und listigste Feilscherin entpuppte, die jemals mexikanischen Boden betreten hat. Die berühmte Gelehrte erkannte den Wert dieser außergewöhnlichen Erzählung nicht. Sie hatte die Stirn, mir zu sagen, der Text sei wenig seriös und weder gesellschaftlich noch literarisch von Interesse; nicht so direkt, sondern mit vagen Äußerungen, mit schwachen, unbestimmten Worten, womit sie quasi ihre Geringschätzung zum Ausdruck brachte. Sie hat sich sogar erdreistet zu behaupten, der Text sei nicht in Italienisch geschrieben. Ja, genau hier, in diesem Haus. Eine unglaubliche Ignorantin! Eine ziemlich schlaue obendrein, die bis zum Tag ihres Ablebens die Fahne des Genies geschwenkt hat! Natürlich bewahre ich die erhaltenen Seiten jetzt an einem sicheren Ort auf. Sie können kommen und alles durchsuchen, ohne etwas zu finden. Nie kann man – das ist der einzige Rat, den ich mir der Welt zu geben erlaube –, nie kann man genügend auf der Hut sein. Auf Grund dieses kostbaren Dokuments habe ich sogar die Beweglichkeit des rechten Beins und des rechten Arms eingebüßt«, sagte er, und zeigte mit anklagendem, ja fast angewidertem Gesicht auf die nutzlose Seite seines Körpers. »Sie können mir antun, was immer sie wollen, und werden doch nie eine einzige Zeile finden. Eines Tages, wenn sie am wenigsten damit rechnen, werde ich alles publik machen. Wenn mein Leben in etwas vorbildlich war, dann darin, was das Durchhaltevermögen, die Beharrlichkeit betrifft, oder wie immer man es nennen will. Balmorán, der Standhafte! Sie sehen ja, ich habe nicht nachgegeben! Ich werde der Welt noch ein paar heilsame Überraschungen bescheren!«

»Wen könnte es denn in dem Maße interessieren, ob diese Memoiren auftauchen oder verschwinden? Die Familie des Kastraten? Wann, sagen Sie, ist er gestorben?«

»1896 in Neapel; wie gesagt, an Entkräftung, an Demenz, an der Syphilis, an Verwahrlosung. Nur die Ratten näherten sich ihm noch, um seine ausgedorrten Knorpel anzuknabbern.«

»Also wollte jemand vereiteln, daß die Geschichte bekannt wurde?«

»Was sonst habe ich Ihnen zu sagen versucht? Ein bißchen langsam, der verehrte Herr Historiker!«

»Wer könnte sich denn dagegen wehren wollen? Aus welchem Grund?«

»Gute Frage! Ich weiß es nicht. Na ja, vermutlich weiß ich, wer es war, aber über das Motiv bin ich mir nicht ganz im klaren. Diese Frage habe ich mir schon tausendmal gestellt und jedes Mal eine andere Antwort gefunden.«

Miguel del Solar fühlte sich allmählich ratlos. Dieser Kastrat konnte der Verwandte von Eduviges Briones sein. Aber die Jahreszahlen paßten nicht. Ebensowenig der Tod in Neapel. Ein Sänger, der als Fakir endete! Das hatte zu wenig gemein mit dem lebenslang in ein Haus von Porfirianern Eingesperrten, den seine Tante erwähnt hatte.

»Vielleicht«, wagte er noch einen Versuch, »schreckte die

Familie des Kastraten davor zurück, diese Memoiren bekanntzumachen.«

»Die Familie des Kastraten? Aber wovon reden Sie überhaupt? Wollen Sie mir das mal erklären? Was für eine Familie soll dieser arme Kastrat denn gehabt haben? Seine weltliche war die eines Tarahumara-Indios, eines Apachen, oder was weiß ich ... Ich habe kein Studium über Indianer absolviert ... Er lebte in San Luis de Potosí, wo ein Abenteurerpärchen ihm Flausen in den Kopf gesetzt hat. Sie hinderten ihn daran, das zu tun, was ihm bestimmt war. Ein zwielichtiges Weibsstück, die Witwe eines österreichischen Barons, und ein französischer Leutnant verfrachteten ihn heimlich in die Hauptstadt, wo sie ihn eine Weile versteckt hielten, und später brachte ihn besagte Baronesse nach Europa. Ich werde vor Ihnen jetzt nicht das Geheimnis seiner Identität lüften, seiner magischen Kraft. Hätte dieser Mensch die Welt erlösen können? Ich glaube schon, aber die Raffgier und die Schlechtigkeit derjenigen, denen er im falschen Augenblick in die Fänge geriet, haben es verhindert. Der Papst hätte ihn retten können, aber ihm mangelte es an Gespür und Großherzigkeit. Ich möchte nichts weiter darüber sagen. Ich bin aus Holz! Ich kann Ihnen nur versichern, daß es keine familiäre Angelegenheit war. Ganz und gar nicht. Denken Sie doch mal darüber nach: ein paar indianische Analphabeten, die ihn vor mehr als einem Jahrhundert aus den Augen verloren haben.« Er warf den Kopf in den Nacken, kratzte sich am Bart und kreischte mit schriller Stimme. »Genug! Themawechsel!« Dann machte er eine Bemerkung über das Wetter, bevor er mit größter Selbstverständlichkeit wieder in seinen Monolog verfiel: »Ich kann Ihnen versichern, daß mein Leben eine Zeitlang ein wahrer Alptraum war. Dieses Gebäude hier wurde für mich, wenn Sie mir den Pleonasmus erlauben, zum allerhöllischsten Höllenkreis. Getarnte Verhöre, Nachforschungen, Fallen. Eine Flut von gemeinen anonymen Briefen, was sich im übrigen momentan wiederholt. Nach dreißig Jahren, und die Sprache ist wieder die gleiche. Eines Tages habe ich meine Wohnung, nicht die hier, sondern die nebenan, in der ich damals noch lebte, in einem einzigen Chaos vorgefunden. Meine Bücher am Boden verstreut, die Möbel verschoben. Sie hatten die Matratze aufgeschlitzt, wie in einem schlechten Film. Und von meinen Papieren nichts, keine Spur. Man hatte mir die Geschichte der mexikanischen Nachtigall entwendet, dieses grausam Kastrierten von San Luis, und ebenso meine fast fertiggestellte Doktorarbeit sowie meine Hefte mit Aufzeichnungen. Die vierzig Seiten, die ich noch besitze, sind mir geblieben, weil ich sie, wie ich bereits sagte, vorübergehend bei Prostituierten hinterlegt hatte. Ansonsten haben sie alles mitgenommen. Darunter Papiere von unschätzbarem Wert, etwa Aufzeichnungen über die Jesuitenmissionen in der Sierra Tarahumara. Meinen Doktor habe ich danach nie mehr gemacht. Eine Zeitlang ist es ihnen gelungen, mich zu entmutigen. Doch später habe ich mich wieder erholt und beschlossen zu zeigen, daß mein Leben eine einzige Freude war, Standhaftigkeit und Freude. Der Walzer der Walzer! Sie glaubten, sie hätten mich untergekriegt, aber wie Sie sehen, haben sie sich da geirrt. Meine Doktorarbeit neu zu schreiben hätte bedeutet, ihnen recht zu geben. Statt dessen habe ich eine seelische Größe bewiesen, wie ich sie mir selbst nicht zugetraut hätte. So habe ich ihnen unter die Nase gerieben, daß sie mir nicht nur nichts anhaben konnten, sondern mir sogar noch einen Gefallen getan hatten. Seither bin ich ein ewiger Student gewesen. Auf immer jung! Das bin ich bis heute. Anfangs fiel es mir nicht leicht, in angemessener Weise zu reagieren. Ich lebte ständig in Angst. Sie begnügten sich nicht damit, daß sie meine Arbeit konfisziert hatten; kurze Zeit später versuchten sie sogar, mich umzubringen. Sie haben auf mich geschossen. Doch es gelang ihnen nicht, mich zu erledigen, aber sehen Sie, sie haben mich zum hinkenden, einarmigen Krüppel gemacht. Diese Schweine!«

»Ist das schon lange her?«

»Ich kann Ihnen das genaue Datum sagen. Es war der 14. November 1942. Dieser Tag markiert einen wichtigen Einschnitt in meinem Leben. Selbst im Traum erscheint mir ein Kalender und ein von kleinen Flammen eingekreistes Datum: der 14. November 1942.«

Mit schriller Stimme und diabolischem Gesichtsausdruck wiederholte er dieses Datum mehrmals, während er mit dem Stock auf den Boden stieß.

»›1942‹ ist der Titel meines geplanten Buches. Ich war bei der Tochter des Doktor Uribe, Delfina; Sie kennen sie vielleicht. Delfina Uribe, die von der Kunstgalerie. Ich habe vor ihr das Buch erwähnt, das ich vorbereite. Darin geht es um die inneren Spannungen in Mexiko in unserem ersten Kriegsjahr auf seiten der Achsenmächte. Lachen Sie nicht! Delfina hat mir erzählt, daß eines ihrer Feste in dem Jahr mit einer ungeheuren Schießerei geendet habe, bei der ihr Sohn verletzt wurde; auch in ihrem Leben war dieses Datum ein wichtiger Einschnitt, der es in ein Vorher und ein Nachher teilt. Seltsam, aber ich meine, sie hat sogar die gleichen Worte benutzt wie Sie.«

Balmorán war zu diesem Zeitpunkt schon schrecklich betrunken. Er starrte del Solar mit weit aufgerissenen Augen an, stützte sich auf seinen Stock und erhob sich schwerfällig in einem komplizierten Balanceakt. Dabei schüttelte sich sein gesamter Körper, wie unter Strom. Del Solar fürchtete, er würde sich gleich auf ihn stürzen. Ihm fiel ein, daß Geisteskranke unglaubliche Kräfte besitzen.

»Sie sind also ein Freund von Delfina Uribe?« kreischte Balmorán.

»Ich kenne sie nur. Ich bin vielmehr der Freund einer ihrer Nichten«, sagte del Solar ganz ruhig. »Es heißt, sie sei in jüngeren Jahren eine sehr attraktive Frau gewesen. Etwas hat sie sich davon bewahrt. Sie hat mir gesagt, ihr Sohn sei nach Ende des Festes tödlich verwundet worden. Mir scheint, daß in diesem Fall genau die Gegensätze, die ich untersuchen möchte, in ihrer ganzen Grausamkeit zutage treten. An jenem Abend trafen eine Reihe von politischen Strömungen zusammen, die später, als sie radikaler wurden, nicht mehr nebeneinander bestehen konnten. Diese Radikalisierung brachte den Rahmen, der sie zusammenhielt, zum Bersten.«

Etwas schien Balmorán gleichzeitig zu beruhigen und in Rage zu versetzen. Offensichtlich störte es ihn, über dieses Thema zu reden; andererseits schien es ihn aber auch unwiderstehlich anzuziehen. Er ließ sich wieder in den Sessel fallen, aus dem er sich so mühselig erhoben hatte.

»Ich kann sie mir ganz genau vorstellen. Ganz die Heldin der mexikanischen Revolution! Die absolute Diva! Die Geschichte als Familienchronik! Ihr Vater, die helle, rötlich erstrahlende Sonne der damaligen Zeit! Ich will Ihnen nur eines sagen: Wenn Delfina etwas darstellt, dann nur sich selbst mit ihren unzähligen Gemeinheiten, ihrer Machtgier, ihrer grenzenlosen Raffsucht. Es würde Sie sicherlich erstaunen, wenn ich Ihnen erzählte, wie eng wir befreundet waren. Ich habe mich komplett in ihr getäuscht. Ein Vorrecht der Jugend mit ihrer unbefangenen Einstellung zum Leben ist es, an die Aufrichtigkeit der anderen zu glauben. Die Jugend ist großzügig und bereit, Tugenden zu entdecken, wo es keine gibt. Sogar bei der Werfel, was schon was heißen soll! Vor drei oder vier Jahren hat mich Delfina zum Abendessen eingeladen. Das letzte Mal, daß ich sie gesehen habe! Kennen Sie ihr Haus in San Angel? Eine Art Mausoleum. Eiskalte Räume, passend zu ihr, die zu einem toten Stück Fleisch geworden ist. Da waren noch vier oder fünf andere Personen, die genau wie sie nach Kadaver rochen. Eine Hausangestellte servierte uns mit weißen Handschuhen die Drinks. Man brabbelte eine unverständliche Sprache, um Konversation zu heucheln. In Wirklichkeit redeten sie nur, um ein Ritual zu erfüllen, mit dem einzigen Ziel, nichts zu sagen. Ich bin ein Weilchen geblieben. Delfina hat mich nach meinen Büchern gefragt. Ich bin sicher, daß sie nur daran interessiert war, zu erfahren, wieviel ich verdiene und welches Bild sie mir andrehen konnte. Vielleicht wollte sie sich auch noch überzeugen, ob sie mich zu Recht eingeladen oder einen gesellschaftlichen Fehlgriff getan hatte. Der Muff der Hochfinanz raubte einem den Atem. Wenn sie über einen Maler sprachen, dann nur, um darauf hinzuweisen, daß dieses oder jenes Bild für soundsoviel Millionen Pesos verkauft wurde; daß bei einer Versteigerung in New York ein Rivera mehrere hunderttausend Dollar und ein Tamayo ähnlich viel gekostet hatte. Als wir zu Tisch gingen, fürchtete ich schon, der Kellner würde uns den Preis für die Garnelen oder das Pfeffersteak verkünden. Ich aß nur die Suppe, mehr schaffte ich nicht. Ein Kerl, den ich flüchtig vom Sehen kannte, ein Publizist, begann mich einfach so zu duzen: ›Sieh mal, Pedrito, wenn du vorhast, jeden Tag Reis mit Huhn zu essen, mußt du dialektisch werden, und das eine oder andere im Leben machen. Ich wette, Pedrito, daß es mir gelingt, dich zum Kompromiß zu bewegen. Man muß sehr vorsichtig sein; immer wenn man Reis bestellt, darauf bestehen, daß er mit Huhn serviert wird‹, und er fuhr fort mit ›Pedrito hier, Pedrito da‹, als wären wir Freunde. Schließlich stand ich auf und sagte, ich fühle mich nicht wohl, etwas sei mir auf den Magen geschlagen, vielleicht die Unterhaltung; man hatte mir schon mehrmals Reis mit Huhn angeboten, aber was man mir in Wirklichkeit vorsetzen wollte, war Reis mit Aas. Eine neben mir plazierte pergamentene, dürre Vogelscheuche, wie ein Torero mit seiner paillettenbesetzten Krawatte, starrte mich an, als sei ich ein Stück Dreck. Die übrigen taten so, als hätten sie meine Worte nicht gehört. Ich fragte die Dürre nach der Toilette; ich sagte ihr, ich müsse dringend dorthin, weil ich fast zu platzen drohe. Delfina erhob sich, ganz die Gastgeberin, führte mich am Arm aus dem Salon, fragte mich, ob ich noch etwas brauche, ob ich wolle, daß man mich mit ihrem Wagen heimbrächte. Zum ersten Mal erlaubte sie sich, mich ebenfalls Pedrito zu nennen. Ich erteilte ihr eine klare Abfuhr: ›Ich bin zwar jung geblieben, aber kein Baby, Delfina. Tu mir also den Gefallen, und nenn mich nicht Pedrito, sondern einfach Pedro.‹ Ich fügte noch hinzu, uns hätten viele Dinge verbunden, vielleicht die tragischsten, die man sich vorstellen könne, doch die Vergangenheit sei genau das: vergangen, passé, sie möge doch bitte verstehen, daß ich unmöglich länger dort sitzen könne, in dieser gräßlichen Villa neben ihren Gästen, daß ich das Gefühl habe, Aas zu fressen. Ich machte mich aus dem Staub und habe sie nie wieder gesehen. Und wie gesagt, es gab eine Zeit, da hätte man kaum engere Freunde als uns beide finden können. Wußten Sie übrigens, daß sie auch hier in diesem Haus gewohnt hat?«

Del Solar schaute ihn mit abwesendem Blick an. Er antwortete nicht. Balmorán schien sein Schweigen und seinen leeren Blick als Ausdruck des Staunens zu deuten. Diese Reaktion schien ihm zu behagen. Er riß die Augen weit auf, zog unzählige Grimassen, offensichtlich in der Absicht, eine wichtige Aussage zu machen, warf die linke Hand nach vorne und begann mit ihr wie verrückt herumzufuchteln, um jeglichen ungelegenen Kommentar seines Gastes zu unterbinden.

»Ja, mein Herr«, fuhr er fort, »so sind die Dinge. Hier in diesem Gebäude wohnte im Jahr 1942 ihre Königliche Hoheit. Das hat sie Ihnen natürlich nicht gesagt. Einmal mit anderen Leuten zusammengewohnt zu haben muß sie wohl als Schande betrachten. Das hier ist nicht ihr Palast in San Angel und auch nicht der Landsitz, den sie, wie ich gehört habe, in Cuernavaca besitzt, wahrscheinlich unter dem Motto ›Das Land gehört dem, der es bestellt‹, oder vielleicht ›Land und Freiheit‹. Sie wissen ja, die Agrarierin kann nicht ohne die passende Sprache leben. Hören Sie mal gut zu: im ersten Stock dieses Gebäudes hier fand das Fest statt, das Delfina und ich meinten. Denn wir beide reden von dem gleichen Ereignis, so unwahrscheinlich es Ihnen auch erscheinen mag. Der 14. Februar 1942 war ein Tag, der unser beider Leben verändert hat, meines zum Positiven, ihres zum Negativen. Ein Treffen, gespickt mit peinlichen Zwischenfällen. Zugegeben, nicht alle waren ihr anzulasten. Am Schluß, als wir schon auf der Straße standen, kam es zu diesem Schußwechsel, bei dem ein Fremder starb und Delfinas Sohn sowie Ihr Ergebener, der an diesem Punkt selbst die Nationalhymne singt und tanzt, verletzt wurden. Ich schwerer. Ein Geschoß durchschlug mein Rückgrat; einseitige Lähmung, fast der Tod.«

Balmorán genoß das Interesse, das er geweckt hatte. Er war zum Helden geworden, zum Hauptakteur. Er begann, von der mißtrauischen Atmosphäre zu erzählen, die seit Monaten in dem Gebäude geherrscht hatte. Eine Familie, die irgendwie in deutsche Interessen verwickelt war, hatte diese Stimmung geschürt. Leute, die von lauter Mördern umgeben waren. Er hatte den Fehler begangen, mit ihnen in Kontakt zu treten. Konkret mit einer völlig durchgedrehten und ignoranten Frau, der Nichte eines gewissen González de la Caña, einem dekadenten, drittklassigen Dichterling, über den er nur hier und da ein paar verstreute, in sich widersprüchliche Daten gefunden habe.

»Ein dilettantischer Symbolist. Er war von einer unglaublichen Verkommenheit, natürlich angestaubt durch das Milieu, in dem er lebte. Baudelaire, ertrunken in seiner Tasse mit dickflüssiger heißer Schokolade! Sie schlugen mir die Tür vor der Nase zu. Gesindel, mit Literatur nichts am Hut, in Dummheit und Intoleranz geboren und aufgewachsen. Seit diesem Besuch fühlte ich mich verfolgt. Es wiederholte sich die Geschichte des Schriftstellers als Feind, als abscheuliches Wesen, das man aus dem Schloß jagen muß. Eines Morgens tauchte so ein Winkeladvokat bei mir auf, ein Kojote, ein vulgärer, zwielichtiger Kerl, der, wie ich später erfuhr, im ganzen Haus nur als ›der Irre‹ verschrieen war. Er wußte nicht, wie er die Unterredung beginnen sollte. Um erst mal das Terrain zu erkunden, fragte er mich nach meinem Verhältnis zu den Nachbarn, vor allem zu der Professorin Werfel, dieser genialen Heuchlerin. Der Vorwand, mit dem er sich an mich wandte, war zwar banal, aber dennoch glaubhaft. Er kam, um mich nach jemandem zu fragen, der der Tochter eines Freundes beim Schreiben ihrer Magisterarbeit helfen könnte. Er interessierte sich für meine ökonomischen Verhältnisse. Er sagte, ich müsse arbeiten, bis mir der Kopf rauche, um eine jämmerliche Summe Geld zu verdienen, womit er recht hatte. Er sprach davon, wie ungerecht das sei; andere würden sich statt dessen faul mit ihren Konkubinen im Geld suhlen. Der Kerl hatte eine widerwärtige Art. Seine Anwesenheit und sein bevormundender Ton wurden mir allmählich unangenehm. Bei Ungepflegtheit war ich immer schon sehr empfindlich, und seine grünlichen Zähne ekelten mich an. Jedes Mal, wenn mir sein Atem entgegenschlug, wurde mir schlecht. Ich sagte ihm, es sei mir unmöglich, anderen zu helfen, solange ich selbst kurz vor meiner Doktorprüfung stünde. »Ja, ich weiß«, sagte er mit einem Anflug von Lächeln, das wohl komplizenhaft wirken sollte. »Mir ist zu Ohren gekommen, daß Sie Unterlagen über das Leben eines berühmten Homosexuellen besitzen, die Sie demnächst veröffentlichen wollen.« Ich hatte nichts verstanden und begann ihm zu erklären, was Romantik bedeutet, sprach über das Thema meiner Doktorarbeit und die Rezeption der Romantik in Mexiko. ›Ach ja, wie romantisch muß es doch sein, das Leben eines perversen Schweins aufzuspüren, das aus seinem Land fliehen mußte, um in einem anderen weiterzuhuren!‹ Ich sage Ihnen noch einmal, ich verstand überhaupt nicht, wovon er redete. Da mußte ein Mißverständnis vorliegen, doch ich fand nicht heraus, wo. Aber dann dämmerte es mir allmählich: Er sprach von dem Kastraten, von meinem Plan, seine Vita und das Geheimnis seines außergewöhnlichen Lebens zu rekonstruieren, vermengte jedoch die Geschichte des Kastraten mit anderen. Ich fragte ihn rundheraus, ob er den Kastraten meine. ›Wen denn sonst, mein lieber Schlaukopf?‹ Seine Zudringlichkeit ging mir auf die Nerven. Dann rückte er damit heraus, daß er jemanden kenne, der ein mehr als ansehnliches Sümmchen für dieses Material lockermachen würde; das Geschäft könne laufen, sofern ich mich bereit erklärte, ihm für seine Dienste die Hälfte des Geldes zu überlassen. Ich sagte ihm, sein Vorschlag sei absurd, für kein Geld der Welt würde ich diese Unterlagen verkaufen. Noch hatte ich nicht gemerkt, daß seit Urzeiten ein Komplott besteht, um zu verhindern, daß das Unglaubliche geschieht, und zu gewährleisten, daß die Materie blind das Wunder der Erlösung zerstört. Seien Sie jetzt bitte nicht besorgt! Machen Sie nicht so ein Gesicht! Wenn ich meine Version veröffentliche, werden Sie alles verstehen. Endlich verschwand dann dieser Scheiß-Rechtsverdreher wieder. Doch seither wurde ich Tag und Nacht ununterbrochen mit Telefonanrufen, anonymen Briefen, auf jede erdenkliche Art belästigt. Eines Abends stürzten sich zwei Kerle, die aussahen wie Boxer, mitten im España-Park auf mich und taten so, als seien sie betrunken. Es war reiner Zufall, daß ich ihnen entkommen konnte. Die Verfolgung gipfelte darin, daß mir meine Papiere gestohlen wurden. Man hat mich mit einem sehr reizvollen Angebot nach Cuernavaca gelockt, von dem es sich jetzt hier nicht weiter zu reden lohnt. Das Ganze war eine Falle. Als ich völlig verärgert heimkehrte, war man in meine Wohnung eingedrungen und hatte meine Papiere einkassiert. Den Irren habe ich dann erst auf Delfinas Fest wiedergetroffen. Eine ganze Weile ging er mir aus dem Weg und suchte Schutz bei den Werfels. Ein völlig Verrückter. Plötzlich, als ich mich gerade mit einem Bekannten unterhielt, näherte er sich mir und warf mir an den Kopf, ich sei ein Dummkopf gewesen, wenn ich auf ihn gehört hätte, würden wir jetzt im Geld schwimmen. Ich erstarrte. Alles hätte ich erwartet, außer daß er mir so kommen würde. Anschließend ist er mir entwischt. Später sah ich nur, wie er auf Ida Werfels ausladenden Körper einschlug. Bernardo, einer von den Uribes, und mir gelang es schließlich, ihn festzuhalten. Es waren eine Menge Leute anwesend, und es kamen immer noch mehr. Ich weiß nicht wie, aber irgendwie gelang es ihm, sich von uns loszureißen. Ich ging hinaus auf den Flur, zur Treppe, aber er war nicht mehr da. Ich lief hinunter auf den Hof, aber da war keine Menschenseele zu sehen. Er konnte sich in irgendeine andere Wohnung geflüchtet oder in einer der vielen Nischen versteckt haben, die es hier gibt. Erst spät in der Nacht sah ich ihn wieder. Er stand am Fenster und machte dem Deutschen Zeichen, er solle auf den Flur hinauskommen. Der Augenblick war gekommen, mit ihm abzurechnen. Mir war egal, was passieren würde. Damals war ich noch kräftig und er nur ein schmales Hemd. Ich werde ihn zum Reden bringen, sagte ich mir. Heute werde ich herausfinden, wo meine Papiere abgeblieben sind, und wenn mir das nicht gelingt, dann verpasse ich ihm wenigstens die Abreibung seines Lebens. An der Tür stieß ich mit Ricardo zusammen, Delfinas Sohn, der gerade hereingekommen war, und bat ihn, mich zu begleiten; ich brauchte einen Zeugen. Wir rannten hinaus. Der Irre befand sich schon auf dem kleinen Platz gegenüber dem Gebäude. Der Deutsche lief auf einen Wagen zu, als die Schießerei losging. Mir kam es so vor, als schössen sie aus verschiedenen Richtungen auf uns. Sie hielten uns für tot. Ich mußte dreimal operiert werden. Wie Sie ja wissen, hat mich eine der Kugeln ins Rückgrat getroffen, eine weitere hat mir das Becken zertrümmert. Es ist ein reines Wunder, daß ich noch lebe. Ich habe lange gebraucht, bis ich wieder laufen konnte, bis ich mich von allem erholt hatte. Ich habe im Leben oft am Boden gelegen, aber mich nie an jemanden verkauft. Sie sehen ja, daß ich mich dadurch nicht habe verbittern lassen. Eines Tages wird die Erzählung über *lo spaventoso castrato messicano* allen zugänglich werden. Sie wird nicht alle Daten des Originals enthalten, aber doch das Wesentliche, denn ich werde es wieder zusammenstellen. Was sein unglückliches Auftreten in Rom betrifft, verbreiteten böse Zungen, vom Zuhören habe man Ohrenschmerzen bekommen. Armer Mensch, sogar als Fakir ist er gescheitert. Die Stunde seines Ruhmes hatte noch nicht geschlagen, er ist zu früh auf die Welt gekommen. Am Ende sah er so grauenerregend aus, daß sich ihm nur noch Ungeziefer zu nähern wagte und die Ratten ihn, wie gesagt, nach und nach auffraßen.«

Es war gegen vier Uhr morgens. Balmorán erhob sich, um eine weitere Flasche aufzumachen, aber del Solar hinderte ihn daran. Balmorán redete, wie er lief: in schlingernden Kreisen. Er begann, einige Passagen aus seiner Erzählung exakt, mit den gleichen Worten, zu wiederholen. Schwankend begleitete er del Solar zur Tür und versprach ihm, nach der Biographie zu forschen, an der er interessiert war. Del Solar müsse unbedingt wiederkommen und sich die Bücher anschauen, die er ediert habe, und für eine weitere Unterhaltung. In seiner Stimme, seiner Mimik, seinem vom Alkohol besiegten Blick war ein unausgesprochenes Flehen. Er könne ihm noch viel über das Jahr 1942 sagen, versprochen. Er könne ihm Dinge sagen, die er noch nie jemandem anvertraut habe. Mit ihm wolle er eine Ausnahme machen! Er müsse so bald wie möglich wiederkommen. Morgen!

»Mein Großvater hatte einen Lebensmittelladen in Paraje, Veracruz. Stellen Sie sich das vor, Lebensmittelladen ist ein ziemlicher Euphemismus! Einen Kramladen im hinterletzten Loch in den Tropen, müßte es heißen. Dort ist mein Vater geboren und aufgewachsen. Als Kind war ich zwei- oder dreimal dort, um die Familie zu besuchen. Ein tristes Kaff, das können Sie mir glauben; ich fürchte, daß sich daran nichts geändert hat. Nächstes Jahr werde ich mit Bernardo und Malú zur Hundertjahrfeier dorthin zurückkehren. Fortan wird es Paraje de Uriba heißen«, sagte Delfina eines Sonntags am späten Vormittag in ihrem Garten in Cuernavaca. »Ganz in der Nähe gab es eine herrliche Wasserquelle; dort wimmelte es von Fischottern. Im Haus hatten wir drei oder vier Bettüberwürfe aus Fell, die uns die Landbauern geschenkt hatten. Auch einige archäologische Stücke. Sie haben vielleicht den Berufswunsch meines Bruders Bernardo bestimmt. Hätte ich meinen Vater darum gebeten, können Sie sicher sein, daß er sie mir gegeben hätte; aber in jungen Jahren war ich, anders als mein Bruder, weder an der prähispanischen Welt noch an der bildenden Kunst interessiert. Ich lebte völlig in der Welt der Literatur. Möglicherweise waren es totonaquische Funde, obwohl die Entfernung zwischen Paraje und El Tajín erheblich sein muß. Ich werde es wohl kaum herausfinden. Jedes Mal, wenn ich Bernardo frage, gibt er mir eine andere Antwort. Sie glauben ja gar nicht, was für ein Snob ich in meiner Jugend war«, sie brach in ein trockenes Lachen aus. »Es war meine Arbeit, der Umgang mit den Malern, was mich schließlich in die Realität zurückbrachte. Ich war meinem Vater bedingungslos ergeben, und umgekehrt genauso, er vergötterte mich. Egal, worum ich ihn bat, es war immer noch wenig im Vergleich zu dem, was er sich bemüßigt fühlte, mir zu geben. Ich war die einzige Tochter nach vier Jungen; heute leben nur noch Bernardo und ich. Obwohl ich eine privilegierte Kindheit und Jugend erlebt habe, fühlte ich mich – ich schwöre Ihnen, daß es stimmt – eindeutig als Revolutionärin. Das Leben meines Vaters hat mich zutiefst berührt, bis heute.

Seine Anstrengungen zu lernen; sein Entschluß, einem so engen Milieu zu entfliehen, wie es zu Anfang des Jahrhunderts in Paraje geherrscht haben muß; zunächst seine Laufbahn als Lehrer in Jalapa, später dann hier als Rechtsanwalt. Aber das wissen Sie als Historiker ja fast besser als ich. Wenn ich ihn von dem Augenblick erzählen hörte, als er beschloß, zu den Waffen zu greifen, von seinen Streifzügen zu Pferd quer durchs Land oder von seiner Zeit im Gefängnis, war ich dermaßen ergriffen, daß ich das Gefühl hatte, all das gemeinsam mit ihm zu durchleben. Ich sah mich in der Sierra Madre auf dem Pferd sitzen oder an seiner Seite im Gefängnis. Im Exil war das noch viel stärker. Ich nahm an öffentlichen Versammlungen, an Meetings der Studenten oder der Gewerkschaften teil. Aber diese Macht – stellen Sie sich vor, ein Haus, wo Minister und Generäle aßen und manchmal sogar der Präsident der Republik! –, das mußte mir ja zwangsläufig den Kopf verdrehen. Insgeheim wünschte ich mir auch, die bestgekleidete, die eleganteste, die atemberaubendste Frau Mexikos zu sein. Daß die Porfirianer sich danach verzehrten, mit mir zu tanzen, während ich ihnen in allen Einzelheiten erzählte, wie Papa Rubinstein zu uns zum Essen eingeladen hatte, oder meinen Besuch in der Picasso-Ausstellung in Paris schilderte. Ihre Schwestern sollten mich fragen, wo ich mir mein Kleid hatte schneidern lassen, und ich könnte ihnen antworten, es sei ein Modell von Schiaparelli. In England und Frankreich hatte ich Literatur studiert, beherrschte beide Sprachen perfekt, reiste viel und hatte nach meiner Scheidung in New York gelebt. Normalerweise hätte ich mich für die gebildetste Frau Mexikos halten müssen; statt dessen starb ich insgeheim vor Bewunderung für einige Frauen aus dem besiegten Teil der alten Welt; für Eduviges zum Beispiel. Völlig mittellos, gelang es ihr, in umgearbeiteten alten Kleidern ihrer Mutter oder einer ihrer Tanten ebenso elegant zu erscheinen wie die bestgekleidete Frau aus Paris oder Rom. Das ist Klasse oder nicht? Die Dinge sind, wie sie sind! Unsere Beziehung war nicht von langer Dauer, aber sehr intensiv. Ich werde versuchen, es Ihnen zu erklären. Wir wohnten in den zwei besten Wohnungen im Minerva, direkt nebeneinander. Morgens rief sie mich in der Galerie an; nachmittags holte sie mich ab, und dann tranken wir gemeinsam einen Kaffee, unternahmen in meinem Wagen eine Tour durch die Stadt und gingen anschließend zu mir, wo wir ununterbrochen redeten, bis es Zeit fürs Abendessen war; dann kehrte sie in ihre Wohnung zurück, und ich richtete mich zum Ausgehen her. Eine Zeitlang habe ich sogar erwogen, sie zu meiner Geschäftspartnerin zu machen. Ihre Beziehungen hätten mir sehr nützlich sein können, dachte ich. Ich würde mich um die Maler kümmern und um einen Teil unserer Klientel: die Politiker und die Ausländer; sie würde die Beziehungen zu Bankiers und zu den Angehörigen alter Familien übernehmen. Doch Eduviges war schrecklich ungebildet, ganz zu schweigen von ihrer Unvorsichtigkeit. Unsere geschäftliche Verbindung wäre rasch gescheitert und hätte in einem totalen Fiasko geendet. Das habe ich zum Glück noch rechtzeitig erkannt. Trotz der geschilderten Intimität war es nicht Freundschaft, was uns verband. Es war eine sehr ungleiche Beziehung mit übertriebenen Ansprüchen, eine Art Krankheit. Von moderner Kunst verstand Eduviges absolut nichts, sie nahm sie gar nicht wahr. Aber dafür betrat sie das Haus eines Antiquars, nahm eine Vase in die Hand, isolierte sie von dem alten Plunder, der sie umgab und verwandelte sie in einen kostbaren Gegenstand. Sie litt unter Geldnot, obwohl ihr Bruder Arnulfo Millionen verdient hatte. Wenn man ihre Wohnung betrat, fiel einem als erstes ins Auge, wie geschmackvoll sie die mit fast nichts eingerichtet hatte. Natürlich gab es Reibereien; eines Tages machten sich ihre Launen und ihre Wutausbrüche bemerkbar. Wir hatten vor, nach Guadalajara zu fahren und uns dort ein paar Möbel anzuschauen, die irgendwelche Tanten von ihr zum Verkauf anbieten wollten. Im letzten Moment, als wir schon die Zugfahrkarten gekauft, die Koffer gepackt hatten, beschloß sie plötzlich, doch nicht zu fahren, und zwar mit einer lächerlichen Entschuldigung. Ich reagierte so übertrieben heftig, daß ich es mir bis heute nicht erklären kann. Von dem Tag an wurde unser Verhältnis immer gespannter. Ich verabscheute ihren Bruder, war aber immer peinlich darauf bedacht, das Thema nicht anzusprechen. Sie begann ihrerseits irgendwann, mich ständig zu provozieren. Anfangs waren es nur kleine Sticheleien wie von einer Mücke, eben auf dem Niveau ihrer geistigen Möglichkeiten; später waren es schon Wespenstiche, und wäre ich nicht auf der Hut gewesen, wären daraus Schlangenbisse geworden. Ich könnte mir denken, daß ihr mein Lebensstil mißfiel, der mir erlaubte, mal eben für ein paar Tage etwa nach New York zu reisen, um mir dort einen Mantel oder ein paar Hüte zu kaufen. Einmal habe ich ihr erzählt, wie glücklich ich sei, daß mein Vater begonnen habe, eine Serie von Artikeln zu veröffentlichen, in denen er seine Kritik an der Enteignung der Erdölfirmen revidierte. Ihre Reaktion war barsch, ja regelrecht unhöflich. Sie begann Argumente vorzutragen, die wohl von ihrem Bruder stammten, den sie wenige Monate zuvor, während des kurzen Sommers unserer Freundschaft, noch als ein Relikt der Vergangenheit bezeichnet hatte. Ich weiß nicht, ob Sie auf dem laufenden sind, aber zu der Zeit hatte man gerade eine Kommission zur Enteignung feindlicher Besitztümer gegründet. Sie wurde von Don Luis Cabrera geleitet. Mein Vater wurde aufgefordert, teilzunehmen. Er lehnte ab, weil seine allseits bekannte Krankheit ihn daran hinderte. Eduviges machte nun eine gehässige Bemerkung über seine Ablehnung, die sie wohl für geistreich hielt, die aber tatsächlich nur ihre unglaubliche Dummheit verriet. Ein anderes Mal hat sie mitten in einem Telefonat einfach aufgelegt. Damals riefen wir uns nur noch sehr selten an und besuchten uns nicht mehr. Sie werden sich fragen, warum ich sie dann zu meinem Fest eingeladen habe. Die Wahrheit – so unangenehm und verachtenswert es auch klingen mag – ist, daß ich sie nur eingeladen habe, um sie zu ärgern. Um ihr meine Welt vorzuführen. Ihr zu zeigen, daß die damaligen Intellektuellen und Künstler, die Leute, die aus dem Exil zurückgekehrt waren, und auch die echten oder falschen europäischen Adligen, die sich, je mehr sich der Krieg in Europa ausbreitete, immer zahlreicher in der Stadt tummelten, bei mir ein und aus gingen. Sie war geblendet von all den Titeln; sie geriet völlig aus dem Gleichgewicht. Aber ein Fest, das dazu dienen sollte, jemandem den Abend zu verderben, mußte zwangsläufig ein schlimmes Ende nehmen. Gewalt schürt Gewalt, heißt es.« Sie versuchte zu lächeln, aber unterließ es dann doch. »Ich wollte ihre Ungebildetheit vor aller Welt bloßstellen, sie zum Gespött im Minerva machen, zur dümmsten Frau Mexikos, zur Lachnummer der Saison; und sie spüren lassen, mit wem sie es aufzunehmen wagte. Das dicke Ende ließ nicht lange auf sich warten, und die einzig Gestrafte war schließlich ich. Einige Wochen vorher hatte ich gerade erst meine Galerie mit einer glanzvollen Einweihungsfeier eröffnet. Es gab keinen Grund, das Ganze noch einmal bei mir zu Hause zu wiederholen. Allein schon die Idee, gleichzeitig die Ausstellung von Julio Escobedo und die Heimkehr meines Sohnes zu feiern, war nicht sehr gelungen. Was interessierte es Ricardo, wenn auf dem Fest, das ich ihm zur Feier seiner Heimkehr gab, der Erziehungsminister oder der Direktor des Nationalmuseums erschien? Es hätte ein anderes Fest sein müssen oder gar keins. Sobald er sich wieder eingelebt hätte, wäre noch immer Zeit für Parties gewesen. Auch für Julio hatte diese Veranstaltung kaum einen Sinn, denke ich. Einige der Leute waren schon in der Galerie gewesen. Zu dem Treffen bei mir hätten nur ein paar enge Freunde kommen dürfen; so hatten wir es auch abgesprochen, aber dann kam alles ganz anders. Im ersten Moment hätte man es für ein Sinnbild der Versöhnung im Land halten können. Damals redete man wegen des Krieges häufig von nationaler Einigkeit; an dem besagten Abend wirkte meine Wohnung wie die dazu passende Bühne. Zumindest auf den ersten Blick. Aber das war alles bloßer Schein! In Wirklichkeit war das Fest eine einzige Katastrophe. Zum Vorgeschmack wurde Ida Werfel von einem Geisteskranken verprügelt. Dann drohte General Torner, der sich zu Matilde Arenals Beschützer aufgeschwungen hatte, Julio Schläge an, weil er glaubte, er habe die Schauspielerin mit einem Portrait, das er von ihr gemalt hatte, beleidigen wollen … Haben Sie mal Gelegenheit gehabt, sie auf einer ihrer letzten Tourneen zu sehen? Nein, natürlich nicht, da waren Sie noch nicht in dem Alter. Sie war gar nicht schlecht, wenn auch nicht sehr intelligent. Als Torner sie heiratete, erlaubte er ihr nicht zum Theater zurückzukehren, nicht mal als Zuschauerin … Also, der General, der eigentlich als ruhiger Mann galt und immer behauptete, mich wie ein Vater zu lieben, hat an dem Abend einen Skandal erster Güte verursacht, wie meine Nichten zu sagen pflegen. Er wollte Julio verprügeln. Grauenvoll! Und dann die echte Katastrophe, die Schüsse, der Tote, und mein Sohn schwer verletzt.«

»Balmorán hat mir gesagt, er habe ihn begleitet, weil er mit jemandem abrechnen wollte«, konnte del Solar sich schließlich zu Wort melden.

»Pedrito Balmorán? Haben Sie ihn schon kennengelernt? Er hat wohl gemerkt, denke ich, daß ich ihn für verrückt halte? Er lebt schon lange fern der Realität.«

Miguel del Solar schilderte in groben Zügen seinen Besuch. Er erwähnte auch Balmoráns Vermutung, die Verfolgung habe begonnen, als bekannt wurde, daß er im Besitz von Unterlagen über einen mexikanischen Sänger des 19. Jahrhunderts war, einen Kastraten.

»Hat er sich das noch immer nicht aus dem Kopf geschlagen? Merkt dieser Dummkopf denn gar nicht, daß er nur auf Eduviges' Spielchen hereinfällt? Wen zum Teufel sollen diese Unterlagen denn interessieren? Möglicherweise handelt es sich um einen Racheakt, dessen Gründe er hartnäckig verschweigt. Vielleicht hat er sich diese Dokumente auf illegale Weise beschafft, und jetzt meldet sich der wahre Besitzer, um sie sich wiederzuholen und nebenbei gleich noch andere Dinge mitgehen zu lassen. Jedenfalls klingt alles sehr an den Haaren herbeigezogen. Warum sollte Ricardo ihn begleiten, wo er ihn doch gar nicht kannte? Und warum ist er an dem Abend runtergegangen. Hat er Ihnen das erklärt?«

»Ja, ein wenig hat er darüber gesagt. Augenscheinlich hatte Martínez, der auf Ida Werfel losgegangen ist, ihm einige Zeit vorher mitgeteilt, es gebe da jemanden, der an den Dokumenten über das Leben des Kastraten interessiert sei und sie kaufen wolle. Sehen Sie? Es muß jemanden geben, für den sie einen gewissen Wert besaßen. An dem Abend hatte Martínez ihm zu verstehen gegeben, er wisse, wer in seine Wohnung eingedrungen sei und die Unterlagen mitgenommen habe. Nachdem er auf Ida Werfel eingeschlagen hatte, wurde er aus dem Haus geworfen. Also gut, Balmorán hat behauptet, er sei wohl kurz darauf im Flur aufgetaucht, um Pistauer zu rufen. Da hat er, sicherlich schon angetrunken, sich ein Herz gefaßt und beschlossen, ihn zur Rechenschaft zu ziehen. Er wollte wissen, wer sein Appartement überfallen hatte. Unter anderem hatten sie auch seine Doktorarbeit gestohlen, die er gerade hatte einreichen wollen. Beim Hinausgehen stieß er auf Ihren Sohn und bat ihn mitzukommen. Er wollte einen Zeugen bei seiner Aussprache mit Martínez dabei haben.«

»Glauben Sie Balmorán nie auch nur einen Bruchteil von

dem, was er so erzählt. Ich warne Sie, er erzählt gerne Märchen. Darin ist er unschlagbar. So war er schon immer. Im Laufe der Zeit hat er sich sicherlich diese Version zusammengebastelt und glaubt jetzt selbst jedes Wort. Im Krankenhaus hat Ricardo mir gesagt, Pistauer habe ihn gebeten, ihn zu begleiten. Er sprach kaum Spanisch und wollte, daß mein Sohn dem Taxifahrer den Weg zu ihm nach Hause erklärte. Sie hatten sich an dem Abend kennengelernt und waren ungefähr gleichaltrig. Als sie auf die Straße traten, empfing sie ein Kugelhagel aus einem Wagen, der vor dem Haus stand. Ricardo hatte gar nicht bemerkt, daß Balmorán ihnen gefolgt war. Er wurde ebenfalls verletzt, hat er Ihnen das gesagt? Seither ist er körperlich entstellt und sehr wahrscheinlich auch geistig gestört.«

»Wäre es nicht möglich, daß dieses Attentat von den Leuten verübt wurde, die durch diese neu gegründete Kommission gefährdet waren, Leute, die fürchteten, ihr Besitz könnte konfisziert werden? Vielleicht wollten sie Ihrem Vater einen Denkzettel verpassen; daher der Angriff auf seinen Enkel.«

»Miguel, lassen Sie sich nicht zu Melodramen hinreißen. Nein und nochmals nein! Wenn ich mir in einem sicher bin, dann darin, daß dieses Attentat nichts mit meinem Vater zu tun hatte.«

»Wie können Sie da so sicher sein?«

»Aus einem einfachen Grund: Ich halte mich an die Fakten. Es war für niemanden ein Geheimnis, daß mein Vater krank war; wenige Wochen vorher hatte er schon auf der Schwelle zum Tod gestanden. Zum Glück hat er sich wieder erholt, aber damals konnte man das noch nicht vorhersehen. Die Zeitungen schrieben, deshalb habe er abgelehnt, der Junta für die Beschlagnahmung feindlicher Besitztümer, wie diese Kommission hieß, beizutreten. Doktor Cabrera war, wie gesagt der Leiter, und, soweit ich weiß, hat man niemals auf seine Kinder oder Enkelkinder geschossen … Schauen Sie, man sollte immer offen reden; die Mörder warteten auf Pistauer, den Stiefsohn von Arnulfo Briones. Einer von ihnen stieg aus dem Wagen, um ihn zu erschießen. Balmorán und mein Sohn wurden von verirrten Kugeln getroffen, denn hinter ihnen waren sie nicht her. Wäre es ihre Absicht gewesen, meinen Vater nervös zu machen, warum hätten sie dann den Stiefsohn von Briones umbringen sollen, einen Mann, der seit vielen Jahren den Deutschen verbunden war? Er hat oder hatte wichtige Geschäfte mit ihnen gemacht. Seltsam, Balmorán hat mir nie davon erzählt, daß Martínez wieder aufgetaucht war, um Pistauer aus dem Haus zu locken.«

»Wahrscheinlich hat er sich auch diese Version zurechtgelegt und wiederholt sie jetzt schon ganz automatisch«, sagte del Solar, erschöpft von der Intensität, mit der Delfina von Anfang an auf ihn eingeredet hatte.

»Von seinen notorischen Lügengeschichten brauchen Sie mir gar nichts zu erzählen, ich bin die erste, die darunter zu leiden hatte; aber irgendwann könnte er auch mal die Wahrheit sagen«, sagte sie ziemlich brüsk und wollte dann wissen: »Was hat er Ihnen denn genau gesagt?«

Er schilderte noch einmal die Episode. Daß Martínez auftauchte, der Österreicher gleich darauf hinausging. Wie Balmorán Delfinas Sohn bat, ihn als Zeuge hinauszubegleiten.

»Kommen Sie! Gehen wir in den Garten und schneiden ein paar Blumen!« rief die Gastgeberin plötzlich aus, als sei sie es leid, sich albernes Zeug anzuhören.

Sie durchquerten den Park bis zu einem Hohlweg, der sie zu einem Bach hinabführte. Sie hatte eine Gartenschere dabei. Man konnte nicht direkt behaupten, sie sei nervös, aber doch ein wenig zerstreut. Als sie am Bach angelangt waren, ließ sie sich auf eine Bank fallen und machte ihm Zeichen, es ihr gleichzutun. Dann rief sie einen Jungen herbei, der Steine zu einer Art improvisiertem Deich, einem primitiven Staudamm, aufschichtete, gab ihm die Schere und bat ihn, ein paar Pfingstrosen abzuschneiden, vorher aber noch zwei Whiskys in der Küche zu bestellen.

»Ich hätte vielleicht lieber einen Kaffee«, wagte del Solar einzuwenden.

»Es mag zwar zu früh für einen Aperitif sein, aber bei dieser Hitze darf man sich doch gewisse Freiheiten erlauben, oder finden Sie nicht?« sagte Delfina. Anschließend fuhr sie fort, immer noch mit ernster Miene und schroffem Ton, was ihn an das Ende ihrer ersten Unterredung erinnerte: »Vielleicht wird dieser Vorfall ja niemals ganz aufgeklärt. Mein Sohn erlitt einen Lungendurchschuß; mit knapp zweiundzwanzig Jahren ist er dann gestorben. Er hatte sich nie mehr von seiner Verletzung erholt: Zwei Jahre lang lebte er als Invalide. Da könnte man denken, ich hegte als erste ein Interesse an der Klärung der Fakten und daran, daß die Schuldigen, falls sie noch leben, mit aller Härte des Gesetzes bestraft werden. Aber dem ist nicht so. Warum die Affäre jetzt wieder aufrollen? Mein Vater war der Ansicht, wenn man in der Politik eine Schlacht verloren habe, solle man die Vergangenheit möglichst begraben und sich gleich in neue Aufgaben stürzen. Inzwischen ist schon so viel Zeit verstrichen. Warum diese Geschichte wieder aufwühlen, wo man sowieso von vornherein weiß, daß nichts dabei herauskommen wird?«

»Halten Sie das denn für unmöglich?«

»Sie doch auch.«

»Glauben Sie das nicht; ich würde eher sagen: ich weiß es nicht. Was mich betrifft, versuche ich bloß Recherchen über eine bestimmte Epoche anzustellen. Wie ich anfangs schon sagte, ich habe eine Reihe von Akten gelesen, die den Ausschlag für diese neue Arbeit gaben; in diesen Akten über die Aktivitäten der deutschen Agenten in Mexiko wird auf Verbrechen hingewiesen, die sich in dem Gebäude, wo Sie damals wohnten, zugetragen haben. Ich bin mir durchaus der grotesken Seite meiner pseudopolizeilichen Untersuchungen bewußt, die fast wie eine Parodie wirken. Ich bitte Sie, mir zu verzeihen. Als ich dieses Dossier las, ist mir Ihr Name nicht begegnet; ich hatte völlig vergessen, daß Ihr Sohn eines der Opfer war. Aber, um ehrlich zu sein: selbst wenn mir das bekannt gewesen wäre, hätte ich Sie mit meinen Fragen behelligt.«

»Ich danke Ihnen, daß Sie mir gegenüber so offen sind. Aber ich habe es Ihnen ja bereits erklärt: im Fall meines Sohnes handelte es sich um ein reines Versehen.« Leicht verstimmt, als redete sie mit einem Kind, dem eine ganz simple Tatsache partout nicht einleuchten will, insistierte sie: »Die Verbrechen, auf die sich dieses Dossier bezieht, sind mit Sicherheit die an Pistauer und Arnulfo, dem Bruder von Eduviges.«

»Sie glauben also auch, daß sie ermordet wurden?«

»Ganz offensichtlich. Hören Sie, ich bin im übrigen überzeugt, daß die Sache aufgeklärt wurde. Mein Vater hat mir geraten, keinen Finger zu rühren. Die Behörden verfügten über alle nötigen Informationen. Wenn es Schuldige gab, hat man sie ganz sicher bestraft.«

»Zwangsläufig muß es Schuldige gegeben haben. Sie haben doch gerade gesagt, Pistauer und Arnulfo Briones seien ermordet worden.«

»Manchmal redet man einfach nur, um zu reden ... Aber es stimmt, Sie haben recht. Es hat Verbrechen und Verbrecher gegeben; die sind sicherlich zum richtigen Zeitpunkt bestraft worden. Warum den Fall also dreißig Jahre später neu untersuchen? Ich versuche niemanden zu schützen. Das fehlte gerade noch! Ich will damit nur sagen, die Sachlage war sehr kompliziert. Da waren sehr verwickelte Interessen im Spiel. Das Milieu, in dem Briones sich bewegte, war auf jeden Fall dubios, diese Leute benahmen sich wie verrückt. In ihrer Verzweiflung waren sie zu allem fähig. Ich halte mich für jemanden, der mit kühlem Kopf handelt. Damit will ich sagen, mich bringt so schnell nichts aus dem Gleichgewicht, mich kann nichts so leicht erschrecken.« Sie atmete tief durch, ihre Augen leuchteten. Sie schien die richtigen Worte für eine vertrauliche Mitteilung zu suchen, aber dann besann sie sich doch eines Besseren: »Ja, ja, da waren mehrere Interessen im Spiel, einige darunter äußerst dubios. Besagter Martínez, den Sie erwähnt haben, stand im Dienst Ihres Onkels.«

»In wessen Dienst?«

»Er arbeitete für Arnulfo Briones.«

«Briones war nicht mein Onkel; Eduviges war meine Tante, wenn auch nur angeheiratet. Ihr Mann war der Cousin meiner Mutter.«

Delfina brach wieder in ihr typisches Gelächter aus: ein kurzes, trockenes Krächzen.

»Es freut mich, daß diese Verwandtschaft Sie stört. Und das, wo ich sonst sehr tolerant bin. Aber wir sprachen von Martínez, nicht wahr? Ich habe ihn auch kennengelernt. Er ist in die Galerie gekommen, mit dem Auftrag, wie er sagte, ein Gemälde auszusuchen für eine sehr wichtige Persönlichkeit, die vorläufig lieber im dunkeln bleiben wolle; als Geschenk für eine andere prominente Persönlichkeit, die er ebenfalls nicht nennen könne, dazu sei er nicht autorisiert, behauptete er. Ich hatte nicht das geringste Bedürfnis, ihm was für Fragen auch immer zu stellen, was ihn offensichtlich aus dem Konzept brachte. Möglicherweise hatte er gedacht, mit diesem Getue und der ganzen Geheimniskrämerei würde ich ihn bevorzugt behandeln und nach seiner Pfeife tanzen. Nun gut, ich weiß nicht, was er von mir erwartete. Binnen weniger Minuten konnte ich mich davon überzeugen, daß er keine Ahnung von Malerei hatte; denn es interessierte ihn nicht im geringsten, sich die Bilder anzuschauen, die ich ihm zu zeigen begann. Er stellte mir zwei oder drei ziemlich absurde persönliche Fragen. Mir kam sogar kurz der Gedanke, dieser gräßliche Zwerg stelle mir nach. Er fuchtelte beim Reden linkisch mit den Armen. Er war abstoßend. Eine Zeitlang schien er unfähig, dem Blick seines Gegenüber standzuhalten; dann wieder schaute er einem so penetrant in die Augen, als wolle er einen hypnotisieren. Sehen Sie, Miguel, das Schicksal wollte es so, daß ich einen Vater hatte, der eben noch Minister war und gleich darauf schon die Koffer packen und ins Exil gehen mußte und umgekehrt. Vergessen Sie nicht, daß ich in einer sehr bewegten Zeit groß geworden bin. Seit meiner Kindheit in einem solchen Milieu gelebt zu haben, hat meine Sinne geschärft, ob ich wollte oder nicht. Nach fünf Minuten mit diesem Hanswurst war mir klar, daß ich es mit einem gefährlichen Typen zu tun hatte, der von irgend jemandem beauftragt war. Es gibt eine bestimmte Sorte von Männern, die unfähig sind, auf eigene Faust zu handeln. Er gehörte dazu. Ich trug einer Angestellten auf, sich um den Kunden zu kümmern, verabschiedete mich so natürlich wie möglich und schloß mich in mein Büro ein. Meine Sekretärin bat ich, mich an dem Vormittag auf keinen Fall mehr zu stören. Aber Martínez war ein Blutsauger. Er ist noch zwei- oder dreimal aufgetaucht, vielleicht sogar öfter. Er freundete sich mit den Mädchen an, die für mich arbeiteten. Selbst in dem Haus, wo ich wohnte, im Minerva, lief er mir dann ständig über den Weg, wie sie bereits wissen. Es spielte sich immer gleich ab: Er wollte sich mit mir unterhalten, und ich wich ihm aus, gab mich vielleicht etwas stolzer als sonst, um ihn spüren zu lassen, daß es unter meinem Niveau war, mich mit ihm abzugeben, und um ihm zu zeigen, daß er mir keine Furcht einjagen konnte. Meinen Chauffeur, dem mein Bruder Andrés voll vertraute, bat ich, den Kerl zu überwachen. So erfuhr ich, daß er für Briones arbeitete, daß er die Werfels, Balmorán, die Portiersfrau aufsuchte, und daß er seine Zeit teilweise in der Wohnung von Eduviges verbrachte, wo Arnulfo sein Büro hatte. Ich versuchte, Ida zu warnen, aber sie weigerte sich, mich zu verstehen, ganz versessen darauf, in ihm einen heißblütigen Latino zu sehen, der völlig verrückt nach ihren weißen Brüsten war. Das Ergebnis kennen Sie ja. Auf dem Fest mußten wir ihn rauswerfen, als er mit den Fäusten auf sie losging. Stellen Sie sich nur meine Verwunderung vor, als ich ihn ungeniert in meinem Salon sitzen sah. Niemand hatte ihn eingeladen. Das wäre mir im Leben nicht eingefallen! Er erschien erst, als schon Gäste da waren. Ich konnte mir keine Szene erlauben, sonst hätte ich ihn sofort rausgeworfen. Sie werden schon noch feststellen, was für eine Atmosphäre um den November 1942 herum im Minerva herrschte, als wir ständig von solchem Gesindel umgeben waren.«

Inzwischen hatte man ihnen den Whisky gebracht. Delfina bestellte etwas zum Knabbern und einen Kaffee. Augenscheinlich fragte sie nie nach den Wünschen anderer. Sie verharrte in Schweigen, wie verloren in ihren Erinnerungen. Dann nahm sie eine Kunstzeitschrift aus ihrer Tasche und reichte sie ihm, bei einer Seite mit Fotos aktueller Gemälde aufgeschlagen. Während del Solar zerstreut las, ging die Gastgeberin mit ihrem Glas zum Gärtner und unterhielt sich mit ihm. Del Solar sah sie am Bach entlanglaufen, gestikulierend und auf ein paar Kletterpflanzen mit winzigen gelben Blüten zeigend, und dann verschwinden; eine Weile später kehrte sie allein zur Bank zurück, ohne daß ihr Haar im geringsten in Unordnung geraten, ihr Rock zerknittert oder ihr Make-up verschmiert gewesen wäre. Sie kannte das Geheimnis, immer tadellos zu wirken. Mit sehr ernstem Gesicht kam sie auf ihn zu. Eine fast richterliche Strenge, die im Kontrast zu der bunt gemischten Farbenpracht des Gartens stand. Sie schien überrascht zu sein, wie schnell man ihnen einen Teller mit etwas zum Knabbern, zwei Tassen und eine Kaffeekanne hingestellt hatte. Während sie ihm einschenkte, ergriff sie wieder das Wort:

»Sie sind Historiker, kein Romancier, deshalb kann ich mit Ihnen über Themen reden, die ich normalerweise nicht anspreche. Ich weiß, mit wem ich reden kann. Wie Sie sehen werden«, sagte sie mit einem gewinnenden Lächeln, »habe ich meinen sechsten Sinn noch nicht eingebüßt. Ich verabscheue es, über meine persönlichen Tragödien zu reden, aber ich muß Ihnen gestehen, daß der Tod meines Sohnes Ricardo der härteste Schlag meines Lebens war; kurz darauf folgte der Tod meines Vaters. An beiden Toden fühle ich mich schuldig; natürlich nicht schuldig, sie verursacht zu haben. Es sind die beiden Menschen, die ich am meisten im Leben geliebt habe, so gesehen die einzigen. Es waren im Grunde genommen die Männer meines Lebens, und bei beiden habe ich versagt.«

Del Solar lauschte Delfinas Erklärungen, die sie in sachlichem Ton vorbrachte, als hielten sich ihre Emotionen trotz einer gewissen Emphase beim Gebrauch der Adjektive immer zurück, im Hintergrund, falls sie überhaupt existierten.

Sie war das einzige Mädchen von fünf Geschwistern gewesen. Dazu noch das Nesthäkchen. Ihre Eltern und ihre Brüder liebten sie wahnsinnig. Das hatte ihr immer das Gefühl gegeben, einerseits sehr mächtig, andererseits aber in einen eisernen Rahmen gezwängt zu sein. Nie durfte sie allein ausgehen; man kontrollierte ihre Freunde, die Treffpunkte, die Uhrzeiten. Am Ausgang des Kinos, des Theaters, nach Beendigung einer Feier erwartete sie immer ein Wagen mit Chauffeur. Deshalb hatte sie vor ihrem zwanzigsten Geburtstag bereits geheiratet. Doch nach einer Woche hatte sie es schon wieder bereut. Cristóbal Rubio, der Auserwählte, erwies sich als wahrer Grobian. Er hielt sie schlimmer eingesperrt als vor der Hochzeit, behandelte sie schlecht und teilte ihr sogar die Bücher zu; er las ihre Tagebücher und machte lachend seine bissigen Bemerkungen darüber. Gleich am Anfang wurde sie von ihm schwanger. Er betrachtete sie als ein Geschäft, eine gute Investition, und hielt damit auch nicht hinterm Berg. Das verletzte sie wohl am meisten; daß ihr Körper für diesen Mann eine Art Gelegenheit zu rentabler Arbeit bedeutete. Nach drei Monaten hielt sie es nicht mehr aus und sprach mit ihren Eltern. Sie wollte wieder nach Hause kommen. Cristóbal bestand darauf, daß sie bei ihm bliebe. Sie bekam ein Hinterzimmer, wo früher die Remisen waren, fast eine Dienstbotenkammer, was sie ohne jeden Widerstand hinnahm. Danach hatten sie nichts mehr miteinander zu tun. Als das Kind kam, ließen sie es registrieren und trennten sich. Ihr Vater und ihre Brüder kümmerten sich um die

Scheidung, während sie nach New York zog, wo der Mann ihrer Cousine Rosa seine Geschäfte führte. Bei ihnen lebte sie fast zwei Jahre lang. Rosa hatte zu der Zeit einen neun- oder zehnjährigen Sohn, Gabriel. Delfina begann damals, sich wieder für ihre Studien zu interessieren; sie führte ein sehr intensives Leben: Theater, Musik, Galerien, diverse Parties, all das, was sie sich bei ihrem Entschluß zu heiraten erhofft hatte: die Eroberung eines Terrains, wo sich ihre Persönlichkeit entfalten konnte, nicht den Abstieg ins Grab. 1926 kehrte sie nach Mexiko zurück. Kurze Zeit später brach ihr Vater mit Calles, und sie folgte ihm ins Exil. Sieben Jahre verbrachte sie in Europa. Nach ihrer Rückkehr zog sie in ein Haus im Stadtviertel San Rafael, das ihrer Mutter gehörte. 1934 war eine allein lebende geschiedene Frau noch von einer Aura des Anrüchigen umgeben. Doch das Risiko ging sie ein. Sie freundete sich mit allen Leuten an, bei denen es sich wirklich lohnte. Eine der stilvollsten Damen der Stadt zu sein, kostete sie keine große Mühe. Das zu sagen, genoß sie mit sichtlicher Wonne. Bald darauf starb ihre Mutter, und ihr Vater begann zu verfallen. Ihn befiel ein qualvolles Nierenleiden. Er hatte eine Geschäftsreise nach Chiapas und nach Guatemala unternommen, von der er eine sehr hartnäckige Pilzinfektion mitbrachte; die Ärzte entdeckten einige mikroskopische Pilze unter der behaarten Haut. Im Prinzip wirkte die Krankheit leicht heilbar und bereitete auch keine nennenswerten Beschwerden; aber dann erwies sie sich doch als ein gefährliches Leiden, das sich schließlich im gesamten Organismus ausbreitete. Zu Beginn der Erkrankung hatte der behandelnde Arzt, Doktor Muñoz, ihm eine auf Tropenkrankheiten spezialisierte Klinik in England empfohlen. Also schifften sie sich erneut ein; zum ersten Mal die beiden allein, wovon sie in ihrer Kindheit und Jugend immer geträumt hatte, und sie begann ihn *Licenciado* zu nennen, genau wie ihre Mutter. In London begab er sich unverzüglich in die Klinik, wo sie ihn täglich besuchte. Bei einem Abendessen in der Botschaft begegnete sie erneut Cristóbal Rubio, dem Vater ihres Sohnes, den sie schon fast aus dem Gedächtnis gestrichen hatte. Sie würde nie verstehen, wie sie sagte, welcher Teufel sie dann zu reiten begann. Als sie ihn sich vor ihrer Heirat völlig nüchtern zum Ehemann erwählt hatte, hatte er eine eher äußerliche Anziehungskraft auf sie ausgeübt. Er sah gut aus, war gut gekleidet und konnte gut reden: das war alles. Aber am Abend ihrer Begegnung in London kehrte sie völlig verwirrt in ihr Hotel zurück. Einmal gingen sie ins Theater und ein anderes Mal tanzen; es war kaum eine Woche vergangen, da schlug er ihr bereits einen kurzen Trip nach Venedig vor. Sie hatte sich verliebt; sie war unfähig, ihm die Reise abzuschlagen. Also dachte sie sich eine Menge Lügen aus, um sich für ein paar Tage von ihrem Vater zu trennen. Sie sagte ihm, ein paar alte Schulkameradinnen wollten sich in Italien treffen. Der *licenciado* sagte nichts und machte ihr später nie die geringsten Vorwürfe oder erwähnte auch nur die Tage, an denen Delfina ihn allein in der Klinik zurückgelassen hatte. Das einzige, worum er sie bat, war, sie möge ihn nicht mehr *licenciado* nennen wie ihre Mutter, denn das mache ihn traurig. Als sie von der Reise zurückkehrte, war sie völlig am Boden zerstört. In Paris hatte Cristóbal sich für das gerächt, was er die Scherereien nannte, die ihm vor mehr als zwölf Jahren ihre Familie bereitet habe. Er hatte ihr keine Erniedrigung erspart. Venedig hatte sie gar nicht mehr gesehen; sie hatte beschlossen, die Reise abzubrechen und war sofort, völlig verstört, zu ihrem Vater zurückgekehrt. Ihm sagte sie, sie habe die Reise abgekürzt, weil sie die Vorstellung nicht habe ertragen können, ihn in den Händen von Personal zu lassen. Er sagte nichts dazu, aber ihr Verhältnis wurde nie mehr so wie früher. Zurück in Mexiko, sahen sie sich häufig. Zwei- oder dreimal aß sie bei ihm im Haus; er hingegen hörte auf, sie zu besuchen; erst nach Ricardos Tod kam er wieder zu ihr; er hatte immer eine Entschuldigung und schob es auf seine Leiden; aber bei ihren Brüdern ging er ein und aus. Zur Eröffnung ihrer Galerie versprach er vorbeizuschauen, und sei es nur für ein paar Minuten. Doch dann rief er sie im letzten Augenblick an, um sich zu entschuldigen. Sein Befinden erlaube es ihm nicht.

Delfina zelebrierte ihre Rede, ohne Hast und ohne Aufregung. Sie schien geradezu eine fremde Geschichte vorzulesen. Dennoch meinte del Solar, eine Strömung wahrer Emotionen zu spüren. Eine Strömung ohne ein bestimmtes Ziel; sie war nicht auf Kommunikation aus, sondern wollte lieber bei sich bleiben, sich aufstauen, sich kasteien.

»Hatte er herausgefunden, wo und mit wem Sie die paar Tage verbracht hatten?« fragte del Solar, als sei er aus einer hypnotischen Trance wieder aufgewacht.

»Die größte Dummheit, die ich je im Leben begangen habe!« bemerkte Delfina, ohne auf seine Frage zu reagieren. »Meine Flucht nach Paris. Ein paar Tage mit fatalen Folgen! Noch heute habe ich das Gefühl, weiter dafür zu bezahlen. Als wir nach Mexiko zurückkehrten, war Ricardo schon fast vierzehn. Er befand sich mitten in der Pubertät. Zu der Zeit habe ich einen Kolumbianer kennengelernt und mit dem Gedanken gespielt, ihn zu heiraten. Ich hatte lange Zeit allein gelebt und war dessen allmählich überdrüssig. Aber Ricardo war in einem denkbar ungünstigen Alter, wenn es darum ging, für gewisse Dinge Verständnis zu zeigen. Er war zu sehr verwöhnt worden, von mir natürlich, aber auch von meinen Eltern, meinen Brüdern und seinem Kindermädchen. Er hing zu sehr an meinem Rockzipfel, und mir schien, er entwickele nicht das nötige Maß an eigener Persönlichkeit; er begann sich eifersüchtig zu zeigen und mir heftige Szenen zu machen. Kurz zuvor hatten wir eine Familientragödie erlebt, an die ich mich noch heute mit Grauen erinnere. Rosa, die Nichte meiner Mutter, bei der ich nach meiner Scheidung in New York gewohnt hatte, war kurz zuvor gestorben. Die Art, wie Rosa und Gabriel aneinander klebten, verursacht mir noch heute eine Gänsehaut. Seit sie verwitwet war, machte die Arme nichts als Dummheiten. Da ihnen viel Geld übriggeblieben war, beschloß Rosa, nach Mexiko zu ziehen. Nach drei oder vier Jahren hier im Land gab es plötzlich einen neuen Mann, der sich für sie interessierte. Gabrielito, der Junge, drehte völlig durch. Er spionierte ihr nach, versuchte, sie auf jede mögliche Art zu erpressen, er warf ihr schreckliche Dinge an den Kopf, und wenn Rosa dann in Tränen ausbrach, lag er ihr völlig hysterisch zu Füßen. Er machte sogar einen Selbstmordversuch. Der Heiratskandidat wurde es leid, begann Streit mit meiner Cousine, und schließlich lösten sie ihre Verlobung. Rosa teilte mir die Neuigkeit mit strahlendem Gesicht mit. Sie habe eingesehen, daß die Ehe unmöglich gutgegangen wäre. Sie wolle noch nicht heiraten, sagte sie mir. Aus Trägheit habe sie die Dinge einfach so laufen lassen, auch ein wenig, um Gabriel einen Vater zu bieten; aber er habe ja gezeigt, daß das nicht nötig sei. Nach der Absage der Hochzeit, behauptete sie in schrillem Ton, fühle sie sich frei und glücklich. Ich war nicht ganz davon überzeugt. Ihre Worte klangen zu fieberhaft; ihre Augen glänzten zu stark; und sie gestikulierte fast so theatralisch wie bei einer Zirkusaufführung. Nach einer Weile kam Gabriel, um sie abzuholen. Das Glück, das er ausstrahlte, wirkte echt. Stolz und bescheiden zugleich, ohne sich mit seinem Sieg zu sehr zu brüsten, obwohl er auch seine Freude darüber nicht zu verhehlen suchte. Sie hatten eine Luftveränderung beschlossen und planten eine Europareise. In wenigen Tagen wollten sie in Veracruz ein Schiff nach Cherbourg besteigen. Diese Reise hätten sie sich verdient, sagte Rosa; beide seien ziemlich mit den Nerven fertig. In den Jahren danach habe ich sie relativ selten gesehen. Zwei- oder dreimal sind sie zurückgekehrt, ein wahrhaft gespenstisches Paar. Rosa war nur noch ein Skelett; es hieß, sie spritze sich Morphium. Mit riesigen grünlichen Augenringen wirkte sie wie eine Karikatur ihrer selbst: eine traurige Marionette, wie von Strippen bewegt, so mechanisch und traumwandlerisch wirkten ihre Gesten. Sie redete von nichts anderem als ihrem Sohn, wie glücklich er mit ihr sei, von der herrlichen Zukunft, die ihn erwartete, von seiner Intelligenz und Sensibilität, wie glücklich – so wiederholte sie ein ums andere Mal – sie in den letzten Jahren im Ausland gewesen seien. Im Radio war ein Tango zu hören; Rosa erhob sich, stellte den Ton lauter und begann allein zu tanzen; sie bog den Rücken, verrenkte sich fast, richtete sich wieder auf, tat einige sehr lange Schritte und war ein einziges Bild des Wahnsinns. Nach dem Tango ging ich zum Radio und schaltete es aus. Sie nahm wieder neben mir Platz und redete weiter über ihren Sohn. Gabriel habe ihr gezeigt, wie schön Venedig sei, wo sie gewöhnlich logierten. Dank Gabrielito wisse sie nun Giorgione, Cribelli und Tizian zu würdigen. Dank Gabrielito habe sie gelernt, die venezianische Barockmusik über alles zu lieben, aber auch die von Strawinsky, dem sie auf Spaziergängen häufig begegnet seien. Gabriel gab sich wie gewöhnlich zurückhaltend. Er lauschte seiner Mutter andächtig, obwohl er sie alle naselang aufforderte, lieber von sich als von ihm zu erzählen. Doch wenn der Sohn nicht dabei war, konnte Rosa nur von ihren Liebhabern reden. Womöglich reine Einbildung, nicht existent, wer konnte das wissen! Italienische Gigolos, mit denen sie angeblich tagelang Tango tanzte; junge Deutsche, die ihr die rauhesten Varianten der Lust gezeigt hatten; Schwarze aus dem Sudan, die ihren Körper wie Panther abschleckten und ihn dann verschlangen. Mit der Zeit wurden ihre Monologe immer obszöner, unglaublicher, unerträglicher. Dann hielt sie plötzlich inne, stand auf, legte einen Foxtrott auf und begann zu tanzen, immer allein, die linke Hand in die Luft gestreckt, die rechte verkrampft auf dem Bauch. Anschließend nahm sie wieder Platz und redete weiter von schleimigen Körperflüssigkeiten, die sich über ihre Schenkel ergossen, schilderte ihre wahren Entdeckungen in Mexiko – wie sie es nannte –, das heißt ihre Begegnungen mit Chauffeuren, Soldaten, Portiers, Klempnern, alles in einer immer alarmierenderen Zusammenhanglosigkeit. Eines Morgens rief mich mein Neffe an, um mir mitzuteilen, seiner Mutter gehe es sehr schlecht, und der Arzt meine, es sei das Ende. Ich eilte wie der Blitz zu ihr. Der Junge war völlig verstört. Obwohl er an Rosas ganzem Unglück schuld war, empfand ich Zuneigung für ihn. Er war das reinste Bild der Unschuld, der Schutzlosigkeit und im Vergleich zum Verfall meiner Cousine sogar der Gesundheit. Er brachte kaum ein Wort hervor. Tatsächlich lag Rosa in den letzten Zügen. Sie war aufgewacht, ohne jemanden zu erkennen; der Arzt bestätigte mir, es sei nichts mehr zu machen. Als ich das Schlafzimmer betrat, richtete sie sich halb im Bett auf: eine alte, fahle, ausgezehrte Frau mit einem furchterregenden Blick. Sie suchte nach ihrem Sohn, und als sie ihn entdeckte, begann sie, ihn zu beschimpfen und zu verfluchen. Das war ein schrecklicher Augenblick. Starr und wortlos hörte Gabriel ihr zu, wie erschlagen von der Enthüllung dieses blinden, animalischen Hasses und seines ungeahnten Ausmaßes. Sie warf ihm die gemeinsten, die widerwärtigsten Dinge an den Kopf, Dinge, die ich niemals wiederholen könnte. Sie starb mit Flüchen auf den Lippen. Es war die schlimmste Szene, die ich jemals erleben mußte. Gabriel nahm ich mit ins Haus meines Bruders Bernardo, des Archäologen. Dort verbrachte er ein paar Tage in einem fast besinnungslosen Zustand. Anschließend kehrte er nach Italien zurück. Wir haben nur wenig von ihm gehört und fast immer schlimme Dinge. Er hatte vor, zu sterben, denke ich, obwohl er mehrere Jahre brauchte, bis es ihm gelang. Deshalb beschloß ich, als ich begann, mich mit meinem kolumbianischen Verehrer zu treffen, und merkte, daß Ricardo immer bockiger wurde, lieber rechtzeitig einen Schnitt zu machen. Mich entsetzte die Vorstellung, die Geschichte könnte sich wiederholen. Ich war natürlich nicht Rosa, aber auf jeden Fall wollte ich meine Vorkehrungen treffen. Ricardo schickte ich zum Studieren nach Kalifornien. Wir haben uns ein-, zweimal pro Jahr gesehen. Ich habe geheiratet, und die Ehe hielt nicht lange, aber aus Gründen, die nichts mit meiner Beziehung zu meinem Sohn zu tun hatten. Ricardo war ein wunderbarer Junge, als Kind wie als Erwachsener. Mein Vater vergötterte ihn. Ich fuhr zu ihm, um ihn zu sehen, und in den Ferien kam er uns besuchen. Als er 1942 für immer zurückkehrte, stand er kurz vor seinem zwanzigsten Geburtstag. Für immer! Er wollte Architekt werden. Heute wäre er fünfzig Jahre alt. Wie schrecklich! Ich kann mir ihn in dem Alter gar nicht vorstellen, das macht mich ganz schwindelig. Der Gedanke, daß dieser strahlende junge Mann hätte alt werden können! Die bloße Vorstellung scheint mir ungeheuerlich! Ich habe es immer noch nicht überwunden, und manchmal glaube ich, daß es mir nie mehr gelingen wird«, brach es plötzlich aus ihr hervor. »Was würde es mir nützen, zu wissen, wer ihm eine Kugel verpaßt hat? Den Grund kenne ich, wie gesagt: es war ein Unfall. Ein dummer Zufall. Eine Strafe, sage ich mir manchmal, weil ich meinen Vater im Stich gelassen habe, als er krank war, weil er allein in einem fremden Land im Krankenhaus zurückbleiben mußte. Eine Strafe dafür, daß ich meinen Sohn ins Ausland geschickt und mich von ihm getrennt habe, als er mich wohl am meisten gebraucht hat, nur damit ich nach Lust und Laune meiner Liebe zu einem Kolumbianer mit smaragdgrünen Augen frönen konnte, der letztendlich dann doch nicht mein Typ war. Wie gesagt, ich habe es zu seinem Besten getan: Ich wollte auf keinen Fall, wenn auch auf einem anderen Niveau, dem Beispiel von Gabriel und meiner Cousine folgen. Ricardo war sehr sensibel und hätte sich zu sehr an mich klammern können. Meine Selbstsicherheit hätte seine zerstören können.«

Ein Hausangestellter erschien, um ihnen Bescheid zu sagen, daß allmählich die Gäste eintrafen. Delfina erwachte aus ihrer

Trance. Sie erhoben sich, erklommen den Abhang und liefen zum Haus. Die Terrasse begann sich zu füllen. Dort erwarteten sie bereits Malú, Delfinas unvermeidliche Schwägerin, ihre Nichten, die Velez, Julio und Ruth Escobedo und noch viele andere Leute. Die Gastgeberin fing an, die Runde zu machen, flüchtig Wangen zu küssen, mit den Gästen zu plaudern, ihnen ihre neuen Pflanzen zu zeigen.

Dann begann das Essen und war auch schon bald wieder vorbei. Miguel del Solar hätte gerne mit Escobedo und seiner Frau geredet, aber sie saßen an weit entlegenen Tischen und verschwanden, bevor die anderen aufgegessen hatten. Nach einer Weile zog er sich auf sein Zimmer zurück. Er las mehrere Stunden lang, ein Buch von Dickens, *Unser gemeinsamer Freund,* das er aus einem Regal im Salon genommen hatte. Er dachte an Ida Werfel, an ihre von ihrer Tochter wiedergegebenen Kommentare zu *Der Garten von San Fernandez,* dem Stück von Tirso de Molina, in dem niemand ist, wer er zu sein vorgibt, und die Personen sich unaufhörlich aufspalten und sich die absurdesten Masken zulegen, als sei das die einzige Möglichkeit, mit den anderen auszukommen. Ähnliches geschah in dem Roman von Dickens. Die gleiche Verwechslung von Personen, die falschen Namen, die fiktiven Biographien. Er dachte daran, wie er zum ersten Mal bei Delfina zum Essen eingeladen war; damals hatte sie von ihrem Buch über die Persönlichkeitsspaltung im viktorianischen Roman gesprochen. Also immer Versteckspiel, Maske, Verwirrung um die wahre Identität. Warum tauchte dieser Aspekt ständig wieder auf? Was hatte das zu bedeuten? Wer gab vor, jemand zu sein, der er nicht war? Jemand klopfte an seine Tür, um ihm zu sagen, daß gleich das Abendessen serviert würde. In der Küche fand er nur Malú Uribe und Rosario vor, Delfinas Nichte; die übrigen Gäste waren bereits gegangen. Delfina sei, wie sie ihm sagten, bereits schlafen gegangen, sie sei müde gewesen und habe eine Migräne gehabt. Er sagte kaum ein Wort; er war auch müde, und die Frauen diskutierten über eine Steuerangelegenheit, etwas, das ihm immer unverständlich gewesen war und, da es ihn nicht interessierte, auch bleiben würde.

Er kehrte auf sein Zimmer zurück. Dort setzte er seine Dickenslektüre fort und schlief anschließend für ein paar Stunden. Delfina hatte er gesagt, er werde am nächsten Tag in die Stadt zurückfahren. Er wollte zum Essen dort sein und den Sonntagnachmittag mit seinen Kindern verbringen. Aber er wollte Delfina auch noch einige Fragen stellen. Eigentlich alle. Der Verwalter vom Minerva hatte eine alte Deutsche erwähnt, die noch in einer Wohnung im obersten Stock dahinvegetierte. Vielleicht jemand aus der Gruppe der Deutschen, die nach Mexiko geflohen waren. Womöglich auch eine Zeugin der Untergrundkämpfe, denen das Minerva als Bühne gedient hatte. Als del Solar am nächsten Morgen, bevor er sich verabschiedete, noch einmal mit Delfina reden wollte, wirkte diese auf ihn wie aus Stein. Zweimal ließ sie sich mit einem Ausdruck des Unverständnisses die erste Frage wiederholen; dann antwortete sie ihm mit mürrischem Lächeln:

»Woher soll ich wissen, wer in einem Gebäude wohnt, in das ich seit bald dreißig Jahren keinen Fuß mehr gesetzt habe? Ich habe Ihnen doch schon gesagt, ich weiß sehr wenig, eigentlich nichts von dem, was da vor sich ging. Das einzige, was ich sagen kann, ist, daß einige Leute es darauf angelegt hatten, das Klima dort zu vergiften. Miguel, verzeihen Sie, wenn ich Ihnen das sage, aber Sie haben sich im Gesprächspartner geirrt. Ich bin, wenn Sie so wollen, zu sehr eingeschränkt, eine Frau, die sich nur wenigen Dingen widmet: meiner Galerie, der Malerei, dem Wohlbefinden und dem Glück eines begrenzten Kreises von Freunden und Verwandten. Alles übrige interessiert mich herzlich wenig. Reden Sie mit Eduviges; sie hat ihre Nase immer in allem; sie wird Ihnen sagen, wer wer ist, wer in welcher Wohnung wohnt oder in welchem Büro arbeitet. Ich kümmere mich lieber um andere Dinge.«

Miguel del Solar kehrte nach Mexiko-Stadt zurück. Während der Fahrt mußte er an Delfinas abweisende Haltung denken, diese Art von physischem Egoismus, den ihr Körper ausstrahlte, von Weigerung, sich auszuliefern, und er fragte sich, warum sie ihn wohl eingeladen hatte, das Wochenende in Cuernavaca zu verbringen. Abgesehen von den beiden Frauen ihrer Familie war nur ihm diese Ehre zuteil geworden. Um ihm exklusiv aus ihrem persönlichen Leben zu erzählen? Um zu zeigen, daß hinter dieser strengen, asketischen Fassade einmal das Blut pulsiert und verborgene Leidenschaften gelodert hatten?

Der Vater, ein paar unbedeutende Ehemänner, die wie austauschbare Karteikarten in ihrer Biographie wirkten, die Freunde, ein Sohn. Warum schien sie alles zu wissen und sich doch zu weigern, etwas zu sagen, das Licht in das Geschehen in ihrem Haus an einem Abend vor dreißig Jahren bringen könnte? Warum hätte sie gerne, daß er seine Nachforschungen aufgab?

An diesem schönen Frühlingsmorgen mußte er sich eingestehen, daß er seine Zeit vergeudet und sich verrannt hatte in seiner Besessenheit, den Fall im Minerva aufzuklären. Vor lauter Bäumen sah er den Wald nicht mehr.

Nur einer Sache war er sich sicher. Noch am selben Tag, sobald er wieder in der Stadt wäre, würde er nach England schreiben und der Universität seinen Entschluß, nicht mehr zurückzukehren, mitteilen. Er wolle den Vertrag kündigen, weil er beschlossen habe, in seinem Land zu bleiben und zu arbeiten. Und zwei Stunden später vor seinem Haus kam ihm der Gedanke, daß Delfina äußerst machiavellistisch agiert hatte, sie wollte vielleicht gar nicht, daß er das Interesse an dem Fall im Minerva verlor; mit ihrer ausweichenden Art und ihrer Abfuhr hatte sie seine Neugier nur noch weiter geschürt. Ihre Worte hatten den Sinn, ihn auf bestimmte Fährten zu setzen, ihn vor allem wieder zu seiner Familie zurückzuführen, zwangsläufig Eduviges zu befragen.

»Ich war nur zwei- oder dreimal bei einer von Ida Werfels Diskussionsrunden für Damen der gehobenen Gesellschaft«, sagte Ruth Escobedo mit zutiefst skeptischer Miene, »und außerdem konnte ich verschiedentlich einige ihrer Happenings miterleben. Meine Erfahrung ist anders als Julios, aus dem einfachen Grunde, weil sie sich Frauen gegenüber anders verhielt als Männern gegenüber. Es gab welche, die vor ihr auf die Knie sanken. Ida folgte einer Art Ritual: Wenn sie einen Saal betrat, suchte sie sich als erstes einen Platz in der Mitte und warf einen prüfenden Blick in die Runde. Sie lächelte, gab mit leichtem Kopfnicken ihre Zustimmung, und jeder bekam das Gefühl, ein Quentchen ihrer ungeheuren Weisheit sei in seine Seele gedrungen. Kann man das so sagen, Julio? Sehen Sie ihn sich an!« sagte sie mit schriller Stimme zu Miguel del Solar, »wenn er mir nicht zuhören will, kapselt er sich vollkommen ab. Ich fürchte schon, eines Tages könnte er so bleiben, abseits von der Welt …«

»Was faselst du da, Ruth?«

»Nichts … Nachdem sie die Anwesenden mit diesem wohlwollenden Blick bedacht hatte, begann Ida mit den Leuten zu reden, die ihr am nächsten saßen. Bis dann der Moment kam, in dem, ohne lauter werden zu müssen, ihre Stimme als einzige noch zu hören war. Ihre Allüren, ihr Auftreten, ihre Kleidung, ihr Umgang mit ihrer Tochter, all das kam mir immer gekünstelt vor. Wenn sie merkte, daß ihr alle lauschten, erhob sie allmählich die Stimme und begann ihre Geschichten herunterzuspulen: ›Gestatten Sie mir, bei einem Abendessen zu verweilen, an dem ich das Glück hatte teilzunehmen. Ort der Handlung: München. Handelnde Person: der Konsul eines südamerikanischen Landes, dessen Namen ich, wenn Sie erlauben, verschweigen möchte.‹«

»Nein, Ruth, bitte! Du willst diese Geschichte doch nicht schon wieder erzählen? Kaum zu glauben! Diese Story habe ich mir schon mindestens ein Dutzend Mal angehört, und ich muß dir sagen, sie gerät dir von Mal zu Mal schlechter.«

»›Ja, meine Freundinnen‹«, fuhr sie unbeirrt fort; »›der Generalkonsul eines südamerikanischen Landes. Er kam jeden Tag in ein Lokal in der Nähe der Universität, wo ich nach meinen morgendlichen Vorlesungen gewöhnlich einen kleinen Imbiß zu mir nahm. Mit Stentorstimme bestellte der Konsul zwei Glas Bier, die er sich anschließend gemächlich einverleibte. Es waren immer zwei Gläser, die er sich gleichzeitig bringen ließ. Hatte er das erste geleert, begann er, das nächste in aller Ruhe zu trinken. Immer mußten beide Gläser vor seinen Augen stehen. Eines Tages bin ich zu ihm gegangen und habe gesagt: Was hat das zu bedeuten, verehrter Herr Generalkonsul? Warum bestellen Sie immer gleich zwei Glas Bier? Warum nicht eins und bitten zu gegebener Zeit, wenn Sie wollen, um noch eins? Vielleicht haben Sie ja dann gar keine Lust mehr darauf und hätten lieber etwas Erfrischendes; zum Beispiel ein Glas mit herrlichem Weißwein vom Rhein oder einfach eine Tasse mit duftendem Kaffee? Er starrte mich ganz erschrocken an, als hätte ich etwas Skandalöses gesagt, ein Sakrileg begangen, eine seiner tiefsten Überzeugungen verhöhnt. An dem Tag vollzog unser verehrter Konsul eine interessante Kehrtwendung. Er begann sein Verhalten zu überprüfen und zu analysieren. Jeden Mittag zwei Gläser Bier, winters wie sommers! Warum eigentlich? fragte er sich verdutzt. Bereitete es ihm vielleicht Genuß, sie zu trinken? Nicht einmal dessen war er sich sicher. Mit der gleichen Blindheit hatte er auch in allen anderen Bereichen seines Lebens gehandelt. Er mußte lernen, wählerisch zu sein; zu erkennen, warum er sich für das eine und nicht für das andere entschied. Er mußte lernen, menschlich zu werden, in sich selbst den Menschen zu entdecken. Von dem Tag an begann für ihn ein neues Leben.‹ Diese Art von Erzählungen«, fuhr Ruth fort, »empfand ich als reinen Hohn, aber die Leute waren immer völlig benommen und bebten vor Ergriffenheit. Sie hatten die Göttin vernommen, Minerva höchstpersönlich, wie sie in Allegorien und Gleichnissen ein Geheimnis lüftete, an die Essenz der Weisheit rührte, so in etwa. Sie verdiente gutes Geld, indem sie reichen Damen der Gesellschaft Bildung beibrachte und sie in die Wonnen Góngoras und Berceos einführte. Das Komische ist, daß sie immer nahe dran war, alles, was sie verdiente, aufs Spiel zu setzen, nur wegen ihrer seltsam ausgeprägten – hoffentlich nur verbalen! – Leidenschaft für gewisse Funktionen des Unterleibes und deren Folgen. Es brauchte nur jemand ein Wort zu sagen, das entfernt etwas mit Gedärmen und ihren Ausscheidungen zu tun hatte, und schon war Ida verloren; ihr Gelächter war noch auf der gegenüberliegenden Straßenseite zu hören. Ich kann mich des Verdachts nicht erwehren, das sie darin vielleicht das höchstmögliche Glücksgefühl fand. In ihren letzten Lebensjahren war Doktor Reyes von der Universität ihr engster Freund. Beide konnten sich totlachen, während sie die bekanntesten Sprichwörter verballhornten. Reyes war unglaublich witzig: ›Nein, Ida‹, sagte er zu ihr, ›wer als erster furzt, furzt nicht am besten.‹ Und dann legten beide los: ›Narrenhände beschmieren Arsch und Wände‹ rief der eine aus; und dann der andere: ›Wer arbeitet, der muß auch scheißen‹ oder ›Der Mensch lebt nicht vom Kot allein‹. Ida freute sich diebisch über solche Einfälle und schien einen Heidenspaß daran zu haben, denn bei jeder sich bietenden Gelegenheit fing sie wieder damit an.

»›Seht nur! Ein Mordsmädel ganz närrisch nach Scheiße!‹ schrie Julio. »Zugegeben, Ida war all das, aber auch noch vieles mehr. Es ist schwer, sie einzuordnen, jede Definition würde ihr etwas nehmen. Ihr Werk ist ebenfalls uneinheitlich. In den letzten Jahren hat sie sich nur noch wiederholt und aufgehört nachzudenken.«

»An jenem Abend«, fuhr Ruth fort, »kamen sie verkleidet zum Fest. Weißt du noch, Julio, als was sie sich verkleidet hatten?«

»Es kamen viele Leute. Es war nur zum Teil die Gruppe, die wir hatten einladen wollen. Unsere Freunde irrten ziemlich verloren zwischen all den Fremden umher. Die Feier ging schief. Irgend jemand hatte vorher einige Dynamitknallkörper verteilt. Der erste explodierte ausgerechnet in Idas Hand. Ich habe nie herausgefunden, ob dahinter die Absicht stand, uns zu unterhalten oder uns einen Schrecken einzujagen. Das letzte Feuerwerk gab dann den Ausschlag. Die Schießerei, ein Toter und mehrere Verletzte. Der Angriff auf Ida hatte etwas Brutales und Komisches zugleich. Ein mit der Harpune angeschossener Walfisch. Aber natürlich nicht zu vergleichen mit dem Tod eines der Gäste.«

Die Sprache war rein zufällig auf Ida Werfel gekommen. Das Treffen mit Julio und Ruth Escobedo hatte sich so ergeben:

In den letzten Jahren hatte del Solar den Maler nicht mehr gesehen. In der ersten Zeit seiner Ehe war er ihm häufig bei jemandem von Cecilias Onkeln und Tanten begegnet. Während des Abendessens bei Delfina in Cuernavaca hatte er ihn von seinem Platz am Tisch aus von vorne sehen können, in strahlendes Sonnenlicht getaucht. Er mußte so um die fünfundsiebzig Jahre alt sein, wirkte aber zwanzig Jahre jünger. Auf den ersten Blick hätte man ihn mit seinem tragischen Gesichtsausdruck und der unaufdringlichen, würdevollen Gestik für einen Fadosänger halten können. Das gleißende Licht von Cuernavaca unterstrich seine Blässe, die vollkommenen Linien seiner Wangenknochen. Ein Herr, der für einen Landsitz perfekt ausgestattet war. Hosen und Sakko aus Leinen, an manchen Stellen leicht zerknittert, wie es sich gehörte. Als er ihn mit Ruth und den anderen Tischgenossen reden sah, meinte er in seinem Blick eine obsessive, fast manische Wildheit zu erkennen wie bei einem Beutetier, zum Beispiel einer Bisamratte. Doch keine seiner Gesten entsprach diesem Blick. Welche Leidenschaften mochten aus dieser Spannung zwischen der Unbezähmbarkeit des Blicks und der Sanftmut der Gesichtszüge hervorbrechen? Er erinnerte sich, daß Cecilia ihn auf einige typische Merkmale von Julios Malerei hingewiesen hatte, die durchaus zu denen paßten, die del Solar jetzt in seinem Gesicht beobachtete. Seine Werke zeigten eine dionysische Welt, brüsk unterbrochen von Elementen herber Wildheit, ohne die die Bilder rein dekorativ gewirkt hätten.

Als del Solar nach dem Essen zu Escobedo gehen wollte, um sich mit ihm zu unterhalten, bemerkte er, daß das Ehepaar bereits gegangen war. Wenige Tage später rief del Solar ihn an. Er erinnerte ihn daran, daß sie sich vor einigen Jahren mehrfach begegnet waren, erzählte ihm von seiner Zeit in England, von Cecilias Tod und seinem Entschluß, in Mexiko zu bleiben. Übrigens bereite er, wie er sagte, ein neues Projekt vor, eine Arbeit über das Jahr 1942. Er habe Escobedo in Cuernavaca gesehen, im Haus von Delfina Uribe, doch als er ihn habe begrüßen wollen, sei er bereits fort gewesen. Er würde sich sehr gerne mal mit ihm unterhalten, wenn es ihm recht sei, nicht nur über die Malerei der Zeit, sondern auch über diverse Aspekte des damaligen Lebens in der Stadt; dann erzählte er ihm ganz vage von seinem Projekt. Sie verabredeten sich.

Ein paar Tage später befand er sich in Coyoacán. Ein Haus, vollgestopft mit seltsam zusammengewürfelten Gegenständen: alte, fast klösterlich schlichte Möbel und eine Welt merkwürdiger Objekte, fröhliche und prächtige, sehr elementare und höchst raffinierte. Kleines kunsthandwerkliches Spielzeug, glitzernde Kugeln, riesige böhmische Kristallkaraffen, kleine Karren voller bunter Blechkannen, Barockengel, Fayencen aus Puebla, mehrere exzellente Gemälde, fast alle von Escobedo.

Als Escobedo sich ihm näherte, um ihn zu begrüßen, bekam del Solar fast einen Schock. Das hagere Gesicht, das scharfgeschnittene Profil, die sich deutlich abzeichnenden Wangenknochen, die er in Cuernavaca bewundert hatte, der Ausdruck arabisch-lusitanischer Tragik, all das hatte sich total ins Gegenteil verkehrt. Das Gesicht, das er nun vor sich sah, war schlaff und verriet nicht nur das Alter des Malers, es ließ ihn noch älter erscheinen: ein Greis mit abwesendem Blick, der die Worte schleifen ließ, als säße sein Gebiß locker.

»Das war damals noch eine echte Bewegung, inspiriert von einer großartigen Wahrheit«, sagte Escobedo. »Anders als die Muralisten waren die meisten von uns wenig gereist. Das taten wir dann erst später, als wir berühmt waren und begannen, etwas Geld übrig zu haben. Wir waren nur schlecht informiert und brannten darauf, unsere Kenntnisse zu erweitern. Was einen Großteil der Maler der zwanziger, dreißiger und frühen vierziger Jahre rettet, sind ihre Überzeugungen, ihr Sinn fürs Spielerische und der Mangel an Selbstgefälligkeit angesichts des Erfolges. Wir alle besaßen eine sehr lebhafte Neugier. Ohne zu fürchten, daß ich falsch liege, kann ich sagen, das war die beste Phase der mexikanischen Malerei. Wir malten, amüsierten uns und stritten ab und zu. Wir hatten eine schöne Zeit.«

»Ja, das glaubst du wohl, daß wir eine gute Zeit hatten«, meldete sich Ruth plötzlich zu Wort; ein winziges verhutzeltes Weiblein, in einem alten Kittel aus chinesischem Brokat. »Wir waren völlig abgebrannt. Wenn wir dann mal ausnahmsweise etwas Geld in die Finger bekamen, konnten wir es nicht mal genießen. Es ging gleich wieder weg für offene Rechnungen, die wir zu begleichen hatten. Wir zahlten vierzig oder fünfzig Pesos Miete – nichts! – und trotzdem hatten wir sie am Monatsende oft nicht. Aber es war eine sehr vergnügliche Zeit. Es verging kein Abend, ohne daß wir uns heillos betranken.«

»Das Verdienst der Malerei jener Zeit«, schnitt der Maler ihr hastig das Wort ab, als habe er die Zeit, während seine Frau redete, genutzt, um seine diesbezüglichen Gedanken zu ordnen, »obwohl ich nicht weiß, ob es ein Verdienst oder reiner Zufall ist, das Verdienst war, daß sie sich mit dem Phänomen des Visuellen von einer anderen Warte aus beschäftigen wollte. Weniger von der politischen; das ist der wesentliche Unterschied zu der vorhergehenden Generation. Vielen Künstlern meiner Zeit galt die Lyrik als der eigentliche Ausgangspunkt. Es ist eine Malerei voller literarischer Anspielungen, und doch kam bei den guten Künstlern Malerei dabei heraus, sehr gute Malerei. Sie sagen, das Jahr 1942 interessiere Sie. Wenn ich mich nicht irre, war das doch das Jahr der ›Hunde, die den Mond anheulen‹ von Tamayo, nicht wahr? Sobald der Maler sich der Realität beugen will, verwandelt er sie in ein Rätsel. Das kann man heute sehr viel deutlicher erkennen.«

»Ach, wie schön so viel Klarsicht mit dem Abstand der Jahre!« sagte Ruth mit einer Stimme, schwer von Alkohol und unerwartetem Sarkasmus. Sie war gerade mit Kaffeetassen ins Arbeitszimmer zurückgekommen. »Ich ziehe die damalige Zeit vor, als wir noch keine Kosmopoliten waren.« Dann sagte sie, del Solar zugewandt, während sie ihm eine Tasse reichte, in etwas nüchternerem Ton: »Nichts freut mich mehr, als daß Julio zu seinen alten Themen zurückgekehrt ist ... Wenn man ein Bild von heute mit einem seiner ersten vergleicht, scheint er sich gar nicht verändert zu haben.«

»Wie bitte? Darauf kann auch nur Ruth kommen. Ich soll mich nicht gewandelt haben? Wie kannst du nur einen solchen Unsinn sagen? Über das persönliche Werk zu reden, erweist sich fast immer als Dummheit. Man selbst kann es am allerwenigsten sehen, weil man zu nah ist. Man empfindet das, was man gemacht hat, anders als das, was man momentan macht. Ich kann mich nicht umschauen und zurückblicken. Natürlich kann ich schon; aber was ich eigentlich sagen will, ist, daß ich nichts dabei gewinne. Ich weiß nur, daß ein paar Sachen wahrhaft gelungen sind, warum auch immer, und daß der Rest, wer weiß warum, auf der Strecke geblieben ist. Man selbst ist am wenigsten geeignet, über das eigene Werk zu reden. Wenn man schon selbst Unsinn redet, um wieviel mehr dann die Ehefrauen. Ich habe verschiedene Wege erprobt, ohne es mir ausdrücklich vorzunehmen. Ich gehöre nicht zu denen, die sagen: Heute will ich abstrakt malen, heute fühle ich mich expressionistisch, heute werde ich mich in einen zeitgenössischen Goya verwandeln. Nein, das sind Tricks von Schwachköpfen für Schwachköpfe; die Dinge ergeben sich auf andere Weise. Zu vielen meiner frühen Themen bin ich zurückgekehrt.«

»Genau das habe ich gesagt, nur daß ich dafür nur einen Satz brauchte und du einen Schwall von oft unverständlichem und auch nicht nur freundlichem Blabla.«

»Warum mußt du immer deinen Kopf durchsetzen, Ruth? Ich behaupte etwas völlig anderes als das, was du gesagt hast. Meine Malerei kann nicht mehr die Spontaneität von vor dreißig Jahren haben. Hätte ich weiter so gemalt wie damals, wirkten die Bilder jetzt tot. Die von heute ähneln denen von damals, aber das erreicht man nur mit Geduld, indem man täglich arbeitet, sich die Bilder anderer ansieht, liest, sich seine eigene Freiheit erobert. Das ist ganz und gar nicht einfach. Ich werde Ihnen mal was zeigen. Erlauben Sie …« Er erhob sich und ging zur Tür, doch anstatt sie zu öffnen, wich er ein paar Schritte zurück, trat an ein großes Bücherregal, nahm aber nichts heraus; dann drehte er sich in die Richtung um, wo del Solar und Ruth standen, und guckte sie von der Mitte des Raums an, als erwarte er Instruktionen, breitbeinig, den Kopf stark zur Seite geneigt, mit halb offenem Mund …

»Steh nicht so da wie ein Ölgötze! Suchst du deine Kataloge? Erinnere dich, sie sind im letzten Fach, dem ganz unten.« Dann flüsterte sie del Solar zu: »Merken Sie? Manche glauben mir nicht, wenn ich es ihnen erzähle; man muß es mal mit eigenen Augen gesehen haben. Was Delfina mit ihm macht, entbehrt jeder Beschreibung.«

»Ich brauche sie gar nicht zu suchen«, sagte Escobedo und kehrte zu seinem Stuhl zurück. »Del Solar ist nicht in erster Linie an Malerei interessiert, sondern an vielen anderen Dingen, die in jener Zeit geschehen sind. In dem Buch, das Sie vorbereiten, geht es doch nicht nur um Maler, oder?«

»Nein, obwohl die Malerei eine wichtige Rolle spielen wird.« Er wiederholte mit leichten Abwandlungen die Erläuterungen, mit denen er sich schon bei anderen Personen vorgestellt hatte, die in Verbindung mit dem für ihn interessanten Fall standen. Er stütze sich auf das Dossier, das er in Händen habe, wo die Verbrechen erwähnt würden, die sich im Minerva-Gebäude ereignet hätten und deren Hintergründe wahrscheinlich über die nationalen Grenzen hinausreichten. Er sprach von Delfinas Fest und der Schießerei, die am Ende ausgebrochen sei.

Julio und Ruth Escobedo lauschten ihm mit fast kindlicher Faszination.

»Bei einer Gelegenheit habe ich etwas geahnt und es Delfina gesagt«, sagte sie. »Es war reine Intuition. Ich habe dieses Gebäude häufig aufgesucht. Wir hatten mehrere Freunde im Minerva. Einer der wenigen Orte, wo jeder erfuhr, was die anderen machten. Na ja, in den ländlichen Gemeinden muß es ähnlich zugehen. Seltsam ist nur, daß so etwas in einem angesehenen Mietshaus vorkommt. Das Minerva galt als besonders chic. Kennen Sie es? Ein sehr hübsches fünf- oder sechsstöckiges Gebäude mit einem Innenhof. Zu den einzelnen Wohnungen gelangte man über Galerien, die um den Patio herumführten. Ein Glashaus. Ich bin häufig dort gewesen, mal mit Julio, mal allein, um meine Freunde zu besuchen. Außer den Mexikanern, die wohl in der Minderzahl waren, lebten dort politische Flüchtlinge aus Spanien und aus anderen Ländern sowie der eine oder andere Diplomat. Eine meiner Freundinnen hat eine sehr gute Wohnung dort bekommen; sie hieß Ruth, wie ich. Ruth Kerves. Wer weiß, was aus ihr geworden ist! Sie war Biologin; eine sehr feine Ungarin. Sie hat mehrere Jahre in Mexiko gelebt. Ich weiß nicht mehr, wann sie fortgegangen ist und wohin. Ich meine, nach Costa Rica. Es ist schrecklich, auf welche Art man Freundschaften schließt, von denen später nichts mehr bleibt. Mit Ruth habe ich jeden Tag geredet; ich habe sie gefragt, was ich lesen, welches Kleid ich tragen, welche Medizin ich für den Magen oder gegen Stockschnupfen nehmen sollte, und jetzt weiß ich nicht mal, ob sie überhaupt noch lebt oder nicht. Wenn ich an sie denke, umfängt mich eine Welle von

Zuneigung, aber Sie sehen ja, es ist ein reines Hirngespinst. Jahrelang habe ich mich nicht mal mehr daran erinnert, daß sie existiert. Sie muß noch am Leben sein. Sie war sehr jung, als sie nach Mexiko kam. Ich weiß nicht, wie sie politisch eingestellt war. Ich denke, liberal. Damals fürchtete sie sich vor allem und jedem. Sie lebte allein mit ihrem kleinen Sohn. Europa zu verlassen war, wie sie mir erzählte, äußerst schwierig gewesen. Sie hatte ein Vermögen ausgegeben, alles, was sie besaß, um die nötigen Papiere zu besorgen. Hier mußte sie wieder bei Null anfangen. Mich belustigten die lärmenden Streitereien der spanischen Flüchtlinge. Sie hingegen litt sehr darunter, es zerrte furchtbar an ihren Nerven. Sie konnte nicht verstehen, daß man sich wegen jeder Kleinigkeit in den Haaren lag. Die Angst machte sie fertig. ›Das wird dir noch schlecht bekommen, Ruth‹, sagte ich zu ihr. Sie fürchtete sich ebensosehr vor den Fremden wie vor den Einheimischen. Obendrein tauchte auf den Korridoren des Minerva manchmal noch ein Typ auf, der in engem Kontakt mit den Deutschen stand. Ein Politiker, der offensichtlich auf der Abschußliste stand. Er war ein Apostel des Cristero-Aufstands gewesen. Er mußte Mexiko sogar für eine Weile verlassen. Er tauchte immer mal auf und verschwand dann wieder aus dem Land. Ruth lebte in ständiger Panik. Wie sie mir sagte, hatte der Kerl auf dem Konsulat in Hamburg dafür gesorgt, daß man einem ihrer Schwäger das Visum verwehrte. Zu jener Zeit war alles so verworren, daß der Kerl, der die Einreise eines Juden nach Mexiko vereitelt hatte, wie sich dann herausstellte, mit einer Deutschen verheiratet war, deren früherer Ehemann wiederum ein Jude war, dem er Papiere besorgt hatte, als es praktisch schon unmöglich war, Deutschland zu verlassen und nach Mexiko zu reisen. Ich denke, wie ein Großteil der Flüchtlinge gehörte Ruth zu einem natürlichen Netzwerk kommunizierender Röhren. Sie wußte über tausenderlei Dinge Bescheid, vor wem man sich in acht nehmen mußte, wer ihr schaden und wer sie in einer aussichtslosen Lage schützen konnte. Die Ärmste lebte ununterbrochen in Angst und Schrecken. Nach Ida Werfels Ankunft in Mexiko ging Ruth fort. Ich glaube, sie war es, die Ida Werfel die Wohnung im Minerva besorgte. Anfangs habe ich gedacht, Ruth Kerves sähe Gespenster; doch mit der Zeit habe ich gemerkt, daß sie recht hatte; da ging etwas Seltsames vor in diesem Gebäude. Das habe ich auch Delfina gesagt …, nur so aus einer Ahnung heraus.«

»Ausgerechnet auf dem eben erwähnten Fest, das Delfina Uribe gab, genau das, wo dann ein junger Österreicher, Erich Maria Pistauer, getötet wurde, war auch Ida Werfel zu Gast. Ich habe gehört, daß sie während der Veranstaltung von einem brutalen Antisemiten angegriffen wurde.«

»Es war ein Fest zu Julios Ehren, falls Sie das nicht wußten. Ja, Señor, ein Verrückter ist über Ida Werfel hergefallen; und ein anderer hat Julio verfolgt, ein eifersüchtiger Irrer, was noch schlimmer ist. Wenn man bedenkt, daß es ein Fest ihm zu Ehren war!«

Del Solar fand, es sei an der Zeit, die Informationen systematisch zu ordnen: hinzuzufügen, daß der erste Mann der Frau von Arnulfo Briones, wenn Ruth sich nicht irrte, Jude war und folglich ebenso der junge Mann, der erschossen wurde. Zunächst mußten die verschiedenen Aussagen zusammengetragen und die Personen und Situationen sortiert werden; anschließend waren sie zu bewerten, und es galt, noch einmal mit den gleichen Informanten zu reden und die noch unklaren Punkte anzusprechen. Er merkte, wie wenig er bisher über den Kernpunkt seiner Nachforschungen hatte erfahren können: die Aktivitäten ausländischer Agenten in Mexiko während des Krieges. Zu einem Gutteil auch deshalb, weil er sich das noch nicht ernsthaft genug vorgenommen hatte. Wenn endlich sein schon fertiges Buch über das Jahr 1914 erschiene, würde er systematischer an die Arbeit gehen. Dann würde er die offiziellen Akten einsehen und mit den Funktionären und wichtigen Persönlichkeiten der Zeit reden. Doch vorläufig konnte er die ersten Sondierungen als reines Vergnügen betrachten. Er war überzeugt, daß die lockeren Unterhaltungen über Feten, Mode und Gerüchte ihm zu gegebener Zeit, sobald der Ernst der Arbeit begänne, dazu dienen würden, wenigstens noch einen Schimmer dieses Geflechts von Launen, Vorlieben, Aversionen und Sympathien präsent zu haben, der einem Ort zu einem bestimmten Moment ein spezielles Kolorit verleiht und ihn von anderen unterscheidet.

»Bereits zwanzig Jahre, bevor Delfina ihre Galerie eröffnet

hat, waren wir Freunde«, sagte Escobedo plötzlich. »Es hat durchaus schwierige Augenblicke gegeben, wie in jeder Beziehung. Ich habe Ruth bei mehr als einer Gelegenheit gesagt, daß alles passieren kann, aber wir werden uns nicht mit Delfina streiten. Sie kennen sie ja; zeitweilig ist sie unerträglich; natürlich kommt das bei uns allen vor, bei ihr nur häufiger und heftiger. Aber wir sind nun mal Freunde, und manchmal werden Freunde zu einem wahren Kreuz, das man ein Leben lang zu tragen hat. So ist das nun mal! Delfina, die arme Frau, ist, wie sie ist, und wir akzeptieren sie so. Momentan – hat sie ihnen schon davon erzählt? – bereitet sie eine Ausstellung für New York vor. Sie hat sich mit einer amerikanischen Galerie zusammengetan, die gar nicht schlecht ist; und sie hätte ehrlich gesagt keine willkürlichere Auswahl an Bildern treffen können. Wenn man dem Ganzen einen Namen geben müßte, würde ich es ›Hommage an das Kapriziöse‹ nennen oder noch besser ›Hommage an die Torheit‹. Es gibt Leute, neben denen man nicht ausstellen kann; nicht weil ich sie für die schlechteren Maler oder mich für besser halte. Nein, aber mit ihnen auszustellen würde unweigerlich zu Konfusionen führen. Ein Kunstwerk gewinnt an Kraft oder verblaßt, je nachdem, was daneben hängt. Albers hat etwas Ähnliches über die Farben auf dem Bild gesagt. Gemälde kann man nicht einfach aufhängen, wie man will. Sie müssen von anderen umgeben sein, die sie im besten Licht erscheinen lassen. Kaum zu glauben, es ist etwas so Simples, so Selbstverständliches, aber Delfina hat es bis heute nicht verstanden, und das, wo sie die Galerie schon seit dreißig Jahren besitzt! Ich weiß nicht, ob Sie es neulich in Cuernavaca bemerkt haben: Sie hat vermieden, über dieses Thema mit mir zu reden. Deshalb sind wir eher als die anderen gegangen.«

»Wir haben das Dessert verpaßt, das dort immer das Beste ist.«

»Wären wir geblieben«, meldete er sich wieder zu Wort, »hätte ich ihr etwas gesagt, was ihr nicht gefallen hätte. Und ich habe Ruth schon gesagt, daß wir uns nicht mit Delfina anlegen werden. Obwohl sie so tut, als merkte sie nichts, ist sie zu einer Bürde geworden ... Was soll man machen? Manchmal hätte ich nicht übel Lust, alles hinzuschmeißen.«

»Sie hat mir gesagt, sie hätte ihre Galerie mit einer Ausstellung Ihrer Bilder eröffnet«, startete Miguel del Solar erneut einen Versuch, die Unterhaltung wieder auf das legendäre Fest von 1942 zu lenken.

»Das hat sie Ihnen gesagt? Hast du gehört, Ruth? Ja, sie hat die Galerie tatsächlich mit einer Ausstellung meiner Bilder eingeweiht. Sie redet, als hätte sie mich bekannt gemacht, als verdankte ich ihr mein Ansehen, wo ich in Wahrheit damals schon zwanzig Jahre lang gemalt hatte. Sehen Sie ... Ach, jetzt weiß ich, wonach ich gesucht habe ...« Er stand auf, ging zu einem Schreibtisch aus Nußbaumholz, öffnete ein kleines Schubfach und nahm einen Brief heraus, den er del Solar reichte. »In diesem Jahr feiere ich mein fünfzigjähriges Jubiläum als Maler. Man hat mich um ein paar Äußerungen für eine Art nationaler Ehrung gebeten. Ich war noch keine siebzehn, als ich meine ersten Bilder ausstellte. Daher sagen Sie mir mal, was ich da noch meiner ersten Ausstellung bei Delfina verdanke? Ich hatte mir bereits einen Namen gemacht, den ich dann in ihren Dienst gestellt habe. Ich kenne sie seit ihrer Mädchenzeit. Ich habe es gern getan, und ich muß zugeben, daß sie die Ausstellung sorgfältig und sogar mit einer gewissen Leidenschaft organisiert hat.«

»Delfinas Beziehungen zu Männern«, sagte Ruth, »waren immer schwierig, denn irgendwann im Leben waren sie alle mal in sie verliebt.«

Escobedo hob theatralisch die Hände und hielt sich die Ohren zu, als wollte er keine Torheiten hören.

»Mit dem Fest sollte der Erfolg der Ausstellung gefeiert werden, war es nicht so?« beharrte del Solar, hauptsächlich um das mißgestimmte Schweigen zu unterbrechen, das nach Ruths Bemerkung herrschte.

»Mehr oder weniger.« Seine Stimme klang wieder normal. »Delfina hatte schon am Tag der Einweihung ein Fest veranstaltet. Sie hatte alles im ganz großen Stil organisiert. Die zweite Feier sollte anders werden. Wir hatten uns darauf geeinigt, uns nur im engen Kreis von Freunden, ihren und meinen, zu versammeln.«

»Sie feierte auch die Rückkehr ihres Sohnes ...«

»Ja, das sagt sie heute. Ja, ja. Eine Geschichte, die sie sich ausgedacht hat, damit der Ausgang nicht pathetischer klingt.

Inzwischen glaubt sie es selbst. Sie ist fest davon überzeugt, daß es das Fest war, mit dem eine vorbildliche Mutter ihren Sohn empfängt. Die Ärmste! Die Wahrheit ist, daß wir einen Kreis von Freunden zum Essen einladen und mit ihnen anstoßen wollten, weil wir uns glücklich fühlten. Die Ausstellung war sehr gut aufgebaut, und fast alle Bilder wurden verkauft. Schon damals war zu sehen, daß die Galerie Erfolg haben würde und daß Delfina – das muß man zugeben – eine gute Organisatorin war. Wir hatten wie verrückt gearbeitet, sie am praktischen Aufbau und ich an den Bildern, und wir wollten mit den Freunden das hervorragende Ergebnis feiern. Ja, Ricardo, ihr Sohn, war soeben zurückgekehrt, und es stimmt auch, daß sie darüber sehr glücklich war; sie wollte ihn ihren Freunden vorstellen. Sie hatte ihn irgendwo in die Nähe von San Francisco zum Studium geschickt, als er noch ziemlich klein war, und nun kam er als prächtiger junger Mann wieder. Sie war mächtig stolz auf ihn, völlig zu Recht, denn er war ein sympathischer und kluger Junge. Einmal habe ich ihn während der Schulferien porträtiert. Apropos, ich weiß gar nicht, wo das Bild steckt, seit Jahren habe ich es schon nicht mehr gesehen. Sein Tod hat sie sehr geschmerzt. Es war ein schrecklich hartes Jahr, denn wenige Monate später starb auch ihr Vater, die große Liebe ihres Lebens. Wir hatten Angst, sie würde daran zerbrechen, aber sie hat diese harte Prüfung überstanden; wenn sie etwas hat – wenn Sie sie näher kennenlernen, werden Sie es noch merken –, dann ist es ihre ungeheure, animalische Kraft. Auf den ersten Blick, wie sie sich bewegt, wirkt sie so zart und empfindlich, als könnte ein einziges böses Wort sie umwerfen, aber tatsächlich ist sie aus Eisen. Dieses Jahr haben wir sie nach New York mitgenommen. Ohne Rast! Welch eine Neugier, Dinge kennenzulernen oder wiederzusehen! Sie bewegte sich in der Stadt wie ein Fisch im Wasser. Sie hat mehrfach dort gelebt. Wir waren unter anderem auch hingefahren, um sie aufzumuntern, aber dann war sie es, die uns eine Lektion in puncto Energie erteilte. Klar, sie lebt auf Kosten ihrer Nerven. Ihr Charakter hat darunter gelitten, das kann man nicht leugnen. Sie hat Schlimmes durchgemacht, unglaublich Schlimmes; die Presse hat sie auf eine unbeschreiblich gehässige Weise durch den Schmutz gezogen. Deshalb verzeiht man ihr so manches.«

»Ich wußte gar nicht, daß es nur eine Feier im intimen Kreis war.«

»Weil es das ja auch nicht war. So war es geplant, aber dann haben sich viele andere Leute eingeschlichen.« Ruth hatte das Wort ergriffen. »Das war die erste merkwürdige Erscheinung. Jemand hat diese Leute eingeladen, um uns den Abend zu verderben. Das erste, was ich sah, als wir die Wohnung betraten, waren die Schwestern Bombón, ein Duett, das zu jener Zeit sehr in Mode war. Ich meine, daß sie mit Nachnamen González hießen. Zwei göttliche Pummelchen, vollkommen affektiert. Heute sollen sie auf einmal Genies gewesen sein; so heißt es, und es stimmt wohl auch, denn wenn ich ihre Platten höre, bin ich vor lauter Ergriffenheit wie gelähmt. Ihr Talent ist unumstritten, aber damals erschienen sie uns der Gipfel der Geschmacklosigkeit, und tatsächlich waren sie das in mancherlei Hinsicht. Mein Gott, allein schon ihre Kleidung! Rosa und hellblau, mit aufgestickten Schmetterlingen aus goldenen Pailletten. Sie waren es, die ich bei unserer Ankunft als erstes entdeckte. Sie saßen mitten im Wohnzimmer auf dem Sofa. Ich dachte schon, wir hätten uns in der Etage geirrt. Sie trugen Orchideen auf den Schultern und kleine Hütchen mit halbem Gazeschleier, die ein Gedicht waren. Irgend jemand hatte sie eingeladen, und sie waren überglücklich, umringt von Bewunderern, die sie feierten. Unmöglich, sie aufzufordern, sie möchten doch bitte gehen, es handle sich um einen Irrtum. Es gab mehrere ähnliche Fälle von Leuten, die sich eingeschlichen hatten, darunter eine Frau, Matilde Arenal, nun wirklich eine echte Heimsuchung, der man eingeredet hatte, sie sei der große Tragödienstar der damaligen Zeit. Sie war in Begleitung von General Torner erschienen, der sie später heiratete, einer der Typen, die sich als graue Eminenz gebärden und von denen man nie genau erfährt, ob sie wirklich wichtig sind oder einem einfach nur etwas vorspielen. An dem Abend hat er sich mit Julio angelegt, hat man Ihnen davon erzählt?«

»Nur ganz vage.«

»Dann werde ich es Ihnen erzählen. Lassen Sie mich Ihnen erst sagen, wer alles da war.«

»Ida Werfel und ihre Tochter«, sagte del Solar.

»Gut, aber die waren auch eingeladen. Ich meinte eher diejenigen, die irgendwer eingeladen hatte, um uns das Fest zu verderben. Ida war mit uns allen befreundet.«

Miguel del Solar erzählte von seinem kürzlichen Besuch bei Emma, Idas Tochter, und daß er den Eindruck gewonnen habe, daß sie die Rolle ihrer Mutter verkannte. Sie habe ihm eine Menge Unsinn erzählt und Nebensächliches hervorgehoben. Er habe nicht gewußt, ob Emma ihm ein Genie oder eine Närrin geschildert habe.

»Weil Ida – wenn Sie mir diese Bemerkung erlauben – gut und gerne beides sein konnte«, sagte der Maler. »Sie war wie ein großer Sack, in dem alles Platz fand: Talent und Raffgier, Disziplin und Durchtriebenheit, Großzügigkeit und Flegelei und sogar Genialität. Nur wenige Personen können alle diese Eigenschaften in sich vereinen, ohne daß es manchmal zu Explosionen kommt. Von Ida haben wir viel gelernt: zu lesen, uns an dem Gelesenen zu ergötzen, darüber nachzudenken. Sie war eine Frau, die uns alle, die wir mit ihr zu tun hatten, verändert hat.«

»In meinen Augen war sie manchmal eine wahre Landplage. In dem Punkt muß ich Delfina recht geben. Ja, sie kannte sich bestens aus in ihrem Metier und war bienenfleißig. Gar kein Zweifel! Aber sie konnte einem wirklich auf die Nerven gehen. Es gab mal eine Zeit, da hat Julio keinen ihrer Vorträge versäumt.«

»Ich bin nicht nur hingegangen, um sie zu hören, sondern auch um sie zu sehen. Sie war eine begnadete Schauspielerin. Es ist bemerkenswert, daß ihr ihr voluminöser Körper niemals hinderlich war. Mit Hilfe von ich weiß nicht was für geschnürten Miedern, Korsetts oder sonstigem speziellem Gestänge verschaffte sie ihren Formen eine Neigung zum Gotischen. Von einem Moment zum anderen schien dieses weiße Walroß scheinbar zum Flug abzuheben. Ja, es war ein Genuß, ihr zuzuhören, aber vor allem, ihr zuzusehen. Nie ist es mir gelungen, sie zu malen, sobald ich mit der Zeichnung begann, schlich sich eine parodistische Nuance ein, die sie zur Karikatur abwertete, und das entsprach nicht dem, was ich von ihr festhalten wollte.«

»Als Piratinnen! Sie kamen als Piratinnen verkleidet! Mit schwarzen Augenbinden.« Und dann erzählte Ruth die Anekdote mit dem südamerikanischen Konsul in München, dessen

Leben Ida mit einer simplen Unterhaltung über zwei Biergläser verändert hatte.

»Wen ich an jenem Abend am wenigsten anzutreffen erwartet hatte, waren die Arenal und der General, der später ihr Ehemann wurde«, sagte Escobedo, der bis dahin nervös in einem Heft herumgezeichnet hatte. »Die Arenal! Ich träumte von ihr! Finstere Alpträume! Ich hatte Angst vor ihr! Die Sache mit dem Porträt war der Anfang vom Ende einer erschreckend törichten Geschichte. Ich kann mir nicht erklären, wie Delfina und ich da hineingeraten konnten. Ein flüchtiger Liebhaber, nicht General Torner, sondern ein unbedeutender Taugenichts, irgend so ein verkommener Kerl, fragte Delfina, wer die Schauspielerin porträtieren könnte, und Delfina schlug mich vor. Sie hat mir sogar einen Vorschuß gegeben. Ich ahnte ja nicht, in welche Schwierigkeiten ich damit geraten würde. Der Plan dieses Kerls war ziemlich naiv. Er wollte eine Art Reklamekampagne organisieren, bei der Matilde Arenal ihr Porträt von einem mehr oder weniger berühmten Künstler als Geschenk erhalten würde. Es ging nicht um ein persönliches Geschenk, sondern um eine echte Würdigung, die ihr die Nation mit Hilfe ihrer herausragendsten Vertreter entgegenbringen sollte. Man würde eine Subskription bei den angesehensten Männern des Landes eröffnen, die die nötige Summe aufbringen müßten; sicherlich hatte der Kerl die Absicht, einen Teil der Mittel für sich zu behalten. Das einzige, was ich sofort verstand, war, daß das Ganze eine absolute Torheit war. Es wurden Briefe geschrieben. Über die Presse wurde verkündet, daß eine Gruppe von Bewunderern der Matilde Arenal, darunter Gelehrte, Schriftsteller, Industrielle, ihr Porträt subventionieren würden. Wie sehr mich dieser Presserummel geärgert hat! Mich haben lächerliche Journalisten interviewt, die nicht die leiseste Ahnung hatten, wer ich war oder was ich gemalt hatte. Mein Foto erschien in den blödesten Zeitungen. Lächerlich! Andererseits nannte die Arenal jedesmal, wenn sie nach ihrem Porträt gefragt wurde, den Namen eines anderen Malers; sie hat nie wirklich gewußt, wer ich war. Im Grunde genommen fühlte sie sich gekränkt. Sie wäre lieber von Diego de Rivera gemalt worden oder schlimmstenfalls von irgendeinem bekannten Porträtisten der feinen Gesellschaft. Sie posierte nur widerwillig und tat nicht, was man ihr auftrug; alle naslang stand sie auf, um sich das Gemalte anzusehen, und kritisierte es. Ich konnte nicht mehr und beschloß, die Arbeit abzubrechen. Im übrigen hatten die Subskribenten nur sehr zögernd unterschrieben. Zwei oder drei männliche Prominente erklärten in der Presse, als man sie befragte, sie wüßten gar nicht, worum es ginge, sie hätten nie ihr Einverständnis gegeben. Andere, die geglaubt hatten, das Bild würde verlost werden, verlangten ihr Geld zurück, als sie erfuhren, daß dem nicht so war. Bei diesem Stand der Dinge ging die Beziehung in die Brüche, und der Kerl verschwand mit den wenigen eingetriebenen Geldern. Ich hörte auf. Ich bin sicher, daß Matilde Arenal darüber glücklich war. Sie wollte um keinen Preis zugeben, wie sehr sie die dürftigen Reaktionen der Prominenten und die Schäbigkeit des Geliebten verletzt hatten. Sie erklärte, sie wolle das Gemälde nicht erwerben, und das, obwohl unsere Gemälde damals zu einem Spottpreis verkauft wurden. Ich meine, man wollte mir zweitausend Pesos oder noch weniger bezahlen, kurzum, ein Almosen.«

»Der Vertrag wurde gebrochen«, rief Ruth emphatisch aus, »und alle waren verkracht. Die Schauspielerin mit ihrem Galan. Beide mit Julio und Delfina. Die waren die einzigen, die noch Freunde blieben. Sie machten einen Vertrag. Julio würde den Vorschuß nicht zurückgeben, denn er hatte ihn sich hart verdient, weil er das dumme Geschwätz dieser Idiotin hatte aushalten müssen. Außerdem sollte er das Bild behalten, aber nur unter der Bedingung, daß er es so veränderte, daß Matilde Arenal nicht mehr darauf zu erkennen war.«

»Ich habe begonnen, es zu korrigieren. Es hieß ›Die Diva‹. Es blieb nur noch eine minimale Ähnlichkeit mit dem Modell bestehen, was natürlich war. Ich betonte die Gestik und den Stil eines heiligen Ungeheuers, indem ich dem Porträt gewisse groteske Züge verlieh. So konnte ich sichergehen, daß in der Figur, die schließlich dabei herauskam, niemand die Arenal wiedererkennen würde. Eine dieser Mistzeitungen, die nichts anderes zu tun haben, als das triste Leben unserer Schauspielerinnen zu kommentieren, hat mir dann einen dummen Streich gespielt. Sie hat ein Foto des Bildes mit einem Untertitel veröffentlicht, wo behauptet wurde, es handele sich um die Verunglimpfung einer bekannten Schauspielerin. Das hat mir viel Ärger eingebracht, unter anderem einen Rechtsstreit mit General Torner, einem der Bewunderer der echten Diva, mit der er überraschenderweise an dem besagten Abend bei Delfina aufkreuzte. Der Zwischenfall war nun wirklich nicht mehr spaßig. Als dieser Mann mich beschimpfte, war ich drauf und dran, den Fehdehandschuh aufzuheben. Aber sich mit einem General zu duellieren, wäre schierer Selbstmord!«

»Wer hatte ihn denn eingeladen?«

»Ein Erpresser«, sagte Escobedo, ohne eine Sekunde zu zögern. »Ein abscheulicher Kerl, der gleiche, der wenige Tage zuvor den Skandal in der Presse vom Zaun gebrochen hatte. Zu der Zeit schaute ich täglich in der Galerie und bei Delfina vorbei, die ganz in der Nähe wohnte. Wir steckten in der Arbeit an meiner Ausstellung und an der allgemeinen Organisation der Galerie. Delfina kaufte die Werke vieler Maler und bat mich manchmal um Rat. Ich weiß nicht, wie es diesem Kerl gelungen ist, sich dort einzuschleichen, jedenfalls traf ich ihn mehrmals an, als er sich gerade mit den Angestellten der Galerie unterhielt und zu allem seine Meinung äußerte. Ein windiger Kerl, ohne jedes Benehmen. Eines schönen Tages kam er auf mich zu und begrüßte mich mit solch schleimiger Servilität, daß es mir widerwärtig war. Alle Bilder standen auf dem Boden, an die Wand gelehnt. Wir waren gerade im Begriff, sie aufzuhängen. Er sagte mir, eine ziemlich wichtige Person würde anwesend sein, wenn nicht am Tag der Eröffnung, was er nicht garantieren könne, dann in den ersten Tagen der Ausstellung. Diese Person habe ihn gebeten, ihm ein oder zwei Bilder vorzuschlagen, die sie dann kaufen wolle; er sei der Meinung, das mit dem Titel ›Die Diva‹ sei ideal. Diese Kakerlake begann allmählich, mir auf die Nerven zu gehen. Wenn er redete, hatte ich das Gefühl, er wollte, daß ich etwas anderes verstünde, daß er mir ein Zeichen gab, das ich nicht begriff. Wie gesagt, er war ein widerwärtiger Typ. Beim nächsten Mal wurde er deutlicher. Er begann von Matilde Arenals Porträt zu reden, woraufhin ich ihm sagte, keines der Bilder hätte mit ihr zu tun; im übrigen stünde das von ihm gewünschte, ›Die Diva‹, nicht zum Verkauf, da wir beide, sowohl ich als auch die Galeristin, beschlossen hätten, es vorläufig zu behalten. Dieser Bursche besaß nur sehr lückenhafte Informationen über das, was geschehen war. Er schien dem

Vorfall mehr Bedeutung beizumessen, als er in Wahrheit hatte. Ich denke, er hat von den Angestellten partiell etwas über die Umstände erfahren, unter denen das Bild entstanden war, und die Nachrichten in den Klatschspalten bei der Aufhebung der Subskription in den falschen Hals bekommen.« Er hielt inne und schien sich in der Vergangenheit zu verlieren, die Anekdote noch einmal zu rekapitulieren. Dann wandte er sich del Solar zu und fragte ihn unvermittelt: »Sind Sie Jäger?«

»Wie bitte?« fragte del Solar leicht irritiert.

»Gehen Sie gelegentlich auf die Jagd?«

»Nein ... Na ja, als Kind. In der Nähe von Córdoba, bei der Fabrik, wo mein Vater arbeitete. Das ist schon sehr lange her. Ich habe mit einer Schrotflinte geschossen.«

»Auf offenem Feld?«

»Im Garten hinter dem Haus. Manchmal von der Terrasse aus. Manchmal habe ich auch auf Drosseln geschossen. Und hin und wieder im Schilf, wenn wir zum Fluß gingen. Aber damit ist man noch kein richtiger Jäger.«

»In der Tat glaube ich nicht, daß man das gleiche empfindet. Ich fürchte, nicht. Ob man in einem Revier oder in den Bergen jagt, kommt irgendwann an der vorgesehenen Stelle und mit schußbereiter Waffe der Moment, wo man die Nähe der Beute zu spüren beginnt. Die Hunde werden unruhig. Alle Sinne schärfen sich. Der Körper ist angespannt auf der Lauer. Ein wundervoller Augenblick. Sie sollten wieder anfangen, auf die Jagd zu gehen; dieser Augenblick äußerster Alarmbereitschaft des Organismus ist eines der stimulierendsten Gefühle, die man haben kann. Ganz selten widerfährt einem bei einem halb fertigen Bild etwas entfernt Vergleichbares.«

»Darf man vielleicht mal erfahren, worauf du hinauswillst, Julio?« unterbrach Ruth ihn in einem Ton, der del Solar zum ersten Mal wirklich besorgt zu klingen schien. »Du warst doch gerade dabei, dem Professor von deinen Problemen mit General Torner zu erzählen.«

»Ich weiß sehr gut, wovon ich rede, Ruth. Ich habe ihm von einem Erpresser erzählt. Mir will nur nicht mehr einfallen, wie er hieß. Aber egal! Der Name tut nichts zur Sache!«

»Martínez!«

»Tatsächlich, Martínez. Woher wußten Sie das? Sie können ihn nicht gekannt haben … Wie alt sind Sie? … Nein, natürlich haben Sie ihn nicht gekannt.«

»In den letzten Wochen habe ich viel von ihm gehört.«

»Er fragte mich, ob ich bereit sei, ihm eine Provision zu bezahlen, wenn er eines meiner Bilder an einen sehr wichtigen Mann verkaufe. Ich sagte ihm, das müsse er mit der Galerie ausmachen. Ich würde mich beim Verkauf nicht einmischen. Er schenkte mir einen Blick voller Haß, Verachtung und Mißtrauen, alles auf einmal. Es gab eine Zeit, da bin ich, wie schon gesagt, regelmäßig zur Jagd gegangen. Das war zu meiner Studentenzeit. Später sind Victorio Mantua und ich mehrmals auf Jagd nach Hirschen in der Huasteca und nach Pumas im Süden von Veracruz gewesen. Jetzt gehe ich schon seit Jahren nicht mehr raus. Irgendwann zeige ich Ihnen mal meine Waffen.«

Miguel del Solar begann die Geduld zu verlieren. Ruth kam zu ihm und flüsterte ihm ins Ohr.

»Lassen Sie ihn nicht ständig so abschweifen. Ich habe Angst, eines Tages könnte er nicht mehr zurückfinden.«

»Er wollte eine Verkaufsprovision?«

»Darauf wollte ich hinaus, denken Sie ja nicht, ich hätte den Faden verloren. Hören Sie nicht auf meine Frau; es ist alles unter Kontrolle. Ja, damit fing er an. Er ließ sich nicht entmutigen, als ich ihn an Delfina verwies. Wie gesagt, das Gefühl des Jägers, wenn er das Nahen der Beute spürt. In dem Moment witterte dieser Trottel die Beute. Das wurde mir schlagartig klar. Er spürte die Erregung des Spürhunds, der das Kaninchen wittert, oder des Jägers, der weiß, daß die Beute naht. Der Kerl war hinter mir her. Er bleckte seine dreckigen Pferdezähne, stammelte, blickte nervös um sich, als fürchtete er, unser Gespräch könnte belauscht werden; dann heftete er seinen irren Blick auf mich. Ich war entsetzt. Ich hatte einen Psychopathen vor mir. Das war offensichtlich. Aber was war mit ihm los? Was wollte er? Ich leugne nicht, daß ich für einen Moment nervös wurde. Vor solchen Menschen fühlt man sich plötzlich für etwas schuldig, das man nicht näher benennen kann, schuldig in jeder Hinsicht, schuldig zu atmen. Erinnern Sie sich noch an den jungen Handwerker in ›Schuld und Sühne‹, der in einem Moment der Reue erklärt, er sei der Mörder der alten Pfandleiherin, die er, wenn ich mich recht erinnere, kaum kennt? Dieser Typ, Martínez, näherte sich mir also mit einer Fratze, die sich als Lächeln tarnte. Er packte mich am Arm und sagte: ›Wie wär's, wenn Sie mir schon mal einen kleinen Vorschuß gäben? Ich versichere Ihnen, daß Sie keine Unannehmlichkeiten haben werden. Ich gebe Ihnen mein Ehrenwort.‹ Ich begriff immer noch nicht recht. Als ich ihm das auch zu verstehen gab, erwiderte er so in etwa: ›Sehr klug von Ihnen, äußerst subtil! Feinfühlig und romantisch, nicht wahr? Und was, wenn es darum geht, eine Person zu beleidigen, einer Dame von hinten einen Dolchstoß zu versetzen? Denn für mich hört eine Frau, die als Schauspielerin arbeitet, noch lange nicht auf, eine Dame zu sein. Sie haben schon die Preise festgesetzt; ich habe die Liste gesehen. Sie schießen mir die Hälfte vor, und es passiert nichts. Ein Militär ist daran interessiert, diese Dame zu beschützen; ich versichere Ihnen, daß er kein Wort davon erfährt. Ich kann in den Ring steigen und schwören, daß die Frau auf dem Bild, die berühmte ›Diva‹, meine Schwester ist; so weit bin ich bereit zu gehen.‹ Da habe ich laut losgelacht. Für einen Moment habe ich geglaubt, der Kerl führte mir eine Komödie vor und seine Begabung sei genial. Anfangs war ich noch beunruhigt gewesen. Ich lachte immer noch, als Delfina mit jemandem hereinkam, ich glaube mit dir, Ruth.«

»Zieh mich nicht in deine Geschichte hinein. Diese Einzelheiten höre ich heute zum ersten Mal.«

»Ich habe schon oft davon erzählt.«

»Sicher Delfina. Ich wußte nur, daß es der gleiche Kerl war, der versucht hat, Ida zu erwürgen.«

»Alles, nur nicht sie erwürgen! ... Ja, er war es, der sie mit dem Kopf angerempelt hat und sie auch geschlagen hätte, wäre Bernardo Uribe nicht dazwischengegangen.«

»Er hat sie doch geschlagen. Ich habe gesehen, wie er seinen Kopf immer wieder in ihre üppige Brust gerammt hat. Er hat sie auch getreten. Keiner weiß warum.«

»Ich bin sicher, daß er auch über mich hergefallen wäre, wenn in dem Augenblick nicht Delfina mit noch jemandem aufgetaucht wäre. Ich war sicher, daß du es warst, Ruth. Ich merkte, daß mein Gelächter ihn aus der Fassung gebracht hatte. Er wirkte völlig verstört. Seine körperlichen Verrenkungen wirkten auffälliger als sonst, und seine Ticks traten mehr hervor. Mit zusammengebissenen Zähnen zischte er, ich sollte es mir gut überlegen, er würde mir ein paar Tage geben, um alles zu überdenken. Am dritten Tag rief er mich an, und ich jagte ihn natürlich zum Teufel. In einem Abendblatt erschien dann das Foto mit der Notiz in der Klatschspalte, wo man mich beschuldigte, eine angesehene Schauspielerin auf einem Bild zu verunglimpfen. Den Kerl habe ich nicht wiedergesehen bis zu dem Fest. Ich fand es keineswegs amüsant, ihn dort anzutreffen, und schon gar nicht Matilde Arenal und den General Torner. Ach, inzwischen waren an den Tagen davor wieder sehr giftige Kommentare erschienen und erneut das Foto mit einem bösen Untertitel, wo ›Die Diva‹ direkt mit Matilde Arenal in Verbindung gebracht wurde. Also, an dem Tag des Festes gab es einen Moment, wo General Torner mich in betrunkenem Zustand beleidigte, aber ich habe mir das nicht gefallen lassen.«

»Wenn man ihn so hört, könnte man ihn für das reine Unschuldslamm halten, aber mein Julito ist ein Tiger«, sagte Ruth und brach in fröhliches Gelächter aus.

»Ich weiß nicht, wie das Ganze geendet hätte. Delfinas Brüder und alle anderen umringten uns. Ich weiß noch, daß mich einer am Arm packte. Ein guter Freund, der im Erziehungsministerium arbeitete, führte mich ins Eßzimmer und versuchte, mich zu beruhigen. Im Wohnzimmer hörte man Geschrei und Streiterei. Ruth setzte sich ans Klavier und begann zu spielen, und die Schwestern Bonbón sangen dazu. Da waren auf einmal die Schüsse zu hören, und das war das Ende.«

»Manchmal, und darin stimme ich Julio völlig zu, scheint es so, als hätte man diese Szene absichtlich zu unserer Unterhaltung inszeniert, während unten ein junger Mann ermordet wurde«, schloß Ruth.

»Wer weiß! Manche Dinge werden immer rätselhafter, je mehr man sie dreht und wendet. Wir haben del Solar seine kostbare Zeit gestohlen, und noch habe ich ihm nichts Wesentliches über das Jahr 42 gesagt, das Jahr der Hunde, die den Mond anheulen von Tamyo … Und was halten Sie von Lazo? Er war ein ausgezeichneter Maler und feiner Kerl, ein phantastischer Freund. Cardoza hat irgendwo geschrieben, seine Malerei sei die Suche nach der Lösung eines Rätsels. Ich weiß nicht, ob er in dem Jahr ausgestellt hat. 1942? Ich kann mich nicht erinnern.«

Er war nervös, angespannt und wünschte offensichtlich, daß del Solar endlich ging. Schließlich sagte er, er müsse noch eine Arbeit beenden, ein Bühnenbild. Er hatte auf Anregung von Julio Castellanos angefangen, für das Theater zu arbeiten. Seit fünfundzwanzig Jahren hatte er nichts mehr in dem Bereich gemacht. Er war glücklich, wieder auf die Bühne zurückzukehren. Ein anderes Mal würde er etwas über die Malerei der damaligen Zeit sagen. Sie würden über Julio Castellanos und María Izquierdo reden. Beide ausgezeichnet. Und wo blieb Juan Soriano? Man mußte Manuel Michel wiederentdecken und Olga Coste neu sehen. Eine viel originellere Generation, als die Leute gemeinhin dachten. Fast alle Maler in Mexiko hatten wenigstens einmal fürs Theater gearbeitet. Gerszi hatte ein meisterhaftes Bühnenbild für Mozarts Don Giovanni entworfen. Man mußte unbedingt weiter nachforschen. Monographien schreiben ... Er reichte del Solar die Hand und verschwand hastig in seinem Atelier. Ruth begleitete del Solar zur Tür.

»Schon seit Wochen ist er in dieser Verfassung«, sagte sie beim Abschied. »Immer eilig, atemlos, voller Hast! Sagen Sie das Delfina. Sie soll wissen, wie weit sie ihn mit ihrer Hartnäckigkeit gebracht hat! Ehrlich, das ist kein Leben mehr!«

»Wir leben in unruhigen Zeiten; das sollte unter uns bleiben, aber daß das klar ist. Wenn meine Tante Eduviges zur Offensive übergeht, rennt sie in ihr Verderben. Die momentane Situation mag schlimm sein, das will ich gar nicht leugnen, zumindest nicht rundweg. Aber man sollte auch nicht übertreiben. Antonio, du wirst mir verzeihen, Chatita«, sagte er augenzwinkernd zu Amparo, »ist auch kein Heiliger. Man muß versuchen, mit klarem Kopf zu agieren, ohne sich unnötige Illusionen zu machen; sonst ist man verloren.«

Miguel del Solar kannte Derny seit seiner Kindheit. Er war der Lieblingsneffe aller seiner Onkel und Tanten gewesen. Zwischen ihnen bestand keine verwandtschaftliche Beziehung. Er ging auf die Fünfzig zu: eine herbe Lotion, die sehr gut roch; ein Tweedjackett mit kleinen grauen und grünen Karos und eine Hose in ziemlich ausgeblichenem Dunkelgrün. Wenn man es recht betrachtete, betrug der Altersunterschied zwischen ihnen nicht mehr als zehn Jahre. Del Solar war damals neun Jahre alt, als er zu seinem Onkel und seiner Tante zog. Zu der Zeit befand Derny sich schon in – oder stand kurz vor – seinem Jurastudium an der Freien Juristischen Fakultät, was damals einen solchen Altersunterschied bedeutete, daß Welten sie trennten. Sie hatten sich lange nicht mehr gesehen. Manchmal war del Solar ihm auf Besuchen bei gemeinsamen Verwandten flüchtig begegnet. Bisweilen auch bei Treffen mit befreundeten Schriftstellern, Politikern oder Philosophieprofessoren, wobei er sich stets gewundert hatte, Derny bei seinen Freunden zu Hause anzutreffen.

Del Solar hatte sich vergeblich bemüht, mit Eduviges in Verbindung zu treten. Fast immer war es unmöglich gewesen, sie dazu zu bewegen, ans Telefon zu kommen, und wenn sie es doch tat, redete sie von nichts anderem als ihren Sorgen. Antonio war verschwunden, er war auf der Flucht vor dem Gesetz, bis seine Situation geklärt wäre. Die überschütteten sie mit Gutachten, Bilanzen und unverständlichen Dokumenten. Diese Schande. Die verletzte Eitelkeit. Sie ging nicht mehr aus dem

Haus. Sie fürchtete sich davor, ihren Freundinnen zu begegnen, alten und neuen, und gezwungen zu sein, Erklärungen abzugeben oder die schadenfrohen Beileidsbekundungen zu ertragen, mit denen manche sie empfingen. Doch das Haus zu hüten, machte sie nervös. Sie tat es nur, weil ihr keine andere Wahl blieb. In den letzten Jahren war sie daran gewöhnt auszugehen, ständig überall zu sein. Als er sie vor Wochen aufgesucht und mit ihr über die Vorfälle des Jahres 1942 im Minerva geredet hatte, war sich del Solar völlig verloren vorgekommen. Er hatte sich vorsichtig auf unbekanntem Terrain vorangetastet. Nachdem er aber mit mehreren Hauptbeteiligten jenes Dramas gesprochen hatte, würde ihre Unterredung, sofern sie zustande käme, anders verlaufen. Doch Eduviges schob ihr Treffen immer weiter hinaus. Manchmal spürte er, wenn er mit seiner Cousine Amparo redete, wieder die Atmosphäre von damals. So vergaß del Solar allmählich die barsche Art, mit der sie anfangs am Telefon reagiert hatte. Amparo war seine erste Liebe gewesen. Seine Liebe mit neun Jahren. Amparo schilderte ihm am Telefon sehr ausführlich die häusliche Situation, den Gemütszustand und die nervliche Verfassung ihrer Mutter, was ihn eigentlich wenig interessierte. Außer für seine Cousine hegte er für niemanden in dem Haus irgendwelche Gefühle.

Amparo war für ihre Mutter oft eine Art lästiges Anhängsel gewesen. Sie war ein paar Jahre älter als Antonio und hatte eine leicht deformierte Hand, die etwas kleiner war als die andere, was sie nicht daran hinderte, mit einer gewissen Grazie Klavier zu spielen. Erst einige Tage, nachdem er bei Onkel und Tante eingezogen war, hatte er diese Besonderheit an dem Mädchen entdeckt, und das dank seiner Tante. Schon als kleines Mädchen hatte sie spezielle Tricks benutzt, um diesen körperlichen Defekt zu verbergen, etwa indem sie einen Schal um den Arm wickelte oder die Hand wie zufällig in die Manteltasche stekkte. Nachmittags hörte er ihr eine ganze Weile bei ihren Klavierübungen zu, dort, wo es unmöglich schien, diese Deformation zu verbergen; doch sie sorgte für eine Art Halbdunkel im Raum und ließ ihn an einer Stelle Platz nehmen, von wo er keinen direkten Blick auf die Klaviatur hatte. Er erinnerte sich an den Tag, an dem er Amparos kleine Hand schließlich gesehen hatte. Seine Tante Eduviges hatte in einem

Anfall schlechter Laune die kleine Mißbildung erwähnt und, damit noch nicht zufrieden, Amparo das Halstuch entrissen, mit dem sie ihre Hand bedeckt hatte. Del Solar war plötzlich schwindelig geworden, als sei die Mißbildung der Hand seiner Cousine erst in dem Augenblick vor seinen Augen entstanden.

Als er neun oder zehn Jahre später in die Stadt Mexiko zurückgekehrt war, um dort zu studieren, hatten sie sich wieder öfter getroffen. Sie waren gemeinsam auf Partys gegangen, hatten sich im selben Freundeskreis bewegt und sonntags Konzerte besucht. In der Zeit hatte er sie ermutigt, Geschichte zu studieren, und beinahe hätte er sie auch überredet, sich an der Universität einzuschreiben. Doch dann hatte das seine Tante nicht erlaubt.

Nach seiner Heirat hatten sich die Treffen mit diesem Zweig der Familie radikal reduziert. Sie bewegten sich in ganz unterschiedlichen Kreisen. Cecilia hatte Eduviges und ihre Kinder zum Beispiel niemals leiden können. Die wenigen Male, die er Amparo damals zufällig traf, war sie ihm unsympathisch erschienen, snobistisch mit einer absurden, affektierten Sprache und einer nostalgischen Sehnsucht nach verlorener Größe. Cecilia hatte also recht gehabt, als sie nichts mit ihr zu tun haben wollte. Doch jetzt schien es so, als sei sie in letzter Zeit reifer geworden. Vielleicht hatte sie der schwere Schlag für die Familie, die öffentliche Verurteilung ihres Bruders, umgänglicher und natürlicher werden lassen. Cecilia hatte früher einmal behauptet, sowohl Amparo als auch seine Tante hätten sich Hoffnungen auf eine Ehe zwischen Vetter und Cousine gemacht, doch seine Hochzeit habe diese Erwartungen, denen del Solar keine Beachtung geschenkt hatte, zerstört. Das war womöglich der Grund für den unangenehmen Ton, den sie sich von einem bestimmten Moment an ihm gegenüber angewöhnt hatte.

Als sich ihre Beziehung wieder normalisiert hatte, begann sie ihn anzurufen. Sie sagte ihm, ihre Mutter habe zur Erholung die Stadt verlassen, auch um die neue Situation zu bewältigen. Jahrelang hatte sie sich als Herrin der Welt gefühlt, und dieser Schlag hatte sie fast völlig aus dem Gleichgewicht gebracht. Eine Freundin aus früheren Zeiten, Lola Palacios, die sich mit ihr verkracht hatte, weil Antonio ihr nicht wie erhofft ein vor vielen Jahren verlorenes Gerichtsverfahren in Ordnung gebracht hatte, rief sie ständig an, Tag und Nacht, manchmal mit ihrer echten, manchmal mit verstellter Stimme, um sie zu beschimpfen, üble Späße mit ihr zu treiben und dann in dröhnendes Gelächter auszubrechen, immer mit schmutzigen Anspielungen auf die Anschuldigungen, die auf Antonio lasteten. Eduviges befand sich auf einer Finca in der Gegend von Puebla. Bestimmt vertrieb sie sich die Zeit mit Lesen und Essen. Sie unternahm sicherlich auch ein paar Ausflüge mit dem Wagen, denn bei ihrem Gewicht war Laufen für sie zu ermüdend. Das Wichtigste war im Augenblick, daß sie sich erst einmal beruhigte. Bei ihrer Rückkehr würde sie eine neue Telefonnummer vorfinden, die die Geisteranrufe, die sie so ängstigten, sichtlich reduzieren würde.

Seine Mutter sagte del Solar eines Tages, Amparo sei auf einen Besuch vorbeigekommen. Sie habe die Kinder kennenlernen wollen und sei entzückt von ihnen gewesen. Sie seien auch wirklich sehr nett gewesen. Amparo habe gebeten, er möge sie doch bitte anrufen. Als er am gleichen Abend mit ihr sprach, richtete Amparo ihm aus, er sei für den kommenden Sonntag zum Essen bei Derny Goenaga eingeladen. Ob er sich noch an ihn erinnere. Er sei häufig bei ihnen gewesen, als sie noch Kinder waren. Er war der Besitzer einer Werbefirma, die er selbst leite. Sonntags blieben er und seine Frau zu Hause, um Freunde zum Essen zu empfangen.

Deshalb war del Solar an dem Tag dort und lauschte Derny, der ihnen eine Dosis politischer Weisheit einflößte. Del Solar mußte daran denken, wie er sich vor einigen Jahren mit seiner Mutter über einen Zwischenstopp unterhalten hatte, den er auf dem Flug nach England in Chicago eingelegt hatte, weil er dort einen Vortrag in der relativ nahe gelegenen Universität Notre Dame halten mußte. Damals hatte seine Mutter ihm erzählt, daß Derny Goenaga dort studiert habe und nicht mit lobenden Worten über seine brillante Karriere gespart und über sein in wenigen Jahren angehäuftes Vermögen, das er so klug verwalte, sein Talent im Umgang mit Menschen etc. … Diese Art von Kommentaren, die ihm immer das Gefühl gaben, für sie seien seine veröffentlichten Bücher, seine Vorträge, sein Doktortitel, sein wissenschaftliches Ansehen kaum erwähnenswert. Solange er kein Vermögen machte, stand er immer mit einem Bein fast am Rande des Scheiterns.

Dernys Haus entsprach seinem Vermögen. Alles paßte perfekt zueinander: Mobiliar im Kolonialstil, alte und moderne Gemälde. Der Akzent lag dezent, ohne Pomp, auf dem Alten, wie um zu zeigen, daß man sich nicht erlauben konnte, das Moderne zu mißachten, das die Bewohner dieses Hauses ebenfalls zu schätzen wußten und zu seinem Recht kommen ließen, doch dort diente es bestenfalls als Beiwerk zusätzlich zu den alten Skulpturen aus den Zeiten des Vizekönigreichs, als sich auch die Familie im Lande niederließ.

Derny empfing del Solar mit einer brüderlichen Umarmung und einem breiten Lächeln, was del Solar einigermaßen überraschte, denn er konnte sich nicht entsinnen, daß sie jemals besondere Freunde gewesen waren. Eloísa, seine Frau, gab ihm einen Kuß auf die Wange. Es handelte sich um ein familiäres Treffen. Das Ehepaar, Arturo, ein Sohn in den Zwanzigern; seine Verlobte; ein Vetter von Eloísa sowie Amparo und Miguel. Die Unterhaltung war von Anfang an freundlich und locker, trotz Dernys offensichtlicher Neigung, sich bei seinen Gästen Gehör zu verschaffen und vor allem, sich selbst reden zu hören. Ab und zu haftete seinem Ton etwas von Moralpredigt an.

Del Solar bemerkte, man habe sich ja lange nicht mehr gesehen. Noch vor der Zeit, als Derny nach Notre Dame gegangen sei. Derny schenkte ihm einen seltsamen Blick, und Miguel dachte, sein Vetter sei nur erstaunt, wie gut er sich an die besonderen Umstände von Dernys Biographie erinnerte.

»Stimmt gar nicht«, korrigierte er sich, »nach deiner Rückkehr haben wir uns wiedergesehen, an dem Tag, als der alte Herrera Robles seine Prüfung machte. Ja, weißt du noch? Du warst gerade erst wiedergekommen. Wenn ich mich recht erinnere, fand die Party in einem riesigen Bau in der Nähe der Calle Durango statt.«

»Genau. Im Haus deines Großvaters, Don Pablo Robles. Wer hat dir denn gesagt, ich sei aus den Vereinigten Staaten zurückgekehrt?«

»Ich denke du; das wäre doch logisch. Oder Amparo; oder meine Tante Eduviges. Na ja, irgend jemand aus der Familie. Aber das warst wohl du, an dem gleichen Abend.«

Derny gab ihm ein Glas in die Hand und packte ihn am Arm. Dann führte er ihn ans andere Ende des Salons, wo auf einem Glastisch eine hübsche Bronzestatue prangte.

»Die habe ich voriges Jahr gekauft. Es ist meine letzte Erwerbung«, sagte Derny eher beiläufig. »Danach habe ich andere Dinge erworben, aber keine wie diese. Als ich sie sah, war ich wie verzaubert. Ich hatte die Galerie verlassen und befand mich schon mehr als einen Häuserblock entfernt, als ich merkte, daß ich umkehren mußte, weil ich mir das Leben nicht mehr ohne diese Statue vorstellen konnte. Diese Bronzen von Benin besitzen eine grenzenlose Ausdruckskraft. Gefällt dir die hier?«

»Sehr! Ich habe schon einige in London gesehen und andere in Wien. Vor zwei Jahren war ich in …«

»Schau«, fiel ihm Derny fast unhöflich ins Wort, »ich muß aus geschäftlichen Gründen häufig nach New York reisen. Dann nutze ich immer die Gelegenheit, um die Galerien zu besuchen, und manchmal bringe ich mir was mit. Als ich jung war, habe ich mich Stunden, ja Tage im Art Center in Chicago aufgehalten. Es gab keinen besseren Ort, um die Sonntage im Winter zu verbringen. Chicago war eine Stunde vom College entfernt. Ich habe nicht in Notre Dame studiert; ich weiß nicht, wie dieses Mißverständis aufgekommen ist. Vielleicht ein Irrtum von Amparo, als sie dich informierte. Mein Vater sagte immer, für Frauen ist eine Sache wie die andere, alle scheinen gleich zu sein. Ich war im College, auch von Jesuiten, nicht weit von Chicago. Daher wohl der Irrtum. Wir waren mehrere Mexikaner. Um Klartext zu reden: Das geistige Niveau war dasselbe. Die Jesuiten bleiben immer noch Jesuiten, egal wohin man sie steckt. Aber ein College hat, wie du ja weißt, niemals das gleiche Prestige wie eine Universität. Seien wir doch mal ehrlich: Was man in Notre Dame in Wirklichkeit bezahlt, ist das Ansehen. Die Tatsache zum Beispiel, daß es dort eine berühmte Sportmannschaft gibt.«

Dann wechselte er das Thema und redete über Benins Bronzen, die er vier Jahre zuvor, 1968, während der Olympiade in Mexiko gesehen hatte. Sie gesellten sich wieder zu den anderen, und für eine ganze Weile drehte sich die Unterhaltung um Ausstellungen, Konzerte und Filme. Del Solar war beeindruckt, wie gut informiert alle in puncto Ausstellungen und

Aufführungen waren. Er wurde nach Theateraufführungen und Ausstellungen gefragt, die in London stattgefunden hatten und die er während seines Englandaufenthaltes nicht hatte sehen können, im Gegensatz zu ihnen: Veranstaltungen in London oder auf irgendeiner Reiseroute, einschließlich in New York, Paris oder Mexiko selbst. Alle waren viel gereist, sehr gebildet und elegant. Sie lebten, wie Derny bekräftigte, in einer unwiederbringlichen Zeit, einer unsteten Zeit.

»Antonio muß es sehr schlecht gehen«, sagte Amparo.

Derny war kein Pessimist. Sie lebten, wie er bereits gesagt hatte, in Zeiten, die nicht von Dauer waren. Antonio würde bald zurückkommen. Man würde natürlich verlangen, daß er eine Strafe zahlte. Wenn es Fehler bei den Abrechnungen gegeben hatte, würde er sich dem stellen müssen, auch wenn seine Untergebenen dafür verantwortlich waren.

»Wir erleben augenblicklich die verheerenden Auswirkungen der Sechziger«, fuhr Derny fort. »Es wird dich wundern, daß ich so darüber rede, aber ich halte es für notwendig, daß wir in modernen Kategorien denken, und dazu gehört unsere Pflicht, die Folgen abzusehen. Ich bin kein Extremist geworden, glaub mir. Aber was du jetzt siehst, ist das Werk der vorherigen Regierung. Die abscheuliche Rhetorik von heute ist das Gegengift dazu. Wie schön, daß du in England lebst, wo dich diese Rückschläge wohl kaum erreichen. Wir müssen uns anpassen, uns wappnen, damit wir zu gegebener Zeit unsere Bedingungen stellen können. Ich bin fest davon überzeugt, daß wir gebraucht werden. Nicht einmal jetzt, in diesem denkwürdigen Jahr 1973, wo die Rhetorik ins Kraut schießt, wagen sie es, uns zu übergehen. Sie mußten einsehen, daß Kultur nicht mal eben so improvisiert werden kann, daß guter Geschmack aus unterschiedlichsten Gründen nicht mit der großen Masse kompatibel ist; jedenfalls nicht automatisch. Vielleicht irgendwann einmal! Hoffentlich! Warum auch nicht? Möglicherweise werden sich die Dinge in Zukunft ändern. Aber nicht von heute auf morgen, Miguel. Sieh, die im Norden beginnen gerade aufzuwachen. Plötzlich streben sie nach Bildung. Früher sind sie nach San Antonio oder in andere grenznahe Orte zum Einkaufen gefahren. Jetzt nehmen sie ihre Flugzeuge und fliegen bis nach New York, um die Nielson die Electra singen zu hören oder ein gutes Musical zu sehen. Sie gehen essen. Sie bummeln, wenn möglich. Und am nächsten Morgen sind sie in aller Frühe wieder zu Hause. Um zehn sind sie in ihren Büros, als sei nichts geschehen. Sie sind noch blutige Anfänger, wirst du mir sagen. Ja, das sind sie, aber wenn sie sich Mühe geben, können sie es schaffen. Antonio ist ein kluger Junge. Ihn zeichnet seine Ruhe aus; das war immer seine größte Tugend. Er weiß, daß ihm in seiner Lage nichts anderes bleibt, als den Schlag hinzunehmen. Das wird er tun. Ich bin sicher, daß er seine Zeit für seine Bildung nutzt, daß er seine Lektüre auf den neusten Stand bringt und seine Rückkehr vorbereitet. Mit der Zeit werden seine Freunde die Differenzen ausgleichen, damit er ohne Hindernisse zurückkehren kann. Aber es ist dringend vonnöten, daß deine Mutter, Amparo, stillhält, daß sie bloß nicht den Mund aufmacht.«

Del Solar bemerkte, an dem Tag, als er bei seiner Tante gewesen sei, habe sie von einer Verfolgung der Briones seit Ausbruch der Revolution gesprochen. Ihrer Meinung nach habe diese Kampagne etwas mit dem Mord an dem jungen Pistauer zu tun, dem Stiefsohn von Arnulfo Briones, und mit dem Bestreben, Antonio aus der Politik zu verbannen.

»Verzeih, Amparito, verzeiht ihr alle«, sagte Derny theatralisch, »aber Logik war nie die Stärke meiner Tante. Es besteht nicht die geringste Beziehung zwischen dem Mord an diesem jungen Mann und dem Haftbefehl gegen Antonio. Nicht der geringste!«

»Zugegeben. Mama ist nicht gerade ein Muster an Klugheit, ich weiß. Aber denk doch mal nach, Derny, es kann Zufall sein oder was du willst, etwas ist dran an dem, was sie sagt. Nach einer bestimmten Anzahl von Jahren erhält die Familie regelmäßig einen Schlag, der sie straucheln läßt. Und das ist kein Märchen, ich habe es als Kind selbst erlebt. Ja, einverstanden, das mit dem Tod dieses Jungen, vielleicht auch das mit Onkel Arnulfo sind andere Probleme als die, die Antonio hat. Aber trotzdem ...«

»Die Dialektik, Amparo, ist die höchste Errungenschaft des deutschen Idealismus«, sagte Derny unerwarteterweise in dozierendem Ton. »Hegel war ihr wahrer Meister, nicht Marx, wie das gemeine Volk denkt. Manch einer wird nervös, wenn man das Wort ›Dialektik‹ ausspricht, teils aus Unwissenheit, aber vor allem aus Furcht vor politischen Mißverständnissen. Eigentlich ist es egal. Konzepte sollte man niemals fürchten. So lautet meine Theorie und auch mein Motto. Die Dialektik ist ein hegelianisches Konzept. These, Antithese, Synthese. So einfach. These? Das Porfiriat. Antithese? Die Revolution. Und die Synthese? Die Synthese, das sind wir. Na gut, nicht alle; das ist noch nicht möglich. Die Synthese, das sind, sagen wir mal, wir alle, die wir die Katastrophe überlebt haben und die wir wieder hochgekommen sind. Wir verkörpern, ob wir wollen oder nicht, eine neue Konkretisierung der Vorstellung von der nationalen Einheit. Die Synthese sind wir, so wie wir hier alle um den Tisch sitzen.«

Ein seltsamer Laut war zu hören. Ein unangenehmes, nahes Brummen. Arturos Verlobte, eine blonde junge Frau mit kurzem, stark gelocktem Haar, hielt sich ein Glas vor den Mund. Von dort schien dieses Brummen zu kommen. Plötzlich schäumte das Glas über. Gurgelte sie etwa? Oder biß sie ins Glas? Plötzlich brach Arturo in Gelächter aus. Der Inhalt des Glases seiner Verlobten ergoß sich über das Tischtuch. Die junge Frau lachte, als habe sie einen Anfall. Alle begannen auf einmal ganz laut zu reden. Amparo setzte sich in strengem Ton durch und erzählte eine kurze, ziemlich schlichte Anekdote von einer Reise, die sie in Begleitung mehrerer Amerikaner nach Xochimilco unternommen hatte. Einer der Amerikaner hatte sich betrunken, und alle Tischgäste waren in hemmungsloses Gelächter ausgebrochen. Derny warf dem jungen Paar wütende Blicke zu, vor allem seinem Sohn.

»In den nächsten Tagen, Derny, mußt du mal mit meiner Mama reden«, sagte Amparo sehr ernst. »Du bist einer der wenigen, auf die sie hört. Vielleicht würde es sie beruhigen zu wissen, daß die Verfolgungen, denen Antonio ausgesetzt ist, Teil eines dialektischen Prozesses sind.«

»Es gibt Phänomene, die auf den ersten Blick sehr abstrakt scheinen; wenn man sie dann aber zerlegt, enthüllt sich ihre Wahrheit, ihre alltägliche Klarheit. Ich will nicht weiter auf der Dialektik beharren. Aber denk an unseren Onkel Arnulfo, den ihr erwähnt habt, und als ähnlichen Fall würde ich meinen Vater sehen. Auf sie würde unser Leben fast wie ein Verbrechen wirken. Sie haben sich nie bemüht, das Phänomen als Ganzes zu betrachten, als Prozeß … das ist, ob es manchen gefällt oder nicht … ein dialektischer Prozeß. Sieh mal, wir alle arbeiten auf die eine oder andere Weise mit der Regierung zusammen. Zu ihrer Zeit wäre das unmöglich gewesen. Sie waren die frontale Opposition. Heute unhaltbare Positionen! Obwohl ich fürchte, daß die Gemüter sich zu sehr erhitzen könnten und gewisse Leute erneut gravierende Fehler begehen werden. Heute ist es wichtiger denn je, Ruhe zu bewahren, abzuwarten, daß das Unwetter über uns hereinbricht und dann wieder sonnigere Tage anbrechen. Wir verleihen der Regierung das kultivierte, weltläufige Erscheinungsbild, das sie so sehr braucht, und sie dankt es uns mit Gegenleistungen. Ein stillschweigender Pakt, der uns allen nützt.«

Del Solar hegte kein Interesse, Derny weiter beim Philosophieren zuzuhören, sondern er wollte ihn auf das Jahr 1942 lenken, als er ihn häufig in der Wohnung seiner Tante und seines Onkels gesehen hatte, wo er sich manchmal auch mit Arnulfo Briones in dessen Arbeitszimmer zurückgezogen hatte (einer der wenigen, denen das gestattet war). Del Solar erklärte, ihm komme es so vor, als gelange man zu einer Art historischem Kompromiß, anders als in der Vergangenheit. Er erzählte, er habe verschiedentlich gehört, wie Arnulfo Briones seiner Schwester vorgeworfen habe, daß ihr Mann an der Universität unterrichtete, was für ihn fast schon einem Verrat gleichkam. Der Charakter dieses wenig mitteilsamen Mannes, für den eine Unterhaltung nicht viel anders war als ein Verhör, war ihm immer ein Rätsel geblieben.

»Seine schwarze Brille«, schloß er, »schien ihn von der Realität abzuschneiden. Damals wirkte er auf mich wie ein alter, hilfloser Mann, so unsicher und gebrechlich war er beim Laufen. Doch wie die Dinge so sind, hinterher habe ich erfahren, daß er ein ziemlich mächtiger und gefürchteter Mann war. Schwer zu glauben!«

»Die Zeiten haben sich geändert. Als du ihn kennengelernt hast, verlor er schon seine Sehkraft. Das ängstigte ihn. Arnulfo Briones. Ja. Er und mein Vater waren Vettern, aber sie verhielten sich wie Brüder. Mein Vater muß so etwa zwölf Jahre älter gewesen sein als er. Bei meiner Geburt war er schon alt. Nach sechs Geschwistern, von denen keines das erste Jahr überlebte. Ich hingegen habe nie erfahren, was Krankheit ist. Ich war der Letzte und der Einzige. Le dernier ... Sonntags wurden wir auf einer Ranch bei Teotihuacán militärisch gedrillt. Wir mußten bereit sein, wenn die Sache es verlangte. Es ging vor allem um Leibesübungen und moralische Indoktrination. Heute wären das völlig überflüssige Relikte, ein untragbarer Anachronismus. Reine These!«

»Mein Onkel Arnulfo hegte für dich eine besondere Sympathie«, bemerkte Amparo leicht spöttisch. »Er sah in dir seinen Nachfolger. Er war entschlossen, aus dir einen echten Kreuzritter des Glaubens zu machen.«

»Eine Fortsetzung der These, nicht wahr? Ich muß gestehen, daß seine Theorien mich durchaus berührt haben. Ich sah die Welt von allen Seiten bedroht. Der wahre Glaube drohte verlorenzugehen. Die Familie in Flammen! Die Prinzipien besudelt. Für sie das Leben lassen, so lautete unsere Devise. Sterben für Danzig! Was für Zeiten, mein Gott! Die nationale Ehre, die Verantwortung unserer Klasse, unserer Rasse. Damals galt das noch als unmenschlich und überholt. Aber vielen unter uns klang das verheißungsvoll. Sie können sich ja gar nicht vorstellen, welche Scharen von Anhängern wir hatten. Ungeheuerlich! Obwohl Arnulfo Briones einer unserer Chefs war, kann man nicht behaupten, er sei beliebt gewesen. Er war nicht zum Anführer gemacht. Deshalb blieb er meistenteils im Schatten. Vielleicht hat die Erblindung ihm zu schaffen gemacht. Um sie zu überspielen, gab er sich zu elitär, und das kostete ihn Sympathien. Ich habe den Eindruck, daß er selbst in der Welt seiner Ideale und Interessen am Ende mehr Feinde hatte als Anhänger. Es gab sogar manch einen, der ihn haßte. Schließlich kam er nicht mehr ins Trainingslager.«

»Ich kann mir vorstellen, daß das der radikalste Sektor der Rechten war.«

»So könnte man sagen. Es war eine Gruppe von Leuten mit der festen Überzeugung, daß nur eine harte Hand und die konservativen Ideale das Land zu retten vermochten. Sie mißtrauten den Amerikanern, weil sie als judenfreundlich galten. Nein, Arnulfo hatte nicht das Zeug zum Anführer. Vor allem seine Stimme hat ihn Anhänger gekostet; sie klang hohl und schroff.

Einmal hat er uns einen Vortrag im Trainingslager gehalten; ich habe mich geschämt, als ich ihn vor allen Kameraden reden hörte. Man konnte ihn kaum verstehen. Er war nicht sonderlich wortgewandt; andauernd wiederholte er seine Sätze, verhedderte sich und fing von vorne an. Eine Katastrophe! Seine Stärken lagen wohl woanders; zum Beispiel beim Führen von Verhandlungen, denke ich. Er zehrte von seinem Ruf, früher mal ein passabler Polemiker gewesen zu sein. Jedenfalls damals war er als politische Figur bereits überholt. Stellen Sie sich vor, er hätte unseren heutigen Standpunkt miterlebt!«

Es begann zu dämmern. Sie brachen auf, um einen Waldspaziergang zu machen. Die jungen Leute nutzten die Gelegenheit, um sich zu verabschieden. Das andere Paar tat kurz darauf das gleiche. Derny führte del Solar in sein Arbeitszimmer.

»Es freut mich, dich zu sehen«, begann er erneut. »Ich weiß, daß deine Bücher erfolgreich waren. Manchmal habe ich auch daran gedacht zu schreiben; Gesichtspunkte der Art zu vertiefen, wie ich sie vorhin dargelegt habe. Leider ist jetzt nicht der günstigste Augenblick. Egal was man sagt, sie werden mich als Reaktionär abstempeln und mit der Erinnerung an meinen Vater kommen, und das hätte negative Auswirkungen auf meine Geschäfte. Ich arbeite ja nicht allein. Ich habe Geschäftspartner, die ich nicht in Schwierigkeiten bringen kann, nur weil ich Lust habe, öffentlich meinen Standpunkt darzulegen.« Er machte eine Pause; schließlich fuhr er fort: »Im College habe ich gelernt, die höchste Tugend sei wohl die Umsicht. Siehst du? Mein College war zwar nicht Notre Dame und hatte auch kein Footballteam von nationalem Rang, aber dort habe ich alles Nötige gelernt, um die Klippen des Lebens zu umschiffen. Was will ich mehr, kannst du mir das sagen?«

Miguel stimmte ihm zu. Er machte zwei oder drei allgemeine Bemerkungen über die Erziehung und ihre praktischen Auswirkungen, und fragte dann, ob er vielleicht noch eine Tasse Kaffee trinken könne, bevor er ging.

Seine Bitte wurde herzlich aufgenommen, fast könnte man sagen enthusiastisch.

Del Solar begann, Derny über die Nachforschungen zu unterrichten, die er über 1942 anstellen wollte. Nur eine Untersuchung der Mikrogeschichte. Er erklärte möglichst zurückhaltend und leichthin, daß im Zusammenhang mit dem Verbrechen, das im Minerva begangen worden sei, das heißt, dem Mord an dem Stiefsohn von Arnulfo Briones, eine Regierungsbehörde gewisse Machenschaften deutscher Agenten ausgemacht habe. Er erklärte, er finde das sonderbar, da Arnulfos Sympathien angesichts seiner Geschichte und seiner Einstellung ganz auf seiten der Deutschen gewesen sein müßten.

»... obwohl ich gerade erfahren habe«, schloß er, »daß der junge Mann väterlicherseits Jude war und Arnulfo Briones alles getan hat, um den Vater des Sohnes zu retten. Merkwürdig, findest du nicht?«

»Schau mal, Miguel, ich war noch sehr jung«, sagte Derny. Seine Stimme klang auf einmal ganz normal, als erübrige es sich seit dem Fortgang der anderen Gäste, große Reden zu schwingen. »Ich war damals sechzehn oder siebzehn Jahre alt. Und ich versichere dir, daß es keinen dämlicheren Jungen in ganz Mexiko gab. Vergiß nicht, ich bin praktisch in einem verschlossenen Glasbehälter aufgewachsen, in sterile Watte gepackt. Ein zehnjähriger Junge ist heute aufgeweckter als ich damals bei meiner Heirat. Es lag Merkwürdiges in der Luft. Die damalige Zeit hat heute für mich etwas unerklärlich Erdrückendes. Du wirst dich nicht mehr an die religiösen Hetzjagden erinnern, denn du warst noch zu klein, vielleicht noch gar nicht geboren. Bei uns zu Hause haben wir das zu intensiv gelebt. Stell dir vor, wir waren nur ein Stück Fleisch des Gekreuzigten, ein Blutstropfen seines siechen Herzens. Bei Ausbruch des Zweiten Weltkriegs kamen noch viele andere Interessen ins Spiel. Wenn du mich fragst, womit mein Onkel beschäftigt war, dann kann ich es dir nicht sagen, ich weiß es nicht. Er hatte ein offizielles Büro in der Avenida Juárez, von einer Exportfirma, die Mineralien nach Deutschland ausführte. Das brachte ihm viel Geld ein. Das Personal kümmerte sich um alles: Export, Verladung, Schiffstransport, Genehmigungen beim Zoll. Dort verbrachte er die Vormittage. Nach Kriegseintritt wurde die Firma geschlossen, doch er ging weiter in sein Büro. Ja, nachmittags besuchte er meine Tante und meinen Onkel im Minerva, wo für ihn ein Zimmer reserviert war. Ich brachte ihm häufig Nachrichten von meinem Vater. Dort hat er auch manchmal

Leute empfangen, seine Post erledigt und Dinge geregelt. Eines Abends mußte ich ihm eine Eilbotschaft überbringen. Mein Vater war verzweifelt; fast den ganzen Tag lang hatte er vergeblich versucht, ihn zu erreichen. Auf einmal hat er mich gebeten, ihn über eine Adresse in der Stadtmitte ausfindig zu machen. Zuerst sollte ich einen Umweg über den Monte de Piedad machen und mich dort vergewissern, ob mir jemand folgte oder nicht. Nur falls ich ganz sicher war, daß ich nicht überwacht wurde, sollte ich mich zu der von meinem Vater genannten Adresse begeben: im zweiten Stock eines mehr als schäbigen Gebäudes in der Calle Brasil. Du kannst dir's ja denken! Die Hausnummer gehörte zu einem heruntergekommenen Schmuck- und Uhrenladen. Als ich völlig verunsichert schon wieder gehen wollte, nahm ein alter Mann die Uhrmacherlinse vom Auge und fragte mich, was ich wolle, wen ich suche. Ich nannte den Namen meines Onkels. Der Alte zeigte keinerlei Reaktion; er sagte mir, er würde mal in den Büros nebenan nachsehen, mit denen er sich die Räumlichkeiten und die Adresse teilte, ob eine Person dieses Namen dort zu finden sei, und fragte mich noch nach meinem Namen. Nach einer Weile kehrte er zurück und forderte mich auf, ihm zu folgen. Wir betraten einen Flur, von dem mehrere Türen abgingen. Der Ort hatte etwas Alptraumartiges, etwas Unwirkliches. Wir traten durch eine dieser Türen und stiegen eine Treppe hinauf. Dort saß mein Onkel an einem Schreibtisch vor einer Reihe von Papieren. Es war genauso ein Zimmer wie im Minerva, die gleiche Art von dunklen, schweren Möbeln. Schwarze Bücherregale mit Glastüren, mit weißen Tüllgardinen; ein Spiegel mit Fliegenscheiße und eine Lampe, halb bedeckt mit einem grünlichen Gazeschirm. Alles sehr abgenutzt, schrecklich. Wenn ich mir diesen Ort jetzt wieder vorstelle, an den ich bis heute nie mehr gedacht habe, das schwöre ich, bekomme ich erneut eine Gänsehaut. Ich habe ihm den Umschlag ausgehändigt, und er hat den Brief geöffnet und gelesen. Anschließend hat er ihn zerrissen. Dann fragte er mich, ob ich ganz sicher sei, daß mir niemand gefolgt sei. Ich bejahte. Er bat mich, meinem Vater auszurichten, er solle sich keine Sorgen machen, alles sei in Ordnung, er solle den Gerüchten keinen Glauben schenken; es sei nicht nötig, ihm ein Antwortschreiben mitzunehmen, ich brauchte meinem Vater nur zu wiederholen, was er, Arnulfo, mir gesagt habe und daß er gelassen sei. Er rief den Uhrmacher, der mich durch eine andere Tür wieder auf die Straße hinausließ. Ich eilte heim und richtete meinem Vater die Nachricht aus. Ihm schien ein schwerer Stein vom Herzen zu fallen. Er ließ mich schwören, daß ich niemals die Existenz dieses Büros erwähnen würde. Er erklärte mir, er habe mich in Anbetracht der enormen Wichtigkeit dieser Angelegenheit in große Gefahr gebracht. Ab jetzt würde er mich nie mehr losschicken; das sei ja auch nicht mehr nötig. Er habe, als er auf mich wartete, die grausamsten zwei Stunden seines Lebens durchgestanden, das würde ich eines Tages noch verstehen. Doch, ich schwöre dir, Miguel, bis heute habe ich rein gar nichts verstanden.«

»War das nach Pistauers Tod?«

»Ja, danach. Ich bin mir fast sicher, daß das erst wenige Tage vor der Ermordung meines Onkels Arnulfo war. Tage, an denen mein Vater damit beschäftigt war, Briefe und Unterlagen zu verbrennen.«

»Offensichtlich weiß jeder über Arnulfos Ermordung Bescheid ... Weißt du, mir war das nämlich völlig neu.«

»Zu Hause hat man es immer für eine erwiesene Tatsache gehalten. Mein Vater und mein Onkel hatten sich nach der Beerdigung des Jungen entfremdet. In gewisser Weise hat sie der Brief, den ich überbracht habe, versöhnt. Ja, ich bin mir sicher, daß ich ihn dort kurz vor seinem Tod aufgesucht habe.«

»Hast du eine Ahnung, was passiert sein kann?«

»Es muß etwas mit seiner Ehe zu tun gehabt haben; aber das ist eine reine Vermutung, für die es keinen echten Beweis gibt. Adele war sehr schön, zu feminin für ihn. Ich kann mir kaum vorstellen, wie sie sich in den alten Tattergreis verliebt haben soll. Denk doch mal nach, ein alter, fast blinder Mann mit einer Perücke mit einem Stich ins Karottenrot. Nein, das paßt nicht. Diese Frau hat wegen des Geldes geheiratet und um aus Deutschland wegzukommen. Findest du es nicht seltsam, daß kurz nach ihrer Ankunft in Mexiko ihr früherer Mann hier wieder aufgetaucht ist?«

»Mit wem hat er denn zusammengelebt?«

»Mit ihnen natürlich nicht. Die Zeiten ließen solche Eskapaden nicht zu. Ich weiß nicht mal, was aus ihm geworden ist.

Er war Arzt. Falls er noch lebt, müßte er heute an die achtzig sein.«

»Und sie?«

»Ich fand sie wunderschön. An einem Sonntag sind wir zum Sportclub gegangen, und da habe ich sie mit ihrem Sohn spielen sehen. Eine Göttin! Nicht älter als vierzig.«

»Was ist denn aus ihr geworden? Ist sie in Mexiko geblieben?«

»Nein, aber ich weiß nicht, wo sie hingegangen ist. Meine Tante Eduviges müßte es eigentlich wissen. Nach dem Tod ihres Sohnes wollte die Deutsche sofort weggehen, aber man ließ sie nicht über die amerikanische Grenze wegen irgendeines Problems mit dem Paß oder dem Visum. Sie ist in Ensenada geblieben, um abzuwarten. Schließlich mußte sie nach Mexiko zurückkehren. In dem Moment haben sie meinen Onkel umgebracht. Ich glaube, daß es ihr hinterher gelungen ist, wegzukommen. Ich meine, nach Brasilien.«

»Im Minerva wohnt eine alte Deutsche, die sich nicht mehr wegbewegt hat, seit sie nach Mexiko gekommen ist. Sie spricht mit niemandem. Könnte das nicht Adele sein?«

»Adele hat nie im Minerva gewohnt. Sie hatten ein wunderschönes Haus in Polanco. Daß sie von hier fortgegangen ist, dessen bin ich mir sicher.«

Eine Hausangestellte brachte ihnen den Kaffee. Das rhetorische Getue war ganz aus Dernys Art zu reden verschwunden. In dem Augenblick wirkte er auf del Solar wie ein sympathischer, offener und ehrlicher Freund, der versuchte, ihm zu helfen und Licht in die Vergangenheit zu bringen. Del Solar schenkte sich eine zweite Tasse Kaffee ein.

»Hast du den ersten Ehemann mal kennengelernt?«

»Von Adele? Den habe ich auf dem Friedhof gesehen. Er hat uns nicht angesprochen. Denkst du, daß sie sich hinter dem Rücken meines Onkels verständigt haben?«

»Könnte sein ...«

»Andererseits hat mein Onkel Arnulfo auf ihre Schönheit überhaupt nichts gegeben. Sonst wäre er mehr zu Hause geblieben, statt seine Geheimbüros abzuklappern.«

»Warst du auf Delfinas Fest?«

»Ich muß dich enttäuschen! Wenn ich dir sage, daß ich bis

zum Ende meines Studiums nicht mal einen eigenen Hausschlüssel besaß. Sie haben mich wie ein Kind behandelt; ich war auch noch ein Kind. Denk mal, daß mein Sohn diese graue Maus, mit der er geht, schon mit auf sein Zimmer nimmt. Da hören sie Musik, unterhalten sich oder treiben auch weniger unschuldige Dinge, was am wahrscheinlichsten ist; aber das interessiert weder mich noch meine Frau. Arturo hat sich seinen Freiraum geschaffen, und wir respektieren das. Bei meinen Eltern wäre das unmöglich gewesen. Mein Vater wäre durchgedreht, wenn ich ihm gesagt hätte, eine Freundin würde eine Weile mit auf mein Zimmer gehen.«

»Hast du noch Kontakt zu ihr? Ich meine Delfina?«

»Ja. Schau, diese Vitrine von María Izquierdo habe ich vor ein paar Jahren bei ihr gekauft. Einige der Bilder, die du hier siehst, stammen aus ihrer Galerie. Delfina gehört, auf andere Weise als wir, ebenfalls zur Synthese.«

»Wie?« fragte del Solar irritiert.

»Die dialektische Synthese, von der ich gesprochen habe. Delfina stammt aus einer anderen sozialen Schicht. Und trotzdem kannst du sehen, daß sie sich uns angepaßt hat. Es wäre unmöglich, sie nicht von gleich zu gleich zu behandeln. Sie hat die Synthese erreicht, indem sie die Etappen übersprungen hat. Ich freue mich immer, sie zu sehen, mich mit ihr zu unterhalten oder mit ihr zu essen. Wir sind gleich. Unser Verdienst ist – und das ist es, was mein Sohn und vor allem sein Mädchen nicht verstehen –, daß wir ein Modell für die Menschen geschaffen haben, wie sie ihre Persönlichkeit entwickeln können. Ich glaube nicht an Klassenunterschiede in dem Sinne, wie es einige unsere Freunde hartnäckig tun. Wir können viel von der Werbung lernen. Sie zwingt dich, eine Menge alten Ballast abzuwerfen. Sobald du alterst, bist du verloren.«

»Ich habe zu der Zeit auch im Minerva gelebt, ich weiß nicht, ob du dich noch erinnerst.«

»Ich war nicht auf dem Fest«, fiel Derny ihm ins Wort. »Aber natürlich habe ich von all dem erfahren. Wer nicht? Es gab keine Zeitung, die diese Meldung nicht gebracht hätte. Und zu Hause, du kannst dir ja vorstellen, da herrschte mächtige Aufregung. Die Beerdigungsfeier wurde möglichst in engstem Kreis begangen. Die Mutter hat nicht teilgenommen.

Dafür aber der Vater, dieser Deutsche. Keiner hat mit ihm geredet. Er ist in Begleitung eines anderen Kerls aufgetaucht. Ich meine sie noch vor mir zu sehen, wie sie zum Grab kamen, in sehr abgetragene schwarze Ledermäntel gehüllt, wie sie hier in Mexiko niemand trug. Von der Familie waren beide Briones anwesend: Arnulfo mit Eduviges, mein Vater mit mir. Moment mal! Ach ja, noch eine Art Leibwächter, der meinen Onkel immer begleitet hatte. Es war eine sehr kurze Zeremonie, lieblos, quasi nur eine Pflichtübung.«

»Was haben sie bei dir zu Hause gesagt?«

»Über den Tod? Mein Vater hat mir gesagt, der Junge hätte zuviel bei Delfina getrunken, zusammen mit ihrem Sohn und so einem Dahergelaufenen zweifelhafter Herkunft, der sich als Schriftsteller aufspielte. Wahrscheinlich hat dieser Kerl sie animiert, in den Puff zu gehen. Sie haben einen Wagen angehalten und wollten gewaltsam einsteigen; da haben die aus dem Auto, fast in legitimer Notwehr, auf sie geschossen. Mein Onkel ist in eine nervöse Depression verfallen. Seine Frau wollte nicht länger in Mexiko bleiben. Der Ärmste kannte keinen Frieden mehr bis zu seinem Tod. In jenen Tagen haben sie sich irgendwie entfremdet, sage ich dir. Sie haben es nie mehr geschafft, sich zu versöhnen, bis zum Schluß. Ausgerechnet den Tag, an dem er starb, haben sie zusammen verbracht. Sie hatten im Manolo gegessen, in dem Restaurant auf der Calle López. Oder war es die Luis Moya? Weißt du noch? Sie hatten alle Papiere besorgt, damit Adele ausreisen durfte. Ich wäre beinahe mit ihnen zum Essen ausgegangen, doch in letzter Minute wollte mein Vater, daß ich zu Hause blieb und mich um irgendeine Sache kümmerte. Auch für ihn war das das Ende. An dem Abend des Festes merkte er, daß sein Stern sank. Er hat sich nie mehr in Politik eingemischt. In gar nichts. Er hat sich in sein Haus zurükkgezogen, in seine fromme Lektüre und seine Gebete. Der Tod seines Vetters hat ganz sicher seinen Tod beschleunigt.«

»Möglicherweise haben beide Tode, der von Briones und der seines Stiefsohns, etwas miteinander zu tun. Sehr wahrscheinlich sogar. Escobedo denkt, daß die ganzen Konflikte und Streitereien auf Delfinas Fest nur Verwirrung stiften sollten, damit die Anwesenden abgelenkt waren, als unten der Junge ermordet wurde.«

»Jeder macht sich wie in Pirandellos Dramen oder in Rashomon sein eigenes Bild von diesen Zwischenfällen«, sagte Derny und nutzte gleich die Gelegenheit, um mit seiner Belesenheit zu prahlen. »Meiner Meinung nach können diese Zwistigkeiten während des Festes auch reiner Zufall gewesen sein. Meine Tante Eduviges war auch dort. Wußtest du, daß den ersten Streit dieser Revolverheld, der sich nie von Arnulfo Briones trennte, provoziert hat?«

»Martínez?«

»Genau! Der große Martínez. Erinnerst du dich?«

»Nein, aber in letzter Zeit habe ich häufig von ihm reden hören.«

»Er genoß wenig Sympathien. Die Leuten hielten ihn für einen elenden Schnüffler. Delfina verzeiht ihm beispielsweise nicht, daß er sich ohne Einladung in ihr Haus eingeschlichen hat. Na ja, keiner freut sich, wenn jemand kommt und anfängt, auf eine Dame einzuschlagen. Ich fand Martínez toll, eben wegen seiner unglaublich ordinären Art. Ich war, glaube ich, sein einziger Fan. Ich kannte ihn ziemlich gut. Er begleitete Arnulfo zu den sogenannten Übungen militärischer Unterweisung. Wir haben uns auch oft im Minerva getroffen. In einer Sache hat Delfina recht: Martínez war der König des Vulgären. Das machte ihm keiner nach! Er nannte sich Rechtsanwalt, aber man sah ihm an, daß er kaum mehr als die Grundschule geschafft hatte. Seine Art zu reden war gekonnt: ein Hang zur schwülstigen Rhetorik der Briones, mit einem leicht pöbelhaften Touch. ›Mein Assistent‹ nannte ihn mein Onkel in väterlichem Ton, oder manchmal auch ›mein Berater‹. Ich habe keine Ahnung, worin er ihm assistieren oder ihn gar beraten sollte; es war nicht zu übersehen, daß er ein ausgemachter Idiot war. Aber mich amüsierte er. Er spielte gerne den Verführer. Er sagte, er sei zum Charmeur und zum Diplomaten geboren. Charmeur und Diplomat! ›Ich schwör dir, mein guter Goenis, ich bin der oberste Tambourmajor‹, pflegte er zu sagen. ›Hier nehmen mich die Leute noch nicht ernst‹, gestand er mir eines Tages leicht betrübt. ›Keine Chance, ich habe eben nicht das Talent, mich selbst anzupreisen. Dabei entgeht vor allem ihnen etwas.‹ Wir standen vor der Wohnungstür meiner Tante und meines Onkels, ja, im Minerva. Martínez drückte mit einer

Hand meinen Arm und machte mit der anderen Hand eine ausladende Geste, die das gesamte Gebäude zu umfassen schien. ›Ich bin geboren, um Freude zu verbreiten, um der Welt Frieden zu bringen. Schau sie dir doch an, die hier leben. Die ganze Geheimniskrämerei hat ihnen nichts als Unglück gebracht. Sie verabscheuen und fürchten einander; jeder mißtraut dem anderen; sie kränken und verletzen sich. Ich könnte sie glücklich machen. Die Männer brauchten mir nur ein paar Scheinchen rüberzuschieben, natürlich im Rahmen ihrer Mittel, ihrer Möglichkeiten. Die Frauen würden es mir auf andere, weniger unpersönliche, dafür gefälligere Weise vergüten; und ich, das schwöre ich dir, mein Kleiner, würde Harmonie in ihr Leben bringen. Nicht umsonst bin ich zum Diplomaten geboren. Ich würde ihre Probleme lösen, ohne daß sie es auch nur mitbekämen. Sonntags würden wir schon mal mit einer Posaune und einer Pauke vorbeikommen, und ausnahmslos alle Mieter würden in einer Parade hinter der Musik hermarschieren, auf den Galerien defilieren. Es wäre die Liebesparade, der Marsch der Eintracht, und ich ihr Tambourmajor. Aber diese Welt kennt keine Erlösung; mit der Ausrede, keinen Pfennig zahlen zu wollen, leben die Menschen lieber wie wilde Tiere. Der Mensch ist der Wolf des Menschen! Nichts anderes wollen sie sein. Hör mir gut zu, mein lieber, braver Junge, du. Siehst du, jetzt rede ich noch in Reimen!‹ «

»Ich habe über ihn bisher wenig Gutes gehört …«

»Er glaubte, er habe totale Macht über die Frauen«, fuhr Derny fort, ohne ihm auch nur zuzuhören. »Und das stimmte tatsächlich, zumindest in den meisten Fällen, so verrückt es dir auch erscheinen mag. Eduviges müßte eigentlich wissen, welche Aufgabe er hatte, worin seine Arbeit bestand, denn es war offensichtlich, daß ihr Bruder ihn für unentbehrlich hielt. Einoder zweimal hat er ihn sogar nach Deutschland mitgenommen. Der berühmte Tambourmajor! Eines seiner Lieblingsvergnügen, fast schon eine Manie, bestand darin, vor mir von seinen amourösen Abenteuern in Hamburg oder Berlin zu prahlen. Du kannst dir nicht vorstellen, wie sehr ich mich beim Zuhören amüsierte. Ich war keusch und fromm. Martínez zuzuhören, das hieß, den Kopf über den Rand des Abgrunds zu beugen, Schwefel einzuatmen, das Gift strengstens verbotener Gefühle einzusaugen. So wie für andere die Lektüre pornographischer Bücher, denke ich mir. Er erzählte mir von seinen unzähligen Erlebnissen in Deutschland. Die Frauen mußten schön reif sein, mit üppigem Fleisch. Bloß keine jungen Mädchen und nicht zu dürr. ›Alte Hühner erzeugen die beste Bouillon!‹ verkündete er gerne. Oder: ›Es gibt kein größeres Vergnügen, als in Fett zu schwimmen!‹ Dabei leckte er sich genüßlich die Lippen. Doch ein Unheil schwebte wie ein Schatten über seinem Dasein: Er litt an Hämorrhoiden. ›Das ist das grausame Stigma meines Organismus‹, sagte er mir eines Tages. Er war dermaßen eingeschüchtert durch sein Leiden, daß er es nicht fertig brachte, eine Apotheke zu betreten und die nötigen Mittel zu seiner Linderung zu verlangen. Einmal bat er mich, sie ihm zu besorgen. Er war beladen mit Ticks, überzogenem Ehrgeiz und Komplexen. Mein Vater konnte ihn nicht ausstehen. Ihm widerstrebte es, daß der andere sich für seinesgleichen hielt, wie er sagte. Du wirst dich ja noch erinnern, wie überheblich Papa manchmal sein konnte. Deshalb, weil er war, wie er war, kann ich mir bis heute nicht erklären, warum er mich in ein einfaches College geschickt hat statt auf die Universität, die fast nebenan lag. Die Seele des Menschen ist unergründlich! Unser Los ist es, Söhne zu sein des grausamen Slawen, des finsteren Fedor. Sag mir, warum nicht nach Notre Dame? Na ja, meinen Vater störte, wie gesagt, die enge Beziehung zwischen Martínez und Arnulfo. Ich habe ihm natürlich unsere Unterhaltungen verschwiegen. Martínez war es, der ins Restaurant kam, um meinem Onkel mitzuteilen, daß Adele soeben den Palast der Bellas Artes verlassen hatte und ihr auf der Treppe ein Absatz abgebrochen sei. Martínez habe sie heimfahren wollen, aber sie wollte, wie er sagte, mit meinem Onkel reden. Sie erwarte ihn auf dem Parkplatz vor dem Palast, höchstens hundert Meter vom Restaurant entfernt. Mein Vater hat gewartet. Als es ihm nach einer Weile zu bunt wurde, ist er nach Hause gegangen. Dort hat er es dann erfahren. Mein Onkel Dionisio rief an, Arnulfo Briones sei von einem Wagen überfahren worden, als er abends um acht Uhr dreißig die Avenida Juárez überquerte. Das war die erste Version. Es war ein Sonntag; nach der Oper.«

Er machte eine Pause und blickte del Solar eindringlich an. Das war nicht mehr der gleiche Derny wie am Anfang, begeistert vom Gesetz der Dialektik, der die gesellschaftliche Synthese predigte, die die Welt von allem Übel befreien würde. Etwas schien ihm unter die Haut gegangen zu sein. Plötzlich, als er sich ertappt fühlte, brach er in trockenes Gelächter aus und fuhr fort: »Der große Tambourmajor! Wenige Menschen sind so amüsant wie er! Ein geborener Valentino. Du hättest die Ratschläge hören sollen, die er mir gab, um eine Frau zu verführen. Und er hatte immer Erfolg, trotz seines Pferdegebisses! Zumindest schaffte er, daß sie sich für ihn interessierten, ihm zuhörten und ihn anlächelten. Das kann ich bezeugen. Ich habe gesehen, wie er Angestellte, Kellnerinnen, Dienstmädchen rumgekriegt hat. Ich glaube, sie waren entzückt über die Art und Weise, wie er sich an sie heranmachte. Was ich nie verstanden habe, ist, wie eine Frau, von der er glaubte, sie liege ihm zu Füßen, ihn öffentlich so bloßstellen konnte, indem sie sich über seine Tragödie mokierte, das Stigma seines Organismus: die verfluchten Hämorrhoiden. Diese Frau war Ida Werfel. Deshalb ist er auf Delfinas Fest so durchgedreht, vor Zorn und aus Verzweiflung. Er fühlte sich verraten, als wollte man ihn öffentlich ausziehen und vor dem Publikum zur Schau stellen, was ihm so überaus peinlich war. Er fühlte sich wie ein Mandrill, auf dessen Pusteln an der bekannten Stelle die Leute mit dem Finger zeigten. Tage vor dem tragischen Fest rief Tante Eduviges mich an. Ich fand sie äußerst nervös und erregt, fast am Rande eines Nervenzusammenbruchs. Sie war überzeugt, daß etwas Schreckliches geschehen würde. Ganz konkret befürchtete sie einen Verrat. Arnulfo, so sagte sie, laufe blind durchs Leben. Und dieser Martínez, der ihn glauben mache, er sei sein Führer, sei bereit, ihn in den nächsten Abgrund zu stürzen, der sich ihm böte. Mich hatte sie mehrmals mit ihm reden sehen. Sie fragte mich, ob mir etwas Ungewöhnliches aufgefallen sei. Ich erzählte ihr von unseren Unterhaltungen, ohne das mit den Frauen zu erwähnen, das heißt, fast alles, was er geredet hatte. Um die Sache herunterzuspielen und sie ein wenig zu beruhigen, erzählte ich ihr von Martínez' Tragödie, dem grausamen Stigma seines Organismus. Davon, daß ich Medizin für ihn besorgt hatte, weil er nicht riskieren wollte, daß die Angestellten in der Apotheke daraus auf sein Leiden schlössen. Wenige Tage nach Pistauers Tod habe ich meine Tante wiedergetroffen, und da hat sie mir ihre Version von dem Fest geschildert. Sie sagte mir unter anderem, Ida Werfel sei über Martínez' Leiden im Bilde gewesen und habe vor allen Leuten angefangen, eindeutige Witze über Pfeffer und seine schädliche Wirkung auf besagte Stelle der Qualen zu machen.«

Beide brachen in Gelächter aus. Eloisa rief aus dem oberen Stockwerk, sie möchten hochkommen, denn gleich würden die Nachrichten beginnen; anschließend aßen sie zu Abend und hörten später eine Symphonie von César Franck in einer meisterhaften Version von Barbirolli, die del Solar noch nicht kannte. Nachdem er seine Cousine schließlich nach Coyoacán gebracht und sie ihm erklärt hatte, wie sehr es sie freue, ihn in Dernys Haus so glücklich gesehen zu haben, fuhr er todmüde heim.

Er dachte sich, nur in Mexiko seien solche marathonartigen Besuche möglich, Derny sei viel sympathischer als erwartet und die Geschichte jenes Verbrechens sei vielleicht viel simpler, als es scheinen mochte. Er mußte unbedingt mit seiner Tante reden. Welche Art von Beziehung hatte zwischen dem Tambourmajor und der Familie Briones bestanden? Was für eine Rolle hatte er genau bei den Aktivitäten von Arnulfo Briones gespielt? In allen Berichten seiner Informanten war er aufgetaucht. Ein Erpresser, ein Grobian, ein schmieriger Verführer. Ganz vage schien in seiner Erinnerung das Bild eines dürren Mannes mit Pferdegebiß zu erstehen, angetan mit einem dunklen Nadelstreifenanzug und einem Hut, dessen breite Krempe das Gesicht halb verdeckte. Martínez, Verführer und Diplomat! Der große Tambourmajor beim Defilee der Liebe.

»Die Geschichte klingt seltsam, ich weiß; bizarr, wie die Snobs sagen würden. Es gibt Menschen, die in Finsternis leben müssen, daran sollten Sie keinen Augenblick zweifeln. Eine Klage tief aus dem gequälten Herzen der Menschheit! Noch eine spirituelle Sehnsucht, auf die wir verzichten mußten, weil der Moment der Erlösung nicht erreicht werden konnte. Es gibt eine Zone im astralen Raum (zwischen Himmel und Erde), die in unsere Welt integriert werden sollte. Wenn das gelingt, wird der Zwitter seine Botschaft verkünden. Lingam wird das Universum mit seiner schöpferischen Macht beglücken. Wenn die astralen Konstellationen sich aber nicht erfüllen, werden wir nur vor einem weiteren gescheiterten Experiment der Natur stehen. Betrug zahlt sich nicht aus! Das habe ich schon immer vertreten. Die Baronin von Lewenthau, der angebliche Leutnant Giraux: ein schöner Haufen von Schmierenkomödianten! Eine Truppe ernster Theaterschauspieler, als die sie sich ausgaben? Nichts von alledem! Komiker der untersten Sparte, gemischt mit einheimischen und ausländischen Schelmen, Gesindel, völlig skrupellos. Dreck! ›Schurken der Welt, vereinigt euch!‹ Das hätten sie sich auf die Stirn tätowieren müssen. Alle zusammen haben sie einen großen Plan zum Scheitern gebracht. Keiner wollte gerettet, keiner erlöst werden. Wußten Sie übrigens, daß José Zorrilla der Direktor der kaiserlichen Theater Mexikos war? Verzeihung, ich hatte vergessen, daß Sie Historiker sind und alles wissen. Heutzutage wollen die Leute gar nichts mehr wissen. Im Gegenteil, ihr einziges Bestreben ist, das wenige, das sie mal wußten, auch noch zu vergessen. Eine sehr praktische Methode, sich im Autobus des Alters einzurichten. Vergessen und Senilität, Amnesie und Hinfälligkeit; diese Konzepte verschmelzen oder überkreuzen sich. Diejenigen, die die Welt regieren, wünschten sich, daß wir alle an Amnesie litten. Die Menschheit? Eine Reihe vergeßlicher, sabbernder Greise. Ich denke gar nicht daran, ihnen diese Freude zu machen! Ich werde immer jung bleiben! Ich werde die Erinnerung bewahren. Der jugendliche Balmorán! Zur Stelle,

Madame! Gestern noch ein Knabe mit blauem Rucksack und einem großen roten Ball. Und heute? Seht ihn euch an! Hier ist er! Er grüßt die Welt mit seinem frischen, strahlenden Gedächtnis, stets bereit, die Botschaften zu empfangen, die ein reiches Gestern und ein ebensolches Heute hervorbringen. Ich ermittle weiter, seien Sie sicher! Im notariellen Archiv bin ich auf ein wichtiges Dokument gestoßen: das Testament des Baron von Lewenthau. Reichtümer, ehrlich gesagt, wenige. Entscheidend ist, daß dort der Künstlername seiner Frau verzeichnet ist. Palmira Aguglia, Neapolitanerin. Klar! Woher sollte sie auch sonst stammen!«

Balmorán hatte in den letzten Tage mehrmals angerufen. Er hatte del Solar ausrichten lassen, er müsse ihn dringend sprechen, da er aufregende Neuigkeiten habe ... Del Solar setzte sich mit ihm in Verbindung, und sie machten ein Treffen aus. Doch dann mußte del Solar es mehrmals verschieben, denn als er nach seinem Entschluß, in Mexiko zu bleiben, die ersten Schritte unternahm, um wieder in der Universität eingegliedert zu werden, erwiesen sie sich als zeitaufwendiger und komplizierter als erwartet. Am Nachmittag zuvor hatte er das Treffen wieder verschieben müssen, und da hatte er in Balmoráns Stimme einen scharfen, leicht verächtlichen Beiklang bemerkt. Dann sagte der, del Solar solle in seiner Wohnung vorbeischauen, wann immer er wolle. Er sei ja nicht wichtig, und das sei auch nie sein Anliegen gewesen. Del Solar solle einfach vorbeikommen, sobald er mal Zeit oder Lust habe. Wenn er ihn dann nicht antreffe, habe er eben Pech gehabt; irgendwann würde es schon klappen. Er sei auch nicht immer frei. Er habe Dinge zu erledigen, zum Beispiel Bibliotheken zu begutachten. Nichts sei so unglaublich wie die Erwartungen von Witwen, sagte er in mürrischem Ton. Sie zeigten dem potentiellen Käufer eine Wand, vollgestopft mit lauter Mist, Abfall, Groschenromanen, Papieren, die zu nichts anderem taugten, als im Bauch von Ratten zu vergären. Und am Ende verlangten sie Millionenbeträge. Unersättlich! Diese Arroganz! Dieser Snobismus! Das gesamte Martyrologium ins Gesicht geschrieben. Sie wollten nicht, daß die Bibliothek ihres Mannes, dieses bewundernswerten nationalen Helden, das Land verlasse, weshalb sie sie zu einem günstigen Preis hier anböten. In Texas würde man ihnen zwar das Doppelte bezahlen, aber sie würden solange wie möglich die Ausfuhr dieser Schätze aus Mexiko verhindern. Aber sein Leben bestünde nicht nur darin, Witwen zu treffen. Er müsse auch die Druckerei aufsuchen, seine Editionen betreuen. Auch er habe seine Pflichten. Er könne nicht ewig zu Hause bleiben und auf Godot warten. Aber gut, wenn del Solar ihm versichere, am nächsten Nachmittag um fünf Uhr bei ihm zu sein, würde er trotz seiner vielen Verpflichtungen versprechen, daß er auf ihn warten würde. Doch das sei nun auch wirklich das allerletzte Mal. Er habe sich die Unterhaltung, die sie beim vorherigen Treffen geführt hätten, als del Solar geruhte, ihn zu besuchen, sehr zu Herzen genommen. Er habe nachgeforscht und habe einiges herausgefunden. Aber wenn del Solar jetzt seine Meinung geändert habe, dann eben nicht. Dann habe er nur seine Zeit verloren, wie schon so oft. Er wäre dem Kunden allerdings dankbar, wenn er wenigstens die Güte hätte, ihm sein Desinteresse dann auch mitzuteilen. So sei nun mal sein Beruf; er müsse die Risiken seines Metiers eben hinnehmen. Auch egal! Das sei weder das erste noch das letzte Mal, daß er umsonst gearbeitet habe.

Schließlich fand das Treffen doch statt. Am Anfang verlief es eher enttäuschend. Solange der Buchhändler immer wieder angerufen und auf seinen Besuch gedrängt hatte, war der Historiker davon ausgegangen, er hätte neue Informationen, etwas Erhellendes über das Attentat, das Erich Maria Pistauer das Leben gekostet hatte und bei dem Balmorán und Delfina Uribes Sohn schwer verletzt worden waren. Miguel del Solar war überzeugt, daß Balmorán und einige der anderen Interessierten nur ihr Gedächtnis etwas mehr zu bemühen und auf intelligente Weise das eine Geschehen mit dem anderen zu verknüpfen brauchten, um herauszufinden, was wirklich vorgefallen war, wer diese Tode angeordnet hatte und aus welchen Gründen. Die verstrichene Zeit würde die Aufgabe eher erleichtern als erschweren. Er erwartete ja nur eine winzige Anstrengung: sich zu erinnern, Fäden zu verknüpfen und simple Lösungen zu verwerfen. Irgendwann würde die Wahrheit sich durchsetzen. Welche speziellen Interessen vertrat Arnulfo? Warum empfing er Schreiben in mehreren, über verschiedene Stadtviertel verteilten Büros? Warum versuchte er, statt darauf zu drängen, daß das Verbrechen an seinem Stiefsohn aufgeklärt wurde, mit seiner Frau in die Vereinigten Staaten zu fliehen? Warum zerstritt er sich mit seinem Cousin und besten Freund Haroldo Goenaga und versöhnte sich dann wenige Tage vor seinem Tod wieder mit ihm? Balmorán hatte nicht die geringste Anstrengung unternommen, um die Elemente diese Puzzles noch einmal einzeln zu überprüfen. Die Neuigkeiten, die er am Telefon so großspurig angekündigt hatte, waren nichts als Bibliographien: zwei ziemlich abgenutzte Exemplare der nationalsozialistischen, von der deutschen Botschaft geförderten Zeitschrift Timón, ein paar Kirchenbroschüren über Arbeiterfragen sowie zwei in Jalisco herausgegebene Romane über den Cristero-Aufstand.

Schon nach wenigen Minuten merkte del Solar, daß Balmorán die Publikationen nur vorgeschoben hatte. Eigentlich nicht anders als er selbst! Keiner von beiden schenkte dem gedruckten Material an dem Tag große Beachtung. Balmorán wollte über seine Arbeit reden. Grollend empfing er seinen möglichen Kunden, beobachtete mißtrauisch del Solars Verhalten, so wie ein Vater das seines unvernünftigen Sohnes beäugt, den er mit dem nötigen energischen Straffen der Zügel wieder auf den rechten Weg lenken muß. Mit einer Strenge, die nur aufgesetzt und als reine Fassade wirken sollte, wie Balmorán absichtlich durchblicken ließ, lud der Buchhändler del Solar zu einem Glas Wein ein und sagte mit leichtem Vorwurf, für einen Moment habe er befürchtet, diese schöne beim letzten Besuch entstandene Freundschaft habe sich in Luft aufgelöst. Er habe das Pulsieren einer Zwillingsseele gespürt (del Solar möge bitte dieses abgedroschene Bild verzeihen, das ihm in seinem Fall jedoch das einzig passende zu sein scheine). Eine Zwillingsseele! Ein höchst seltener Fund auf dieser Welt! Jemand, der ganz selbstverständlich die Jugend des Freundes akzeptiere. Es sei offensichtlich, daß del Solar nicht zu denen gehöre, die von falschem Glanz und falscher Glorie abhängig seien und die, um sich auf ihrem falschen Podest zu halten, alles wirklich Menschliche, das in ihnen atme, über Bord werfen müßten. Er sei anders, und nur deshalb sitze er jetzt vor ihm, Pedro Balmorán, mit einem Glas Rotwein in der Hand und der ruhigen erwartungsvollen Haltung eines Menschen, der sich an der Seite eines Bruders weiß.

Seit ihrer letzen Unterhaltung habe er unermüdlich Tag und Nacht an seiner Version über das tragische Schicksal des mexikanischen Kastraten gearbeitet, sie immer wieder korrigiert und ausgefeilt. Seit Jahren habe er dieses Material nicht mehr angerührt. Er habe sich anderen Arbeiten gewidmet, beeilte er sich klarzustellen. Er pries sich als fleißig und unermüdlich. Er arbeite, wie es sonst kaum noch in Mexiko üblich sei. Das Buch, das ihn vor dreißig Jahren berühmt gemacht hätte, bevor er es dann zurückgestellt habe, sei nun aus der tiefen Lethargie, in der es versunken war, wieder aufgetaucht. Ein gleichermaßen geliebtes wie verhaßtes Werk. Seinetwegen hatte man ihn, wie er sagte, mißhandelt, bedroht, sogar zu töten versucht. Man hatte ihm die Beweglichkeit einer Hälfte seines Körpers geraubt. Physisch hatte man ihn in ein Wrack verwandelt. Zeitweilig habe er nur sehr sporadisch an diesem Text arbeiten können. Anfangs noch mit Feuereifer; später aus der seelischen und intellektuellen Distanz etwas lustloser. Dann war der Moment gekommen, daß er gar nicht mehr hineinschaute. Große Teile des Materials waren endgültig verloren. Es fehlten Fakten und Daten. Wenn man es jedoch recht betrachtete, hatte auch das ursprüngliche Material einige Ungenauigkeiten enthalten. Das Gedächtnis des Kastraten war nicht besonders gut gewesen. Abt Morelli, der erst am Ende mit dieser Mißgestalt der Natur geredet hatte, mußte wohl vieles hinzuerfunden haben. Er schilderte etwa die Reise des Kaisers nach San Luis Potosí, wo der Kastrat bei einem Tedeum in der Kathedrale gesungen und das Kaiserpaar ihm heftig applaudiert hatte, ebenso wie die begeisterten Einwohner von Potosí, die ihn an jenem Abend auf ihren Schultern durch die ganze Stadt trugen, bevor sie ihn in der Herberge absetzten, wo ihn die Baronin von Lewenthau (geborene Aguglia, Neapolitanerin) erwartete. Zu der Zeit, als der Abt Morelli ihn interviewte, hielt sich der Kastrat noch mit letzter Kraft in Neapel auf einem Kai als Fakir am Leben. Er sagte, daß er den ganzen Tag lang nur ans Essen denkt und daran, daß er in seiner Heimat täglich Vögelchen gegessen habe. Als der Abt ihn fragte, welche, welche Arten, sagte er totoles und zopilotes, ersteres sei der mexikanische Truthahn und letzteres eine Geierart, die in einigen Regionen der Karibik unter dem Namen »grindiger Truthahngeier«

bekannt sei. Der Abt erklärte ihm, das könne nicht sein, der zopilote sei kein eßbares Tier, sein Fleisch sei ungenießbar; der Kastrat gab ihm recht, er habe ja auch noch nie zopilote gegessen, sondern Vögelchen. Wie, was für welche? Wie der Königsadler oder eben wie totoles oder zopilotes. Dialoge, die ganz nach Verständigungsschwierigkeiten aussahen, einerseits sprachlicher Art, andererseits infolge der Erschöpfung und der geistigen Verwirrung des armen Soprans. Die ganze Geschichte des Tedeum in San Luis, die Morelli ausführlich wiedergab, des musikalischen Erfolges und der herrlichen Gelage, die bei solchen Gelegenheiten geboten wurden, war falsch. Der Kaiser und die Kaiserin waren niemals in San Luis Potosí gewesen. Die am nächsten gelegenen Städte, die Maximilian von Habsburg besucht hatte, waren Guanajato und Morelia, beide mehr als einen Tagesmarsch von San Luis entfernt. Charlotte hatte ihn weder auf dieser noch auf anderen Reisen durch das Land begleitet, mit Ausnahme ihrer gewohnten Ausflüge nach Cuernavaca. Aufgrund der skandalösen Umstände, unter denen diese Person aus der Stadt geflohen war, kam andererseits eine Rückkehr auf keinen Fall in Betracht, selbst nicht im Gefolge des Kaisers.

Del Solar fühlte sich machtlos angesichts dieses plötzlich über ihn hereinbrechenden Kastraten, der sich vollkommen der Gedanken des Invaliden bemächtigt hatte. Er versuchte vorsichtig um Erläuterungen zu diesem Dokument zu bitten. Der Buchhändler schenkte ihm einen verächtlichen Blick mit einem Funken seiner anfänglichen Unverschämtheit. Er schürzte die Lippen, bis sein Mund aussah wie ein Hühnerpopo; dann streckte er den beweglichen linken Arm nach vorne aus, in Richtung seines Gegenübers, als vollzöge er eine außerordentlich spirituelle Zeremonie.

»Vor einigen Tagen«, fuhr er fort, »ist mir klargeworden, warum diese Geschichte für Sie so von Interesse ist. Durch ihre Schuld haben Menschen ihr Leben gelassen, der Österreicher Erich Maria Pistauer, der junge Ricardo Rubio, Neffe von Don Luis Uribe, und Ihr untertänigster Diener, der den Dance macabre von Saint-Saëns singt und tanzt, sogar auf Spitzen, wenn es verlangt wird, obwohl er, wie Sie sehen, physisch ein totales Wrack ist. Eine Geschichte, die im Verlauf eines ganzen Jahrhunderts vergeblich versucht hat, das Licht zu erblicken, sich zur Kenntnis zu bringen. Aus irgendeinem Grund hat das Schicksal mich dazu bestimmt, diese Aufgabe gegen alle Widrigkeiten zu Ende zu führen. Als diese ›Memoiren‹ verfaßt wurden, konnte jenes arme Wesen kaum noch sprechen. Das mit den Vögelchen, bei denen sich Morelli so lange aufhält, der ein verfressener Mönch gewesen sein muß, gibt uns eine Vorstellung von seinem geistigen Zustand: Er hatte alles vergessen, sogar das Sprechen. Die andere Erzählerin, Palmira Aguglia, Baronin von Lewenthau, war in das Milieu ihrer Herkunft in Neapel zurückgekehrt, wo sie eine Hafenkneipe führte; sie wurde wieder das, was sie vor ihrer Bekanntschaft mit dem alten Baron gewesen war. Abt Morelli behauptet, die Baronin und den Kastraten in San Luis Potosí als Paar kennengelernt zu haben, und dann traf er sie zufällig am Ende ihrer Tage wieder. Er verschweigt nicht, daß die wahre Tätigkeit der Frau sich darauf beschränkte, ihren Körper an Matrosen und Männer übelster Sorte zu verkaufen. Die Gaunerin war in die Welt zurückgekehrt, in die sie gehörte, nachdem sie versucht hatte, die militärische Besetzung auszunutzen und auf unsere Kosten ein Vermögen zu machen. Armes Land! Sie hat, wie man zugeben muß, wahre Opfer auf sich genommen, um dem Menschen zum Erfolg zu verhelfen, dem sie das Beste ihres Lebens widmete: dem Kastraten. Ich erkannte in aller Deutlichkeit, daß ich mich dieser Aufgabe erneut stellen mußte. Ich mußte das Wagnis zu Ende führen. Das Wunder der Existenz dieser verheißungsvollen Nachtigall zur Kenntnis bringen. All das ging mir durch den Kopf, als die Ehefrau des Hausverwalters, meine gute Freundin, ein Engel, der mich vor den Schlägen der Welt beschützt, mir einen Brief überreichte, ein anonymes Schreiben, ähnlich den vielen, die ich dreißig Jahre früher, vor dem Überfall, vor der Schießerei erhalten hatte und wie sie nun wieder fast täglich seit etwa einem Monat kommen, wo mir schreckliche Strafen angedroht wurden und werden, falls ich die obszönen Papiere veröffentlichte, die in meinem Besitz seien. Der Text könnte ja jedesmal anders sein, aber er lautet immer gleich: ›Der Teufel wird nicht ans Ziel gelangen‹ lautete die erste Zeile des ersten Schreibens. Es folgte eine Reihe von wahllosen Beschimpfungen. Inzwischen jagen sie mir keine

Angst mehr ein; im Gegenteil, als ich diesen schändlichen Auswurf in Händen hielt, spürte ich, daß meine Jugend einen Sinn bekam. Ich hatte mich bestens in Form gehalten – junger Meister auf der Höhe der Kunst! –, um endlich die Geschichte vom Schicksal des schrecklichen mexikanischen Kastraten zu Ende zu erzählen. Ich habe das Gefühl, daß ich Ihnen alles in völlig grotesken Worten geschildert habe, aber ich versichere Ihnen, es ist weitaus mehr als das. Er hätte die Welt erlösen können, hören Sie gut zu, davon bin ich absolut überzeugt. ›Ja, der Teufel wird ans Ziel gelangen!‹ schrie ich hinaus, den ganzen Morgen über, immer wieder. Nachmittags habe ich dann mit dem Schreiben begonnen. Ich habe die Papiere aus ihrem Versteck geholt, sie in einem Zug durchgelesen, und seither sitze ich hier Tag und Nacht bei der Arbeit. Ich kann Ihnen versichern, daß ich spätestens in drei Monaten den Bericht fertig haben und in Druck geben werde. Mag zittern, wer will; mag fallen, wer will; der Kastrat, die Person, die der alten Welt unter dem Namen ›zweite mexikanische Nachtigall‹ und später als ›Azteken-Fakir‹ bekannt war, wird eine zweite Existenz auf der Welt erlangen, seine ersehnte Auferstehung!« Balmorán redete wie ein Visionär, fuchtelte mit den Händen, plinkerte wieder mit den Augen, all die heftigen Gesten, die seinem Gegenüber eine Menge Beherrschung und Geduld abverlangten und besagten, das Wichtigste würde gleich kommen, man solle ihm bitte bloß jetzt nicht ins Wort fallen. »Ja, ich habe ohne Unterbrechung gearbeitet und enorme Fortschritte gemacht. Ich werde Ihnen Passagen vorlesen, welche Sie wollen, außer vom Ende, denn das birgt die wahre Überraschung meines Buches. Sie werden staunen, wenn Sie es lesen; Sie werden erfahren, wie zutiefst dämonisch das menschliche Dasein sein kann; Sie werden sehen, daß das Absurde und der Wahnsinn keine Grenzen kennen, wenn vom Menschen die Rede ist. Alles ist reiner Schein. Es wird einen Moment geben, in dem der astrale Raum zu einem einzigen verschmilzt, der Himmel und Erde umfaßt. Vielleicht wird diese Entdeckung nicht viel länger als einen Augenblick anhalten. Aber möglicherweise vollzieht sich in diesem Augenblick die Erlösung. Wird es wohl immer eine Figur ad hoc in Erwartung dieses Augenblicks geben? Das frage ich mich. Wird sie kommen? Verzeihen Sie die Abschweifung.

Es gibt Passagen, in denen der Stil offensichtlich noch ungeschliffen ist; es gibt Löcher und Falten, aber die Vollendung schreitet zügig voran. Das Unvermeidliche war nur, bis zu dem Wort ENDE zu gelangen. Und dieses Wort ist nun geschrieben.«

»Haben Sie eine Ahnung, was aus dem Rest der Originalunterlagen geworden ist?«

»Was Sie sagen? Ich nicht verstehen. Ich nichts wissen. Ich nur wollen tanzen Chachacha.«

»Die Seiten, die Ihnen gestohlen wurden ...«

»Entschuldigen Sie, Horacio, aber es gibt viel interessantere Dinge als Ihre merkantile Philosophie. Ich habe eine Vorstellung von der Person.« Er schloß die Augen und rief in einer Art Ekstase aus: »Von seiner Physis! Wenn Sie den Text lesen, werden Sie alles erfahren. In einem kurzen Vorwort werde ich darauf hinweisen, daß man diese Papiere jahrelang verfolgt und sie entführt hat, daß der Erzähler sich in Lebensgefahr befand und daß er immer noch anonyme Drohungen erhält ... Soll der Leser doch seine eigenen Schlüsse ziehen! Warum besteht ein so großes Interesse, die Umstände seines Lebens geheimzuhalten? Ich bin sicher, daß viele mit meinen Schlußfolgerungen übereinstimmen werden. Es handelt sich nicht lediglich um eine Hypothese. Es ist die definitive Lösung des Rätsels.«

»Und die wäre ...?«

»Keine Sorge, mein Freund! Wir beide werden uns noch weiterhin unterhalten. Ich möchte, daß Sie der erste sind, der meinen Bericht liest. Sehr bald werde ich ihn druckfertig haben. Tun Sie mir den Gefallen und lesen Sie ihn vorher! Die Seiten, die gerettet wurden, weil sie im Besitz von Frau Moby Dick waren, die sie natürlich nicht zu schätzen wußte und zu erklären wagte, sie seien nicht authentisch, das Italienisch sei nicht korrekt; anders als Professor Rafael J. Santander, ein bescheidener Mann, an den sich heute niemand mehr erinnert, ein Paläograph, der damals den Text ebenfalls zum Teil gelesen hat. Ich hatte ihn um seine Meinung über die Authentizität des Manuskriptes gebeten, die Frau Doktor Schmal Werfel in Zweifel gezogen hatte. Als er mir die Seiten zurückgab, versicherte mir Don Rafael, daß ich einen Schatz von unermeßlichem Wert besitze. Die Seiten des Originals werden im Anhang erscheinen, wobei der Abt Morelli angemessen gewürdigt wird, der die Erzählung persönlich aus dem Munde des Kastraten und der Neapolitanerin erfahren hat. Der Rest wird als mein Werk erscheinen. Ich war ihr Bewahrer und Chronist, fast ihr Schöpfer. Das Werk wird unter dem Namen Ihres untertänigsten Dieners herauskommen, der unermüdlich den Chachacha singt und tanzt.«

»Interessiert es Sie denn nicht zu erfahren, was tatsächlich passiert ist ...?«

»Mit den Personen, die Morelli nicht befragen konnte? Ausgezeichnete Frage! Durch einen solchen Volltreffer möchte ich sterben! Die anderen habe ich nicht unberücksichtigt gelassen, keine Sorge. Ich bin ihrer Spur so weit wie möglich gefolgt. Die andere Person, lieutenant Giraux, ein jämmerlicher Taugenichts und Handlanger der Oberschurkin, desertierte und hielt sich für eine Weile versteckt, bis die Republik obsiegte und das Leben der Bürger sich wieder normalisierte. Der Leutnant heiratete eine reiche Krämersfrau aus Veracruz, die ihn in einem Keller versteckt hielt. Nicht im Traum wollte er mehr mit seiner früheren Komplizin zusammenbleiben. Er hatte das Vagabundenleben satt, und wie man am Werdegang der anderen beiden sieht, hatte er völlig recht. Vielleicht lebte er ja glücklich bis zu seinem Lebensende an der Seite seiner ergebenen und willfährigen Ehefrau, verwaltete ihre Finanzen, beriet sie, wie und wann sie Kredit gewähren sollte oder nicht; lehrte sie, die Qualität neuer Lebensmittel zu schätzen, um ihr Geschäft auszubauen, und half ihr so, allmählich die Qualität ihres Ladens zu verbessern. Möglich, daß es so war, obwohl es auch denkbar ist, daß er die Kauffrau ruiniert und sich nach einiger Zeit eine andere Frau gesucht hat und dann noch eine und noch eine, bis er am Ende Mexiko fluchtartig verlassen mußte und sich in Martinique oder Guadeloupe niederließ, wo er dann unter lauter Menschen, die seine Sprache sprachen, seine Malaria und diverse andere, noch undankbarere Krankheiten pflegte und, inzwischen taub und blind, als menschliches Wrack den Verstand verlor; bis dann eines Tages sein zerfetzter Leichnam in einem Schweinestall auftauchte zur größten Erregung der umherschnüffelnden Schweine. Aber wer kann schon wissen, welches Schicksal ihn ereilte! Sicher ist nur, daß der angebliche lieutenant Giraux das Paar nicht nach Europa begleitete und auch dessen rasanten Absturz zum Schluß nicht miterlebte. Das zumindest ist Morellis Bericht zu entnehmen.«

In groben Zügen erzählte Balmorán die Geschichte seinem neuen Freund und ungeduldigen Zuhörer. Die Reise einer fröhlichen Bande nach San Luis Potosí, wo Palmira von Lewenthau eine Theatertruppe gründen wollte, die sich jedoch anderweitig betätigen sollte: Glücksspiel, galante Gesellschaften und so weiter, mit dem Ziel, die reichen Großgrundbesitzer und Bergbauingenieure der Gegend auszunehmen. Die Entdeckung der außergewöhnlichen Stimme, als die Baronin eine entlegene Kirche in Begleitung eines englischen Bergbauingenieurs besuchte, der ihr die Besonderheiten der lokalen Architektur erklären wollte, speziell die Verwendung der Stipiten als wesentliches Stilmerkmal des mexikanischen Barocks, die Ergriffenheit der Baronin, als sie dieses als engelsgleich empfundene Trällern vernahm, war erschütternd. »C'est un ange!« rief sie begeistert aus. »Ich will seine Flügel berühren! Ich will seine glühenden Augenlider küssen!« Eine Welle mystischer Trunkenheit ergriff die Baronin. Die Europäerin war dermaßen verzaubert, daß sie, als die Besitzerin dieser goldenen Stimme, eine Novizin mit abstoßenden Zügen, vom Chor stieg, laut Morelli deren ans Monströse grenzende Häßlichkeit gar nicht wahrnahm. »Es ist der schönste Engel, den ich im Leben je erblickt habe«, rief sie vor den Augen des völlig konsternierten englischen Ingenieurs aus, der voller Abscheu die schlaffen Wulstlippen dieses Zombies betrachtete, seine schmalen, fast zugeschwollenen Augenschlitze, die so weit auseinander lagen, daß sie eher an die eines Wildschweins als eines Menschen gemahnten.

»Wie die böhmischen Rauschgoldengel! Wie die wunderschönsten Engel meiner Heimat Italien! Sing, mexikanischer Engel, sing, bitte! Deine alleruntertänigste Dienerin fleht dich auf Knien an!« Der englische Ingenieur, der wenig, fast nichts von Musik verstand, war dermaßen beeindruckt beim Anblick der Tränen, die der vornehmen Dame aus lauter Demut angesichts dieses Schreckensengels über die Wangen liefen, daß er noch am selben Abend in den Salons der Lonja verkündete, er habe den himmlischen Gesang einer außergewöhnlichen Stimme vernommen, und hinzufügte, die Baronin von Lewenthau, eine musikalisch ungeheuer gebildete Dame (was falsch war, denn abgesehen von den neapolitanischen Tarantellas, einigen einprägsamen Arien und ein paar Tanzstücken kannte sie nichts) habe ihr in Tränen gebadet auf Knien gelauscht.

Am darauffolgenden Tag kursierte die Geschichte in ganz San Luis, nur der Engel wußte natürlich nichts davon, daß das Schicksal ein Auge auf ihn geworfen hatte. Der junge Kastrat lebte in einem Konvent, wo er seine Anomalie unter der Kutte verbarg und eine alte Schwester ihn gelehrt hatte, Weihnachtslieder und Motetten zu singen (und »Vögelchen zu essen«, wie er im Alter behaupten sollte). An dem Nachmittag um die Zeit, da die Nachtigall ihre täglichen Stimmübungen absolvierte, während die alte Nonne mit schleppender Bedachtsamkeit die Orgel bediente, füllte sich die Kirche zu dem Erstaunen aller mit Goldlitzen, Federn, Schwertern, prächtigen Gewändern, Schmuck. ... der besten Gesellschaft von San Luis, die an Eleganz dem Hof in nichts nachstand, französische und mexikanische Offiziere, der hohe Klerus der Stadt, angeführt von Erzbischof Arozamena. Am Schluß der ersten Motette ertönte einstimmiger Beifall, was sich nach jedem Musikstück wiederholte. Mit Billigung des Erzbischofs stieg die junge Sopranistin hinab, um das versammelte Publikum zu begrüßen. Die Baronin umarmte sie begeistert, und schließlich konnten sie abseits von der Menge bei einer kleinen Kapelle ein paar Worte wechseln. Die Sopranistin erfaßte in groben Zügen, was die andere ihr vorschlug. Sie brauchten keine gemeinsame Sprache. Angestachelte Eitelkeit vermag gewöhnlich Wunder zu bewirken.

An jenem Abend schlossen die Baronin und der Leutnant in der Herberge einen Pakt. Noch ziemlich aufgewühlt, gelang es der Baronin, ihren Geliebten davon zu überzeugen, es handele sich um einen glücklichen Wink des Schicksals. »Das Glück hat uns einen Schatz in die Hände gespielt. Diese wundervolle Stimme gehört einem Kastraten. Er ist weder ein Mädchen noch eine Novizin, sondern ein junger Indio aus den nördlichen Bergen, den man in seiner Kindheit seiner Männlichkeit beraubt hat. Außer der Nonne, die ihn aufgezogen und ihn das Singen gelehrt hat, kennen höchstens drei oder vier Personen sein Geheimnis.«

»Und wie hast du es herausgefunden?« wollte der Tunichtgut zu Recht wissen.

»Das ist eine komplizierte Geschichte, zu lang, um sie zu erzählen. Etwas hatte mir schon die liebe Madame Arteaga in Mexiko-Stadt gesagt. Aber ich hatte nicht gedacht, daß ich das Glück haben würde, so bald auf dieses Wunder zu stoßen.« Dann setzte sie ihm auseinander, welch großes Geschäft auf sie wartete: die mexikanische Nachtigall in Europa zu managen. Zu seinem musikalischen Talent würde sich noch seine Exotik gesellen. Sie verstand nicht, warum der Leutnant bei diesem Gesangswunder von seinem abstoßenden Äußeren redete. Sie dachte, obwohl das auch gegen sie sprach, Giraux verstünde nichts von Frauen. Und dann begann sie, ein Kostüm zu entwerfen, das die natürliche Grazie und die Sinnlichkeit ihres Schützlings, zur Geltung bringen sollte. Das Paar begab sich daran, eine Schar von Dienstboten für sich zu gewinnen, die Angestellten der Spielhölle von San Luis und des Fuhrunternehmens mit Aufstiegsmöglichkeiten und Privilegien zu lokken. Schließlich gelang es ihnen, den Kastraten der alten Nonne, die ihn von Jugend an beschützt hatte, zu entreißen und in einer Soldatenuniform unter der Aufsicht eines Offiziersburschen von Giraux in die Hauptstadt zu schmuggeln.

Das Paar blieb noch für ein paar Tage in San Luis, heuchelte Trauer, vergoß falsche Tränen und bot sogar dem, der die goldene Nachtigall in ihren frommen Käfig zurückbrachte, eine Belohnung. Teuflische Farce! In der Hauptstadt hielten sie ihn in einem außerhalb gelegenen Landhaus gefangen, das die Baronin, völlig fasziniert von ihrer Errungenschaft, fast täglich aufsuchte. Eine betagte Gesangslehrerin kam, um ihm ein Opernrepertoire beizubringen, mit dem Palmita Lewenthau weltweit zu triumphieren gedachte. Süße Augenblicke, zartes Schmachten: Pygmalion, das Weibchen, das blind vor Liebe diesen verqueren Körper betrachtete und ihn sich in das strahlende Lichtermeer der Bühnenbeleuchtung getaucht, auf den prächtigsten Bühnen in Rom, Palermo, Venedig, Wien vorstellte; in Palästen in Sevilla und Stockholm. Aber es war ein Kampf, denn die musikalischen Kenntnisse des Wunders von San Luis erwiesen sich als äußerst dürftig und reichten gerade mal für Weihnachtslieder und Motetten (und für den Verzehr von Vögelchen, würde Morelli ergänzen). Er verstand es kaum, nach Noten zu singen, und gar nicht, sich mit Anmut zu bewegen; man mußte wieder bei null beginnen. Doch die Baronin setzte alles daran, damit ihre Entdeckung sich über Nacht zu einer Norma, einer Rossina oder einer Somnambule mauserte; dieses klobige Stück Holz in eine wundervolle Poppäa von Monteverdi zu verwandeln. Sie glaubte, das sei in kürzester Zeit zu bewältigen, in höchstens ein paar Monaten. Man müsse nur Tag und Nacht daran arbeiten, die Trägheit dieser antriebslosen Frucht der Wüste besiegen, die die Zuversicht, die Begeisterung und insbesondere den Aktionismus der Baronin absolut nicht zu teilen schien und am liebsten die meiste Zeit im Bett blieb, um zu schlafen oder irgendwelche Leckerbissen zu genießen (Vögelchen). Möglicherweise wollte Palmira mit dem Kastraten eine Reihe von nie gekannten und für ihr Alter undenkbaren spektakulären Auftritte inszenieren. Das einzige, was sie zu interessieren schien, war, daß die Welt sein Talent anerkannte. Zu der Zeit liebte sie ihn bis zum Wahnsinn. Giraux begann diese Faszination, diesen Taumel, diese Abnormität mit wachsendem Mißtrauen zu beobachten. Von dem Moment an, als er den Kastraten wiedersah, wurde ihm klar, daß er sich auf ein Unternehmen eingelassen hatte, das zum Scheitern verurteilt war. Señora Carrera, die Gesangslehrerin, bestätigte ihm ohne Umschweife: »Diese figuretta kann bestenfalls im Zirkus auftreten.« Daraufhin stieg der Leutnant aus dem Geschäft aus und begann im übrigen anders mit seiner Geliebten umzuspringen, mit anderen Worten, sie schamlos zu erpressen. Über Frau von Lewenthau konnte man sagen, was man wollte, aber man mußte anerkennen, daß sie unermüdlich und nicht so leicht einzuschüchtern war. Sie verdiente Geld, wo sie nur konnte, um ihren Lebensstil aufrechtzuerhalten, den Unterricht für ihren Zögling zu bezahlen und ihren Liebhaber zufriedenzustellen. Der lieutenant Giraux schraubte seine Forderungen immer weiter in die Höhe. Er quälte den Kastraten, überhäufte ihn und die Baronin mit den unverschämtesten Beschimpfungen, unter anderem mit schlüpfrigen Anspielungen auf ihr Verhältnis und nannte sie, manchmal im Spaß, manchmal mit teuflischer Boshaftigkeit »Capon« und »Caponnette«. Einmal ging er, in angetrunkenem Zustand, mit seinen Dreistigkeiten gegen die Nachtigall von San Luis entschieden zu weit. Schließlich zeigte Palmita (nicht umsonst Aguglia) den Leutnant wegen zwei oder drei schwerer Vergehen an, von denen sie offensichtlich aus erster Hand wußte. Doch vorher ließ sie ihn über einen Mittelsmann vor der drohenden Festnahme warnen. So wurde sie ihn auf unkomplizierte Weise los. Diese unermüdliche Frau mußte in jenen Tagen mehr als einen Schurkenstreich bewerkstelligen, um ihren Zögling zu kleiden, einen Teil ihres Schmucks zu retten, zwei Fahrkarten zu kaufen und nach Veracruz und von dort aus nach Europa zu gelangen. Die triumphale Rückkehr nach San Luis Potosí, die Morelli so ausführlich schildert, fand also nicht statt, ebensowenig wie die Reise der kaiserlichen Majestäten in die reiche Stadt oder das Konzert des Kastraten in Anwesenheit des Kaisers. In Frankreich annoncierte die Baronin in mehreren Zeitungen, um das Eintreffen einer solch außergewöhnlichen Persönlichkeit in Europa publik zu machen. Das Kaiserreich schien an einem Tag unterzugehen und am nächsten gerettet zu werden. Doch so lange erregten die Informationen, die von dort kamen, ein gewisses Aufsehen; und als Frau mit Phantasie, Geschick und einigen Mitteln wußte die Baronin dieses Klima zu nutzen. Deshalb erscheint das Fiasko am Ende auch so überraschend. Sie zeigte sich dem gemeinen Publikum in einer Opernloge in Begleitung des rosignolo, einmal als Frau, ein anderes Mal als junger Geck gekleidet. Vor der Presse ließ sie ihn erklären, trotz der Angebote werde er nicht in Paris singen; er habe das Recht, ihn zum ersten Mal zu hören, bereits dem Heiligen Vater eingeräumt. Er würde in einer Kapelle des Vatikans singen. Mit Hilfe seiner Stimme werde er Gott um den ewigen Erhalt des mexikanischen Kaiserreichs und Glück für ihre Kaiserlichen Hoheiten bitten. Ihren Einzug in Rom konnte man nun wirklich als triumphal bezeichnen. Der Kastrat war nicht wiederzuerkennen. Seine Häßlichkeit hatte sich auf wundersame Weise verwandelt: er wirkte nun wie eine Art Luxusvogel, eine fleischige Orchidee, einer primitiven Welt entstiegen, ein dekadentes, am Tag der Schöpfung entstandenes Wesen, von oben bis unten in Federn, Satin, Perücken, Schmuck und Brokat gehüllt. Auf diesen ganzen Rummel blickte er mit seinen schlitzigen, halb zusammengekniffenen, kalten Augen lustlos und voller Verachtung herab; als sei all das wenig im Vergleich zu dem, was er verdiente. Allein die Tatsache, daß er existierte, daß er morgens den Arm hob, in eine Wanne mit parfümiertem Badewasser eintauchte, betrachtete er als Gefallen, den er der Menschheit tat. Er war verdorben; es war offenkundig, daß er die Welt nicht mehr erretten konnte. Selbst wenn sich der astrale Raum mit der Materie vereinigte, war das Experiment gescheitert. Es würde keine Erlösung geben, noch nicht.

Am Abend vor seinem ersehnten Auftritt kam eine Gruppe von Amtsdienern in die Herberge und lud den Kastraten zum Essen ein. Sie entschuldigten sich bei der Baronin. Ihr Erscheinen hätte sie entzückt, wie sie sagten, aber in den Räumlichkeiten, wo das bescheidene Gelage stattfinden würde, sei die Anwesenheit von Damen nicht gestattet. Es handele sich um ein kurzes und einfaches informelles Treffen. Der Kastrat sollte erst am nächsten Vormittag zurückgebracht werden. Die Baronin tat kein Auge zu. In der Frühe begann sie, dem Heiligen Stuhl Nachrichten zu schicken. Niemand verstand sie dort. Augenscheinlich war der Kastrat weder dort gewesen, noch hatte er dort übernachtet. Sie fürchtete, es handle sich um eine Entführung. Sie rief die Polizei, und zwei Inspektoren hörten sie aufmerksam an und reagierten schließlich mit Spott, mit Doppeldeutigkeiten und anzüglichem Augenzwinkern: »Ah, i castratti, i castratti, fanni sempre lo stesso guaio!« Schließlich entstieg der Gesuchte so gegen zehn Uhr in jämmerlichem Zustand einer Kutsche. Seine Kleidung war völlig ramponiert, der samtene Brustlatz voller Erbrochenem, die Augen gerötet und die Wangen grünlich. Außerdem fehlte ihm ein Schuh. Er war absolut nicht ansprechbar. Im Hausflur brach er zusammen, so daß man ihn auf sein Zimmer tragen mußte. Dort legte man ihm Eiskompressen in den Nacken und badete ihn. Zwischen zwei hysterischen Anfällen überschüttete ihn die Baronin mit den härtesten Vorwürfen. Kurz vor sechs Uhr abends machte er sich endlich, perfekt herausgeputzt, auf den Weg, um sich seinem Schicksal zu stellen. Als er schließlich den Mund öffnete und die ersten Töne von sich gab, wurden die Zuhörer von Entsetzen gepackt. Der Kardinal Chioglia, musikalisch hoch gebildet, hielt sich die Ohren mit beiden Händen zu, als drohte es ihm den Gehörgang zu zerreißen, und verließ fluchtartig die Kapelle, sicher um den Heiligen Vater über den katastrophalen Erfolg des Konzertes in Kenntnis zu setzen. Wie Abt Morelli notierte, klangen die Töne, die diese Kreatur an jenem Abend ausstieß, so unerträglich schrill, daß mancher für einen Moment gedacht haben mochte, eine Horde von Krähen sei in die heiligen Räume eingefallen. Mit verdrehten Augen schien der Kastrat ganz offensichtlich nicht zu bemerken, wie seine Stimme auf die Zuhörerschaft wirkte. Irgendwann verließ selbst der Dirigent des begleitenden Kammerorchester im Eilschritt den Tempel. Ein wütendes Zischen war in den Reihen der Besucher zu hören, und wenn es keine Beschimpfungen gab, dann nur aus Ehrfurcht vor dem heiligen Ort. Der moralische Schock war ungeheuerlich. Der Sopran schien nicht zu verstehen, was geschah. Er versuchte, ohne musikalische Begleitung weiterzusingen, doch das Publikum hinderte ihn daran. Ein paar kräftige Männer, unter denen Aguglia den einen oder anderen der Zechbrüder vom Vorabend wiederzuerkennen meinte, erklommen das Podest, packten ihn rücksichtslos an den Armen und stopften ihm mit Tüchern und irgendwelchen Lumpen den Mund, bis er zu ersticken drohte, und stießen und schubsten ihn vom Podium und jagten ihn schließlich aus der Kapelle. Das Paar überquerte den Platz auf völlig andere Weise als erwartet. Es gab keine Gefolgschaft, keinen festlichen Geleitzug, keine Ovationen. Nicht einmal eine Rose. Sie wurden lediglich mit zornigen Mienen, Hohn und Spott sowie drohenden Fäusten bedacht. An der ersten Straßenmündung nach Verlassen des Platzes nahmen sie eine Kutsche, die sie zum Hotel zurückbrachte. Am nächsten Morgen reagierten die Zeitungen noch schlimmer als das Publikum. Sie warnten potentielle Zuhörer vor dieser luziferischen Stimme: Fa male a l'orecchio; é un suono da vero cattivaccio, anzi pericoloso! Eine schwangere Frau laufe Gefahr, ihre Leibesfrucht zu verlieren, wenn sie diese Mißgeburt höre. Die Erschießung Maximilians muß neue Haßausbrüche gegen den armen Kastraten ausgelöst haben. Jemand erinnerte daran, daß er sein erstes Konzert für ein langes Leben des Kaisers hatte geben wollen, und dessen Hinrichtung war nun die Antwort darauf. Ergo … Damit nahm der Leidensweg seinen Anfang …

»Unglaublich!«

»Ja, ja, natürlich. Aber worüber ich gerne mit Ihnen sprechen würde, ist der esoterische Aspekt. Das ist das Wichtige. Die Zeit auf Erden ist nur eine Anekdote, eine Lappalie. Die astrale hingegen …«

Es klingelte an der Tür. Die Frau des Verwalters kam mit einem Stapel frisch gebügelter Hemden und einem Brief herein. Balmorán öffnete den Umschlug, las ein Papier und zeigte es del Solar, der sich die Geschichte mit mehr Interesse als erwartet angehört hatte.

»Sehen Sie? Wieder ein anonymes Schreiben. Ich werde sie so lange erhalten, bis ich meine Arbeit veröffentlicht habe. Sie haben mit der Existenz des Buches zu tun. Man beschuldigt mich, Geheimnisse unbefugterweise preiszugeben. Doch diesmal wird der Teufel sich schon trauen. Er hat es bereits getan, mein Herr, er hat sich bereits getraut. Lesen Sie … Sie werden ja sehen, ob ich lüge …« Anschließend bat er die Frau, ihnen ein bißchen Kaffee zu kochen. Del Solar nutzte die Gelegenheit, um ins Bad zu gehen.

Als er wieder herauskam, fand er den Buchhändler mit verzerrtem Gesicht und irrem Blick vor. Verzweifelt sammelte der Rasende seine Papiere ein und stapelte sie auf einem Stuhl. Von der Tür aus rief die Frau lauthals nach ihrem Mann.

»Nur raus hier! Verschwinden Sie sofort, oder ich garantiere nicht mehr für Ihr Leben!« stammelte Balmorán. »Sofort raus! Wenn ich Sie noch mal ums Haus herumschleichen sehe, werde ich eigenhändig für Gerechtigkeit sorgen. Sollte mir je etwas zustoßen, hören Sie, sollten meine Papiere je wieder verschwinden, weiß man von vornherein, wer der Schuldige ist. Dann werde ich an mehrere Instanzen schreiben und den Vorfall anzeigen. Hinaus! Sie haben geglaubt, das hier sei Troja, es sei Ihnen gelungen, sich einzuschleichen und hätten wie das letzte Mal das Material in Händen. Aber da haben Sie sich geirrt, diesmal habe ich ein Spielchen mit Ihnen gespielt.« Balmorán blieb stehen, den Körper auf die Lehne eines Stuhls gestützt und mit der beweglichen Hand seinen Stock schwingend. Während er del Solar drohte, ihn anschrie und hinauswies, verstellte er ihm den Weg hinaus, da er sich vor der Tür aufgepflanzt hatte. Del Solar wollte nicht riskieren, sich Stockschläge von diesem Besessenen einzufangen. »Was haben Sie sich gesagt? Ich habe schon wieder den unachtsamen Balmorán betrogen! Ist es nicht so? Ich werde das Pferd auf den Platz schmuggeln, und ehe er es merkt, habe ich ihn erobert. Nein Señor! Ich sage es noch einmal: Das hier ist nicht Troja! Das ist Sparta, damit Sie es wissen! Und jetzt raus!«

Endlich kam der Hausmeister herein.

»Nehmen Sie ihm bitte den Stock weg!« schrie Miguel del Solar. Der Hausmeister näherte sich Balmorán, packte ihn am Arm, verlangte den Stock und ließ ihn sich setzen. Die Frau brachte ihm ein Glas Wasser, das er sich weigerte zu trinken. Er wirkte geistig völlig abwesend.

»Ich weiß nicht, was passiert ist«, sagte del Solar. »Ich verstehe nicht, wie er darauf kommt, ich wollte ihm seine Papiere stehlen.«

Balmorán sagte nichts. Er zuckte nur, schüttelte sich und schnitt fürchterliche Grimassen. Dann begann er, ein paar Schlucke Wasser zu trinken, und spuckte es wieder aus.

»Hat er schon öfter solche Anfälle gehabt?« fragte del Solar von der Tür aus.

Der Verwalter tuschelte mit seiner Frau. In mitleidigem Ton sagte er dann:

»Er ist ein bißchen nervös. Er ist ein Gelehrter. Und normalerweise lammfromm. So hat er sich noch nie aufgeführt.«

»Rufen Sie bei der Klinik um die Ecke an, es muß unbedingt ein Arzt nach ihm sehen. Beruhigen Sie ihn! Sagen Sie ihm, daß ich absolut nicht in der Absicht hergekommen bin, ihn irgendwie zu berauben«, sagte del Solar, schon auf dem Weg zur Treppe.

»Er hat diesen Anfall bekommen, nachdem meine Frau ihm gesagt hatte, daß Sie einmal in einer Wohnung im ersten Stock gewohnt haben.«

»In der Hinsicht war er immer ein merkwürdiger Mann. Man würde schwerlich einen finden, der mehr Rätsel aufgibt. Vor allem, wenn man anfängt, aus der Distanz über seine Absonderlichkeiten nachzudenken. Jahrelang dachte ich, irgend so ein religiöses Gelübde verbiete ihm die Ehe, er habe einen Pakt geschlossen, ein Versprechen gegeben oder was weiß ich. Solche Sachen gibt es; damals mehr als heute, zum Glück. Was sein Leben anbetraf, war Arnulfo in keiner Hinsicht ein offenes Buch, obwohl er mit dieser obskuren Eheschließung zu weit gegangen ist. Wußtest du, daß er vor dieser Deutschen schon eine andere Ehefrau hatte? Nein, oder? Und doch war er ganz legal verheiratet, nur daß wir kaum was davon mitgekriegt haben. Felipa, Hermenegilda, Chole, ich entsinne mich nicht mal mehr, wie sie hieß, nur daß sie den Namen einer Dienstmagd hatte. Das war, als er in einer Zuckerrohrfabrik in Huasteca in Tamaulipas arbeitete. Eine scheußliche Frau mit chinesischen Gesichtszügen, die nicht mal normal reden konnte. Es tut mir leid, das zu sagen, aber so war Arnulfo Briones, wenn du es genau wissen willst. In seiner guten Zeit hätte er nach Lust und Laune heiraten können. Wenn man bedenkt, daß er, der Konservativste aller Konservativen und eingeschworene Feind aller Programme, die auch nur im entferntesten egalitär klingen mochten, ausgerechnet dieser Hexe in die Hände fallen mußte! Ich will mir lieber nicht all die Schwäger, Vettern und sonstigen Verwandten vorstellen, mit denen er sich wohl dort in Tamaulipas hat herumschlagen müssen! Zum Glück habe ich sie nie kennengelernt. Es war reiner Zufall, daß wir am Ende ihres Aufenthalts in Mexiko von der Existenz jener Dame erfuhren ... Er hatte sie nie mit zu uns nach Hause gebracht und uns auch nie zu sich eingeladen; für diese feinfühlige Rücksichtnahme bin ich ihm äußerst dankbar. Wären sie nicht nach Deutschland gegangen, hätten wir womöglich nie was von Choles oder Chonas – oder wie sie hieß – Existenz gehört. Die Ärmste starb, als sie sich in Hamburg aufhielten. Ich kann mir denken, weil sie freitags dort nie Krabben essen konnte oder nicht wußte, womit sie ihm den *chilpachole* zubereiten sollte. Es war das erste Mal, daß Arnulfo Mexiko verließ. Erst am Abend vor der Reise stellte er sie uns vor. Wir gingen ins Torino, ein rustikales Restaurant, dort, wo der Stadtteil Roma in das del Valle-Viertel übergeht. Was waren das noch für Zeiten! Ein Lokal im ländlichen Stil am Rand von del Valle. Heute würde das keiner mehr glauben. Die kleine Dienstmagd saß da, ganz brav mit ihren teils indianischen, teils chinesischen Gesichtszügen, ein Wesen zwischen Mensch und Vogel.

In manchen Dingen, mein Gott, da ist Arnulfo wirklich zu weit gegangen! Du kannst dir kaum vorstellen, wie sehr er mit der Zeit in meiner Achtung gesunken ist! Wenn man es recht bedenkt, war er immer schon, von Anfang an, ein Heimlichtuer, fordernd, snobistisch und boshaft. Mit meinem Mann, seinem engsten Jugendfreund, hat er in den letzten Jahren kaum noch ein Wort gewechselt. Ihn hat er herablassender behandelt als seine eigenen Leibwächter. Ich habe dich nicht eingeladen, um darüber zu reden, aber das sind Dinge, die mir immer noch schmerzlich nachgehen. Also, er hat uns ins Torino zitiert. Chole, die mit dem *chilpachole,* trug einen Hut mit halbem Schleier und um den Hals einen Graufuchs geschlungen – im wahrsten Sinne geschlungen. Ein lächerlicher Anblick! Die Ärmste litt während des gesamten Essens. Natürlich, wie sollte sie auch nicht leiden, in dieser Verkleidung? Sie empfand diesen Aufzug nicht als ihr gemäß, als nicht zu ihr passend. Arnulfo leistete ihr aber auch nicht den geringsten Beistand; er überließ sie ihrem Schicksal, und sie war restlos überfordert. Ich sah, wie sie verzweifelt das Taschentuch, die Serviette und ich glaube sogar einen Tischtuchzipfel zerknüllte. ›Die Ärmste‹, sagte ich mir, ›sie weiß nicht, was sie machen soll und wohin mit ihren Händen!‹ Im übrigen schreckliche Hände, prall, wie gefüllte Tortillas, mit kurzen Wurstfingern. ›Die Ärmste.‹ Obwohl, wenn man's recht bedenkt, warum eigentlich? Warum sollte ich sie auch noch bemitleiden? Irgendwas mußte sie ja getan haben, um eine der besten Partien Mexikos dermaßen um den Verstand zu bringen, vielleicht mit Hilfe dieser Kräuter, die den Männern ihren Willen rauben. Heute glaube ich längst nichts mehr davon. Arnulfo hatte keine Kräuter nötig: Er war immer schon, sein Leben lang, schrullig gewesen, obwohl wir es nie wahrhaben wollten; so schrullig, daß seine zweite Ehe, die mit der Deutschen, mir bis heute noch ein Rätsel bleibt.«

Eduviges plapperte ohne Unterlaß, ausgestreckt auf einem großen grauen Samtsofa. Sie saßen in ihrem Haus in Coyoacán im Salon im Erdgeschoß, dort, wo das Hausmädchen eine kurze Pause eingelegt hatte, um del Solar, wie er glaubte, Zeit zu geben, damit er die Schätze des Hauses gebührend bewundern konnte. Ein weniger intimer Ort als der, wo sie ihn beim letzten Mal empfangen hatte. Welch erdrückende Fülle von Kinkerlitzchen! Von einer Wand stieg ein Geschwader von Barockengeln in verschiedenen Größen und Farben herab; ihr bloßer Anblick war schwindelerregend. Eduviges erklärte del Solar, ihre Schwiegertochter habe die Engel vor kurzem mitgebracht und gegen ihren Willen dort angebracht. Antonio habe vieles geschenkt bekommen und es schlecht ablehnen können. Na ja, und jetzt seien die Sachen eben da, in Sicherheit. Andernfalls wären sie vielleicht beschlagnahmt worden. Manches gab es in Hülle und Fülle: Elfenbein, Kristall, Porzellan unterschiedlicher Qualität, einige sehr feine Stücke, aber das meiste zeugte von gräßlichem Geschmack. Große orientalische Vasen, Bronzen, vergoldetes Holz. Sie würde nicht die Hälfte dieses Mülls bei sich zu Hause dulden, erklärte sie del Solar. Alle diese Scheußlichkeiten seien Geschenke, bekräftigte sie; sie befänden sich nur vorübergehend dort. Eduviges Briones erhob sich, schob sich umständlich zwischen all den Möbeln durch, zeigte auf den einen oder anderen Gegenstand und begann auf den schlechten Geschmack der Zeit zu schimpfen, aber vor allem auf den ihrer Schwiegertochter Gilda. Sie trug eines dieser langen, schlauchförmigen Gewänder, das del Solar mit den Zeitschriften des Jahres 1914 assoziierte, die er in den letzten Jahren haufenweise durchgeblättert hatte. Nur sie brachte es fertig, mit solcher Selbstverständlichkeit derartige Sachen zu tragen. Ein Satinkleid, das ihr bis zu den Knöcheln reichte, wie ein langer Schlauch, der ihren üppigen Körper zusammenhielt, schmucklos bis auf eine Bordüre aus lila und granatroten, länglichen Glasperlen und als symmetrische Ergänzung dazu einen Blumenstrauß aus dem gleichen Material auf Schulterhöhe. Ein herrliches Art-déco-Kleid. Ordentlich gekämmt, geschminkt: eine gesittete Dame, nicht die aufgedrehte Verrückte wie bei seinem letzten Besuch. Del Solar überreichte ihr ein Exemplar seines Buches, eines von den dreien, die Cruz-García ihm gegeben hatte. Sie blätterte darin, las die Widmung und bat ihn dann mit zerknirschtem Gesicht, doch noch bitte etwas zu ergänzen, und zwar für Amparo noch ein paar Worte hinzuzufügen, die seine Sachen immer lese, keinen seiner Artikel oder Interviews in der Zeitung versäume. Sie habe sein Buch über die Freimaurer in Mexiko geradezu verschlungen. Mora, nicht wahr? Amparo wäre gekränkt, und das zu Recht, wenn er sie überginge, und sie fügte hinzu, die Unterhaltungen mit ihm, ihre sonntäglichen Ausflüge, hätten ihr wieder etwas mehr Lebensmut gegeben, was sie bitter nötig habe.

»Sie ist nicht mehr jung. Eigentlich war sie das nie. Seit ihrer Kindheit habe ich das Gefühl, mich mit einer Erwachsenen herumzuschlagen. Sie ist schrecklich pflichtbewußt. Sie hat schon sehr jung angefangen zu arbeiten; sie mußte ihr Studium abbrechen, um uns unter die Arme zu greifen. Deshalb konnte sie ihre Ausbildung nicht beenden. Einmal habe ich Joaquín Granados gebeten, sie nach Italien mitzunehmen, und ihm gesagt, eine loyalere und fleißigere Mitarbeiterin würde er niemals finden. Es wäre gut, wenn sie eine fremde Sprache lernte und etwas welterfahrener würde. Du kannst dir ja denken, wie wichtig es ist, ihr mit ihrem kleinen Geburtsfehler etwas Sicherheit zu vermitteln. Nur zu schade, daß ich erst so spät mit dem Reisen begonnen habe! Deine Cousine wollte nie fort. Da es meinem Mann schon ziemlich schlecht ging, wollte sie sich nicht von ihm trennen. Sie ist ein sehr verantwortungsbewußtes Mädchen. Irgendwann wird sie jemanden heiraten, der sich nach Ruhe und Geborgenheit sehnt und der nur in Frieden arbeiten will. Kinder findet sie entzückend. Mich wird es bis ins Mark treffen, wenn sie fortgeht. Kannst du dir das vorstellen? Ich werde noch ganz allein bleiben. Aber ich werde mich freuen, wenn ich weiß, daß sie ein unabhängiges Leben führt, daß sie glücklich ist und andere glücklich macht.«

Bald darauf traf Amparo ein. Ihre Mutter reichte ihr das Buch. Amparo las die Widmung, trat auf del Solar zu und hauchte ihm einen Kuß auf die Wange. Beiläufige Gesten, etwa wie Amparo ihre Mutter begrüßte und dann Platz nahm, oder der warmherzige Ton, den sie sofort anschlugen, nährten bei del Solar den Verdacht, daß die beiden seine Aufnahme in den Schoß der Familie betrieben. Sie wirkten so, als führten sie ein Theaterstück auf. Die Art, wie sie miteinander redeten, klang gekünstelt, zwischen zärtlich und feierlich, und war ausgesprochen alarmierend. Um diese Stimmung zu durchbrechen, erklärte er ihnen sein neues Buchprojekt. Ein Buch über das berühmte Jahr 1942, als Mexiko den Achsenmächten den Krieg erklärte. Anfangs weigerten sich Mutter und Tochter, über dieses Thema zu sprechen, und redeten lieber von Miguels Kindern, Juan und Irma, die Amparo manchmal zu einem Spaziergang abholte.

»Letztens habe ich Delfina Uribe getroffen, Tante«, sagte del Solar, sobald sie ins Eßzimmer hinüberwechselten. »Sie hat mir gesagt, sie habe dich immer wegen deiner Eleganz bewundert.« Und dann wiederholte er die Worte, die Delfina benutzt hatte, als sie sich über den ganz persönlichen Kleidungsstil von Eduviges geäußert hatte. »Ihrer Meinung nach warst du eines der Idole ihrer Jugend.«

»Das ist ja nun wirklich merkwürdig! Niemals hätte ich solche Blumen aus dem Lager erwartet. Nicht etwa, weil sie nicht recht damit hätte; sondern weil sie sich immer geweigert hat, irgendein Verdienst anderer anzuerkennen. Das ist ja ein Ding! Delfina Uribe besaß immer so viel Geld, wie sie wollte, um zu reisen und Moden mitzumachen. Sie war immer gut, aber unpersönlich gekleidet, so als kaufte sie bei Sears ein. Ich hingegen war eine Zeitlang völlig mittellos. Seither habe ich mich damit abgefunden, Sachen zu tragen, von deren Schönheit ich überzeugt bin, und sie jeweils nur minimal abgeändert. Als ich dann auf einmal alles kaufen konnte, wozu ich Lust hatte, habe ich gemerkt, daß es zu spät war, um mich noch umzustellen. Ich habe mich also in meinem Stil eingerichtet, und jetzt bin ich halt so.«

Und über Stoffe und Hüte landeten sie, ohne daß die beiden Frauen es merkten, schließlich im Jahr 1942. Del Solar fragte, wie sich die Frau von Briones gekleidet habe. War sie elegant? Kleidete sie sich wie eine Französin? Und schon ließ sich seine Tante über die Absonderlichkeiten von Arnulfo Briones aus, seine Raffgier, seine Härte im Umgang mit den Schwestern. Nicht nur, daß er sich die Ranch der Eltern unter den

Nagel gerissen hatte, die, obschon ruiniert, doch noch einiges besaßen, sondern er hatte auch weder ihr noch ihren Kindern einen einzigen Centavo vermacht, obwohl er sie immer das Gegenteil hatte glauben lassen. Er hatte kein Testament geschrieben, und wenn doch, war es nicht registriert, so daß jeder hingehen und es verschwinden lassen konnte. Alles an ihm war schrullig: die lange Zeit als Junggeselle; seine erste Ehe mit dieser Frau im Fuchsfell aus Tampico, mit der er sich nach Hamburg eingeschifft hatte; der Tod der Ärmsten auf einem Operationstisch, während man ihr den Blinddarm herausschnitt, ein Leiden, an dem heutzutage keiner mehr starb; und seine zweite Ehe mit einer Reihe von Überraschungen. Die Hochzeit hatte er in Berlin gefeiert. Diesmal hatten sie aber eine Einladung erhalten, wie es sich gehörte.

»Ist jemand auf der Hochzeit gewesen?«

»Aus der Familie meinst du? Aber wer soll denn deiner Meinung nach hingefahren sein? Der einzige, der reisen konnte, war Arnulfo. Durch seine Beziehungen zu den Schiffahrtsgesellschaften hätte er uns Passagen auf einem deutschen Schiff beschaffen können. Wenigstens eine für mich, seine Schwester. Ich hatte Arnulfo eigentlich für einen anderen Typ von Mann gehalten; sagen wir mal, für einen Idealisten. Solange er lebte, war ich davon überzeugt, ich hätte sogar darauf geschworen. Aus Solidarität zu ihm habe ich mich mit vielen Leuten angelegt. Jetzt hingegen bin ich mir längst nicht mehr sicher. Wenn man es recht betrachtet, waren seine Ideen schon damals überholt, anachronistisch. Dionisio hat es mir schon mehrmals klarzumachen versucht, aber die Tatsache, daß Arnulfo mein Bruder war, noch dazu der ältere, brachte mich dazu, ihn nur zu bewundern. Doch man lernt ja im Leben nie aus. Mit all den Tiefschlägen. Das erste, was mir ins Auge fällt, wenn ich an ihn denke, ist seine Gemeinheit, sein Egoismus. Er hat den Familienbesitz an sich gebracht; sie waren ruiniert, ich weiß; aber er hat das Unternehmen saniert und mit dem, was abfiel, sein Vermögen aufgebaut. Gloria, meine Schwester, und ich, wir haben nie Hilfe von ihm erhalten. Sie, die Glückliche, war darauf auch nicht angewiesen, aber ich schon. Manchmal arbeitete Dionisio achtzehn Stunden am Tag. Nachts übersetzte er juristische Bücher, nur um über die Runden zu kommen. Arnulfos Hilfe bestand darin, daß er uns die Miete für die Wohnung bezahlte. Dort empfing er seine Post, dort hatte er ein Arbeitszimmer, wo er das eine oder andere Interview gab …; aber was für Leute mußte man dafür erdulden! Und in welche Gefahr brachte er uns alle! Dionisio hatte gerade seine Stelle bei der Regierung verloren. Aber Arnulfo interessierte es einen Dreck, was aus den anderen wurde. Er war egoistisch, unberechenbar und intolerant. Und geheimnistuerisch, was mich am meisten schokkiert hat. Sein Leben lang war er irgendwie merkwürdig. Dionisio kannte ihn besser. Zumindest in jungen Jahren, in dem Alter, wenn die Jungen dazu neigen, sich mitzuteilen. Mir ist er immer ein Rätsel geblieben. Bis heute; da gibt es tausenderlei Dinge, die ich immer noch nicht verstehe. Antonio hat mir einmal gesagt, es sei besser, nichts zu verstehen und sich nicht zu sehr mit der Vergangenheit zu quälen. Man müsse einen Schnitt machen und ein für allemal alles hinter sich lassen. Manchmal habe ich den Eindruck, daß wir nur auf der Stelle treten. ›Laßt die Toten ihre Toten begraben!‹ pflegte sein Vetter zu sagen. Aber in Wirklichkeit begraben sie uns.«

Ihre ganze Überdrehtheit fiel plötzlich in sich zusammen. Sie wirkte auf einmal gedankenverloren und schien fast den Tränen nahe.

»Derny denkt genauso.«

»Was?« fragte sie mißmutig und völlig unbeteiligt.

»Genauso wie Antonio«, beeilte del Solar sich zu sagen. »Daß jede Epoche ihre eigene Physiognomie hat und es nicht immer sinnvoll ist, eine nach den Gesetzen der anderen zu beurteilen.«

»Wenn es nötig ist, eine Epoche zu beurteilen, sollte man am besten das Gesetz der Dialektik anwenden«, fügte Amparo hinzu.

»Wo hast du denn diesen Jargon her, Fräulein Neunmalklug? Willst du mir das mal verraten?« sagte Eduviges von plötzlichem Zorn gepackt, und das brachte sie wieder in Schwung. »Man mochte ja nicht seiner Meinung sein, aber mir scheint, daß Arnulfo nur dieses merkwürdig isolierte, verquere Leben führen konnte, wie er es tat. Nur das wollte ich damit sagen.«

»Als Verschwörer.«

»Ich spreche nicht von Politik, und das will ich auch nicht; ich mag es nicht, wenn man mich falsch interpretiert. Ich beziehe mich nur auf sein privates Leben.«

»Demnach war er zuerst mit einer Frau aus Tampico verheiratet?«

»Ja, mit einer schrecklich vulgären, wie ein Äffchen. Als er sie uns vorstellte, war er schon wer weiß wie lange mit ihr verheiratet. Ich dachte, wie gesagt, irgendein religiöser Orden hätte ihm Keuschheit auferlegt. Daß ich nicht lache! Er hat sie nach Hamburg mitgenommen. Nicht mal zum Sterben konnte sie in ihr Land heimkehren, laut Martínez das einzige, worum sie ihn gebeten hatte. Einmal habe ich Dionisio gefragt, ob Arnulfo in seiner Jugend ein Draufgänger gewesen sei, und er hat mir gesagt, als Jungen hätten sie beide nicht über die Stränge geschlagen, weil ihre Beichtväter sehr streng gewesen seien. ›Später wird er wohl jemanden gehabt haben, ohne Zweifel‹, hat er gesagt. ›Den einen oder anderen Frauenbesuch wird er wohl gehabt haben.‹ Beide haben erst spät geheiratet. Er muß schon an die Sechzig gewesen sein, als er sich mit dieser gräßlichen Frau einließ, die mit dem Fuchs um den Hals aß und ununterbrochen ihren Hutschleier lüftete, damit sie ihn nicht mit dem Suppenlöffel naß machte. Dann kehrte er als Witwer zurück, blieb nur kurz in Mexiko und ging wieder nach Deutschland. Dort verlegte er seinen Geschäftssitz nach Berlin. Er hat recht daran getan, außerhalb Mexikos zu leben. Hier herrschte für ihn zu dicke Luft. Deshalb mußte er zusehen, daß man ihn in Tamaulipas vergaß. Er hörte auf, für die Zeitungen zu schreiben; man beschimpfte ihn am Telefon. Delfina Uribe hat mir gesagt, von ihrem Vater wisse sie, daß man ihm seine Kolumne gar nicht auf Anweisung der Regierung entzogen habe, sondern weil man in dieser Zeitung etwas gegen Feiglinge hatte; man warf ihm vor, er habe viele Leute in die Revolte laufen lassen und seine Hände in Unschuld gewaschen. Aber alles, was von den Uribes kam, habe ich stets mit Vorsicht genossen, denn aus ihnen sprach der Groll. Einmal jedenfalls, als Arnulfo und ich gerade die Sagrada Familia verließen, kamen ein paar Kerle auf uns zu, packten ihn am Revers und schüttelten und beleidigten ihn. Das alles hat ihn natürlich ziemlich nervös gemacht. Nach seiner Rückkehr als Witwer hatte sich seine Lage gebessert, ich glaube größtenteils dank des Einsatzes von Haroldo Goenaga; so daß er, als er sich definitiv erneut in Mexiko niederließ, bereits mit seinen alten Verbündeten wieder versöhnt war, so schien es zumindest Dionisio. Die Zimmer, die er in meiner Wohnung hatte, sollten den Feind in die Irre leiten. Noch eines der Dinge, die ich ihm nie verzeihe! Die Wohnung im Minerva diente nur zur Tarnung. Die Gesetzeshüter, seine Gegner, alle, die daran interessiert waren, seine Schritte zu verfolgen, glaubten, das sei das Zentrum, von dem aus er insgeheim agierte. Aber das stimmte nicht. Das war genau seine Absicht, damit man ihn nicht an anderen Orten observierte, von denen einer das wahre Zentrum seiner Arbeit im Untergrund war. Warte, Moment, unterbrich mich nicht«, sagte sie, als sie sah, daß del Solar Anstalten machte nachzufragen. »Als seine Rückkehr aus Deutschland bevorstand, begann ich Besuch von einem seiner Angestellten zu erhalten, von einem seiner ›Berater‹, wie sie manche Kollaborateure nannten. Er hatte mit ihm in Deutschland konspiriert. Aber wo war ich noch mal stehengeblieben, Amparo?«

»Du hast gerade von einem Mitarbeiter geredet, der angefangen hat, dich zu besuchen.«

»Was waren das nur für Aktivitäten, die erforderten, sie heimlich zu unternehmen?« ergriff del Solar die Gelegenheit zu einer Frage.

»Einer von Arnulfos Angestellten? Ja, das weiß ich, das muß ich nicht in Frage stellen; nun gut, ich glaube, Miguel, daß ich ihn schon beim letzten Mal erwähnt habe, aber ich bin mir nicht sicher; ein ekelhafter Kerl. Er begann, bei mir in der Wohnung aufzutauchen und nach meinem Bruder zu fragen, nach dem Ankunftsdatum, dem Namen des Schiffs. Er wollte ihn in Veracruz oder in Tampico abholen, wo immer er eintreffen würde. Angeblich mußte er ihm sehr wichtige, dringende Mitteilungen machen. Er hatte in Hamburg mit ihm gearbeitet. Er erzählte mir Dinge aus seinem Leben in Deutschland. Er betrat meine Wohnung, schaute mich mit dem Blick eines Erleuchteten an und schnitt seltsame Grimassen. Nur Arnulfo, der manchmal ein ziemlicher Dummkopf war, konnte solchen Mitarbeitern vertrauen. Mich machte er nur nervös, unter anderem weil seine Gesten nie zu seinen Worten paßten, manchmal bedeuteten sie sogar genau das Gegenteil. Er sagte zum Beispiel, etwas sei winzig klein, und öffnete die Arme, als wollte er die ganze Welt umreißen. Kleinigkeiten, wenn ihr wollt, die mir aber seine Ungereimtheit anzeigten. Und die Art, wie er einen ansah, hatte etwas Respektloses, egal, wen er vor sich hatte. Teils, um Konversation zu machen, aber vor allem aus Neugier – was normal war für eine Schwester, oder? – habe ich ihn über Arnulfos Leben in Deutschland ausgefragt. Ich stellte es mir sehr einsam vor, sehr traurig nach dem Tod der Krabbenköchin. ›So allein, wie Sie denken, ist er gar nicht, machen Sie sich da mal keine Sorgen‹, sagte er mit einem ziemlich dreisten Augenzwinkern. Ich verstand nicht, und als ich ihn bat, es mir näher zu erklären, fing er an, mir zu erzählen, in Berlin treffe Arnulfo sich mit seinen Kompagnons, seinen Kunden, seinen Gesinnungsgenossen, aber auch mit der einen oder anderen weniger seriösen Bekanntschaft. ›Vergessen Sie nicht‹, sagte er mir, ›daß Ihr Bruder sich in der Blüte seiner Jahre befindet, und Berlin ist die wahre Hauptstadt des Lasters. Liebste Señora, irgendwann würde ich Ihnen gerne zwei, drei wirklich brisante Histörchen erzählen!‹ Ganz schön dreist, nicht? Eine Lüge, das mit der Blüte der Jahre. Arnulfo war schon ein Tattergreis und wirkte noch älter, als er tatsächlich war. Er war immer schon fahl und verbraucht. Den Heuchler nannten ihn meine Tanten. ›Ja‹, beharrte dieser Schönschwätzer, ›glauben Sie ja nicht, daß sich keiner um ihn kümmert.‹ Und dann sprach er von den Frauen im zoologischen Garten. Mehr als einmal mußte ich ihn in seine Schranken weisen. Einmal habe ich ihm im barschsten Ton, zu dem ich fähig war, gesagt, ich hielte es nicht für nötig, daß er bei mir vorbeikäme, er solle mir nur seine Telefonnummer dalassen, und ich würde sie meinem Bruder bei seiner Ankunft weiterreichen. Der würde ihn dann zu gegebener Zeit anrufen. Man mußte ihn bremsen, ihn jederzeit in seine Grenzen weisen. Einmal habe ich ihn im Erdgeschoß getroffen. Er schien auf jemanden zu warten. Unverhofft tauchte Ida Werfel mit ihrer Tochter auf, und da packte mich dieser unverschämte Kerl am Arm und drehte es so, daß wir plötzlich vor den beiden standen, und sagte dann zu mir: ›Würden Sie mich bitte mit der Dame bekanntmachen!‹ Ehe ich mich versah, hatte er mich schon vor vollendete Tatsachen gestellt, und das, wo ich bis dahin nie ein Wort an diese Frau gerichtet hatte. Seine Taktlosigkeit versetzte mir einen Schlag. Als ich ihn das eine Mal in seine Schranken wies, kniff Martínez sofort den Schwanz ein; er war hinterhältig, ein Fuchs, aber auch ein Hasenfuß; doch vor allem eine Ratte. Mit der Zeit habe ich ihn durchschaut.«

»Wer wollte denn deinem Bruder schaden?«

»Hast du mir nicht richtig zugehört? Ich habe dir doch von der schlechten Gesellschaft erzählt, in die Arnulfo geraten war. Martínez verschwand für eine Weile, aber dann ist er wieder aufgetaucht, scheinbar ruhiger und vernünftiger, doch allmählich begann sein Ton wieder aufdringlicher zu werden. Es war notwendig, daß man dem endgültig einen Riegel vorschob. Zum Glück kam Arnulfo zurück. Dionisio und ich fuhren nicht nach Veracruz, um ihn willkommen zu heißen. Aber er. Nach wenigen Tagen erschien mein Bruder mit einer neuen, grauhaarigen Perücke mit einem Rotstich in Begleitung von Martínez bei uns zu Hause. Ich fand Arnulfo so noch schrecklicher als mit Glatze. Älter und einfach lächerlich. Er sagte mir, wenn er sich endgültig in seinem Haus in Polanca eingerichtet habe, würden Dionisio und ich seine Frau Adele kennenlernen. Er hätte mit ihr kommen und sie mir vorstellen müssen; das hätte man doch erwarten können, oder? Aber, wie du siehst, hat Arnulfo noch nie was von gutem Benehmen verstanden. Das war wieder ein Beweis seines Egoismus, seiner Geringschätzung gegenüber anderen. Er sagte mir, seine Frau habe einen Sohn aus einer früheren Ehe, der mitgekommen sei und dessen Papiere er jetzt in Ordnung bringen müsse, eine ziemlich komplizierte Angelegenheit angesichts der internationalen Lage. ›Von gewissem Vorteil wird sein, daß er Österreicher ist, also strenggenommen kein Deutscher‹, sagte er. Ich ging davon aus, daß er eine Witwe geheiratet hatte. Bedenkt, daß er von klein auf ausschließlich von Priestern und Kirchendienern umgeben war. Ich hätte mir leichter vorstellen können, daß er in wilder Ehe mit der Mutter des Jungen lebte als mit einer Geschiedenen. An dem Tag hat er mir nichts von seinen familiären Verhältnissen erklärt. Er wollte nur die Wohnung sehen, das Zimmer in Augenschein nehmen, wo wir seine Bücher und Papiere aufbewahrten. In dem Zimmer schliefst du damals«, sagte sie zu Amparo gewandt. »Er sagte, das Zimmer gefalle ihm und er werde sich dort einrichten; er fand es geeignet, weil er dort direkten Zugang zu der Galerie hatte, und weil ein Bad und eine Art Ankleidezimmer dazugehörte, das er, wenn nötig, als Wartezimmer benutzen konnte. Er wollte alles neu einrichten. In zwei Tagen würde er einen Aktenschrank, ein Bücherregal, einen Schreibtisch und ein Sofa herbringen lassen, für den Fall, daß er mal Siesta halten wolle. Ach, und es sei sehr wichtig, daß ich dem Portier und möglichst auch den Nachbarn sagte, er habe dieses Zimmer gemietet. Er beschloß, sein Zimmer immer durch mein Wohnzimmer zu betreten, den Schlüssel für die Verbindungstür zwischen seinem Büro und der restlichen Wohnung zu behalten und daß die Mädchen nur dann bei ihm saubermachen sollten, wenn er sie darum bäte, und immer in seinem Beisein. Ich könnte auch einen Schlüssel behalten, für alle Fälle. Wer zu ihm kommen wolle, würde die Außentür benutzen. Er redete mit mir nicht wie mit seiner Schwester, sondern so, als wäre ich die Hausmeisterin. Er gab mir Anweisungen. Ich erklärte ihm noch einmal, wir hätten dieses Zimmer für Amparo eingerichtet, wie er leicht an den Möbeln und dem Spielzeug erkennen könne; und er sagte ungerührt, ja, er habe es gehört, ich müßte das Mädchen auf der Stelle umquartieren, denn er wolle das Zimmer spätestens in einer Woche beziehen. Seine Arbeit könne nicht warten. Ich hatte nur darauf gewartet, meinem Zorn Luft zu machen. Martínez' Enthüllungen über die Berliner Abenteuer meines Bruders hatten mich ziemlich aufgebracht. Ich meine seine Abenteuer mit den Frauen im zoologischen Garten. Ich hatte den Eindruck, mit den Anweisungen, die er mir im Befehlston gab, wollte er nur davon ablenken, daß er ein ›Zimmer mit Bad‹ für seine amourösen Abenteuer vorbereitete. ›Hast du etwa vor, dein Büro in der Avenida Juárez zu schließen?‹ fragte ich ihn. Er blickte mich finster an und verneinte, ich ginge zu weit, jetzt brauche er es mehr denn je. ›Dann empfange deine Geliebten doch da statt in dem Zimmer, wo meine Tochter schläft‹, schrie ich ihn an. Ich hielt es für eine unsägliche Respektlosigkeit mir, meinem Mann und meinen Kindern gegenüber zu glauben, er könne in meiner Wohnung seine Liebeshöhle – Verzeihung! – einrichten; und das habe ich ihm auch gesagt. Ich glaube, ich habe sogar Tränen vergossen, vor Wut, aus keinem anderen Grund. Er hat mich völlig entgeistert und dann angewidert angestarrt. Er schenkte mir einen dieser unerträglich verächtlichen Blicke, mit denen er sich schon so viele Feinde gemacht hatte. Er sagte kein Wort; dann kehrte er mir nur den Rücken zu, ging durch den Flur ins Eßzimmer, wo Dionisio mit dem Kaffee auf uns wartete. Arnulfo sagte ihm, er sei nicht gewillt, meine Unverschämtheiten zu tolerieren, und er verlange, daß das Zimmer in wenigen Tagen leergeräumt werde. So laute die Abmachung. Er habe regulär bezahlt; jetzt müßten wir unseren Part erfüllen. Er müsse seine Arbeit so rasch wie möglich organisieren. In den darauffolgenden Tagen wechselte er kaum ein Wort mit mir. Ein Mann, hartherzig, wie aus Stein. So war er! Später habe ich gesehen, daß tatsächlich alles seine Ordnung hatte. Er bestand darauf, daß wir nachmittags um vier, spätesten fünf, in seinem Büro das Licht anknipsten. Er kam jeden Nachmittag gegen fünf, das heißt eine Stunde, nachdem wir das Licht angeknipst hatten, damit das Licht die Nachbarn darüber täuschte, wann er wirklich eintraf. Kindereien! Er kam durch die Haustür herein, durchquerte mein Wohnzimmer, den Flur, um zu seinem Büro zu gelangen, und dort schloß er sich für eine Weile ein. In der ganzen Zeit empfing er nur wenig Besuch, ein paar Männer und ab und zu eine untersetzte Frau mittleren Alters, die aussah wie eine ehemalige Nonne und wohl kaum etwas mit amourösen Abenteuern im Sinn hatte. Kurz bevor er ging, kam sein Mitarbeiter ihn abholen.«

»Martínez?«

»Ja. Kannst du dich etwa noch an ihn erinnern?«

»Nein.«

»Woher weißt du dann, daß er Martínez hieß?«

»Weil du ihn heute abend schon mehrmals erwähnt hast.«

»Ich? Ach ja, na klar! Ich habe erzählt, was dieser ungehobelte Kerl mir über das Lotterleben erzählt hat, das Arnulfo in Deutschland geführt haben soll. Also, der kam ihn holen. Er hat immer an meiner Tür geklopft, nie an der von seinem Büro. Eines Morgens tauchte Martínez in aller Herrgottsfrühe mit einem Maurer auf, und sie haben neben der Bürotür ein Schild angebracht. ›Manuel J. Bernárdez. Lizenzen‹ stand darauf. Ich habe meinen Bruder gefragt, was das bedeutete, und er sagte: ›Nichts‹. ›Was heißt Lizenzen?‹ Er grinste nur mürrisch: ›Alles und nichts. Ideal, um Neugierige abzuwimmeln. Wir trennen das Büro ab, als ob es nichts mit der Wohnung zu tun hätte. Und niemand wird auf die Idee kommen zu stören. Keiner beantragt eine abstrakte Lizenz. Es ist erlaubt, ein oder mehrere Zimmer unterzuvermieten. Ich habe den Besitzern nur etwas mehr bezahlt, das ist alles.‹ Wie schlau von ihm, dachte ich mir. Er weiß aber auch alles! Nach und nach wuchs wieder das Vertrauen zwischen uns. Nachmittags, wenn er sein Büro verließ, setzte er sich zu mir, und wir tranken einen Kaffee. Er sprach vom allmählichen Verfall der Welt. Er sagte, wenn er vor Jahren, als er noch vor seiner Reise nach Hamburg diese Wohnung gemietet hatte, gewußt hätte, wie sich dieses Wohnhaus verändern würde, hätte er sich hier nicht eingemietet. Ein Sündenbabel. In der ganzen Stadt passiere das gleiche. Leute, bei denen man nicht so recht wisse, wo sie alle herstammten. Sie kämen aus allen Gegenden der Welt, sogar aus der Türkei, so wie der steinreiche Androgán, ein armenischer Jude, der aus Istanbul stamme und dem die ganze Stadt zu Füßen liege. Er habe, wie man höre, mehrere der besten Häuser im Süden der Stadt gekauft, vor allem in San Angel. Ich sagte meinem Bruder, im Roma-Viertel geschehe das gleiche, und in Juárez und in Cuauthémoc, ganz zu schweigen von Hibódromo und Condes, wo man mehr Jiddisch höre als Spanisch, so ginge es in der gesamten Stadt zu, und deshalb sollten wir uns nicht allzu große Sorgen machen. Im Minerva wohnten deutsche, spanische, ungarische, holländische Flüchtlinge, aus was weiß ich für Ländern. Aber es gebe auch Mexikaner; und sogar einige der besten, wie die García Baños, die allerdings – die Ärmsten – in klösterlicher Kargheit lebten und sich mit Buchbinderei über Wasser hielten; Luxuseinbände, sehr teuer, allerbester Geschmack, aber letztendlich doch eine handwerkliche Arbeit. Auch Leute, die von der Revolution profitiert hätten, wie Delfina Uribe, die das Geld auf eine widerwärtig protzige Art hinauswerfe. Arnulfo lauschte mir sehr aufmerksam. Es interessierte ihn zu erfahren, wer wer war und wer mit wem redete. Ich klärte ihn über die Zusammenhänge auf. Unter anderem versuchte ich ihn vor dem zwielichtigen Balmorán zu warnen, ein drittklassiger Journalist, ein armer Schlucker, der beinahe eine Tirade gegen unsere Familie veröffentlicht hätte, für die ihn sicherlich jemand bezahlt hatte. Arnulfo hörte zu, sagte, all das würde bald ein Ende nehmen, da sei er sicher. Wenn die Welt sich nicht bessern wolle, würde sie irgendwann in die Luft gehen, und das dürfe man nicht zulassen. Ordnung täte not, und daher würde sie auch bald kommen. Da könne protestieren, wer wolle. Wenn er so redete, bekam er eine solche Grabesstimme, daß es mir eiskalt über den Rücken lief. Ich starrte ihn an. Seine Augen hatten sich mit Tränen gefüllt. Unglaublich! Wie sehr er während seines letzten Aufenthalts in Deutschland gealtert war! Seine Haut war wie Pergament und voller Flekken. Seine Augen wurden immer schlechter. Und dieser Blick nach oben, ins Leere, ließ ihn noch älter wirken. Sein Gang, sein tastender Stock, die unsicheren Schritte, mit all dem hätte man ihn eher für meinen Vater als für meinen Bruder gehalten. Was für ein altes Wrack. Er war ganz sicher nicht gesund. Eines Nachmittags, als wir wieder aus der Sagrada Familia kamen, umringte uns eine Gruppe von Studenten, die um uns herumzutänzeln und im Chor zu singen begannen: ›Flott, flott, flott, Krebse im gleichen Trott. Stück um Stück um Stück, ein Schritt vor und zweihundert zurück!‹ Etwas in der Art; sie hörten gar nicht mehr auf zu grölen, Fratzen zu schneiden und ließen uns nicht vorbei. Ein Verkehrspolizist hat uns schließlich von ihnen befreit. Ich war sehr nervös, ja erschrocken. Als sich die Horde auflöste, kam ein großgewachsener Mann auf meinen Bruder zu und sagte ihm in sehr schlechtem Spanisch, das heißt mit starkem ausländischem Akzent, das habe er verdient und noch mehr. Es würde nicht mehr lange dauern, bis er Nachricht von der Firma erhalten würde, und dann ging er auf und davon. Ich mußte Arnulfo fast mitschleifen. Andauernd stolperte er, wie ein echter Tölpel. Wie schwierig der Mann doch war! Es mißfiel ihm, daß ich Freundschaften knüpfte oder die Nachbarn grüßte oder daß ich mich mit Delfina unterhielt. Einmal, als ich mit ihr nach Guadalajara fahren wollte, hat er mir eine unbeschreibliche Szene gemacht. Verbote, Drohungen, Flüche, das war Arnulfo.«

»Hat er sich nicht gewundert, daß du auf Delfinas Fest warst?«

»Na, was meinst du! Und ob, er fand es unmöglich! Aber ich habe mir eine Geschichte ausgedacht, um ihn hinters Licht zu führen. Erich, sein Stiefsohn, sagte mir, jemand habe morgens im Auftrag eines Jungen bei ihm angerufen, den er beim Sport kennengelernt habe, um ihn zu dem Fest einzuladen. Als ich Delfina, die Gastgeberin, nach diesem Freund fragte, stellte sich heraus, daß sie nicht die geringste Ahnung hatte, wer er war. Wie ich später erfahren habe, hat sich jemand einen Spaß daraus gemacht, Leute, die zum Teil selbst gar nicht wußten, wer Delfina war, derlei falsche Einladungen zu übermitteln. Am nächsten Tag war Arnulfo schrecklich in Rage und gleichzeitig ein einziges Nervenbündel, völlig am Ende. Er lebte nur noch in ständiger Angst. Er hatte gerade die Vorbereitungen für die Beerdigung getroffen, als ich zu ihm kam. Er wollte wissen, was Erich und ich auf dem Fest gewollt hätten. Ich wiederholte ihm, was sein Stiefsohn gesagt hatte, und fügte im Beisein von Martínez hinzu (da soll noch mal einer behaupten, ich hätte keinen Mumm!), kurz vor Beginn des Festes hätte ich einen Anruf erhalten, und eine Stimme wie die von Martínez habe mich aufgefordert, Erich bei Delfina zu treffen. Ich war gut, nicht wahr? Es bot sich an, es diesem dreckigen Kerl, dem ›Berater‹ meines Bruders, einmal mit gleicher Münze heimzuzahlen. Der begann herumzufuchteln, Grimassen zu schneiden und hätte mich ganz sicher am liebsten stranguliert, aber ich blieb ungerührt und habe meine Geschichte völlig kalten Bluts wiederholt und dann das Zimmer verlassen. Ich hätte ja mal gerne gewußt, wie der seine Anwesenheit auf dem Fest und vor allem seine Attacke auf Ida Werfel gerechtfertigt hat.«

»Ich hätte nie gedacht, daß ihr, du und Delfina, befreundet wart. ›Ihre Tante‹ hat sie zu mir gesagt, ›gehört zu den wenigen Frauen in Mexiko, die das haben, was man Klasse nennt.‹«

»Wie könnte es auch anders sein! Wir sind in sehr verschiedenen Milieus aufgewachsen. Meine Großeltern lebten noch im Schloß von Canalejos. Eine einzige Pracht! Ein Bau aus rotem Tuffstein mit Steinmasken, wo heute Lagerschuppen für Zucker stehen, glaube ich. Ich weiß noch, wie ich als Kind in diesem Haus war. Delfinas Großeltern hingegen waren Tagelöhner. Barfüßige Indios. Das hat sie mir selbst gesagt. Laut Arnulfo war ihr Vater einer der wichtigen Köpfe der Freimaurer in Mexiko. Wer weiß! Arnulfo sah überall nur Aufrührer mit dem Messer zwischen den Zähnen. Er hat mich so sehr gedrängt, mich unter Druck gesetzt und mir gedroht, daß meine Bekanntschaft mit Delfina darüber in die Brüche ging. Daher war ich überrascht, daß sie mich zu ihrem Fest einlud, wie du jetzt wohl verstehst. Vielleicht waren wir ja auch gar nicht so befreundet, wie du sagst, aber wir verstanden uns ganz gut. Ja, auf jeden Fall!« sagte sie, nachdem sie eine Weile nachgedacht hatte. »Ehrlich gesagt haben wir uns täglich gesehen. Wer hätte das gedacht! Einmal hat sie mir sogar vorgeschlagen, mit ihr zusammenzuarbeiten. Ich sollte so etwas wie die Öffentlichkeitsarbeit in ihrer Galerie übernehmen. Es heißt, sie hat Millionen verdient, glaubst du das? Mir scheint das übertrieben. Ich habe den Kontakt dann wegen Arnulfos Wahnvorstellungen abgebrochen. Er mißtraute ihr und ihrer Familie. Reine Paranoia, hat Antonio gesagt. Er dachte, alle Welt spionierte ihm nach, verfolge ihn und stelle ihm Fallen. Na ja, wenn man es recht betrachtet, lag er damit gar nicht so falsch. Aber was für eine Nervensäge er war! Er quetschte mich aus. ›Wer ist wer?‹ Er hatte sogar Angst vor den Schwestern Bonbon, zwei völlig harmlose Sängerinnen von nebenan mit leicht zwielichtigem Lebenswandel, wie es hieß, nur weil sie manchmal Politiker in ihrer Wohnung empfingen. Er sagte, man könne nie vorsichtig genug sein. Manchmal brachte er mich richtig auf die Palme. Mir ist sogar schon der Gedanke gekommen, daß er mit all der Vorsicht das Unheil erst heraufbeschworen hat. ›Du willst, daß ich mit niemandem Kontakt habe. Du verlangst von mir, auf Freunde zu verzichten, nicht wahr? Aber nicht, daß du dich zum Ausgleich mal bemühst, die Freunde, die ich verliere, etwa durch deine zu ersetzen‹, habe ich ihm eines Tages gesagt, als ich besonders übel gelaunt war. Am allermeisten ärgerte mich, daß er Dionisio und mir einen normalen Umgang, so wie es sich gehört hätte, mit seiner Frau verwehrte. Waren wir nun Geschwister oder nicht? Immerhin waren wir unter dem gleichen Dach aufgewachsen, bis zu dem Tag meiner Hochzeit. Einmal hat er uns ganz feierlich zum Abendessen eingeladen, als sie endlich ihr Haus in Polanco bezogen hatten. Bis dahin wußte ich nicht mal, wo sie wohnten. Wie ich aus einigen Indiskretionen von Martínez entnommen habe, waren sie während der Arbeiten am Haus in Hotels abgestiegen; in gewissen Abständen wechselten sie das Hotel. Sie wohnten in getrennten

Zimmern, eines für jeden. Die Deutsche war ganz und gar nicht sympathisch, aber da half nichts, sie war nun mal meine Schwägerin. Ihr Französisch war schlecht, obwohl es zur Verständigung reichte. Später kam sie uns dann damit, daß sie nur Deutsch spreche, und von da an wurde es unmöglich, sich mit ihr zu verständigen. Wer hätte sie besser in der Hauptstadt einführen können als ich? Ihr Leute vorstellen, sie an Orte führen, die es wert waren, sie kennenzulernen? Sie vor Dingen zu warnen, die passieren konnten. Doch zum einen gab sie mir kein grünes Licht, und zum anderen förderte Arnulfo die Freundschaft nicht gerade. Später erfuhr ich warum. Mich ärgerte diese Obsession, alle seien gegen uns. Manchmal denke ich ja auch so, aber auf andere Art. Die ganze Welt war unser Feind, aber er rührte keinen Finger, wenn ich ihn auf einen besonders gefährlichen hinwies: Balmorán. Tausendmal habe ich ihm gesagt, daß dieser Mann uns schaden wolle, er habe mir ganz unverblümt von einem unserer Verwandten erzählt, der nach einem ausschweifenden Leben den Verstand verloren habe. Aber, da seht ihr mal, wie er war: ihn hat das einen Dreck interessiert. Ich sagte ihm, schon leicht erbost, wenn jemand wissen wolle, wen er in seinem Büro für Lizenzen empfinge, dann würde er es früher oder später sowieso herausfinden. Unmöglich, daß die Hausmädchen nichts merkten, es sei denn, er erwarte, daß ich auf sie verzichtete, was ich nicht hinnehmen würde, denn ich fühlte mich nicht in der Lage, den Haushalt allein zu führen. Ich merkte gar nicht, daß er genau das beabsichtigte, daß nämlich die Leute dachten, er habe hier eine Art geheimes Büro, damit sie nicht woanders danach suchten. Er hatte uns zu seinen Laborratten gemacht. Wenn uns etwas zustieß ..., Pech gehabt, nichts zu machen! Eines Tages habe ich Arnulfo gesagt, Martínez schnüffele mir zu häufig im Haus herum, und ich hätte Beweise für seinen Mangel an Diskretion. Da endlich schien er aus seiner Lethargie aufzuwachen. Warum ich das sagte? Er reduzierte alles auf Verhöre. Ich sagte ihm sehr trocken, dieser Taugenichts hätte mich über gewisse Aspekte seines Lebensstils in Berlin aufgeklärt; er schien genau zu wissen, was ich meinte. Etwas an meinem Ton muß ihn alarmiert haben. Entsetzt sprang er aus seinem Sessel auf. Er schüttelte mich am Arm und bedrängte mich, ihm wortwörtlich zu wiederholen, was Martínez gesagt hatte. Alles, was ich wüßte. ›Alles?‹ fragte ich ihn; denn letztlich konnte er mir keine Angst mehr einjagen, und sein schlechtes Benehmen stachelte mich nur an, noch gehässiger zu werden. ›Alles?‹ wiederholte ich giftig. ›Kannst du das auch aushalten? Du weißt doch genau, was ich meine. Deine erste Frau ist damit nicht fertig geworden.‹ Er ließ mich los, wich zwei, drei Schritte zurück und ließ sich auf einen Sessel fallen. Er sah so aus, als würde ihn gleich der Schlag treffen. Schließlich kam ich ganz naiv damit heraus, ich hätte von Martínez erfahren, daß er großen Erfolg bei gewissen Frauen gehabt habe, die im zoologischen Garten flanierten. Zunächst wirkte er gedankenverloren; es war offensichtlich, daß ich ihn von einer Riesenlast befreit hatte; schließlich brach er in schallendes Gelächter aus. Martínez nannte er einen Witzbold. Dann wollte er beiläufig wissen, ob Martínez mir von Hermelinda erzählt habe – so hieß sein Flittchen –, von ihrer Krankheit, ihrer Behandlung. Ich sagte, nichts habe er erzählt. Und das stimmte. Aber, siehst du, hier kam wieder ein neues Rätsel auf, und egal, wo man bei ihm bohrte, es war immer das gleiche. Schließlich wurde mir klar, daß Arnulfo und seine Frau kein Interesse hatten, mit mir Kontakt zu pflegen. Sie verheimlichten Dinge, von denen ich eher zufällig erfuhr. Eines Tages sprach mich dieser Koloß von einem Weibsbild an, die Professorin Werfel, die mit ihrer üppigen Körpermasse das ganze Treppenhaus ausfüllte. Es heißt, sie sei eine Koryphäe gewesen, ich weiß davon nichts. Sie war in Begleitung von Lala Carrasco, der Frau eines damals sehr bekannten Bankiers. Sie und ihr Mann hielten sich für Mäzene, dabei waren sie nur armselige Snobs, von allen verlacht. Ich kannte Lala seit der Kindheit; wir haben gemeinsam das französische Gymnasium besucht, weshalb ich stehen blieb, um sie zu begrüßen. Ich begrüßte auch Ida Werfel, wie es sich gehört. ›Über welche Kanäle mußte ich davon erfahren!‹ sagte die Werfel auf einmal, sie wisse, daß ich die angeheiratete Verwandte einer berühmten Opernsängerin aus Dresden sei. ›Eine wundervolle Stimme‹, sagte sie zu Lala, die sie zu beeindrucken suchte, nicht mich, die ich ihr nur als Vorwand diente, ›genial vor allem im Mozartrepertoire. Eine verheißungsvolle Donna Elvira.‹ Ich war völlig überrumpelt. ›Nein, Señora, verzeihen Sie, aber Sie irren sich‹, erwiderte ich ganz naiv. In dem Moment hatte ich vollkommen vergessen, daß ich eine deutsche Schwägerin hatte, so sehr hatten Arnulfo und seine Frau mich kaltgestellt. ›Wie merkwürdig!‹ sagte die Jüdin, ›da muß ich mich wohl geirrt haben. Aber ist nicht einer Ihrer Brüder mit Adele Waltzer verheiratet?‹ ›Ja, doch.‹ In dem Augenblick fielen mir Arnulfos Instruktionen ein: Sich von diesen Leuten fernhalten, nicht mit ihnen reden, sich ihnen nicht öffnen, keine Vertraulichkeiten ihnen gegenüber. Nun war es aber unmöglich, etwas so Offizielles wie die Ehe meines Bruders zu verhehlen. Jeder, der wollte, konnte herausfinden, daß mein Bruder mit dieser Deutschen verheiratet war und daß das Paar gemeinsam mit dem Sohn der Ehefrau in einem Haus auf der Calle Anatole France in Polanco wohnte. Ich fühlte mich wie auf glühenden Kohlen. Daher ließ ich sie einfach weiterreden. ›Ja, das stimmt‹, war das einzige, was ich herausbrachte. ›Sehen Sie‹, fuhr die Professorin fort. ›Adele ist Biologin; Annette, eine Sängerin und atemberaubende Sopranistin. Auf Mozart spezialisiert, aber sie kümmert sich auch um neuere Musikformen. Als letztes habe ich sie in *Die schweigsame Frau* von Strauss gehört, aber das war noch in Amsterdam; sie trat dort als Gastsängerin auf. Vor ein paar Tagen erhielt ich Besuch von Hanno, dem Arzt und ersten Mann Ihrer Schwägerin, zusammen mit seinem Sohn. Von dem jungen Mann habe ich dann erfahren, daß eine angeheiratete Verwandte seiner Mutter hier im Haus wohnt. Ich war erfreut zu hören, daß es sich um Sie handelt. ›Ich kenne die Dame kaum‹, sagte ich, ›aber es ist nicht schwer zu erraten, daß sie eine außergewöhnliche Sensibilität hat.‹ Und dann sagte ich noch ›Danke!‹ Was sollte ich sonst auch sagen? Ich war verwirrt, ja desorientiert bei den komplizierten Verwandtschaftsverhältnissen, die ich nicht ganz durchschaute, und sehr begierig darauf, mehr darüber zu erfahren, da Arnulfo ja offensichtlich selbst mir nicht traute und mir nie etwas verriet. ›Der Mann einer Mozartsängerin lebt also hier?‹ sagte Lala. ›Ich würde ihn gerne irgendwann kennenlernen. Ida, vielleicht könnten Sie ihn ja mal überreden, mit uns über Richard Strauss zu plaudern‹; dann spielte sie das neugierige kleine Mädchen, was völlig danebenging, obwohl es anscheinend ihre Lieblingsmasche war, und sagte: ›Wir sind kosmopolitisch geworden, Eduviges. Bis vor kurzem hatten wir nur Kontakt mit unseren Freunden aus Querétano und Guadalajara. Inzwischen leben deutsche Sänger, Gelehrte und Künstler aus der ganzen Welt unter uns, und natürlich dieses internationale Denkmal der Weisheit, unsere liebe Weltmitbürgerin Ida Werfel.‹ Ach ja. Lala war viel zu geziert und honigsüß. Seit ihrer Jugend hegte sie den Wunsch, eines Tages einen literarischen Salon zu eröffnen. ›Nein, nicht der Ehemann von Annette Waltzer, ich meine den Exmann von Adele, jetzige Schwägerin der Señora‹, beharrte die Jüdin, ›ein Mann, der durch die Hölle gegangen ist, es aber geschafft hat, dem Ganzen zu entfliehen, und jetzt hier ist.‹ ›Wir leben in modernen Zeiten, Eduviges‹, sagte Lala, diese dumme Gans; und ich hätte sie am liebsten erwürgt. ›Heutzutage ist eine Scheidung nicht mehr dieser Leviathan, den man uns zu fürchten gelehrt hat, seit wir denken können, sondern eine moderne Einrichtung, derer sich zivilisierte Menschen, wenn nötig, bedienen.‹ Es verschlug mir schier die Sprache, ich war wie vom Blitz getroffen, als hätte sich ein Gewitter über mir entladen. Ich stieg mit letzter Kraft die Treppen hinauf, ohne es zu merken, wie ein Automat. Arnulfo, dieser Apostel der Tradition! Der unerbittliche Moralist! Ich quetschte Martínez aus, den ich bei mir zu Hause antraf. Es widerstrebte mir, auf ihn zurückzugreifen, denn er kam mir von Mal zu Mal hochnäsiger vor, während man immer weniger merkte, wer von beiden, Arnulfo oder er, der Chef und wer der Untergebene war. Er tat so, als wüßte er nichts. Ich bombardierte ihn mit Fragen und er mich. Zu seiner Zeit, sagte er, habe die Hübsche aus Tamaulipec geherrscht, der das deutsche Klima so schlecht bekommen sei. Er habe sie in Hamburg getroffen und ihre Krankheit sowie ihren Tod miterlebt. Ich weiß nicht, warum ich einen Schauder verspürte. Adele habe er erst in Mexiko kennengelernt, und das, wie er meinte, auch nur vom Sehen. Plötzlich begann er gegen meinen Bruder zu wettern. Der bürde ihm immer nur die Drecksarbeit auf, aber diese Schufterei sei er allmählich leid. Einige der Herren führten ein großspuriges Leben, aber sie begingen den größten Fehler des Jahrhunderts, wenn sie ihn weiterhin als armen Schlucker behandelten. ›Richten Sie Ihrem Bruder von mir aus, es sei an der Zeit, einander zu respektieren! Sagen Sie ihm, daß ich es allmählich leid bin, immer nur im bösen für ihn dazusein, nie im guten! Wenn es mir eines Tages in den Sinn käme, den Mund aufzumachen ...!‹ In dem Augenblick trat Arnulfo aus seinem Büro. Martínez sprang blitzartig auf. Ich glaube, er fürchtete, Arnulfo habe gelauscht. Seine Stimme veränderte sich. Er verdrehte die Augen, als er Arnulfo begrüßte. ›Gibt's was Neues, Martínez?‹ ›Nichts, Señor.‹ ›Gehen wir endlich! Ich will noch kurz bei einer Buchhandlung im Zentrum vorbeischauen und ein Buch kaufen.‹ Ich konnte mich gar nicht mehr verabschieden. Bevor ich die Situation nicht geklärt hatte, wollte ich mit Arnulfo nicht mehr reden. Er hatte mich wieder einmal hintergangen, wie üblich. Genau wie damals, als er Gloria und mich um das Erbe betrogen hat. Heute höre ich von Scheidungen reden, als wäre es nichts. Inzwischen läßt es mich kalt. Mehr noch: Wenn man mir jetzt sagen würde, Antonio wolle sich von Gilda trennen, wäre ich die erste, die ihm applaudieren würde. Damals war es hingegen völlig unüblich. Daß es Delfina Uribe widerfuhr, war logisch, sie war die Tochter eines Niemands, ein Kind der Revolution. Aber daß man in die Familie Briones eine Geschiedene mitbrachte und ausgerechnet Arnulfo diesen Fauxpas beging, war schon etwas anderes. Ich ließ Ida Werfels Tochter holen, eine kleine Maus, immer vor Angst schlotternd, und der habe ich gesagt: ›Ruf bitte diese Nummer von meinem Apparat aus an und verlang Erich Pistauer! Sag ihm, er solle kommen, jedes Jahr strickte ich etwas für die Familie, und ich sei gerade dabei, ihm einen Pulli zu stricken, ich bräuchte seine Maße. Sag ihm, er soll gleich heute nachmittag vorbeischauen, egal um wieviel Uhr.‹ Als der Junge auftauchte, ließ ich die junge Werfel wieder rufen, damit sie mir als Dolmetscherin diente und es keine Mißverständnisse bei unserer Unterhaltung gab. Alles stimmte! Der Vater des Jungen war vor kurzem in Mexiko eingetroffen. Er war Chirurg. Er hatte die Frau aus Tamaulipec operiert. Er hatte große Schwierigkeiten gehabt auszureisen, aber jetzt war er endlich in Mexiko. Habe ich dir diese Geschichte noch nicht erzählt?«

»Nein!«

»Amparo kennt sie schon auswendig. Macht nichts! Ich stellte Arnulfo zur Rede. Seine Antwort war nicht so ganz überzeugend, nur was das Religiöse betraf, hatte er vielleicht recht. Er war weder überrascht noch alarmiert, genau wie ich erwartet hatte. Ich verlor an Boden. Er war katholisch getraut. Die kirchlichen Formalitäten waren alle erfüllt. Adele hatte sich taufen lassen. Meine Worte verfehlten also ihre Wirkung. Ich wechselte das Thema und erinnerte noch einmal daran, welche Gefahr die Dokumente für uns bedeuteten, die sich in Balmoráns Besitz befanden. Zum ersten Mal schien er mich ernst zu nehmen. Ich erklärte ihm noch einmal, daß er es mit der Familie von Doktor Uribe zu tun habe. In dem Augenblick tauchte Martínez auf und zwinkerte mir zu, was mir ein schlechtes Omen zu sein schien.«

»Balmoráns Dokumente sind anderer Art«, versuchte del Solar einzuwenden, »Sie haben nicht den geringsten Bezug zu deinem Verwandten.«

»Sprich bitte nicht über etwas, wovon du nichts verstehst. Habe ich dir schon erzählt, daß er mich einmal besucht hat? Laß mich bitte ausreden! Damals hat er das Terrain sondiert. Nach wenigen Tagen ist er zurückgekehrt, um mir mitzuteilen, man sei in seine Wohnung eingebrochen und habe ihm seine Papiere gestohlen. Er hat sogar die Polizei benachrichtigt. Wer's glaubt, der werde selig! Bestimmt wollte er mir vormachen, daß er nicht schuld sei, wenn die Papiere jetzt veröffentlicht würden. Die einzige Möglichkeit, ihn zum Schweigen zu bringen, war, ihn ständig zu terrorisieren. Daher bringe ich ihm von Zeit zu Zeit ein paar Wahrheiten zur Kenntnis. Dafür habe ich so meine Kanäle. Eines Tages tauchte Martínez, dieser Taugenichts, bei mir auf, und bestätigte mir, Balmorán seien tatsächlich Papiere gestohlen worden, aber er kenne jemanden, der mir diese Unterlagen, an denen ich so interessiert sei, besorgen könne. Zum Beweis würde er mir sogar ein Kapitel vorlegen, und den Rest könnte ich dann zu einem sehr günstigen Preis ebenfalls erhalten. Ich sagte ihm, es sei seine Pflicht, all das Arnulfo mitzuteilen und ihm zu sagen, daß die Papiere zum Verkauf stünden. Er müsse dann entscheiden, ob es sich lohnte, sie zu erwerben oder nicht. Martínez ließ sich nicht aus der Fassung bringen. Er sagte mir, der Bekannte seines Freundes wäre glücklich, rechtlich belangt zu werden, denn er liebe die Öffentlichkeit. Ich habe schließlich seine Bedingungen akzeptiert. Er gab mir etwa vierzehn fotografierte Seiten, handgeschrieben in einer Sprachmischung aus Spanisch und italienischem Kauderwelsch, das laut Aussage eines Spezialisten, den ich zu Rate gezogen habe, nichts anderes als hispanisiertes Italienisch war. Es handelte sich um eine vulgäre, ziemlich schamlose Chronik einer italienischen Abenteurerin, die die Bekanntschaft einer mexikanischen Indiofrau gemacht und sie in Europa als Eunuchen ausgegeben hatte. Das Ganze war abscheulich ordinär. Ich habe nichts von dem geglaubt, was dort übersetzt wurde. In diesem Fall war Martínez zu weit gegangen! Was bezweckte er damit, als er mir diese skandalöse Chronik gab? Ich kann mir immer noch keinen Reim darauf machen. Am nächsten Tag schaute er vorbei, um zu hören, wie ich mich entschieden hatte. Ich sagte ihm, diese Seiten seien nichts als Schund, und er solle mir meine Zeit nicht mit solch üblen Scherzen stehlen. Damit ließ ich ihn irgendwie spüren, daß zwischen uns ein unüberwindbarer Graben klaffte, daß diese Episode für mich der Tropfen war, der das Faß endgültig zum Überlaufen brachte, und ich nichts mehr mit ihm zu tun haben wollte. Fortan mußte er sich mit einer knappen Begrüßung begnügen, zu mehr war ich nicht mehr bereit. Ich erzählte Arnulfo von dem Zwischenfall und insistierte, er solle sich vor diesem Reptil in acht nehmen. Er wirkte schwer beunruhigt. Zu der Zeit lebte er in ständiger Panik. An manchen Tagen lagen seine Nerven dermaßen blank, wenn er eintraf, daß ich dachte: Er wird noch daran zerbrechen; eines Tages, wenn man am wenigsten damit rechnet, wird er straucheln. Und genau das ist eingetroffen. Na gut, sie waren es, die ihn zur Strecke gebracht haben. Der letzte Monat seines Lebens war eine ständige Erschütterung. Eine Katastrophe jagte die nächste. Der reinste Wahnsinn! Sein Stiefsohn wurde umgebracht; er wollte seine Frau außer Landes bringen und sie eigentlich auf der Flucht begleiten, aber sie ließen sie nicht über die Grenze. So blieb er für ein paar Tage in Ensenada im Hotel. Anschließend kehrte er mit Adele zurück; sie brachten die Papiere in Ordnung, und kaum hatten sie das geregelt, da geschah das, was uns allen bekannt ist.«

»In jenen Tagen hatte er auch eine Auseinandersetzung mit seinem Cousin Goenaga.«

»Derny. Aber kurz vor dem Ende haben sie sich wieder versöhnt. Am letzten Tag waren sie zusammen. Seltsam dieser Streit, nicht wahr?«

»Arnulfo legte sich mit allen an. Mit mir jeden Tag. Daran ist nichts seltsam. Er war schrecklich nervös. Sie hatten ihn eingekreist. Es wäre falsch zu denken, Haroldo Goenaga hätte sich ihm gegenüber schofel benommen, damit tätest du ihm unrecht, und das solltest du nicht. Er machte sich große Sorgen wegen all der Dummheiten, die mein Bruder anstellte. Wie wir alle. Er hatte einen Kompromiß ausgehandelt, wie er mir sagte. Sie würden ihn aus Mexiko ausreisen lassen, falls er erklärte, daß er niemals mehr in ein Komplott hineingeraten würde. Der arme Haroldo fühlte sich wie ein Verräter; er hat sich nie mehr davon erholt. Sie hatten ihm ein Versprechen gegeben. Er hatte ihnen vertraut; er dachte, er habe es mit Ehrenmännern zu tun, aber da irrte er. Als Arnulfo die Avenida Juárez erreichte, versetzten sie ihm einen Schlag ins Genick, und anschließend hetzten sie ein Auto auf ihn. Vergiß nicht, daß er damals schon fast blind war. Niemand hat es gemerkt. Eine rasche Angelegenheit. Es war Sonntag, und das Stadtzentrum war fast leer.«

»Wer hat ihn denn umgebracht?«

»Was für Fragen! Wie oft habe ich es schon wissen wollen. Aber Dionisio meinte, zu diesem Zeitpunkt sei es denkbar unvorsichtig herumzuschnüffeln. Vielleicht würde ich gar nicht mit dir darüber reden, wenn ich es getan hätte. Nach der Beerdigung hat Haroldo den Mund nicht mehr aufgemacht.

»Und die Ehefrau? Adele? Ist sie hiergeblieben?«

»Sie hat das Erbe einkassiert und ist auf und davon. Ich denke, mit ihrem ersten Mann. Und trotz aller Versprechungen, die Arnulfo uns gemacht hatte, erhielten wir nicht einen Centavo.«

Sie waren mit dem Essen fertig.

»Ich werde versuchen, Martínez ausfindig zu machen ... Er muß ja notgedrungen etwas wissen.«

Eduviges schaute auf die Uhr. Sie erschrak. Sie mußte noch ein Ferngespräch führen. Rasch erhob sie sich vom Tisch, verabschiedete sich überstürzt und verschwand.

Amparo wechselte das Thema. Sie sagte del Solar, ihre Mutter rege sich immer sehr auf, wenn diese Angelegenheit zur Sprache komme. Heute abend sei sie im Vergleich zu sonst noch relativ ruhig geblieben, denn er übe eine besänftigende Wirkung auf sie aus. Sie dankte ihm erneut für die Widmung in seinem Buch. Noch am selben Abend würde sie anfangen, darin zu lesen. Sie bot an, die vielen praktischen Dinge für ihn zu erledigen, die ihm sicherlich in den nächsten Wochen bevorstünden. Häuser besichtigen, Schulen für die Kinder auswählen. Sie habe alle Zeit der Welt und verfüge über einen Wagen nebst Chauffeur. Er verabschiedete sich. Auf dem Weg zu der Wohnung seiner Mutter sagte er sich, es sei doch ein Segen, eine Cousine wie Amparo zu haben. Es interessierte ihn zu hören, was sie über *Das Jahr 14* sagen würde.

Delfina verabschiedete sich von einer jungen Frau, die wie eine Porzellanpuppe aussah: blasses Gesicht, langes, gelocktes Haar, Augenbrauen und Wimpern von übertriebenem Schwarz. Es handelte sich um eine junge Studentin von der Universität, wie Delfina del Solar erklärte, der in dem Moment eintraf. Einmal pro Woche besuchte sie Delfina und ließ sie eineinhalb oder zwei Stunden lang vor laufendem Tonband erzählen.

»Sie läßt mich Anekdoten über Maler, Galerien, das Leben tags und nachts in der Stadt seit Anfang des Jahrhunderts erzählen. Ich unterhalte mich gerne mit ihr, aber es ist ermüdend. Ich bin zu Beginn des Jahrhunderts geboren. Schon in frühester Jugend habe ich die Freunde meiner Eltern und meiner Brüder kennengelernt. Mit anderen Worten, ich habe praktisch jeden gekannt, der auf die eine oder andere Weise für unser Land von Bedeutung war. Seit ich die Siebzig überschritten habe, fühle ich mich wie eine seltene Spezies, die die Sintflut überlebt hat. Das ist ermüdend, Miguel, glauben Sie mir. Das Mädchen stellt das Tonbandgerät auf, und ich beginne mit meinen Erinnerungen; manchmal erschrecke ich, weil mir klar wird, daß nur noch ein Heer von Schatten im Raum aufmarschiert.«

»Eine Liebesparade oder das Defilee der Liebe?«

»Nicht immer, denken Sie das ja nicht.« Plötzlich lächelte sie. »So ähnlich lautet doch ein Filmtitel, nicht wahr? Wenn ich mich nicht irre, von Lubitsch. Oder?«

»Das Defilee der Liebe, und Delfina Uribe sein Tambourmajor!« entfuhr es ihm unwillkürlich. Sie schaute ihn an, als habe er den Verstand verloren. Das Lächeln gefror ihr auf den Lippen aus Argwohn, del Solar lasse es ihr gegenüber an Respekt mangeln.

»Stellen Sie sich vor«, sagte sie in stolzem Ton, »heute habe ich diesem Mädchen von der Hochzeit einer der Carranzatöchter mit General Aguilar in Querétano erzählt. Ein rauschendes Fest! Das oberste Kommando mit dem ganzen obligatorischen Brimborium. Unzählige Umarmungen, mit denen die Politiker sich vergewisserten, ob der andere bewaffnet war oder nicht, endlose Hochrufe auf die revolutionäre Einheit. Monate später kämpfte die eine Hälfte der Gäste gegen die andere Hälfte. Einige revoltierten und fielen im Kampf, andere wurden hinterhältig ermordet oder landeten im Gefängnis. Manche, wie mein Vater, zogen es vor, ins Exil zu gehen. Ja, Miguel, nach Carranzas Tod gingen wir an Bord eines Schiffes mit dem Ziel Havanna, und einige Monate später setzten wir die Reise in Richtung Spanien fort. Siebzig Jahre in Mexiko sind mehr als an jedem anderen Ort, das kann ich Ihnen versichern. Ich habe zu viele Erschütterungen miterlebt. Abrupte Veränderungen. Und das vor der Kulisse steter Unsicherheit. Ich bin mir nicht sicher, ob nicht alles ein einziges Fiasko war.« Sie hielt inne und schien sich erst jetzt wieder zu vergegenwärtigen, wo sie war und mit wem. »Sie werden mich mit Recht fragen, wozu das ganze Gerede. Nun gut, ich habe Ihr Buch gelesen. Dabei habe ich mich wie ein echtes Fossil gefühlt. Wissen Sie, ich habe viele der Ereignisse, die Sie beschreiben, leibhaftig miterlebt. Damals muß ich zwölf oder dreizehn Jahre alt gewesen sein. An dieses Alter bewahrt man schon sehr präzise Erinnerungen. Wie gesagt: Ich bin das leibhaftige Alter.« Sie brach in schallendes Gelächter aus, das ihren ganzen Körper erfaßte. Ihr Mund wurde auf einmal riesig. Irgendwie bereitete ihr die Tatsache, daß sie überlebt hatte, und noch dazu mit so viel persönlichem Erfolg, wohl Genugtuung. »Ich wollte Ihnen sagen, daß ich zwar generell einverstanden bin, aber doch eine gewisse Intoleranz in Ihrer Vorgehensweise entdecke. Schauen Sie, mehrere Caudillos – und einige habe ich kennengelernt, so daß ich also nicht übertreibe – stammten aus einem völlig barbarischen Milieu; von diesen Leuten, die über Leben oder Tod bestimmten und im übrigen einen erstaunlich sensiblen politischen Instinkt besaßen, verlangen Sie, daß sie sich wie Vollzeitforscher vom Colegio de Mexico aufführen und gesittet diskutieren. Stellen Sie sich doch nur mal die damalige Zeit vor! Mein Gott, wie neu war alles! Welch einem Sumpf ohne Garantien, Rechte oder bürgerliche Traditionen sind unsere Väter entwachsen. Eine Sache sehen Sie meiner Meinung nach aber völlig richtig: 1914 konnte man bereits die Perspektiven der Revolution erahnen. Die Vielfalt des ideologischen Spektrums war erstaunlich. Dem

Anschein nach chaotisch, war es das Jahr der Definitionen.« Und dann fragte sie ihn völlig übergangslos: »Hätten Sie nicht Lust, mal mein Haus kennenzulernen? Kommen Sie! Ich habe zwei, drei Dinge, die Sie interessieren könnten.«

Und dann führte sie ihn durch ihr Haus. Im zweiten Stock befanden sich die Bibliothek und das Arbeitszimmer. Ein riesiger Raum, nur ab und zu ein Bücherregal, das vage eine Raumgliederung anzudeuten schien. Hinter einer Tür, die Delfina nicht öffnete, mußten ihr Schlafzimmer und ein Bad liegen. In dieser Etage war alles modern – funktional und geometrisch – eingerichtet, doch von Zeit zu Zeit wurde der Raum durch eine kleine, sehr grazile Säule unterbrochen, die, mit altem Samt aus verblichenem Grün überzogen, dem Ambiente eine feengleiche Nuance verlieh. Miguel pries die Wirkung dieser Säulen in einer sonst so strengen, asketischen Umgebung, was Delfina mit Genugtuung registrierte.

»Wie Sie sicherlich gesehen haben, Miguel, entspreche ich nicht gerade dem Bild einer allzu femininen Frau, aber ich konnte der Idee solcher Samtsäulen nicht widerstehen. Ich habe immer davon geträumt, sie eines Tages in meinem Haus zu haben. Als junges Mädchen habe ich einen ähnlichen Salon in Genua gesehen. Robles, der Architekt, weigerte sich, sie mir zu bauen. Er empfand es als eine Vergewaltigung seiner Poetik. Doch schließlich hat er sich zähneknirschend davon überzeugen lassen, daß ich richtig lag. Wie ich gehört habe, soll er in späteren Bauten diese Lösung mit verschiedenfarbigen Säulen wiederholt haben.«

Im dritten, etwas kleineren Stockwerk lagen noch ein Arbeitsraum und ein geräumiges Schlafzimmer mit einem wundervollen Blick auf den Garten. In den drei Etagen entfaltete sich eine Gemäldesammlung, die die letzten fünfzig oder sechzig Jahre der mexikanischen Malerei erfaßte und sich nicht nur durch die Qualität der Werke, sondern auch durch die Auswahl hervortat: Die Bilder stellten eine Beziehung her, die aus ihrem Inneren aufstieg und dem Haus entgegenstrebte, als sei jedes einzelne ein bewegliches Element in einem Puzzle. Das ganze Haus spiegelte das Gesicht der Besitzerin wider, einer Frau mit hartnäckig kultiviertem Geschmack. Bilder, Bücher, Möbel, Gegenstände zeugten davon. Doch während er dieses im Laufe vieler Jahre zusammengesuchte und intelligent arrangierte Ensemble betrachtete, konnte Miguel del Solar sich des Eindruck nicht erwehren, daß diese weiten Räume, die Delfina Uribe und ihre Welt umschrieben, nur eine Erweiterung ihrer mangelnden Kommunikationsfähigkeit, ihres physischen Egoismus, ihrer Verschlossenheit bedeuteten.

Irgendwo klingelte ein Telefon. Ein Dienstmädchen kam herein und sagte, Doktor Gálvez wünsche Delfina zu sprechen. Delfina erhob sich. Sie nahm ein riesiges Buch von einem Tischchen und legte es ihrem Gast auf den Schoß. *Tizian, sein Freskowerk*. Sie bat, sie für einen Moment zu entschuldigen, und ließ ihn allein.

Delfina blieb mehr als eine viertel Stunde fort. In dieser Zeit blätterte ihr Gast zerstreut in der schönen italienischen Ausgabe. Er dachte daran, wie wenig er sich in der venezianischen Malerei auskannte. Nur fragmentarisch, genau wie in der Florentiner oder der flämischen Malerei, der gothischen Kunst, im Barock oder in griechischen Skulpturen. Es wäre wunderbar gewesen, hätte er ein paar Monate in Venedig verbracht, bevor er nach Mexiko zurückgekehrt war. Er stand auf und ging zu der am weitesten entfernten Wand. Zwei Bilder zogen ihn unwiderstehlich in ihren Bann: das berühmte Portrait von Matilde Arenal vor dem Spiegel – die Diva! –, eine pathetische Gestalt, aggressiv und ergreifend. Es drückte Trivialität, Entmutigung und zugleich Trotz, ja Herausforderung aus. Eine Frau mit halb verwischter Theaterschminke, die in ihrer Garderobe vor dem Spiegel saß und ihre Torheit und ihre Verlorenheit im geheimnisvollen Licht einer indigoblauen Lampe betrachtete. Eine Art vorzeitiger Schwanengesang. Das berühmte Gemälde, das mehr als einen Skandal heraufbeschworen hatte. An einer anderen Wand hing ein Jugendportrait von Delfina, von demselben Escobedo gemalt. Nein, es war kein großer Unterschied zwischen dieser jungen Frau, der unsteten Literaturstudentin, und der alten, mächtigen Frau zu erkennen, deren Haus und Gemäldesammlung er soeben besichtigte. Beide Gesichter, das jetzige und das von vor einem halben Jahrhundert, zeigten den gleichen Willen, sich zu behaupten, den gleichen herausfordernden Blick. Wild entschlossen bei der jungen, geschickt überspielt bei der älteren Frau. Der gleiche Kleidungsstil: Bluse und Rock, ein kurzes Jäckchen. Kein Überfluß und im Grunde genommen diese Unfähigkeit, aus sich herauszugehen, diese auf sich konzentrierte Individualität, die nichts forderte, aber auch nichts Persönliches preisgab. Delfina oder die Verstopfung der kommunizierenden Röhren. Delfina oder Onans Traum. Unmöglich, sie sich an der Seite eines der Liebhaber oder Ehemänner vorzustellen, von denen er sie hatte reden hören. In einem Bett konnte man sie sich nur mit einem Buch in der Hand denken oder mit großen Kissen im Rücken, sich die Nachrichten im Fernsehen anschauend. Aber nicht unzüchtig; dazu war sie zu zivilisiert. Grausam, ja; eine der Formen von Grausamkeit, die derjenige, dem sie eigen ist, immer unter Kontrolle halten kann. Seit ihrer Jugend mangelte es ihr an Rundungen. Alle ihre Züge ließen sich auf Geraden reduzieren. Del Solar wunderte sich, daß dieses Portrait, das erste Gemälde ihrer Sammlung, wie er sie einmal hatte sagen hören, ihr so gut gefiel, wo es doch etwas enthielt, das einer Beleidigung nahekam oder wenigstens einer Rüge: Delfina, die mit ihren Energien haushaltet, Delfina, die mit ihrer Seele geizt. So gesehen konnte man die viel geschmähte »Diva« sogar als eine Hommage an die Großzügigkeit betrachten.

Delfinas Einladungen hinterließen immer einen Nachgeschmack von Unberechenbarkeit. Sie hatte ihn angerufen und ihm gesagt, sie würden vollkommen allein sein und zum ersten Mal ungestört reden können. Es stimmte, daß sie zum ersten Mal wirklich allein waren, aber sie redeten nicht. Er hatte gemeint, er habe bei ihr ein Bedürfnis verspürt, sich zu öffnen; aber wie immer erwartete sie, daß er die Initiative ergriff, daß er sie ausfragte, sie bedrängte, ihr die Pistole auf die Brust setzte. Vielleicht würde sie, in die Enge getrieben, beschließen, ihm zu antworten, natürlich immer mit den jeweils in der Sache erforderlichen Vorbehalten und im Bewußtsein der zu wahrenden Grenzen. Die weise Delfina, die kühle Delfina! Als sie ihn gebeten hatte, die Angelegenheit der sogenannten Verbrechen des Minerva fallenzulassen, hatte ihn das wahrscheinlich noch angespornt, seine Aufklärungsversuche, in die er sich verrannt hatte, jetzt erst recht weiterzuverfolgen. Sie hatte sich nur so verhalten – dessen war er sich inzwischen sicher –, weil sie überzeugt war, daß er reagieren würde, wie er es getan hatte.

Aber er hatte ihre Tricks allmählich satt. Er würde ihr einfach keine Fragen mehr stellen. Sollte sie doch die Unterhaltung lenken! Wenn sie das Thema nicht berührte, Geduld! Dann würde er die Gelegenheit verstreichen lassen und das nächste Mal mit ihr darüber reden, und wenn nicht, das Mal darauf, bis sie endlich bereit wäre, ihm zu erzählen, was sie wußte.

Delfina kehrte zurück. Sie hatte sich in eine lange, wirre Unterhaltung über einen Doktor Gálvez Moreno verwickeln lassen, der Margot Cruces geraten hatte, den Gouverneur Parra zu überreden, ein großes Gemälde zu kaufen, das irgend jemand demnächst zum Kauf anbieten würde. Und dann erklärte sie lang und breit die Gründe, warum der Doktor sich so ins Zeug legte, damit Margot den Gouverneur überredete, dieses Bild zu kaufen und es anschließend einem bestimmten Museum zu stiften. Del Solar hörte ihr kaum zu, denn die Geschichte war noch weitaus komplizierter und betraf eine Menge Leute, die ihn nicht im geringsten interessierten. Er war davon überzeugt, daß sie auch Delfina völlig egal waren, und sie nur die Gelegenheit nutzte, um Zeit zu gewinnen. Er machte einige Bemerkungen über ihre Gemälde, und glücklich begann sie Anekdoten zu jedem einzelnen zu erzählen: die Umstände, unter denen sie gemalt und erworben wurden, die Beziehung der Künstler zu ihr und der Galerie; in ziemlich entmutigender Detailfreude schilderte sie ihre Freundschaft mit einigen von ihnen. Wie sie für sie den Bankier, die Krankenschwester oder die Vertraute spielen mußte. Wie sie manchmal von ihr ein Interesse erwarteten, für das eher ihre Ehefrauen zuständig gewesen wären, und ihr anschließend die Nähe, die sie selbst erzwungen hatten, vorwarfen und sie beschuldigten, sie zu unterjochen und sich zu sehr in ihr Leben einzumischen. Doch irgendwann schien ihr dieses Thema nicht mehr zu behagen, das sie selbst mit solcher Verve angeschnitten hatte, so als hätte sie lieber schon längst über etwas anderes geredet. »Aber diese Dinge, Delfina«, dachte del Solar, »werden sich dir nicht mehr so spontan bieten wie bisher; diesmal wirst du sie wohl selbst ansprechen müssen. Hast du mich verstanden?«

Del Solar erhob sich und machte Anstalten, sich zu verabschieden. Leicht überrascht, hinderte sie ihn daran zu gehen.

Sie kam erneut voller Begeisterung auf Escobedos Malerei zu sprechen, obwohl es sie, wie sie hinzufügte, viel Mühe kostete, die Schwierigkeiten auf Grund seines eigenwilligen Charakters auszugleichen, der mit den Jahren immer empfindlicher werde. Doch da del Solar ihr auch bei diesem Thema nicht entgegenkam, begann die Unterhaltung erneut zu stocken. Delfina wirkte allmählich immer ratloser.

»Der beste Escobedo hängt unten«, sagte sie. *»Engel und Mispeln.* Ich wechsele die Bilder gerne von Zeit zu Zeit aus. Nur zwei oder drei haben einen ständigen Platz hier im Haus. Zum Beispiel mein Jugendportrait. Ich trenne mich nicht gerne von ihm und leihe es nicht einmal aus. Ohne es käme ich mir verwaist vor. Ich habe auch ein Portrait meines Sohnes, eines der wenigen Bilder von Julio, das ich nicht mag. Aus irgendeinem Grund fand ich es von Anfang an schockierend. Es hängt bei Malú und Bernardo zu Hause. Irgendwann werde ich es von ihnen zurückverlangen und hier in meinem Arbeitszimmer unterbringen … Obwohl dieser Raum nichts von einem Arbeitszimmer hat, außer dem Namen. Hier arbeite ich nie. Dafür empfange ich aber gerne manchmal Freunde hier oder bleibe, um zu lesen. Die Arbeit für die Galerie erledige ich vollständig in meinem Büro. Aber auch dort habe ich fast nur noch eine beratende Funktion im Sinne einer mehr oder weniger nebulösen Art von Öffentlichkeitsarbeit. Ich rede mit den Künstlern oder bediene einen besonderen Kunden. Für die Verwaltung, also die eigentliche Knochenarbeit, ist meine Nichte Rosario zuständig. Ich versuche, mich so wenig wie möglich zu kümmern, und habe eine Gruppe von Mitarbeitern um mich geschart, die perfekte Arbeit leisten. Irgendwann werde ich den Laden schließen und nur noch reisen. Ich weiß nicht, ob ich das aushalten kann, ich glaube schon, bin mir aber nicht ganz sicher. Es entspricht mir zu sehr, in aller Frühe aufzustehen, zu duschen, mich anzukleiden und ins Stadtzentrum zu hasten, die Galerie zu betreten, die Post zu lesen, sie auf die Mädchen zu verteilen, die Kontoauszüge durchzusehen. Als erste eintreffen und als letzte gehen! Traurig? Nein! Ganz und gar nicht!«

Offensichtlich zog Delfina die Unterhaltung in die Länge. Del Solar sah auf die Uhr und beschloß aufzubrechen, sobald er die Kaffeetasse geleert hätte, die man ihm nachgeschenkt hatte.

Er hörte, wie sie unnötigerweise das Thema ihrer Aufgaben in der Galerie aufbauschte; wie sie mißmutig sagte, sie erledige natürlich nur einige wenige Formalitäten, reine Beschäftigungstherapie, denn es habe ihr noch nie gefallen, in Dunkelheit zu leben. Helligkeit sei für sie lebensnotwendig ... Fast schon eine Manie.

»Ich glaube, es wird allmählich Zeit ...« Del Solar erklärte, er müsse seine Kinder nicht weit von hier abholen.

»Ich hätte nie gedacht«, sagte Delfina, ohne seinen Worten Beachtung zu schenken, »daß mein Leben nach alledem einmal in so geregelten Bahnen verlaufen würde. Als ich dieses Haus baute, habe ich mir meine Zukunft anders vorgestellt. Ich beklage mich nicht, verstehen Sie mich nicht falsch. Ich selbst habe bestimmt, daß die Dinge so wurden, wie sie sind, und ich denke, daß ich durchaus konsequent bin. Nur manchmal, da habe ich es einfach satt.« Sie verlieh ihrer Stimme, aus einer reinen Laune heraus, einen mürrischen Beiklang. »Dumme Leute waren mir immer schon zuwider. Und in einem Beruf wie meinem hat man mit vielen entschieden unmöglichen Leuten zu tun. Mit lauter grotesken, völlig stumpfsinnigen Menschen. Mit was für Kunden ich mich manchmal abgeben muß! Man glaubt es nicht! Und erst die Frauen! Ich bin zu dem Schluß gekommen, daß es keine so nervtötende Welt wie die der Ehefrauen gibt! Ich kann mir einfach nicht erklären, wie ihre Männer sie überhaupt ertragen. Wie die ihnen auf den Wecker gehen! Ich bin keine Antifeministin, glauben Sie mir, im Gegenteil, manchmal finde ich mich sogar zu radikal. Ich bin eben in einer anderen Generation großgeworden. Wir waren nur einige wenige Frauen, eine Handvoll, die eine eigene Stimme hatten. Und dieses Recht hatten wir uns mit unseren Fäusten erkämpft. Die übrigen – die Mehrheit – existierten überhaupt nicht. Aber sie waren noch besser als die von heute, davon bin ich überzeugt. Glauben Sie mir etwa nicht? Schauen Sie sich die doch mal an! Hören Sie ihnen zu! Sie genießen Rechte, die sie sich nie selbst erobert haben. Ich kann sie einfach nicht ertragen!«

Miguel del Solar dachte, wenn er bliebe, würde er Delfinas Meinung über die Welt der Träume, der Diathermie, die belebende Wirkung der Goldwährung auf den internationalen Finanzmarkt zu hören bekommen. Doch er wollte sich lieber verabschieden. Er fragte sie, bevor er aufbrach, ob sie ihm ein Foto von einem der Lazos im oberen Stockwerk geben könne, falls sie eins besitze. Er habe diese Bilder noch nie zuvor gesehen, nicht einmal als Reproduktionen.

»Mal sehen, kommen Sie mit.« Sie stiegen wieder nach oben. Delfina trat an einen Schrank und begann darin zu kramen; auf einmal hielt sie inne, setzte sich und fing an zu erzählen, während sie ein paar Fotos durchsah: »Als ich das Haus hier bauen ließ, war dieses Stockwerk für meinen Sohn gedacht. Einige der Bücher hier gehörten ihm. Obwohl es mir alle Ärzte bestätigten, wollte ich nicht glauben, daß er so ernstlich krank war. Ich will nicht sagen, daß ich nicht alles Nötige getan, daß ich seine Behandlung vernachlässigt hätte. Nichts dergleichen. Ich habe ihn in verschiedene Kliniken in den Vereinigten Staaten gebracht und dort wie hier nichts unversucht gelassen. Aber ich war immer davon überzeugt, daß er wieder genesen würde. Als er dann starb, war ich grenzenlos geschockt. Ich war so wenig darauf vorbereitet, als wäre er gleich auf der Straße den Schüssen zum Opfer gefallen. Ricardo war glücklich in diesem Haus. Obwohl er es nicht verlassen konnte, genoß er den Garten und sein Arbeitszimmer. Ich kam jeden Tag hoch, um seine Übungen zu überwachen. Er trainierte zweimal täglich. Atemübungen. Manchmal konnte er nicht zum Essen herunterkommen, weil er sich schlecht fühlte; dann bin ich raufgegangen, und wir haben hier gegessen. Ich habe ihm oft vorgelesen. Er war wie ich ein begeisterter Dickens-Leser. Es waren auf eine unheilvolle Art die glücklichsten Monate meines Lebens. Es verging kein Sonntag, ohne daß mein Vater ihn besuchen kam. Eines Tages hatte er sich erkältet … Eine denkbar harmlose Erkältung versetzte ihn in einen kritischen Zustand. Er bekam eine nasse Rippenfellentzündung. Man stach ihm eine Nadel in den Rücken und saugte ihm erschreckende Mengen Flüssigkeit ab, die ihm auf die Lungen drückten. Er hatte so heftige Schmerzen auszuhalten, daß er die Besinnung verlor … Eines Tages zog er sich diese Erkältung zu, wie gesagt. Ich weiß gar nicht wie, denn in den Tagen war er nicht mal in den Garten hinausgegangen. Es schien eine Erkältung wie jede andere zu sein. Am Morgen hatte er eine leicht gerötete Nase, und als ich aus der Galerie heimkehrte, glühte er auf einmal vor Fieber. Er erkannte mich kaum noch. Wie in Trance begann ich mit ihm zu reden. Ich schrie ihn an, er solle sich zusammennehmen, es sei ungerecht, was geschehe, er solle auch etwas beitragen. Er hob ein wenig den Kopf. Mit seinen fast geschlossenen Augen starrte er mich an und sagte: ›Merkst du denn nicht, Mama? Ich tue, was ich kann, ich habe selbst keine Lust zu sterben. Das mußt du mir glauben.‹ Das waren seine letzten zusammenhängenden Worte. Wenige Stunden später ist er gestorben. Wäre ich eine andere Frau, hätte ich diesen Teil des Hauses abgeschlossen; aber das habe ich nicht getan. Es ist jetzt ein Gästezimmer wie jedes andere. Ach ja, wo wir gerade bei meinem Sohn sind …«, sie sah ihn mit einem boshaften, hämischen Grinsen an. »Haben Sie endlich herausgefunden, was im Minerva geschehen ist?«

Del Solar wurde belohnt. Den ersten Schritt hatte Delfina getan. Jetzt mußte er diesen Weg weiterverfolgen. Wenn das Thema sie interessierte, sollte sie doch reden.

»Erfahren habe ich viele Dinge, nur ihre Bedeutung ist mir rätselhaft. Zum Beispiel verstehe ich immer noch nicht, worin die Beschäftigung von Arnulfo Briones bestand. Sie hatten recht, als Sie mir sagten, es seien schon zu viele Jahre vergangen.«

»Die Tätigkeit von Briones? Aber das habe ich Ihnen doch schon gesagt. Bitte, nehmen Sie doch wieder Platz! Er war ein fanatischer, militanter Reaktionär. Das war er immer gewesen. Er steckte bis zum Hals im Cristero-Aufstand. Es gab eine Zeit, da haben seine Kumpane ihn fortgejagt, zumindest partiell. Er versteckte sich auf einer Ranch im Norden und ist dann später nach Deutschland ausgereist.«

»Ich weiß. Aber ich finde nicht heraus, was er 1942 in Mexiko getrieben hat. Seine Exportgeschäfte mit Deutschland müßte er theoretisch eingestellt haben. Jetzt habe ich aber erfahren, daß er in verschiedenen Gegenden der Stadt Büros unterhielt. Wozu? Insgeheim führte er ganz konkret ein Büro in einem Gebäude in der Calle Brasil. Auch die Ehegeschichte mit Pistauers Mutter erscheint mir ziemlich obskur.«

»Warum reiten Sie bloß ständig darauf herum, Miguel? Was trieb Arnulfo Briones wohl im Jahr 1942? Was er immer tat«, wiederholte sie mechanisch, »gegen die Regierung konspirieren, gemeinsam mit einer Menge zwielichtiger Kirchendiener. Er hat nie etwas anderes getan.«

»Glauben Sie, daß seine Aktionen bedrohlich für die Regierung waren?«

Sie dachte eine Weile nach. Dann sagte sie:

»Ehrlich gestanden, ich weiß es nicht, aber ich glaube nicht. Zu einem früheren Zeitpunkt ja, zu Beginn des Cristero-Aufstands. Aber in der Periode, die Sie untersuchen, glaube ich, hatte er sein Pulver längst verschossen. Möglicherweise hat er deutsche Besitztümer mit seinem Namen geschützt, damit sie nicht eingezogen wurden. Auf diese Weise sind ungeheure Vermögen angehäuft worden.«

»Wem mag sein Tod genützt haben?«

»Briones war eine wenig attraktive Gestalt. Aber ehrlich gesagt, habe ich die Nachrichten von seinem Tod kaum verfolgt. Nach der Operation bin ich den ganzen Tag über im Krankenhaus geblieben. Ricardo erholte sich nur allmählich. Als sie ihn endlich entließen, sind wir für eine Weile nach Tehuacán gefahren«, sie zündete sich eine Zigarette an. »Ja, ich habe mit Ricardo einige Zeit in Tehuacán verbracht. Was für ein angenehmer Ort! Dort habe ich dann die Nachricht von Arnulfos Tod gelesen. Er wurde von einem Auto überfahren. Ein Unfall. Die Zeitungen widmeten der Nachricht nur eine kleine, unbedeutende Spalte im Mittelteil. Ich ließ dann alle Zeitungen aufkaufen, um zu sehen, ob in einer etwas mehr zu erfahren war. Aber nein, da standen nur unerhebliche Informationen, einige davon auch falsch. Normal wäre es gewesen, wenn hie und da eine Hetzkolumne unter dem Namen eines seiner Mitstreiter erschienen wäre. Nichts! Für einen Moment war ich sogar versucht, Eduviges anzurufen und ihr mein Beileid auszusprechen. Selbstverständlich habe ich das dann unterlassen. Arnulfo war unausstehlich; genau wie Eduviges, wo wir schon dabei sind.«

»Nun übertreiben Sie mal nicht, Delfina!«

»Ich übertreibe absolut nicht! Ich hegte den Wunsch, sie anzurufen, aus reiner Neugier. Die Zeitungsberichte waren völlig nichtssagend, und ich wollte Blut sehen. Tags darauf brachten die Zeitungen ein paar Zeilen, die nichts Neues hinzufügten. Da rief ich meinen Bruder Bernardo an. Ja, natürlich seien sie im Bilde; es handele sich um diesen alten Tattergreis, sagte er. Rein persönlich hatte ihm die Notiz nicht mißfallen. ›Ich kann dir versichern‹, sagte er noch, ›daß die, die ihn umgebracht haben, noch schlimmer sind als er.‹ So erfuhr ich, daß zutraf, was ich geahnt hatte. Es handelte sich nicht um einen bloßen Unfall.«

»Wer hat ihn denn nun getötet?« wollte del Solar wissen.

»Genau das habe ich ihn gefragt. Wer? Leute der gleichen üblen Sorte, wie es scheint. Eine Abrechnung! Aus Gründen, die hier nichts zur Sache tun, war mein ältester Bruder Andrés einer der bestinformierten Männer des Landes. Bernardo versprach mir, sich mit ihm in Kontakt zu setzen und mich auf dem laufenden zu halten. Es war noch keine Woche verstrichen, als ein Mitstreiter von Briones gestand, die Tat begangen zu haben, und inhaftiert wurde.«

»Wer?«

Delfina erhob sich wieder. Sie steckte seelenruhig eine ihrer langen Zigaretten in eine Zigarettenspitze und zündete sich die Zigarette an. Dann durchquerte sie den Salon und blieb vor einem großen Gemälde von Tamayo stehen. Sie begann, es zurechtzurücken, während sie es am Rahmen festhielt. Einen Augenblick lang dachte del Solar, sie würde es abnehmen oder zumindest zur Seite schieben, bis dahinter in der Wand wie im Film ein kleiner Safe erschien, dem Delfina einige wichtige Dokumente mit wesentlichen Daten zur endgültigen Aufklärung des Falls entnehmen würde. Er stand auf und bot ihr seine Hilfe an, aber sie lehnte ab. Sie hatte das Ölgemälde nur richtig gerade hängen wollen.

»Schief hängende Bilder ertrage ich nicht, es geht mir gegen den Strich. Das muß eine Berufskrankheit sein, aber ich fühle mich unwohl, wenn ich ein schiefes Bild sehe.«

Del Solar hätte sie am liebsten erwürgt.

»Der Schuldige hat sich also gestellt? Wer war es denn?« schrie er fast.

»Das haben sie zumindest gesagt, er habe sich gestellt. Ich persönlich habe aber nie geglaubt, daß dieser Kerl der Täter war. Sie werden wütend, Miguel, und äußern unnötige Beschuldigungen, wenn man Ihnen keine klaren Aussagen liefert. Doch in diesem Fall war zwei plus zwei noch lange nicht vier.

Denn davon wurde absolut nichts in der Presse berichtet. Ich habe es nur über meine Brüder erfahren. Aber, wie gesagt, ich habe nie geglaubt, daß Martínez der Täter war.«

»Martínez!«

»Ja, ich habe Ihnen doch schon mehrmals von ihm erzählt, oder? Er war uneingeladen auf meinem Fest und ist auf Ida Werfel losgegangen. Natürlich, das habe ich Ihnen doch erzählt!«

»Aber nicht das hier! Martínez war also schließlich der Schuldige! Oder er hat zumindest die Tat auf sich genommen!« Del Solar war wie vor den Kopf geschlagen. »Was denken Sie sich eigentlich? Seit Monaten bettele ich um Informationen; ich habe mit Gott und der Welt gesprochen, doch niemand hat mir diesen Ausgang verraten. So kann das unmöglich weitergehen, Delfina! Ich war gerade noch bei Pedro Balmorán; beinahe hätte er mich mit seinem Stock erschlagen. Er hat mich aus dem Haus gejagt. Die ganze Zeit über hat er nur von seinem Kastraten gefaselt, von nicht irdischen astralen Räumen und von der bevorstehenden Erlösung ...«

»Eine Form von Wahnsinn, den man nicht noch stimulieren sollte. Er hat sich sogar eingebildet, daß der vermeintliche Kastrat, die Figur, um die es in diesem falschen Dokument geht, das ihn um den Verstand gebracht hat, in Wirklichkeit ein Hermaphrodit war, der sagenhafte Androgyn, der kommen wird, um die Welt zu erretten.«

»Dafür hat er mir aber nicht verraten, daß Martínez der Schuldige am Tod von Arnulfo Briones war oder sich als solcher ausgegeben hat, was zu erfahren mir nun wirklich wichtiger gewesen wäre als das Schicksal eines Kastraten oder Hermaphroditen. Und ich tappte völlig im dunkeln.«

»Ich habe immer geglaubt, mein Bruder habe mir meinen Verdacht bestätigt, daß irgend jemand Martínez eine beträchtliche Summe angeboten haben muß, damit er die Schuld auf sich nahm. Sie müssen ihm auch eine Art Haftverschonung versprochen haben. Für Geld war er zu allem bereit. Obwohl ich ihn nur einige wenige Male gesehen habe, bin ich mir dessen sicher. Er war für Geld zu allem fähig. Er hat wohl geglaubt, er würde mir mein Fest verderben, indem er die Schwestern Bonbon einlud, ein zu meiner Zeit berühmtes Gesangsduo, zwei ziemlich vulgäre Pummelchen, gepudert wie Löffelbiskuits. Aber das ist ihm nicht gelungen; wir waren alle entzückt von ihnen, denn singen konnten sie wie zwei Königinnen. Erst vor kurzem ist eine von beiden gestorben, Rosita.«

»Martínez hat sich also schuldig bekannt?« Seit einigen Minuten war del Solar im Zweifel, ob er recht verstanden hatte.

»Die Schwestern Bonbon auf mein Fest eingeladen zu haben?«

»Nein, am Tod von Arnulfo Briones, Delfina. Was zum Teufel interessieren mich die Schwestern Bonbon?« fuhr del Solar sie an.

»Ja, genau das glaube ich. Sie müssen ihm Geld geboten haben und natürlich Schutz. Nach zwei oder drei Jahren, vielleicht schon eher, hätten sie ihn wohl aus dem Gefängnis herausgeholt. Jetzt wäre er sicher ein reicher Mann für den Rest seiner Tage. Vielleicht hatte er vor, nach dem Krieg wieder nach Hamburg zurückzukehren und einen Harem mit lauter ausgehungerten Blondinen zu gründen, die er dann mästen würde. Wer weiß! Möglicherweise waren seine Träume auch anspruchsvoller, als man denkt!«

»Wann ist er entlassen worden? Ist bekannt, wo er sich jetzt aufhält?«

»Er ist nie wieder freigekommen. Wenige Wochen nach seiner Inhaftierung wurde er umgebracht. Eine Meuterei in seinem Block. Anscheinend kam das seinerzeit häufig vor. Er hatte einen finsteren Charakter. Einer dieser Typen, die sich im null Komma nichts Feinde machen. Sie haben ihn gelyncht und Hackfleisch aus ihm gemacht. Er war nur noch eine einzige blutige Masse. Es mag häßlich klingen, aber ich bin sicher, daß er es verdient hat.«

»Vielleicht war es ja jemand anderes. Wer hat ihn denn identifiziert? Warum haben Sie mir nie davon erzählt?«

»Da war keine Verwechslung möglich. Andrés hatte davon erfahren. Und Sie haben mich nicht danach gefragt.« Sie schaute unschuldig drein wie ein kleines Mädchen, was del Solar ziemlich abstoßend fand. »Wenn es nach mir ginge, würde ich nie ein Wort über Bluttaten verlieren. Erlauben Sie mir übrigens, Sie daran zu erinnern, daß ich keine Ihrer Fragen unbeantwortet gelassen habe. Ich vermag Ihnen natürlich nicht mit

Sicherheit zu sagen, ob meine Einschätzungen korrekt sind, aber das habe ich Sie ja von Anfang an wissen lassen.«

Sie verabschiedeten sich. Del Solar hatte an dem Tag keinen Wagen. Unterwegs ging ihm durch den Kopf, daß er eigentlich gemeint hatte, er verfüge seit kurzem über alle nötigen Daten, um das Rätsel vom Minerva zu lösen. Die Unterhaltung mit Delfina hatte diese Überzeugung wieder ein wenig untergraben. Sein Blick vermochte nicht den Schleier zu durchdringen. Als er an der Buchhandlung von San Angel vorbeikam, entdeckte er sein Buch im Schaufenster. Einen Moment lang tat er so, als sei ihm das gleichgültig. Doch weit gefehlt. Die Tatsache, daß sein Buch dort lag, änderte einiges, unter anderem fühlte er sich auf einmal befreit. Er betrat den Laden und durchquerte ihn. Auf einem Tisch lag ein ganzer Stapel von Exemplaren seines Buches *Das Jahr 1914*. Jetzt konnte er sich endlich mit voller Kraft seinem neuen Projekt widmen. Inzwischen war er sich gar nicht mehr sicher, ob er tatsächlich das Jahr 1942 wählen würde. Nach so, so viel Liebe ..., wie es in dem Bolero heißt! Die Nähe konnte erschwerend sein, wenn auch die Verlockung größer war! In den nächsten Tagen würde er sich wohl entscheiden müssen, und falls er doch bei diesem Jahr bleiben sollte, müßte er schleunigst neutrale Quellen einsehen, seine Karteikarten anlegen und die Funktionäre von damals befragen. Er würde einen strategischen Arbeitsplan erstellen. Nur ein internationaler Ansatz konnte ihm genügend Material für einen umfangreichen Band liefern: die Kriegserklärung, ihre Folgen, die direkten und die indirekten Zwänge, das Öl, die ausländischen Investitionen, Roosevelt und der New Deal. Er mußte den Spaß an seinen kriminalistischen Untersuchungen und die rätselhaften Verbrechen im Minerva vergessen, die ihn, wie er sich eingestehen mußte, mehr als wünschenswert aufwühlten. Vorläufig würde er alle zweitrangigen Ereignisse beiseite schieben. Alle hatten sie ihm mit Abscheu, Furcht, Wut von Martínez, dem Tambourmajor, erzählt. Und alle schienen sich gleichermaßen verschworen zu haben, sein Ende unerwähnt zu lassen. Diese Episode war nun abgeschlossen. Die Präsenz des Jahres 1914 im Schaufenster, auf Tischen und Theken der Buchhandlung war der denkbar beste Exorzismus, um alle ungesunden, fast peinlichen Winkel seines eventuellen Projekts leerzufegen. In einigen Tagen würde er ernsthaft mit der Arbeit beginnen.

Miguel del Solar bog in die lange, enge Calle Galeana ein. Möglicherweise würde er bei den Ortíns noch Amparo und einige ihrer Freunde sowie seine Kinder antreffen. Dort feierten sie einen Kindergeburtstag. Die Straße war menschenleer. Er hörte nur seine Schritte. Auf einmal fuhr ein dunkelgrüner Wagen so eng an ihm vorbei, daß er ihn fast streifte, verlangsamte dann seine Geschwindigkeit und hielt einige Meter vor ihm an. Das Auto mit einem kaputten Nummernschild und einer unleserlichen Nummer setzte sich allmählich, ganz vorsichtig, rückwärts in Bewegung, bis es sich auf der Höhe des Historikers befand. Schlagartig wurde del Solar seine Verlassenheit bewußt. Auf der Straße befanden sich nur er und der grüne Wagen. Auf einmal kochte ein blinder, animalischer Haß auf Martínez in ihm hoch, und er sah schon sein Ende nahen. Insgeheim flehte er nur, es möge alles rasch und schmerzlos vorübergehen. Der Wagen befand sich schon fast auf seiner Höhe. Langsam begann das Vorderfenster herunterzugleiten, und dann erschien das brutale Boxergesicht eines jungen Kerls, der ihn nach der Calle Santuario fragte. Del Solar blieb wie angewurzelt mit offenem Mund stehen. Er wollte etwas sagen, brachte aber keinen Laut heraus. Da begann er mit einer Hand Zeichen zu machen, zeigte auf seine Kehle und seine Ohren und stieß einige gurgelnde, halb erstickte Laute aus.

»Ach, irgend so ein Taubstummer!« hörte er den jungen Mann am Autofenster sagen.

Der Wagen setzte sich wieder in Bewegung, beschleunigte, erreichte das Ende der Galeana und verschwand dort. Da machte del Solar auf dem Absatz kehrt, rannte los und hielt nicht eher an, als bis er wieder bei der Buchhandlung in San Angel angelangt war. Keuchend, verschwitzt und mit rasendem Puls stützte er sich mit dem ganzen Gewicht seines Körpers auf den Ladentisch, nicht weit von der Stelle, wo die Stapel mit den Zapatistenhüten von *Das Jahr 1914* die Blicke der Leser auf sich zogen. Fast schien es so, als würde er jeden Moment in Tränen ausbrechen.

Prag, November 1983 – Mojácar, Juni 1984

© Isolde Ohlbaum

SERGIO PITOL, 1933 in Mexico-Stadt geboren, wo er auch heute lebt. Er hat zahlreiche Romane, Erzählungen und Essays geschrieben und gilt als einer der angesehensten Autoren Lateinamerikas. Seine Übersetzungen aus dem Russischen, Polnischen und Englischen haben das Werk von Nikolai Gogol, Anton Tschechow, Witold Gombrowicz, Henry James, Joseph Conrad und Jane Austen in Mexico bekannt gemacht. Für seine Bücher erhielt er viele Preise, darunter den Premio Herralde de Novela und den begehrten Premio Juan Rulfo. Im Verlag Klaus Wagenbach erschien der Roman »Eheleben«.

Lesen Sie weiter …

Sergio Pitol
Eheleben
Das Eheleben von Jacqueline und Nicolás ist ein Feuerwerk an mißlungenen Morden. Eine Geschichte über Geld, Liebhaber, Älterwerden und andere Überlebensfragen. Mit diesem Roman wird der bedeutende mexikanische Autor erstmals auf deutsch vorgestellt.
Mit einem Nachwort von Antonio Tabucchi
Aus dem mexikanischen Spanisch von Petra Strien
SVLTO. Rotes Leinen. 144 Seiten

Ermanno Cavazzoni
Die nutzlosen Schriftsteller
Sie haben Angst, gering zu gelten, nicht wichtig genommen zu werden, sie sind eifersüchtig, eitel, rachsüchtig. Ein äußerst vergnügliches Panoptikum, mit Cavazzonis berühmtem trockenem Humor geschrieben, in dem die menschlichen Schwächen bis in die hintersten, finstersten Gedankenwinkel ausgeleuchtet werden.
Aus dem Italienischen von Marianne Schneider
Quart*buch.* Gebunden. 192 Seiten

Christophe Honoré
Die Sanftheit
Roman
Steven ist elf Jahre alt, als er sich von Jerémy zu einem Verbrechen zwingen läßt. Jahre später erst versucht er darüber zu sprechen. Doch auch als alles gesagt ist, gibt es keine Erklärung. Dieses radikale Buch handelt von dem Versuch, einen traumatischen Verlust in der Kindheit zu verstehen – oder zu vergessen.
Aus dem Französischen von Nathalie Mälzer
Quart*buch.* Gebunden. 112 Seiten

Raymond Queneau

Unwahrscheinliche Flausen bekehrter Sodomiten

Wer den berüchtigten französischen Sprachakrobaten entdecken möchte (oder jemanden auf seine Spur setzen will): hier die abgedrehtesten Passagen seiner berühmtesten Werke als Einstiegsdroge.

Die schönsten Texte. Ausgewählt und mit einem Vorwort von Hans Thill

SVLTO. Rotes Leinen. 128 Seiten mit vielen Photos

Alan Bennett

Così fan tutte

Eine Geschichte

Mit allen Finessen des virtuosen Bühnenschriftstellers erzählt Bennett die Geschichte eines englischen Middleclass-Ehepaars, das vom Opernbesuch nach Hause kommt und seine Wohnung vollkommen leer vorfindet. Es stellt sich heraus, daß mit dem Verlust der gediegenen Einrichtung ein neues, weniger weich gepolstertes Leben beginnt.

Aus dem Englischen von Brigitte Heinrich

SVLTO. Rotes Leinen. 96 Seiten

Alberto Moravia

Ach, die Frauen

Die schönsten Erzählungen

»Moravia vergißt keinen Augenblick lang, daß ein Erzähler erzählen muß, immer weiter erzählen, daß er seinen Leser an der Gurgel packen muß, damit ihm die Lust am Abenteuer des Lesens nicht vergeht.« Enzo Siciliano

Ausgewählt von Klaus Wagenbach

SVLTO. Rotes Leinen. 128 Seiten

Sizilianische Märchen
Mediterrane Fabulierkunst ohne Grenzen – Märchen aus Sizilien: leidenschaftlich und herzlich, seltsam und skurril, bisweilen auch derb: über Intrigen, Neid und Haß, über Treue, Mitmenschlichkeit, Freundschaften und die Liebe.
Nach dem Volksmund, gesammelt von Laura Gonzenbach
Mit einem Vorwort von Vincenzo Consolo
SVLTO. Rotes Leinen. 144 Seiten

SVLTO!
99 Luftsprünge, Purzelbäume und andere Kunststücke
Der hundertste Band der Reihe in rotem Leinen, *SVLTO*, dreht sich hundertfach um sein eigentliches Thema: den Kunstsprung der Zirkusakrobaten.
»Sie sind einfach schön, die Bände der Wagenbach-Reihe *SVLTO*, und bei jeder Lieferung gibt es Überraschungen, Entdeckungen.«
Walter Flemmer, Bayerisches Fernsehen
Zusammengestellt von Susanne Schüssler und Klaus Wagenbach
Band 100 in rotem Leinen
SVLTO. Rotes Leinen. 128 Seiten

Gianni Rodari
Das fabelhafte Telefon
Wahre Lügengeschichten für Große und Kleine
Mit seinen verrückten Geschichten von unwahrscheinlichen Begebenheiten und schrulligen Personen ist Gianni Rodari zu einem Klassiker geworden.
»Auf jeweils einigen Seiten zauberhafte Geschichten, Erfindungen der Phantasie, in denen durch eine alltägliche Situation Weisheit und Poesie blitzen.« Walter Flemmer, Bayerisches Fernsehen
Mit neuen Texten
Aus dem Italienischen von Marianne Schneider
SVLTO. Rotes Leinen. 144 Seiten

Héctor Abad
Kulinarisches Traktat für traurige Frauen
Ein heiteres, manchmal bizarres, jedenfalls überaus nützliches Brevier, das tropische Sinnesfreude verbindet mit der Weltklugheit eines ironischen Kosmopoliten.
»Anweisungen zum Glücklichsein. Ob es an seinen fünf Schwestern oder seinen sechs Müttern liegt – dieser Autor kennt sich aus in der weiblichen Psychologie.« El País
Aus dem kolumbianischen Spanisch von Sabine Giersberg
SVLTO. Rotes Leinen. 128 Seiten

Amore! oder Der Liebe Lauf
Eine hirnschellige Sammlung von Geschichten und Gedichten über Sinn und Schwachsinn der Liebe.
Zusammengestellt von Klaus Wagenbach
SVLTO. Rotes Leinen. 160 Seiten

Italo Calvino
Der verzauberte Garten
Die schönsten Erzählungen
Eine Auswahl der schönsten Geschichten: Wer die verzaubernde Erzählwelt Calvinos kennenlernen (oder jemanden mit ihr bekanntmachen) möchte – hier ist sein Buch!
»Calvinos Erzählungen sind das Herzstück seines Œuvres.« Hans Jürgen Fröhlich
»So phantastisch, märchenhaft, abenteuerlich bei Calvino auch erzählt wird, so doch immer auf mediterrane Weise hell, durchsichtig, listig, doppelbödig.« Ulrich Greiner, Die Zeit
Ausgewählt von Klaus Wagenbach
SVLTO. Rotes Leinen. 128 Seiten

Andrea Camilleri im Verlag Klaus Wagenbach

Der unschickliche Antrag
Roman
Ein höchst komischer Roman aus Sizilien über die Wirren, Intrigen, Verhaftungen, Morde und Liebesdramen, die ein einfacher Antrag auf ein Telephon auslöst.
Aus dem Italienischen von Moshe Kahn
Quart*buch*. Gebunden. 280 Seiten

Der vertauschte Sohn
Der neueste Roman Camilleris steht seit Monaten auf den Bestsellerlisten: Auf verblüffende Weise verknüpft Camilleri zwei Leben ineinander – sein eigenes und das Pirandellos.
»Ein Schriftsteller, der seine Leser verzaubert.«
Giuseppe Conte, Il Giornale
Aus dem Italienischen von Moshe Kahn
Quart*buch*. Leinen. 304 Seiten

Die Mühlen des Herrn
Roman
In seinem mittlerweile berühmt-berüchtigtem Sizilien wird, um die Staatskasse zu betrügen, sogar über Nacht eine ganze Mühle abgebaut. Ein eifriger Inspekteur, eine schöne Witwe, ein sündiger Pfarrer und natürlich ein gerissener Mafioso: jeder will etwas anderes, keiner entkommt den Mühlen des Herrn.
Aus dem Italienischen von Moshe Kahn
Quart*buch*. Gebunden. 224 Seiten

König Zosimo
Roman
Ein vergnüglicher Roman über den Bauern Zosimo, der im Jahr 1718 in Agrigent nach dem Willen des sizilianischen Volkes zum König gekrönt wird. Komisch, phantasievoll, verschroben, deftig, spannend – wie nur Camilleri erzählen kann.
Aus dem Italienischen von Moshe Kahn
Quart*buch*. Großformat. Gebunden. 352 Seiten

Fliegenspiel
Sizilianische Geschichten
Andrea Camilleri nimmt uns mit auf eine Entdeckungsreise in seine Heimat Sizilien. Hier, wo Mühlen über Nacht abgebaut werden und Telephonanträge zu Explosionen führen, geschehen auch andere seltsame Dinge. Sie werden in diesem vergnüglichen Taschenmuseum als funkelnde Fundstücke vorgeführt.
Aus dem Italienischen von Moshe Kahn
SVLTO. Rotes Leinen. 96 Seiten

Wenn Sie noch mehr über den Verlag und seine Bücher wissen möchten, schreiben Sie uns eine Postkarte (mit Anschrift und ggf.e-mail). Wir schicken Ihnen gern die Zwiebel, unseren Westentaschenalmanach mit Lesetexten aus unserem Verlagskontor. *Kostenlos, auf Lebenszeit!*

Verlag Klaus Wagenbach   Emser Straße 40/41   10719 Berlin

Die spanische Originalausgabe erschien erstmals 1984 unter dem Titel *El desfile del amor* bei Anagrama in Barcelona.

Die Übersetzung aus dem Spanischen wurde mit Mitteln des Auswärtigen Amtes unterstützt durch die Gesellschaft zur Förderung der Literatur aus Afrika, Asien und Lateinamerika.

© Sergio Pitol
© 2003 für die deutsche Ausgabe:
Verlag Klaus Wagenbach, Emser Straße 40/41, 10719 Berlin
Umschlaggestaltung: Birgit Thiel unter Verwendung des Bildes *Canzone* von Antonio Donghi
Gesetzt aus der Galliard von Andrea Päch, Berlin
Bucheinbandstoffe von Gebr. Schabert, Strullendorf
Gedruckt auf chlor- und säurefrei gebleichtem Papier und gebunden von Clausen & Bosse, Leck.
Printed in Germany. Alle Rechte vorbehalten.
ISBN 3 8031 3180 4